EL SIGNO
DEL DRAGÓN

Si tienes un club de lectura o quieres organizar uno, en nuestra web encontrarás guías de lectura de algunos de nuestros libros. www.maeva.es/guias-lectura

RICARDO ALÍA

EL SIGNO DEL DRAGÓN

MAEVA

Diseño e imagen de cubierta:
  © Opalworks

Mapa:
  © Juan Antonio García

© Ricardo Alía Franco, 2016
© MAEVA EDICIONES, 2016
  Benito Castro, 6
  28028 MADRID
  emaeva@maeva.es
  www.maeva.es

  ISBN: 978-84-16363-84-1
  Depósito legal: M-7.286-2016

  Fotomecánica: Gráficas 4, S.A.
  Impresión y encuadernación: CPi
  Impreso en España / Printed in Spain

Para mis padres,
Salus y M.ª Dolores

Acuario

Puerto

Peine
del Viento

Playa de la Concha

Palacio
de Miramar

Campus
Facultad de
Químicas

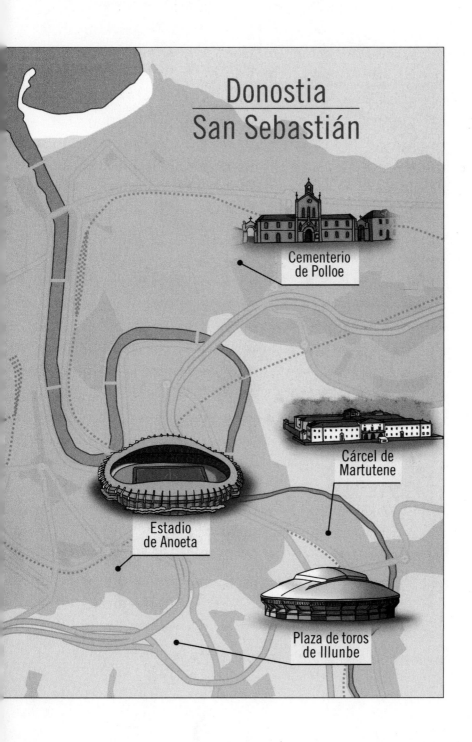

Donostia
San Sebastián

Cementerio
de Polloe

Cárcel de
Martutene

Estadio
de Anoeta

Plaza de toros
de Illunbe

«Y de esas llamas salió volando un dragón rojo y dorado, no de tamaño natural, pero sí de terrible aspecto. Le brotaba fuego de la boca y le relampagueaban los ojos. Se oyó de pronto un rugido y el dragón pasó tres veces como una exhalación sobre las cabezas de la multitud.»

El Señor de los Anillos
JRR Tolkien

«El Dragón giró lentamente la cabeza, miró por encima del hombro a Lounds y sonrió exhibiendo los inmensos dientes con manchas oscuras.
—Dios mío —musitó Lounds.»

El dragón rojo
Thomas Harris

«Antes de ser un dragón, hay que sufrir como una hormiga.»

Proverbio chino

Glosario

Agur: adiós.
Aita: padre, papá.
Aitona: abuelo.
Ama: madre, mamá.
Amona: abuela.
Amoñi: apelativo cariñoso de abuela.
Arrantzale: pescador.
Bai: sí.
Barkatu: perdón.
Betizu: raza de vaca salvaje que habita en los montes vascos.
Bidegorri: camino rojo. Término para referirse al carril bici.
Egun on, mutil: Buenos días, chaval.
Eskerrik asko: muchas gracias.
Ez: no.
Gero arte: hasta luego.
Goazen aurrera: vamos adelante.
Harrijasotzaile: levantador de pesos en el deporte rural vasco.
Kaixo: hola.
Lasai: tranquilo.
Neska: chica, niña.
Olentzero: personaje navarro de la tradición navideña vasca. Se trata de un carbonero mitológico que trae los regalos el día de Navidad en los hogares del País Vasco.
Oso ondo: muy bien.
Zurito: medio vaso de cerveza.

NOTA DEL AUTOR

Todo lo que sucede en esta novela es ficticio, cualquier parecido con la realidad es pura coincidencia. No obstante, he intentado ser fiel a algunos acontecimientos que tuvieron lugar en el País Vasco en el año 2012, y he rodeado a los personajes de noticias y hechos verídicos. La mayoría de los lugares mencionados en la novela son reales; sin embargo, me he tomado algunas licencias, como en el caso de la Facultad de Ciencias Químicas, que se fundó en 1975, tuvo su primera ubicación en el barrio de Alza y se trasladó al Campus Universitario de Ibaeta en la década de 1980.

Solo me queda desearles una excelente lectura.

R. A.

Prólogo

San Sebastián
Viernes 30 de septiembre de 2011

Inhaló el aire de la estancia y el olor a sangre le hizo sonreír. Deslizó la mano derecha, aquella que decían que era la buena aunque para él era la mala, por el hueso frontal de las calaveras que circundaban la guarida, acariciándolas con pleitesía, y su sonrisa se acentuó. Se encontraba de vuelta al origen de su nacimiento como ser, y todo lo que se revelaba ante sus ojos carmesíes le agradaba: la mesa, las sillas, las antorchas... Pero enseguida la sonrisa se le borró del rostro al reconocer el trozo de punta de lanza abandonado encima de la mesa. Estaba cubierto de polvo, pero ahí seguía, donde su hermano lo había dejado tras amenazarle. Lo agarró y lo estrujó con la mano *buena*. Notó la punta en la palma y cómo la sangre buscaba una salida entre los nudillos. Se acordó de aquel día que había pretendido borrar de su memoria y apretó con más fuerza. El pasado también era obstinado y siempre se obcecaba en hacerle recordar. Fue durante los malos tiempos, la huida al frío, lejos de la familia. Se convirtieron en unos proscritos que se escondían y ocultaban el poder del Dragón, como habían hecho sus antepasados.

Percibió un ruido y miró hacia el techo. Una tormenta descargaba sobre la ciudad, lo sabía a pesar de no haber ventanas por las que mirar, oía la lluvia caer y adivinaba los relámpagos que alumbraban la noche. Aferró la punta de lanza casi partida en dos y aguantó el dolor. Arriba la vida se imponía a la muerte, un nuevo curso universitario se abría en el horizonte, cientos de estudiantes pululando por los pasillos de la facultad, cada uno

13

a lo suyo, inconscientes de lo que les deparaba el destino. Cuando llegase el tiempo del ansia no existiría plegaria que lo detuviese, aunque su hermano se empeñara y siguiera poniendo velas a los santos. Volverían las carreras, los gritos, las persecuciones, y la sombra se mostraría ante la luz hasta que las tinieblas los envolviesen a todos en un manto fúnebre.

ENERO

Martes 24

Cuando giró el volante del coupé al salir de una curva cerrada y vio un coche de la Ertzaintza, una ambulancia de Osakidetza y una unidad móvil de la Policía Científica supo que había llegado. En la entrada, tras una valla de madera, un ertzaina de uniforme lo saludó llevándose una mano a la *txapela*. Max redujo la velocidad y continuó hasta detenerse en la misma puerta de aquel caserío que parecía abandonado y que tanto le había costado encontrar. Leyó las grandes letras negras estampadas en la fachada sobre la pintura blanca y corroída por la humedad: VILLA OLAETXEA. También le llamó la atención un gran escudo de armas esculpido en piedra que había a la altura del balcón de madera de la segunda planta. El antiguo escudo de Oiartzun, supuso. Al salir del coche y poner un pie en el suelo pisó un charco. El *txirimiri* caía con insistencia, y el olor a tierra y a hierba mojada impregnaba el ambiente. Ataviado con su sempiterna gabardina, a juego con el cielo plomizo, se dirigió con calma hacia los soportales del caserío, cuyos laterales despuntaban como si fuesen las dos grandes alas de un ave y el edificio entero se preparase para emprender el vuelo. Bajo el techo de madera tallada se refugiaba un agente: Asier Agirre, un orondo ertzaina con más pinta de *harrijasotzaile* que de policía.

–Buenos días, inspector Medina –saludó Asier.

Max sacó un puro fino del bolsillo de la gabardina. Tardó unos segundos en encenderlo con su antiguo mechero Zippo. Después, con la intención de secarlo un poco, se revolvió con una mano el cabello corto y negro. Sus ojos de color verde claro miraron al frente con indiferencia. El conductor de la ambulancia permanecía sentado al volante, aburrido con la espera; su compañero, en cambio, se movía cerca de la ambulancia mientras asentía con el móvil pegado a la oreja y daba cortas caladas a un cigarrillo, ignorando la llovizna.

—No es fácil de encontrar, ¿verdad? —comentó Asier.

Max asintió. Oiartzun no formaba parte de las localidades que conocía y, al no ser vasco, la situación se había agravado hasta acabar dando vueltas por los diferentes pueblos que rodeaban San Sebastián, muy parecidos entre sí, todos con su iglesia y sus casas de piedra. Anduvo perdido hasta que una señora que paseaba un pastor vasco por un camino del monte que bordeaba la carretera le dio las indicaciones oportunas en un castellano con marcado acento vasco. Ni tenía navegador ni pensaba hacerse con uno.

—¿Y Joshua? —preguntó Max.

—Ya está abajo.

Asier señaló el barranco que se abría detrás del caserío, donde una cinta policial delimitaba el amplio perímetro de acción de los agentes de la Policía Científica. Y como si de una revelación se tratara, unos *flashes* iluminaron la zona hacia donde señalaba Asier.

—¿Llevan mucho tiempo?

—Más de una hora, así que estarán a punto de subir.

Max alzó la vista. Contempló los montes cercanos y los tupidos árboles de las laderas. Desconocía la orografía de la región, pero tenía la impresión de que el caserío estaba enclavado en un valle entre montañas. Unas ovejas pastaban tranquilas en una ladera cercana, ajenas a los extraños invitados que hoy acogía el valle. Se preguntó en qué dirección estaría el mar, su gran pasión desde que era niño. Allá donde dirigía la vista solo veía monte, y el sol se ocultaba entre nubes bajas y oscuras. Sin darse cuenta planteó su duda en voz alta.

—¿El mar Cantábrico? —dijo Asier mientras se daba tiempo para pensar—. Pues teniendo enfrente Peñas de Aia, yo creo que el mar está detrás de nosotros. —Los dos policías se giraron y miraron por encima del caserío. El fornido cuerpo de Asier desentonaba junto a la silueta delgada de Max—. A unos diez kilómetros en línea recta.

—Al norte, en dirección contraria a Madrid...

—En efecto, y perdón si le ofendo, pero no sé cómo la gente soporta vivir en una ciudad sin mar.

—Tranquilo, no me ofendes, y sí, no sé cómo pude aguantar tanto tiempo.

Evocó su estancia en la capital, cuando pertenecía al Cuerpo Nacional de Policía. Todo era tan diferente... De eso hacía más de un lustro, y desde entonces se encontraba destinado en San Sebastián, Donosti, como decían los autóctonos. Una ciudad de paisaje bucólico dominada por la bahía de la Concha y habitada en la Antigüedad por una pequeña comunidad de pescadores que se protegía de los vientos del norte gracias al monte Urgull. La población se fue transformando con el paso de los siglos en una ciudad burguesa dedicada al comercio marítimo y cuya proximidad con Francia y con el reino de Navarra la hizo florecer y enriqueció a sus habitantes. Una ciudad numerosas veces incendiada e inmersa en múltiples guerras debido a su situación estratégica; una ciudad que destruyó las murallas que le impedían expandirse; una ciudad cuya lengua, el euskera, era inclasificable, de raíces desconocidas y considerado la lengua viva más antigua de Europa. Y una ciudad de apenas doscientos mil habitantes que él consideraba terreno abonado para el éxito policial tras la progresiva desaparición de ETA; una ciudad a la que él mismo solicitó el traslado, cansado de las peleas con los superiores, de batallar contra molinos de viento. El jefe superior de la Policía solo puso una condición: el traslado también a la Ertzaintza. A quinientos kilómetros y en otro cuerpo no molestaría más. Del periplo en Madrid lo único que le quedaba, aparte de su tío y algunos recuerdos borrosos, era el coupé, un Ford Mustang GT Cobra de 1968, negro y con dos rayas blancas que cruzaban el techo y el capó, uno de los muchos objetos confiscados en una redada de drogas que él mismo orquestó.

Había sido propiedad de un traficante ruso que coleccionaba automóviles clásicos americanos, y tras una subasta ficticia se convirtió por una suma irrisoria en su gratificación encubierta por el éxito de la operación. Era otra época, «los buenos tiempos», decían los veteranos.

Leire Aizpurúa se dirigía a su lugar de trabajo en su pequeño utilitario de segunda mano. Durante los últimos meses, su prima la acompañaba como copiloto: Marta Zubia, que al final había optado por seguir sus pasos y emprender la carrera de Químicas a pesar de que Leire había intentado disuadirla.

Marta vivía en el barrio de Amara y no debía preocuparse por pagar un alojamiento porque se refugiaba en el hogar materno. Sin embargo, para Leire todo resultaba diferente, tenía veinticinco años, trabajaba como becaria en la Facultad de Ciencias Químicas y ganaba un exiguo sueldo que destinaba al alquiler de un estudio en el barrio del Antiguo, muy cerca de donde, según los viejos del lugar, hubo un monasterio, el primer asentamiento documentado de San Sebastián. Nunca llegó a convertirse en municipio a causa de un fuero que trasladó el núcleo urbano al puerto y su burgo amurallado al pie del monte Urgull. No obstante, seguía tratándose de una buena zona, con gran actividad social y bien situada, a media hora a pie del actual centro, la playa de Ondarreta al cruzar la avenida de Satrústegi y una *euskal* taberna pegada al portal donde acostumbraba a quedar con los amigos para tomar *pintxos* regados con zuritos. Llevaba ya tres años residiendo fuera de casa, sus padres vivían en un caserío de Tudela, y ahogaba la morriña con visitas esporádicas y llamadas telefónicas. Todo el mundo en la vida aspiraba a mejorar, pero ella no podía quejarse.

En la radio, sintonizada en un canal de clásicos del rock, sonaba *Born to run* de Bruce Springsteen. Habitualmente empleaba la música como estratagema para huir de las interminables charlas de su locuaz prima. No le agradaba mucho charlar, en parte, quizá, por haberse criado al aire libre, entre animales, verdes praderas y tres varones, todos mayores que ella. Cuando llegaba el buen tiempo solía ir al trabajo en bicicleta, por un terreno casi llano y siguiendo el *bidegorri,* desde la avenida Tolosa hasta el mismo campus, lo cual tenía dos claras ventajas: sentir el aire fresco en la cara y no aguantar la cháchara de su prima.

El automóvil salió de la rotonda, dejando en el margen izquierdo la Facultad de Informática y al fondo la Facultad de Derecho, para enfilar la recta que conducía a la Facultad de Ciencias Químicas. El campus —situado en el barrio de Ibaeta, a diez minutos en coche del centro y a veinte en autobús— lo completaban las facultades de Medicina, Filosofía y Psicología, Magisterio, Ciencias Empresariales y Arquitectura, más un puñado de tiendas de ropa juvenil, una gran superficie dedicada a la electrónica, una librería de material universitario, un cibercafé, un servicio de fotocopias y una hamburguesería estilo americano años cincuenta.

Las agujas de su reloj estaban a punto de marcar las ocho y media de la mañana, y a esas horas, a pesar de no disponer de aparcamiento propio, siempre encontraba sitio. Estacionó en batería y apagó la radio.

—... Y eso es un mal asunto, al menos desde mi punto de vista, ¿no crees? —indicó Marta.

—Es complicado —puntualizó Leire con precaución; no tenía ni idea de a qué se refería su prima—. Pero creo que sí —añadió mientras se apeaba del coche.

Comenzó a subir las escaleras en dirección a la entrada principal de la facultad cuando se percató de que Marta no la seguía. Se giró en redondo y comprobó que permanecía de pie frente al coche y con cara de pasmada. A continuación, en un arrebato, Marta se dirigió correteando hacia ella.

—¡Que es complicado! —graznó al llegar a su altura—. Su novio la abandona por su mejor amiga y a ti solo se te ocurre decir que es complicado —matizó.

—Bueno…, vale…, quizá no es la palabra adecuada. Quería decir que había que fijarse en… —Y tras unos segundos de reflexión concluyó—: En las circunstancias de su relación.

—¿Cómo? Es que… —fue lo único que alcanzó a decir Marta antes de que Leire la interrumpiera.

—Perdona, prima, hoy tengo mucha prisa —dijo, saliendo al trote escaleras arriba.

Cualquiera que la viese la describiría como una joven ejecutiva leyendo el periódico sentada en un banco del parque. Aparte del traje oscuro y del pelo negro azabache recogido en una cola de caballo, si se la observaba con más detalle —la mirada limpia y relajada, el grueso reloj de titanio, los pulcros zapatos de cuero—, se podía ser más específico e intuir que se trataba de una exitosa *broker* que estaba repasando las subidas y bajadas de la Bolsa. Pero ni lo uno ni lo otro era cierto: no trabajaba como ejecutiva, vestía de forma elegante porque había sido educada en un entorno burgués —su padre era el dueño de Lácteos Zurutuza S.A., una poderosa empresa vasca—, y no leía el periódico *Le Monde,* sino que más bien pasaba las páginas sin apenas reparar en ellas, sumida en sus preocupaciones. Al día siguiente empezaba un nuevo trabajo nada corriente, en la Ertzaintza, la Policía Autónoma Vasca. Algunos veteranos le habían profetizado un futuro poco halagüeño, un desafortunado destino al lado de un inspector del Departamento de Homicidios poco habituado a tener compañeros. Según contaban las malas lenguas, se trataba de un expolicía nacional de Madrid chapado a la antigua, una especie en extinción que ejercía sus propios métodos al margen de la ley. Y aunque nadie se lo había dicho, todos pensaban que en realidad querían quitarla de en medio, asignarla junto a un policía problemático y cascarrabias que le arrebatase la ilusión de continuar en el cuerpo, algo que ni sus padres ni los compañeros de la academia alavesa de Arkaute habían conseguido con sus comentarios, trabas e inocentadas.

La joven, que se hacía llamar y se presentaba como Erika López –aunque en el carné de identidad figuraba Luisa Erika Zurutuza López–, pasó otra página del diario, la de economía, sin atender al contenido. Levantó la cabeza y contempló con placer la ausencia de gente. No sabía cómo se llamaba el pequeño parque, construido en una rotonda del Boulevard General Leclerc, alejado del centro de Hendaya; quizá ni tuviese nombre. Además era muy diferente a las antiguas citas en la plaza Guipúzcoa, con los patos nadando en el estanque y un puñado de niños histéricos en la orilla chillando y arrojando trozos de pan. El ruido de un motor lejano hizo que una bandada de pájaros alzara el vuelo rumbo a los balcones de los edificios colindantes. Los siguió con la mirada hasta que la aparición de una mujer desvió su atención. Una joven bajaba por la Rue des Jasmins. Vestía un abrigo largo desabrochado, que dejaba entrever una minúscula camiseta rosa, una provocadora minifalda de cuero y unos zapatos de tacón alto. Andaba de manera refinada, segura de sí misma, y balanceaba con estilo un pequeño bolso de leopardo.

Cerró el periódico y observó con una amplia sonrisa cómo cruzaba el paso de peatones y se aproximaba. Al llegar al banco, la mujer de cabello rubio, rasgos suaves y nariz chata se inclinó y la besó en los labios. Respondía al nombre de Lucía Vázquez y era su novia desde que habían coincidido hacía ya tres años en una exposición sobre la vida y obra de Pío Baroja en el centro cultural Koldo Mitxelena de San Sebastián.

La mañana transcurría de mal en peor, la conversación con su atolondrada prima le había producido un dolor de cabeza que apenas le permitía concentrarse en el trabajo. Ya había bajado un par de veces al bar y se había tomado otras tantas tazas de café acompañadas por la correspondiente aspirina, pero ni por esas, la cefalea no remitía. En ese momento, para colmo, vio entrar en el laboratorio a una caterva de adolescentes acompañados de María Gómez, la bedel, que también realizaba labores de guía. Desde que se había cumplido el cincuenta aniversario, estudiantes de bachillerato, futuros químicos y quién sabe si algún día catedráticos o hasta premios Nobel, visitaban los martes la facultad, algo que la incomodaba y la hacía sentir un bicho raro, observada mientras trabajaba, una mísera cobaya de laboratorio.

Un par de estudiantes se acercaron a ella cuando realizaba una valoración ácido-base: había añadido una gota de fenolftaleína a una solución de hidróxido sódico y se disponía a realizar el montaje pertinente.

—Por favor, no podéis estar aquí —les dijo al tiempo que fijaba la bureta en un trípode con ayuda de una pinza.

Oyó que uno intentaba decir algo y al alzar la vista alcanzó a ver cómo su acompañante, un estudiante de nariz aguileña, lo alejaba de su presencia tirándole del brazo.

Leire siguió a lo suyo y añadió con sumo cuidado el ácido clorhídrico en el interior de la bureta. Anotó en su cuaderno de datos el volumen que ocupaba, colocó la disolución de sosa debajo de la bureta, que con el indicador había adquirido un color rosáceo, y giró lentamente la boquilla. El ácido cayó gota a gota sobre el vaso de sosa mientras lo giraba con la mano. Justo cuando la disolución del vaso se volvía incolora escuchó a su espalda:

—*Kaixo,* nena, ¿qué tal va el día?

Unos ojos ambarinos la miraban escondidos tras unos anteojos que, junto con unos pómulos anchos, le conferían al emisor de estas palabras un aspecto exótico. Se trataba de Alberto Rodrigo, su compañero de laboratorio, aunque no de trabajo, pues ambos estaban inmersos en investigaciones para distintas empresas. No obstante, siempre que no había nadie en el laboratorio se acercaba a conversar, lo cual sucedía cada vez con más frecuencia, ya que el jefe del Departamento de Procesos de Polimerización, el catedrático Isaías Herensuge, apenas asomaba la cabeza por allí; seguía en activo impartiendo clase de Procesos a los alumnos de quinto curso y el resto del día lo pasaba encerrado en su despacho, dedicado a preparar un libro de próxima publicación.

—*Kaixo,* Alberto —contestó Leire sin darse la vuelta.

Resultaba paradójico que aquel compañero que tanto la molestaba llevase el nombre del patrón de los químicos. Su insistencia en que salieran juntos iba en aumento, a la par que sus negativas, cada vez menos diplomáticas, y aunque no deseaba granjearse enemigos en el laboratorio, últimamente la sacaba de quicio.

—¿En qué piensas, mi vida? —preguntó Alberto—. Me han recomendado nuevas rutas en bici por la sierra de Aralar y podríamos ir...

—En que me he olvidado el móvil en el coche, ahora vuelvo. —Y tras anotar en el cuaderno el volumen de ácido consumido, salió del laboratorio rumbo al bar a por un tercer café.

Cuando Max arrojó el segundo puro al suelo mojado aparecieron tres agentes que subían, no sin esfuerzo, por el barranco enfangado. Dos vestían de uniforme, uno llevaba una cámara de fotos colgada al cuello y el otro asía con precaución en una mano enguantada con látex una bolsa de plástico. El tercero vestía un traje oscuro y calzaba unas botas de goma manchadas de barro.

—¡Inspector Medina! —saludó el tercer hombre al acercarse a Max y Asier—. ¿Acabas de llegar?

Asier sonrió.

—La verdad es que no —reconoció Max—. No tengo botas de agua y además estoy seguro de que lo único que haría es estorbar y contaminar la escena.

El hombre asintió y se sentó en el único banco de madera que había bajo los soportales del caserío. Se echó para atrás el pelo rubio rojizo descubriendo las pecas de su cara, que también salpicaban el dorso de sus manos. De un bolsillo de la chaqueta colgaba una placa en la que se leía «Joshua O'Neill Gurutzealde». El agente O'Neill pertenecía a la unidad científica de la Ertzaintza y era el principal responsable de recoger, analizar e investigar las muestras obtenidas en las escenas de los crímenes, lo que llamaban procesar el escenario y la información. Por sus venas corría sangre española pero también irlandesa, ya que su padre, del mismo nombre, era un marinero dublinés cuyo buque fondeó un buen día de los años setenta en el puerto de Pasajes, en aquellos tiempos un puerto bacaladero de gran importancia. Y otro buen día del mismo año dejó preñada a su madre. Aguantó un par de años en tierra firme hasta que decidió embarcar en un mercante israelí con promesas de regreso y dinero en abundancia. No se le volvió a ver el pelo en Pasajes. Cuando Joshua sacaba a relucir su temperamento y se ponía inaguantable, hacía honor al apellido O'Neill, con la terquedad y el ímpetu, al apellido Gurutzealde.

—*Eskerrik asko* —dijo Joshua al ertzaina de la cámara, quien le acercó los zapatos que había guardado en el maletero de la unidad móvil.

—Cuéntame —dijo Max, más deseoso de largarse de allí que de recibir las noticias.

—Una mujer de cincuenta y pico años, la propietaria del caserío —respondió Joshua mientras se calzaba—. Vivía sola, no tenía hijos y era viuda desde que el pasado verano su marido murió de un ataque al corazón. La encontró un empleado de la empresa Zurutuza que vino con una cuba a cargar leche de vaca del caserío. Lo hace todos los martes a primera hora de la mañana y nunca falla.

Max asintió y no dijo nada. Recordaba que durante el periplo con el coupé para encontrar el caserío se había cruzado con varias cisternas lecheras. La zona era un hervidero de lecherías; buena parte de la leche que se consumía en el país, y que también se usaba para los postres lácteos, salía de esos montes.

—Al no encontrar a nadie, dio una vuelta por el caserío, y cuando se asomó al barranco descubrió el cuerpo junto al río.

—¿Crees su historia?

—*Bai*, creo que dice la verdad. Nos avisó, y el agente que atendió la llamada nos dijo que lo notó muy nervioso y preocupado por su trabajo. No paraba de repetir que era un padre de familia, con tres bocas que alimentar, y que no podía perder el

26

empleo. Luego te mando un correo con sus datos, por si le quieres interrogar.

Asier permanecía atento a la conversación pero no quitaba ojo de la entrada. En cualquier momento se personaría el juez Castillo junto con el secretario judicial para levantar acta del cadáver, y a él se le acabaría la tranquilidad. Acarició la chocolatina escondida en un bolsillo de la chaqueta sin decidirse a sacarla, le podía más la vergüenza que las ganas.

—Me imagino que el cuerpo presenta algún signo de violencia atípica, nada de un disparo en la cabeza —apuntó Max.

—Por supuesto —corroboró Joshua—. Aunque no tan atípico ni tan macabro: le abrieron la cabeza con un objeto contundente. Por la postura del cuerpo y las hierbas y los rastrojos adheridos a la ropa, fue golpeada por la espalda y cayó rodando por el barranco. Murió al instante.

—¿Conocido o desconocido?

—Me inclino a pensar que es obra de un desconocido, puesto que parece que fue sorprendida y atacada de improviso, y eso no es propio de un conocido, que suele llegar antes y entablar conversación con la víctima hasta encontrar el momento adecuado.

—¿Algún patrón más?

—Es pronto, pero se supone que el agresor es un hombre joven y fuerte. La herida va de derecha a izquierda, así que es diestro.

—¿Qué clase de objeto?

—¿Sabes qué significa *Olaetxea*?

—No, ya sabes que el euskera no es mi fuerte. Me parece que *etxea* es casa...

—Pues sí, significa casa de ferrería. Antiguamente muchos caseríos se dedicaban a trabajar el metal, y aquí, dentro del establo, hay numerosas herramientas, he visto algunas muy antiguas: una azuela, varias garlopas y hasta una pala de esas que se usaban para la labranza. —Max hizo un gesto afirmativo, aunque no tenía idea de a qué pala se refería Joshua—. Presumiblemente una de esas se usó en el crimen. Aún no hemos dado con ella, quizá el asesino se la llevó, o la limpió y la volvió a guardar. No saldremos de dudas hasta que ese par de locos forenses no examinen en el laboratorio el golpe en la cabeza con más detenimiento.

—Ordenaré fondear el río por si acaso.

—Me parece bien. Por nosotros no te preocupes, el escenario está más que procesado. Nos llevamos un buen número de muestras que hemos encontrado junto al cadáver y también de los alrededores, aunque me imagino que la mayoría será basura arrojada por los lugareños.

Max recorrió con la mirada el frondoso valle y observó cómo la niebla espesa se difuminaba a lo lejos descubriendo dos picos nevados. Pensó que la tranquilidad también se esfumaba al avanzar el invierno, ya que en el último mes el Departamento de Homicidios apenas había tenido trabajo. Las Navidades, la cuesta de enero, el frío y la pertinaz lluvia apaciguaban los ánimos. Solo dos asesinatos: un ama de casa a manos de su marido y un vagabundo en una reyerta callejera. Esperaba que el año entrante fuese tan bueno como el saliente. ETA había anunciado el cese definitivo de su actividad armada a finales de octubre, tres días después de que finalizara la Conferencia Internacional de Paz celebrada en el Palacio de Aiete. Lo recordaba muy bien porque el comisario le había concedido un par de días libres que había aprovechado para viajar a Madrid y visitar a su tío, un policía nacional jubilado que vivía retirado en una urbanización de Valdemoro.

—¿Algo más? —preguntó Max, deseoso de abandonar aquella tierra húmeda y fría.

—Sí, se me olvidaba, vaya cabeza la mía, tal como dijo Napoleón: «Una cabeza sin memoria es como una fortaleza sin guarnición».

Joshua era un fanático del arte de la guerra y recopilaba cualquier objeto, desde soldaditos de plomo, diminutos aviones de combate, libros especializados y mapas, hasta armas antiguas. Coleccionaba todo lo que veía en anuncios de televisión o en un quiosco cercano a la comisaría. En casa poseía réplicas de diversos campos de batalla, y en una vitrina, entre un fusil Mauser 98 y un revólver Lebel, guardaba su maqueta más preciada: el galeón *Santísima Trinidad*. Siempre había vivido solo, y dentro de la Ertzaintza estaba considerado un tipo raro, otra especie en extinción, como Max. Y cada vez que podía insertaba en la verborrea cotidiana citas de mariscales de campo, generales o comandantes de guerra; Napoleón Bonaparte era su preferido.

—A lo que íbamos, inspector, la casa está patas arriba, como si el asesino buscase algo. Sea lo que fuese, esperemos que no lo haya encontrado.

—O sí y deje de matar. O quizá pretenden despistarnos y hacernos creer que fue un ladrón, y el móvil, un robo.

Joshua sonrió afable. Conocía al inspector desde hacía cuatro largas primaveras, desde entonces eran grandes amigos, y pocas veces erraba.

El *txirimiri* cobró intensidad hasta convertirse en una lluvia torrencial que generó un reguero de agua en pocos minutos. El riachuelo se precipitó hacia el barranco desde una senda de piedras cercana al caserío, en lo que parecía un camino antiguo que la mano del hombre había alterado hasta hacerlo desaparecer.

—El juez se va a mojar de lo lindo —dijo Asier, rompiendo su mutismo y sacando, por fin, la chocolatina del bolsillo.

Ambos salieron de casa a la hora convenida con una mochila a la espalda, subieron a un autobús público y se apearon en la parada Campus Ibaeta. Al otro lado de la carretera se alzaba la Facultad de Ciencias Químicas. Mikel andaba cabizbajo mientras Iker estaba alerta a todo cuanto sucedía a su alrededor, un mundo en constante movimiento: estudiantes, transeúntes, profesores, motos, coches, bicicletas y, como telón de fondo, una serie de edificios altos y oscuros entre los cuales destacaba la facultad de los químicos, sin duda de las más antiguas y también, a su parecer, de las más horrendas. Si bien su instituto no resultaba una gran obra arquitectónica, por lo menos no era tan antiguo —solo el edificio de Derecho superaba al de Químicas en longevidad—, poseía cierta estética —la facultad equivalía a un burdo cuadrado con una estructura de hormigón negruzco en el caparazón— y disponía de una cancha de baloncesto y de un campo de fútbol sala. Además, las columnas y los grandes ventanales de la fachada, que a Iker le parecían los ojos de un dragón, le conferían una sobriedad impropia de una universidad. Lo único agradecido del exterior era la fina y extensa hierba que delimitaba las paredes del resto de las facultades. La guía había explicado que sobre dicho césped los estudiantes improvisaban su particular playa para descansar y tomar el tímido sol que calentaba San Sebastián. No, Iker no quería pasar los próximos cinco años en aquel edificio.

A eso de las ocho de la tarde, ascendieron como unos universitarios más por unas enormes escaleras, parecidas a las de los palacios de justicia, que daban acceso a la primera planta de la facultad. En el interior se encontraron con pasillos espaciosos, aulas y laboratorios convenientemente equipados, taquillas individuales y salas de estudio con ordenadores. Con cautela, subieron las escaleras hasta la última planta, la cuarta. Aunque había cerca de quinientos estudiantes matriculados, casi no se cruzaron con nadie, y es que a esas horas apenas quedaba personal en el edificio. Alcanzaron el servicio de caballeros sin ningún contratiempo y se encerraron en el retrete del fondo, el más alejado de la puerta.

Mikel se recostó, indolente, en la pared. En cambio, Iker se sentó en la taza del váter, cerró los ojos y evocó lo acontecido por la mañana, cuando su amigo se acercó a la chica morena de la bata blanca, la del cabello lacio y largo y unos penetrantes ojos negros. Estaba introduciendo un pez magnético en el fondo de un Erlenmeyer que contenía una disolución roja.

—Por favor, no podéis estar aquí —les había dicho sin apenas mirarlos.

—Estás muy bue... —intentó decir Mikel sin poder completar la frase debido al empujón que le propinó Iker, que acto seguido sacó a su amigo del laboratorio y le recordó, cuando se encaminaban hacia sus compañeros, que no estaban allí para ligar.

—Como podrán comprobar —explicaba la guía señalando el techo con el dedo índice—, hay una serie de tuberías cuya misión es la de suministrar a los laboratorios las sustancias necesarias para efectuar los experimentos. Cada color indica el tipo de fluido. El verde corresponde al agua, el azul al aire y el amarillo a los gases: oxígeno y nitrógeno.

En ambas ocasiones, tanto en la visita de la mañana como ahora, escondido en el retrete, Iker no pudo reprimir un bostezo. Se habían inscrito en la lista de visitantes haría cosa de un mes, el día que un hombre de corta estatura, vivaracho, de pelo pajizo y gafas grandes, irrumpió en la clase de Química del instituto. Aún recordaba bien al tipo, que se movía de manera presuntuosa entre las mesas, esquivando los pupitres, al tiempo que anunciaba el cincuenta aniversario de la Facultad de Ciencias Químicas de San Sebastián. El hombre hablaba, literalmente, por la nariz, con lo que apenas se le entendía nada, y a ratos lanzaba alguna que otra gracia, o al menos eso pensaban, porque su profesor se reía a carcajadas. La clase permaneció atónita ante la retahíla incoherente, guardándose muy bien de reírse, y cuando finalizó la disertación rompieron en irónicos aplausos. Les entregó unos folletos, en los cuales figuraban, entre los diversos actos programados para conmemorar tan egregia onomástica —conferencias, mesas redondas, exposiciones—, unas jornadas de puertas abiertas todos los martes para aquellos interesados en cursar la carrera de Químicas el próximo año. Ellos no pertenecían a este grupo selecto, habían llegado hasta la selectividad a trancas y barrancas, con un curso de retraso, pero en cuanto el hombre soltó la parrafada ambos se dirigieron una mirada cómplice, telepática, de grandes amigos, vislumbrando la oportunidad.

La visita matutina por la laberíntica facultad duró dos soporíferas horas, en las cuales Iker hizo hincapié, con diferentes preguntas, en los sistemas de seguridad del edificio, en los aparatos más caros, intentando aparentar una falsa indiferencia por el tema y disimulando cuál era su verdadero interés.

La tarde no transcurrió mucho mejor para Leire. Había tenido complicaciones hasta con una simple valoración y ahora no encontraba ninguna pera para acoplar a la bureta. Parecía como si alguien hubiese estado jugando con los materiales y los hubiese cambiado de sitio, quizá otra de las bromas de Alberto para captar su atención. Por fortuna no había vuelto a coincidir con el susodicho en toda la tarde, al parecer tenía problemas con la máquina de tracción del laboratorio de Ensayos. Lástima que sus dificultades no se prolongasen, pues, ante todo, era bastante avispado y sin duda se las apañaría para obtener unos datos fiables.

El catedrático Isaías Herensuge apareció por la puerta del laboratorio.

–*Kaixo*, Leire. ¿Cómo va eso?, ¿necesitas mi ayuda?

Mostraba una sonrisa radiante en un rostro viejo pero bien conservado que hacía difícil calcular su edad. De pelo escaso, los ojos castaños, coronados con gruesas cejas y separados por una nariz picuda, le conferían una mirada relajada que otorgaba tranquilidad a quien lo observaba.

–*Kaixo*, Isaías. Llevo un día aciago pero nada que no pueda resolver, gracias por tu ofrecimiento. Bonito sombrero.

Nunca daba coba a nadie, ni la daría, pero debía tratar a Isaías con sumo respeto, puesto que se trataba del máximo responsable del Departamento de Procesos, es decir, de su jefe. Además era la persona que le había abierto las puertas a su actual contrato con la empresa alemana AFE, para la cual investigaba desde hacía unos meses, desde que el verano pasado había expirado su antiguo contrato con la empresa belga Grama porque no obtuvo los buenos resultados que cabía esperar. Se vio fuera de la facultad, y con más razón cuando su antiguo jefe, Pablo Olaetxea, falleció de un ataque cardíaco durante el período vacacional. Pero su sustituto, Isaías, le comunicó que contaba con ella para ese año y le consiguió la beca con AFE. Por otra parte, siempre se mostraba considerado con ella y con el resto de los becarios, tanto que pocas veces se jactaba de su cátedra: ante el avance de los trabajos permanecía un paso atrás, observando de forma discreta, como si se avergonzase de interrumpir las investigaciones.

—¿Te gusta? Me lo compré el otro día aprovechando unas rebajas.

Se trataba de un sombrero de color caqui de los que usaban los donostiarras que jugaban a ser pescadores en el Paseo Nuevo.

—Sí, es bastante gracioso. Te da un toque singular, tal vez informal... Sí, me gusta cómo te queda.

—Gracias, eres muy amable. Ya sé qué regalarte para San Alberto. —Ambos rieron—. Bueno, pues ya sabes, si necesitas algo estaré en mi despacho durante la próxima hora, tengo tutoría. *Agur* —se despidió Isaías, marchándose con una expresión de felicidad idéntica a la de cuando había entrado.

Al poco sonó el móvil de Leire. Desde el otro lado emergió la voz de Gemma Ruiz, su mejor amiga. Era su día libre en la agencia de viajes y quería que la acompañase a la sesión del espectador. Ponían *Sleepy Hollow,* un adelanto de la versión remasterizada que se proyectaría en el próximo certamen de la Semana de Cine Fantástico y de Terror de San Sebastián. Consultó el reloj y comprobó que eran casi las siete. Difícil elección: quedarse en el laboratorio entre buretas y probetas o ir al cine a ver a Johnny Depp.

A las ocho y media estaba comiendo palomitas en una de las siete salas de los cines La Bretxa, viendo cómo el jinete fantasma hacía rodar cabezas.

Al cabo de casi una hora de espera, la puerta crujió y los invadió la luz. Sus corazones se desbocaron. Iker leyó el miedo en los ojos de su amigo.

—Maldita máquina, otra vez sin proporcionar datos —dijo una voz.

A continuación oyeron fluir el agua de un grifo. Iker miró a su amigo y con dos dedos corrió una imaginaria cremallera sobre los labios.

–Mierda, Alberto –dijo la voz, hablándose a sí misma–. ¿A qué esperas?

A intervalos, el agua dejaba de caer sobre el lavamanos y el silencio invadía el servicio de caballeros.

–Mañana, ¿mañana?, sí, mañana mismo llamo a la empresa y se lo comunico. No espero más. Ya pueden espabilarse. ¿Qué se piensan?

Por la voz sospecharon que se trataba de una persona joven, y no desatinaron. Alberto Rodrigo, licenciado en Polímeros y becario del Departamento de Procesos, no había tenido un buen día. Esto los salvó de ser descubiertos, puesto que solo se lavó las manos y la cara, se retocó el simulacro de flequillo y finalmente limpió –con uno de los trapos que llevaba en la bata– el cristal de las gafas. De haber sido un día normal, hubiese entrado en un retrete y se habría masturbado pensando en su compañera Leire Aizpurúa. Y qué mejor retrete para masturbarse que el más alejado de la entrada, el del rincón, para evitar cualquier interrupción inoportuna.

Contrariado, Alberto profirió un exabrupto en voz alta y abandonó presuroso el servicio, mascullando entre dientes sus acuciantes problemas.

Tanto Iker como Mikel dejaron de contener la respiración y suspiraron aliviados.

A los clientes del pub Moby Dick's les encantaba la madera hosca y opaca del mostrador, el espejo que cruzaba de lado a lado la barra, los paneles de ébano y los viejos carteles cinematográficos de Errol Flynn. El establecimiento, escondido al final del paseo José Miguel de Barandiarán, era conocido entre la clientela como el Gran Camarote.

Max aplastó el puro sin encender en un posavasos de cristal con forma de salvavidas que contenía un boceto del galeón

Nuestra Señora de Atocha. Desde hacía un año, cuando se implantó la prohibición de fumar en establecimientos cerrados, había adquirido la costumbre de llevarse un puro a la boca: solo la sensación de tenerlo entre los labios le calmaba las ansias de nicotina, y aquel absurdo hábito le ahorraba salir fuera para fumar, casi siempre bajo una persistente lluvia. Pidió un segundo Manhattan. El barman se lo preparó a su gusto, en vaso bajo con hielo y sin cereza. No bebía para ahogar las penas, ni siquiera para olvidar los cadáveres; generalmente, como esa misma mañana en Oiartzun, no se arrodillaba en la escena del crimen a investigar de primera mano los cuerpos inertes, en muchos casos aún calientes. No era necesario, era un inspector de Homicidios y le dejaban los resultados de las muestras en el despacho. Tampoco se le aparecían las víctimas en sueños, como había oído que les sucedía a muchos inspectores retirados, víctimas que pedían justicia, que siguiesen buscando a su asesino, que no se olvidasen de ellos. Él bebía para no pensar, para que las largas noches de insomnio fueran más llevaderas, preocupado por no saber qué hacer en la vida, qué rumbo tomar; era un barco que navegaba a la deriva, sin rumbo, solo en la inmensidad del océano, a merced de las tormentas y de los vientos del sur. Abasteció el estómago con un ligero sorbo y observó a la pelirroja del otro extremo de la barra. En los minutos que siguieron continuó dando pequeños sorbos al cóctel, sin cesar de jugar con su mechero de tapa abisagrada y lanzar cortas miradas a la mujer. Ella se las devolvía sin reparo alguno.

Al cabo de dos cócteles más con el correspondiente diálogo visual, donde los ojos verdes de él se topaban con los ojos negros de ella, se decidió a actuar. Agarró un puñado de frutos secos de un cuenco cercano, se levantó del taburete y se encaminó a lo largo de la barra hacia la mujer. Sorteó a la escasa clientela del pub: un borrachín que apenas se sostenía en pie y un par de parejas que charlaban animosamente. La mujer masticaba chicle con naturalidad y el abundante carmín revelaba que se había excedido con el pintalabios. Max apenas prestó atención a su pose sobre el taburete, con la falda corta que dejaba ver unas largas piernas cruzadas. Solo se le ocurrió saludar. Después se llevó un par de frutos secos a la boca.

—¿Qué hay, marinero? —dijo ella.

—Dando una vuelta.

—¿Y qué te trae por estos mares?

—Un poco de relax tras una dura jornada de trabajo.

—¿Dispones de barco?

—Sí, dispongo de una pequeña goleta con camarote.

—Me gustaría verlo.

Se tocaba el cabello, nerviosa. Max sabía que llevaba peluca, pero no le importaba, se había acostado con numerosas mujeres que eran otras a la mañana siguiente. Lo que le preocupaba es que aquella iba muy rápido, demasiado, y el mentón pronunciado y la forzada sonrisa no le acababan de convencer: había interrogado a tantos sospechosos que podía saber, solo por la expresión facial, cuándo alguien ocultaba algo.

—¿Cómo has dicho que te llamas?

—Carmen.

Lo había pensado lo suficiente como para saber que mentía.

—¿Y eres de por aquí? Nunca te había visto, y no suelo olvidar a una mujer tan guapa.

Al decir «mujer», ella se removió inquieta en el taburete y escondió la mirada.

—De Bilbao, estoy de paso.

—Mierda —susurró Max.

Cómo no se había dado cuenta antes: la voz grave, la espalda ancha, la pose demasiado femenina... Aquella mujer había sido antes un hombre. No pudo remediar un desaliento que ella no pasó por alto.

—¿Te ocurre algo? —dijo esta, esbozando una lánguida sonrisa.

—Mucho mar a la espalda, y mucho grumete enfrente.

Se quedó patidifusa. La frase lapidaria, que fingía brindar una salida airosa pero que en realidad incitaba a la pelea, era el estribillo del protagonista de *El capitán Black,* un antiguo serial radiofónico de aventuras marítimas. Max solía escucharlo cuando tenía doce años, cuando su madre aún le daba un beso de buenas noches antes de apagar la luz, refugiado bajo una manta pintarrajeada de leones, con un auricular en la oreja y un vaso de leche caliente en las manos. Al cabo de un año, después de la muerte de sus padres, dejó de escucharlo. Pero seguía evocando la frase que el capitán, de innato magnetismo para los conflictos, soltaba a los cincos minutos de pisar la fonda de un puerto desconocido. Entonces el ruido del acero no se hacía esperar. Aquí el marinero regresó a su sitio, arrojó los frutos secos sobrantes en el cuenco, recogió su gabardina y desapareció por la puerta al céfiro nocturno.

—¡Adiós, Max! —vociferó el barman con una sonrisa de oreja a oreja mientras desde un timón provisto de grifo escanciaba cerveza en una jarra.

En la facultad reinaba el silencio. Las puertas se cerraban a las nueve, y desde el sobresalto con el becario no tuvieron más sorpresas, pero permanecieron ocultos en el servicio hasta cerciorarse de que se encontraban solos en el edificio. Cuando las agujas del reloj rebasaban la medianoche salieron del escondite. Con las linternas en la mano y las mochilas a la espalda se prepararon para ejecutar el plan. Acordaron que Iker se ocuparía de desvalijar la cuarta planta, mientras que Mikel se encargaría de la tercera. Según había dicho la guía, y por lo poco que habían podido entrever, en esas dos plantas se ubicaban los laboratorios, es decir, las aulas que albergaban los utensilios más valiosos. Cada uno dispondría de una hora, para después encontrarse en el segundo piso, en la puerta del aula 7, y registrar juntos el resto del edificio.

—Recuerda lo planeado y, por favor, no hagas ninguna tontería —dijo Iker.

—Tranquilo, tío, confía en mí. Me muevo como los murciélagos en la oscuridad —alegó Mikel en su defensa.

—Claro, claro.

Sin embargo, Iker no las tenía todas consigo. Si existían momentos propicios para que se cumpliese la ley de Murphy, este era muy favorable. ¿De qué lado caería la tostada?

Una vez solo, dirigió el haz de luz proveniente de la linterna hacia el pasillo de la cuarta planta y buscó en la pared la primera puerta que forzar. Siempre había sido un manitas con la ganzúa y esa destreza se la había proporcionado a Mikel, así que ese no era el problema, lo que le tenía preocupado era si su amigo sería lo suficientemente despierto como para afanar los materiales más valiosos y pequeños hasta llenar la mochila. Mientras esperaban a salir de su escondite, le había recordado hasta la saciedad que se llevara todas las balanzas eléctricas, los lápices medidores de pH y los termómetros digitales.

—Aquí está —murmuró para sí dejando a un lado sus pensamientos.

Se hallaba frente a una de las puertas del laboratorio de Procesos, donde, mientras al gañán de Mikel se le caía la baba con la preciosidad de pelo largo, él había visto cosas muy interesantes.

Como todos los laboratorios de la facultad, disponía de tres puertas de acceso. Optó por forzar la del centro. La puerta no presentó dificultades, la abrió como otras tantas, fácil y limpiamente. Vio un laboratorio amplio —de unos noventa metros cuadrados—, con múltiples mesas alargadas abarrotadas de frascos, vasos, matraces y demás utensilios químicos; cada mesa provista de sus correspondientes grifos, y en la parte superior de cada una, estanterías con numerosas botellas de nombres impronunciables. En el fondo, varios armarios, un trío de vitrinas en los que realizar los experimentos más peligrosos (aquellos con riesgo de explosión o de expulsión de gases a la atmósfera), y en un lateral, un par de cristaleras rectangulares.

Un silencio monacal invadía la estancia, solo se oía un débil sonido que provenía de un reloj de pared; la aguja negra que marcaba los segundos emitía un ahogado tictac al realizar su movimiento circular. Dentro olía mal, y aunque no era un olor normal, no supo distinguirlo. Se estremeció, y se dirigió sin perder tiempo, con ayuda de la linterna, a los armarios. Algo en el rincón opuesto captó su atención. Despedía una luz azul fosforescente y no parecía una señal luminosa de emergencia. El tictac se hizo más agudo. Descubrió que el débil resplandor provenía de un vaso de precipitados situado sobre el techo metálico de la incubadora. No pudo remediarlo y alargó la mano hacia el vaso. Estaba caliente, pero del líquido no emanaba vapor alguno. Aspiró su olor. Sintió en la boca un sabor a manzana ácida. Todo a su alrededor se vio envuelto por el resplandor azulado. El suelo del laboratorio comenzó a moverse y tuvo que apoyarse en una mesa para no caer. Cerró los ojos, intentando apartar la vista de la disolución. De pronto se halló inmerso en el fondo del mar, rodeado de peces incoloros, sin cuerpo, únicamente compuestos por líneas, como si hubieran sido trazados por la mano de un experto dibujante. Se ahogaba. Nadó y nadó en busca de la superficie, acompañado en la ascensión por los peces. Cuando ya no pudo más abrió la boca para respirar y un cielo carente de nubes, de sol, con aves también incoloras revoloteando, se fue transformando poco a poco en un techo lleno de tuberías y fluorescentes apagados. El sonido de la aguja comenzó a retumbar en sus tímpanos. Tictac. Tictac. Emprendió la retirada tanteando el terreno con las manos, en busca de la salida, tiritando de frío, con la cara empapada en sudor, chapoteando, vislumbrando en el aire figuras animadas, sin poder apartar la vista del líquido azul.

Horadó las tinieblas con la mirada. Deslizó la mano con delicadeza por la calavera del ornitorrinco y sintió una sensación inigualable de paz. Sus dedos palparon con reverencia, casi con temor, la piedra de la pared. No más frío que soportar, no más nieve que resistir, no más escondites que buscar, no más miradas que evitar.

Olfateó uno de los cuencos y el olor de la sangre le subió hasta el cerebelo. Se sentía feliz. Rememoró viejos recuerdos nunca del todo olvidados: los gritos, la penumbra, el descomunal poder del Dragón en su interior. Recordar es volver a vivir y él lo hacía de nuevo. Asumía que era una especie de Belfegor, Amduscias o Behemoth, y eso, el ser diferente a los demás, destacar por encima de todo y de todos, le llenaba de sumo placer.

Anduvo de un lado a otro de su morada circular, con los pies sobre la tierra, en el presente, pero con la mente viajando por el cielo, en el pasado, junto a su hermano, a Kaliningrado, la antigua Königsberg, el bastión militar de Stalin, la ciudad que los había cobijado durante años. De un salto felino, sorteando las sillas con grotesca facilidad, se acuclilló encima de la mesa. Ladeó la cabeza, como un animal intentando comprender la orden de su amo, y observó con desagrado la tablilla rota sobre la mesa. Su hermano siempre importunando con los experimentos. La agarró y la lanzó lejos. Acarició con la mano derecha el filo de la punta de lanza que sostenía en la otra, el objeto con el que los antiguos mataban a los de su especie. Un hilillo de sangre circuló por la mano. Su hiperdesarrollado oído captó un ligero ruido en el piso superior. Un sexto sentido le indicó que era muy tarde, lo suficiente para hallarse a solas. Alguien había osado invadir su noche. Percibió la llegada del ansia. Al parecer, arriba, un iluso, un pobre diablo, estaba dispuesto a aplacar su sed. Se vio incapaz de cumplir la promesa que le había hecho a su hermano. El quinto mandamiento. No matarás. Dejó caer la punta de lanza al suelo, y con otro salto felino se puso en movimiento.

Iker descendía las escaleras en dirección al punto de encuentro. Habían transcurrido sesenta y cinco minutos desde que se separaron y dudaba si comentarle a su amigo lo sucedido en el laboratorio de Procesos. Ahora, más sereno y con la mochila repleta de material robado, podía pensar mejor y decidió que era una tontería contárselo. ¿Qué le iba a decir?, ¿que entró en el laboratorio, se asustó de un inofensivo liquidillo azulado y salió casi corriendo? ¿En qué lugar quedaría él? Como un auténtico cobarde. Para qué contárselo si nunca se iba a enterar. Con los amigos del instituto, aunque se tratase de Mikel, nunca se podía bajar la guardia, un sambenito de gallina sería difícil de borrar. No. Qué desastre. Con lo que le había costado granjearse la fama de tipo listo y espabilado, sin miedo a nada ni a nadie. Temía ser el rarito de la clase, que todos le señalaran con el dedo, cuchichearan a su espalda. Además, se sentía orgulloso de sí mismo, pues había sabido reaccionar a tiempo, olvidarse del asunto de la pesadilla acuática y entrar en los demás laboratorios, con lo que, para él, el incidente estaba zanjado: había pasado a engrosar la lista de peripecias baladíes.

Oyó un grito de terror y enseguida supo a quién pertenecía. A pesar de ser un chillido, esa voz estridente no podía ser otra que la de Mikel, pero ¿qué le había hecho reaccionar de esa forma? Sin meditarlo, y haciendo gala de su juventud —había cumplido diecisiete años apenas un mes antes—, corrió escaleras abajo. Todo menos gallina.

La tostada había caído del lado de la mantequilla.

Mikel miró impaciente el cronómetro acercando la muñeca a la ventana que daba al exterior. Había acabado su tarea más temprano de lo acordado y la espera lo incomodaba, y más a oscuras y en un edificio desconocido. La luz tenue de una farola iluminó la esfera: marcaba sesenta y cuatro minutos desde que se habían separado.

Por fin escuchó pasos en las escaleras de la derecha, las que estaban en el lado opuesto a por dónde debía bajar Iker. Alguien se dirigía hacia él y no podía ser otro que su amigo. Le recriminaría su actitud, tanto por la tardanza como por el cambio de plan. Él tenía que cumplir a rajatabla sus órdenes, como si fuese un esclavo, mientras que Iker hacía lo que le venía en gana. Pero rápidamente dejó de pensar en sermones y discursos porque entre la oscuridad distinguió una extraña silueta al final del pasillo que avanzaba hacia su posición de manera confiada y un tanto desgarbada. Era más alto que su amigo, y creyó apreciar que llevaba algo en la mano izquierda, algo metálico que deslizaba por la pared produciendo un sonido espeluznante. Mikel ni siquiera hizo ademán de encender la linterna y dirigir el haz de luz hacia la silueta nervuda; permanecía inmóvil, paralizado por el miedo, y quienquiera que se acercaba lo sabía. Las piernas le flaquearon, pero consiguió mantenerse en pie. La mente le daba vueltas, incapaz de concretar un pensamiento coherente. Sus extremidades comenzaron a temblar al unísono. Gritó con todas sus fuerzas cuando la silueta, con una malevolencia aterradora y parsimoniosa, llegó a su altura.

La mano dejó de rascar la pared.

Mikel soltó un alarido de desesperación antes de caer de rodillas sobre el suelo frío.

Juan y Julio, los dos guardias de seguridad contratados por la Universidad del País Vasco para vigilar el campus, patrullaban con su uniforme grisáceo cerca de la Facultad de Informática cuando escucharon un grito proveniente de la Facultad de Ciencias Químicas. Lo oyeron con nitidez; apenas cincuenta metros separaban ambos edificios. Acumulaban gran experiencia, llevaban diez años trabajando como guardias de seguridad, y aunque en el campus nunca ocurría nada grave −como mucho la visita de algún vagabundo y, de forma esporádica, la de algún estudiante ebrio y extraviado−, estaban más que cualificados para responder ante una emergencia. Salieron a la carrera en dirección a la Facultad de Ciencias Químicas, y mientras Juan sacaba el revólver, Julio pugnaba con el manojo de llaves por localizar una que pusiera «Químicas». Cuando subían por las escaleras que conducían a la puerta principal, el silencio de la noche fue roto por otro grito. Oyeron un estrépito de cristales y vieron cómo una persona, a su izquierda, caía al suelo tras haber traspasado un ventanal del segundo piso.

Juan vislumbró una silueta que se asomaba por la ventana rota. Le dio el alto al tiempo que le apuntaba con el revólver. En un segundo la figura desapareció de su campo de visión, tan rápido que más tarde, durante el interrogatorio policial en una sala atestada de humo y con una mujer trajeada realizando las preguntas, tuvo serias dudas sobre su existencia... a no ser por aquellos dos puntos luminosos.

Julio se agachó al lado del estudiante con mochila que yacía en el césped, y sin apenas tocarlo —había aprendido en un cursillo de primeros auxilios que nunca había que mover a los heridos—, le comprobó el pulso. Todavía respiraba. Pidió por radio a la central una ambulancia mientras observaba a su compañero, que revólver en mano miraba estupefacto hacia la ventana buscando el par de ojos centelleantes.

Miércoles 25

Se encontraba en un lugar paradisiaco, con el mar de fondo. Sostenía un Manhattan con una mano y con la otra abrazaba a una bella mujer. Hacía mucho calor, pero la sombrilla impedía que el sol se posara sobre su cuerpo moreno. Agitó la mano y enseguida apareció una joven camarera con un biquini minúsculo. Le dijo al oído que trajera otros dos cócteles. Al volverse, le dio un cachete en la nalga y ella sonrió de manera cómplice. Su acompañante intentó atraer su atención y comenzó a darle cortos besos por toda la cara. A lo lejos se oía un sonido apagado. *Ring, ring...* Se ajustó las gafas de sol, apartó al pulpo besucón y se incorporó en la hamaca. *Ring, ring...* Vio como la joven camarera descolgaba tras la barra un rudimentario teléfono, lo miraba y acto seguido colocaba el aparato sobre una bandeja y se encaminaba hacia él, bandeja en mano, con gráciles y sugerentes contoneos de cadera. *Ring, ring...* El teléfono era enorme, de esos que se empleaban en los años cincuenta, y a pesar de tener el cable desconectado, serpenteando sobre la arena hirviente, seguía sonando. *Ring, ring...* La seductora camarera le tendió la bandeja. Sin apartar la vista de ella, alcanzó el arcaico teléfono. Al llevárselo a la oreja, una mano salió del auricular, le agarró del cuello y todo adquirió una intensa y cegadora luz blanca. *Ring, ring...*

Se despertó con un martilleo en la cabeza y dolor en la vejiga. La boca le sabía a cloaca. Por los ventanales del piso, desprovistos de cortinas, penetraba un intenso sol matutino. En la mesilla, el teléfono no cejaba en su empeño de sonar. Se sentó en la cama, con los pies desnudos sobre el cemento frío, abrió un párpado y descolgó.

—Diga —logró farfullar, pensando en su tío, que lo llamaba muy de vez en cuando.

—Joder, Max, ¿por qué no contestas? —gritó una voz a través del auricular.

Separó el teléfono de la oreja. No era la voz desgarrada de su tío. Era la de Alex Pérez, el comisario jefe.

—¿Max?, ¿sigues ahí?

—¡Sí! —afirmó al cabo de un momento—. ¿Qué sucede? ¿Quién se ha muerto?

—¡Vaya! Veo que ya estás informado, así que no te comento más, te espero dentro de una hora en el campus de Ibaeta, en la entrada de la Facultad de Ciencias Químicas.

—¿Cómo? ¿Qué quieres decir con...? ¿Oye? —Pero el auricular ya emitía un agudo pitido.

Se levantó de la cama sin sentir el frío en la planta de los pies. Al segundo paso tropezó con un zapato y a punto estuvo de dar con sus huesos en el suelo, algo que sí hubiera sentido. Sin más contratiempos consiguió llegar hasta la ducha y situarse bajo el agua.

A la media hora estaba en camino. Metió la tercera marcha, pisó el acelerador y el deportivo sobrepasó sin inmutarse los cien kilómetros por hora.

—¿Qué cojones habrá pasado en la facultad?

Más valía que el asunto fuese grave, porque no le hacía ni pizca de gracia despertarse tan temprano. Cambió a cuarta y el motor V8 del viejo coupé rugió con fuerza. Se reconocía como un fiel enamorado de los objetos antiguos, y al mismo tiempo odiaba los diversos aparatos, chismes y demás cachivaches que el progreso había traído y que con tanto ahínco se habían instalado en la sociedad hasta hacerse imprescindibles, en algunos casos, para la propia vida. Lo único que tenía a bien usar era el teléfono móvil. Pero hoy pensaba hacer una excepción, y paró, que no aparcó, en doble fila junto a una tienda de electrodomésticos.

45

Entró en el establecimiento, abierto hacía tan solo unos minutos, y se acercó al mostrador.

—Quiero un contestador automático.

Observó al dependiente: un hombre bajito, de ojos pequeños y nariz chata.

—Perfecto. Nada mejor que poner un contestador automático en su vida. Mucho más cómodo: puede ducharse con total tranquilidad, salir a la calle cuando le plazca, sin tener que preocuparse por perder una llamada. ¡Qué diablos!, hasta puede poner la música a todo volumen, al cuerno con los vecinos, no es que yo lo haga, pero ya sabe...

Max bostezó.

—Parece que la noche ha sido agitada, ¿eh? Bueno, no le importuno más, la gente dice que hablo hasta por los codos, ya sabe, habladurías de vecinos, chismorreos... ¡Demonios!, estamos en la época de la comunicación, si no nos comunicamos cómo vamos a evolucionar. Hasta las hormigas se comunican más que algunos humanos, lo vi en un documental...

—Oiga, yo solo quiero un contestador automático, no necesito una charla. Voy a comprar uno, no le quepa la menor duda.

—¿Qué modelo desea?, ¿alguna marca en especial? —preguntó el hombrecillo con voz de barítono mostrando una amplia sonrisa. Aún mantenía el buen humor, la frescura de atender al primer cliente del día—. Existe una amplia variedad, hay unos más eficaces que otros, para qué le voy a engañar. No obstante, tenemos varios en oferta...

—Ese mismo —respondió Max.

Señaló uno de gama alta que se encontraba arriba, en una balda situada detrás del dependiente, pero enseguida reparó en la baja estatura de este (apenas llegaba al metro sesenta), así que rectificó y señaló otro colocado en una balda más abajo pero de precio similar.

—Buena elección. Se nota que es usted un experto.

Segundo bostezo.

—Desde el primer momento, cuando cruzó la puerta, sabía que tenía claro lo que buscaba. ¡Qué diablos! Hoy es su día de suerte, mire por dónde me ha caído francamente bien, por eso le voy a hacer una oferta que no podrá rechazar. Por el mismo precio tengo este otro que...

—Quiero ese. —Volvió a señalar su elección.

—Correcto. Un hombre con las ideas claras. —El dependiente alcanzó el contestador—. No hay más que hablar, pues. ¿Desea que se lo envuelva en papel de regalo?

—No, y tampoco hace falta la caja, démelo tal cual. Eso sí, deseo que lo programe para que salte al primer tono.

—¿Al primer tono? —repitió el dependiente con rictus circunspecto—. Si está en otra habitación apenas va a enterarse de que lo llaman.

Max asintió con la cabeza y le dirigió una mirada admonitoria.

—De acuerdo... Pero ¿no quiere grabar un mensaje antes? ¿Su nombre? ¿Un saludo? —volvió a preguntar el dependiente, esta vez con suma precaución.

—No. Y asegúrese de que únicamente suena una vez.

El hombre manipuló el contestador con manos temblorosas. Al cabo de unos minutos le tendió el aparato a Max, que le entregó un billete de cien euros. Al acercarse a la caja registradora para cobrarle, oyó la campanilla de la puerta y se quedó atónito al ver cómo aquel personaje con gabardina y toscos modales abandonaba su establecimiento sin preocuparse por el cambio.

—Mejor así, hay gente que sigue pensando en pesetas –dijo, aunque de pronto cayó en la cuenta de que no le había dado la garantía, ni siquiera un recibo, y tragó saliva al pensar en su vuelta dentro de unos días con una reclamación.

Max salía del establecimiento con el contestador en la mano justo cuando un joven guardia municipal dejaba una multa en el limpiaparabrisas del coupé.

—¿Qué hace, hijo?

El guardia, que no lo había visto, dio un respingo.

—Hacer mi trabajo, señor —contestó tras recuperarse del susto–, y multarle por aparcar indebidamente.

—Soy el inspector Max Medina, de Homicidios, así que guarde esa libreta antes de que se la meta por la boca, se quede sin respiración, perezca y me vea obligado a hacer yo también mi trabajo.

El guardia municipal, bolígrafo en mano, se quedó estupefacto. Durante unos breves segundos permaneció con la boca abierta, impertérrito ante aquel hombre alto, moreno, de unos cuarenta y pocos años, con gabardina y propietario de un coche que no había visto en su vida. El hombre y su coche parecían salidos de una vieja película de mafiosos.

—¿No me ha oído? ¿O es que carece de pabellón auditivo?

Varios viandantes se acercaron como buitres al olor de la sangre y se ubicaron a una distancia prudencial para observar el desenlace. Uno de ellos, un adolescente que llevaba un casco en la mano, disfrutaba con la escena, contemplando a la presa moribunda.

—Haga el favor —dijo Max ya más calmado. El chaval no tenía culpa alguna—. Vaya a detener a los malos.

El joven e inexperto funcionario recordó la conversación que había mantenido con un compañero de trabajo haría un par de meses, justo el primer día de su integración en el cuerpo, cuando le advirtió de que si en algún momento se cruzaba con un tipo alto, con gabardina y coche deportivo, lo mejor era apartarse de su camino. Las palabras aún retumbaban en su mente: «Los del Departamento de Homicidios están todos locos, pero este todavía más, tiene muy mala leche, y si le llevas la contraria es capaz de sacar su arma, una de esas que salen en *Harry el Sucio*».

—Sí, señor —fue lo único que alcanzó a balbucear.

La presa, para deleite del adolescente motero, reculaba. Guardó su libreta, se dio media vuelta, rojo de vergüenza, montó en su bicilíndrica y desapareció entre el denso tráfico sin ni siquiera haberle pedido al hombre de la gabardina que se identificara.

Max arrojó la multa del limpiaparabrisas al suelo, entró en el coupé, depositó el contestador en el asiento del copiloto y, tras un suspiro, también el revólver que guardaba en una sobaquera de cuero marrón: un Smith & Wesson modelo 29, cañón de cuatro pulgadas, cargado con seis cartuchos calibre 44 Magnum.

Arrancó el coche. El invierno estaba siendo suave y lluvioso. Mientras conducía contempló por la ventanilla cómo la mañana se tornaba gris. Cuando llegó al campus universitario de Ibaeta, unas nubes bajas sobrevolaban la Facultad de Ciencias Químicas. En el aparcamiento se topó con numerosos coches de la Ertzaintza, una ambulancia de Osakidetza, otra de la DYA y un laboratorio móvil de la Policía Científica, todos aparcados de la peor forma posible. Tras el cordón policial, decenas de curiosos y varios reporteros hacían guardia a la espera de noticias.

—Vaya revuelo —dijo en voz alta.

Al contrario que en Oiartzun, con la mujer muerta del caserío, el ambiente sí le recordó a su estancia en Madrid. La crispación y la tensión en las caras de los agentes, que sujetaban subfusiles MP5, le parecieron excesivas.

—Mierda —protestó mientras ascendía por la escalinata de la facultad: ni siquiera tendría tiempo de encender un puro.

En la puerta de entrada lo aguardaba Alex acompañado de una mujer escuálida. El contraste con el comisario, cuerpo obeso, de respiración agitada, casi ahogada, ademanes graves, piernas gruesas y torso fornido, que no fofo, resultaba abismal. Ambos estaban rodeados de ertzainas. Observó con curiosidad a la joven. Calculó que no pasaría de los veinticinco, a pesar de que el pelo liso y negro recogido en una coleta le añadía años. Sus rasgos marcados y su tez morena mostraban claramente sus genes vascos. No la conocía de nada y se preguntó por la razón de su presencia allí. «Preguntas que se piensan y no se dicen», solía afirmar su tío. El abrigo largo, el traje elegante y su pose altiva le conferían pinta de política. Era indudable que sobraba. Una chupatintas.

—Gracias a Dios —dijo Alex—. ¿Dónde te habías metido? Bueno, déjalo, antes de nada te presento a la oficial Erika López.

La mujer, de pecho plano y pómulos huesudos, alargó una mano. Max se quedó mirando la mano un instante y después se la estrechó.

—Encantado, hija, qué tal si vas a por unos bollos y café, todavía no he desayunado.

—¡Max! No es tu criada, es tu nueva compañera —respondió Alex sumamente airado.

—¿Cómo? —alcanzó a decir Max.

Una expresión de sorpresa, parecida a la que ya mostraba Erika desde hacía unos segundos, se le dibujó en el rostro.

—¿Nos perdonas un momento, hija? —terminó diciendo.

Tras el consentimiento de Alex, Erika se alejó unos metros a conversar con unos agentes situados tras el cordón policial.

—¿Es que tengo cara de Popeye, jefe? No necesito a ninguna Ofelia detrás de mí todo el día.

—Los tiempos cambian. Un poco de ayuda no te vendrá mal.

—No la necesito.

—Aunque sea en pequeñas labores. A partir de ahora la oficial López está a tu cargo.

—Ni hablar.

—Max, soy tu superior y harás lo que te mando o ya sabes dónde está la puerta. La chica es buena, es la primera de su promoción, y quiero que le enseñes todo lo que sabes, así que no se hable más del asunto, será tu compañera en este caso. ¡Erika! ¡Ven! Es hora de entrar. Vamos.

Entraron en la facultad, doblaron a la izquierda y ascendieron al segundo piso por las escaleras, a cuyo pie se apostaban dos agentes de uniforme. Al fondo del pasillo, en el suelo, alguien había trazado un círculo con tiza, y a unos dos metros estaba marcada la silueta de un cuerpo decapitado. A la derecha, había una cristalera rota, y un agente de traje oscuro introducía, con ayuda de unas pinzas, unos trozos de cristal ensangrentados en una pequeña bolsa de plástico con cierre hermético. Llevaba unos guantes de látex, una pistola semiautomática enfundada en el cinturón del pantalón y del cuello le colgaba una placa de policía.

—Joshua, informa al inspector Medina y a su nueva ayudante, la oficial Erika López, sobre lo que has averiguado —ordenó el comisario.

El aludido sonrió antes de hablar. ¿Había oído bien?, ¿la chica esmirriada era la ayudante del inspector?

—Señores, lo que tenemos aquí es sencillo a simple vista: homicidio en primer grado. Le han seccionado la cabeza. —Y tras una breve pausa para consultar su cuaderno de notas añadió—: Ha sido identificado como Mikel Iriondo. El otro, Iker Asorey, intencionadamente o por la fuerza, se precipitó por este ventanal. —Joshua señaló la cristalera rota—. Cursaban segundo de bachillerato en el instituto Koldo Mitxelena de Rentería y al parecer eran muy amigos. Hay varias puertas forzadas y ambos llevaban mochilas, con lo que todo indica que entraron para sustraer material de los laboratorios. Si me lo permiten, y parafraseando a Napoleón: «Cada soldado lleva en su mochila un bastón de mariscal», aunque en nuestro caso las mochilas de nuestros muchachos iban cargadas hasta arriba de valiosos utensilios químicos.

Erika miró con desconcierto a Max y a Alex, quienes, acostumbrados a las citas de Joshua, aguardaban impasibles a que el agente de la Científica continuase.

—Mientras robaban —prosiguió este tras una pausa— fueron sorprendidos por alguien. El resto son conjeturas y tendremos que esperar a las pruebas del laboratorio. ¿Alguna pregunta?

Aunque se había dirigido a los tres, la pregunta iba dirigida a su amigo el inspector. La fuerte amistad entre ambos se sustentaba en conversaciones fuera del trabajo, alejados de las escenas de los crímenes, sobre antiguas batallas navales. A Max su tío le había transmitido la pasión por el mar, las patentes de corso, los galeones hundidos, los combates a cañonazos..., y a Joshua le encantaba rememorar junto al inspector aquellas batallas que luego reproducía en su piso con maquetas y soldaditos de plomo.

—¿Alarmas? —preguntó Max.

—No hay —contestó Joshua—. Bueno, sí, pero es vieja y salta cada dos por tres, así que siempre permanece desconectada.

—Vaya desastre —afirmó Alex.

—Lo cierto —añadió Joshua— es que casi ninguna universidad dispone de alarma. Un responsable de la UPV me ha comentado que consideraban suficiente la vigilancia exterior del campus, y como nunca ha pasado nada...

—Hasta hoy —corrigió Alex—. Ahora tomarán medidas, harán lo que debieron hacer hace tiempo.

—El estudiante que cayó por el ventanal, ¿vive? —inquirió Max mientras lanzaba cortas miradas a su silenciosa compañera. Cada vez le agradaba menos lo que veía. A sus años y con mujeres ayudantes.

—Sí, aunque su estado es crítico. Se precipitó desde unos cuatro metros de altura. Su mochila amortiguó la caída y le salvó la vida. Lo han trasladado a la UCI del Hospital Provincial Nuestra Señora de Aránzazu. Debe de tener medio cuerpo destrozado.

—Me imagino que no habrá ningún testigo, ¿verdad? —prosiguió Max.

—La facultad cierra a las nueve y durante la noche nadie permanece en su interior. El último en salir, y encargado de cerrar puertas y ventanas, suele ser la bedel o el conserje. Ayer fue el conserje —volvió a consultar el cuaderno—, un tal Luis Álvarez, y dice que no vio nada extraño. Cuando ocurrió el suceso dos guardias de seguridad patrullaban por el exterior.

—¿A qué hora fue eso?

—Alrededor de las dos de la madrugada, y parece ser que todo ocurrió en segundos. A juzgar por el contenido de las mochilas, los chavales debían de estar acabando, quizá hasta ya se iban cuando tuvieron la mala suerte de cruzarse con su asesino, o asesinos, quién sabe.

—¿Qué dicen los guardias?

—Oyeron unos gritos; uno asegura que al aproximarse al edificio vio a alguien asomarse por la ventana en el momento de la caída. Debido a la oscuridad, solo distinguió una silueta, por lo que no hemos podido realizar ningún retrato robot.

Un espeso silencio reinó en el ambiente.

—De acuerdo, Joshua, cuando tengas algo concluyente sobre las muestras recogidas me avisas. Y tú, hija, ¿tienes preguntas? —dijo Max con tono despectivo.

—¿Se ha echado algo en falta? —preguntó Erika tras mirar de forma airada al inspector. Parecían una pareja recién divorciada—. Me refiero a un elemento llamativo. No sé, algunos asesinos se llevan de sus víctimas una prenda, un mechón o algo similar, como trofeo.

Joshua afirmó con la cabeza y observó con curiosidad a la nueva oficial antes de contestar. De rasgos suaves y cara alargada, acorde con su enjuta figura, destacaba en su atuendo un reloj plateado, muy caro a su juicio. No era su tipo, pero nunca se sabía, tratándose de una mujer no había que cerrar ninguna puerta.

—Es verdad, se me olvidaba. Al cadáver..., mejor dicho, a la cabeza, le faltan los ojos. —Mostró a Erika su sonrisa más afable.

—¿Los ojos? —repitió incrédulo Max.

—En efecto. Alguien, suponemos que el asesino, se los arrancó... y se los llevó.

Tras un silencio pertinaz, el comisario señaló con el dedo a Max y Erika:

—El caso es vuestro, y espero —miró al inspector de soslayo— un informe encima de mi mesa al mediodía. Ahora voy abajo a dar un escueto comunicado a la prensa antes de que circulen rumores peligrosos —concluyó.

Alex desapareció por las escaleras moviendo la cabeza a ambos lados, sin dar crédito a lo ocurrido.

—Bien, quiero que hables con los dos guardias de seguridad a ver qué te cuentan —le pidió Max a Erika—, y luego date una vuelta por el Hospital Provincial. Yo me voy a desayunar, nos vemos en la comisaría a última hora de la tarde. ¡Ah!, y no olvides redactar el informe —dicho lo cual también desapareció escaleras abajo.

Leire se dirigió al bar de la facultad tarareando la última canción que había sonado en la radio de su coche, *The Sound of Silence* de Simon and Garfunkel. Se accedía por una puerta lateral ubicada a la izquierda, a la vuelta de las escaleras de entrada del edificio. Hoy iba sola, a la locuaz de su prima Marta la mantenía postrada en la cama una inoportuna gripe. Debido al cierre momentáneo de la facultad, el bar estaba abarrotado de estudiantes, con lo cual, Pello Lazkano, responsable del servicio de cafetería y comedor desde los años noventa, estaba haciendo su particular agosto. Tras la barra solía tener a un ayudante, que cada curso variaba para no verse obligado a hacerle un contrato fijo. El de este año era un chaval sin estudios y un poco lento de reflejos que a Leire le caía fenomenal. Lo llamaban Pilón.

Se abrió paso hacia el interior del bar. Vislumbró al fondo a un par de ertzainas, junto a las escaleras que conducían a la primera planta. Entre la muchedumbre emergió una mano a modo de saludo. Enseguida reconoció al dueño. Se trataba de Galder Jáuregui, un estudiante de quinto curso y uno de sus mejores amigos en la facultad. Comenzaron la carrera juntos, pero él se dejó por el camino varias asignaturas, de tal forma que mientras Leire consumía su segundo año de becaria, Galder aún cursaba el último año de carrera. Le devolvió el saludo y se dirigió hacia él. La primera impresión que Galder producía no resultaba nada prometedora: pelo largo, camiseta negra —la de hoy era de los Iron Maiden y destacaba en el centro un Eddie satánico—, vaqueros raídos y el tatuaje de una gárgola en el brazo izquierdo. Debido a dicha apariencia su círculo de amigos en la universidad era muy reducido, y él poco hacía por aumentarlo.

—Oye, tía, no te vas a creer lo que ha pasado —dijo.

—¿Qué tal el *concert*? —preguntó Leire, conocedora de que su aspecto era una fachada, un escudo para protegerse del exterior, ya que en realidad era una persona muy tímida, además de amiga de sus amigos—. Por las ojeras, intuyo que bien.

—Estuvo alucinante Lo mejor fue el solo de batería. Un desmadre total.

—¿Y los amigos?

Galder le había contado días atrás que cada vez congeniaba menos con ellos. Las novias, los distintos pareceres y los diferentes horarios los alejaban. Aunque subyacía otra explicación: el tiempo no perdonaba y ellos se volvían adultos, personas responsables, les había llegado la hora de sentar la cabeza y pensar en el futuro, en integrarse en la sociedad. Y Galder no quería asumirlo, no deseaba volverse un carroza, deseaba congelar ese momento de su vida, introducirlo en un bote y destaparlo cuando le viniera en gana.

—¡Va! —exclamó con desgana—. Unos muermos. Yo sudé como un cochino, pero... ¿Ya has oído lo ocurrido?

—No —respondió Leire—. Me imagino que será grave para no dejarnos entrar.

—Se rumorea que un tipo ha asesinado y descuartizado a cinco estudiantes.

—¡Anda ya! —Realizó aspavientos con una mano—. Tú siempre tan macabro, ya será menos.

—Se habla de paredes ensangrentadas y cuerpos mutilados. Luis, el conserje, al único que han dejado entrar, aparte del decano, me ha dicho que ha visto cómo sacaban los cuerpos metidos en bolsas, y asegura que, por la forma, una contenía varias cabezas. ¡Y lo mejor de todo es que hoy no hay clases!

—Siento decepcionarte, pero creo que abrirán más tarde...

—Me da lo mismo, al mediodía estaré en la sala de vídeo de Informática. Los de quinto proyectan *There be Dragons* en versión original para recaudar fondos para fin de curso. ¿La has visto?, ¿te vienes?

Leire pensó que la vida seguía su curso inexorable, y que a veces estaba llena de coincidencias. Si Galder tenía razón, ella había estado en una sala oscura viendo cortar cabezas al jinete fantasma mientras la ficción se reproducía en los pasillos de la facultad.

—No —contestó, ahuyentando sus pensamientos—, no la he visto, de hecho no sé ni de qué va.

—Una de espías en la Guerra Civil, y cuenta la vida de Josemaría Escrivá.

–Uf..., estoy muy atareada. Quizá otro día, Galder, y otra peli.

Siempre lo había considerado un amigo y nunca como un posible novio, pero se fijó en el azul marino de su iris y corroboró la opinión de sus amigas. «Está muy bueno», decían.

–Vale, luego nos vemos.

Galder se abalanzó sobre un compañero de clase que en ese momento entraba en el bar y empezó a contarle su visión del suceso.

Leire se acercó a la barra como pudo, casi a codazos, buscó un hueco y le pidió a Pilón un cortado. A su lado había un hombre que le llamó la atención. Por sus pintas no era químico, o al menos eso le parecía. Hablaba con Pello. Desde pequeña siempre había poseído una gran capacidad para deducir vidas y hechos con solo observar a las personas, y ahora empleó esa capacidad con aquel hombre de unos cuarenta años, moreno y con gabardina. Dedujo que era policía, sin duda alguna, y por su forma de apoyarse en la barra no era un policía cualquiera. Tenía el café casi intacto, por tanto la conversación acababa de empezar. Siempre le había gustado más jugar a indios y vaqueros, a los coches... que a las muñecas: le chiflaban los asuntos de policías y ladrones. Puso a pleno gas su pabellón auditivo y alcanzó a oír:

–Nada extraño... ¿Ni siquiera una palabra subida más de tono que otra? –preguntó el hombre.

–No, señor inspector. Como le he dicho antes, este es un bar universitario y aquí nunca hay peleas.

–Los jóvenes son inestables...

–Los universitarios no; al menos en su ambiente, como máximo se les cae un vaso o un plato. La vajilla me dura años y las mesas apenas tienen rasguños.

–Está bien, de todas maneras tenga mi tarjeta y llámeme si observa algo raro.

–Así lo haré y...

–Leire, ¡eh!, Leire, tu cortado –dijo Pilón impidiéndole seguir escuchando la conversación.

—Sí, perdona, pensaba en qué habrá pasado —respondió a modo de disculpa.

—¿Cuándo vas a salir conmigo?

Un estudiante de gafas grandes la empujó sin querer, y sin disculparse, en su intento de alcanzar la barra.

—Cuando seas mayor de edad —respondió Leire al tiempo que lanzaba una mirada acusadora al estudiante.

—Pero si ya lo soy, tengo veintitrés años.

—Me refería mentalmente, cariño, y ahora haces el favor de cobrarme —dijo, extendiendo un billete de cinco euros.

—¿Por qué eres tan mala conmigo? —replicó Pilón entre risas a la vez que alcanzaba el dinero—. Ya sabes que eso puede afectar a mis emociones y soy capaz de cometer una locura.

—Tranquilo, que no faltaré a tu entierro —respondió ella, y giró la cabeza a su izquierda. El inspector había desaparecido y el estudiante que la había empujado ocupaba su lugar.

Un hombre casi calvo, con perilla y cejas pobladas, vestido con un traje azul marino y una corbata granate a juego con el pañuelo del bolsillo, andaba por el pasillo de la primera planta de la Facultad de Ciencias Químicas de forma altiva y con gesto hierático. Se cruzó con estudiantes y profesores y todos lo saludaron respetuosamente. Entró en la biblioteca.

Le atendió el viejo bibliotecario.

—¿Qué desea?

—Un volumen del Vollhardt —respondió circunspecto.

—Lamento comunicarle que no hay ninguno disponible. Todos están prestados.

El hombre suspiró y se llevó la mano a la perilla mientras reflexionaba.

—Pues llame a algún estudiante y que le traiga el libro —le ordenó.

—Señor Alonso, sabe que no puedo hacer eso.

Volvió a suspirar por segunda vez. Una pequeña llama invisible de ira y de humillación brotó de su pecho. Conocía al viejo desde antes de que se convirtiera en decano y su relación nunca fue buena. Jamás acataba las órdenes, al menos las suyas. Aquel ratón de biblioteca que olía a pobre no servía ni para recadero. Se prometió que al finalizar el curso se desharía de él. En realidad no sabía cómo lo había aguantado tanto tiempo, hacía muchos años que ya no se encontraba bajo la protección de ella. Con toda seguridad el consejo se opondría a su despido, pero ya buscaría la forma de convencerlos, no habría condonación posible.

—No es que pueda —repuso el decano—, sino que debe hacerlo. Pasaré mañana a primera hora a por el maldito libro. Más vale que consiga uno o aténgase a las consecuencias.

Sin esperar respuesta, salió de la biblioteca esbozando una pequeña sonrisa. En el vestíbulo se topó con Luis Álvarez, el conserje, un tipo esquelético y alto, un tanto desgarbado, de gafas grandes y anticuadas. Llevaba el pelo engominado, con la raya en medio, repeinado hacia atrás en un estilo de épocas pasadas, y desprendía un fuerte olor a loción. De una trabilla del pantalón vaquero colgaba un mosquetón con las llaves de los distintos departamentos de la facultad, y al andar las llaves chocaban unas con otras produciendo un vivaz y molesto ruido. Aunque el decano conocía las limitaciones del conserje lo prefería a un tipo inteligente y avispado que cada dos por tres le incordiara con solicitudes.

Luis le comunicó con una peculiar voz infantil —bastante imitada y ridiculizada por los estudiantes en los pasillos de la facultad— que necesitaba su permiso para avisar a los de mantenimiento. Al parecer el sistema eléctrico de las aulas del segundo piso presentaba anomalías. «De vez en cuando se va la luz», le dijo.

—Otro jodido problema —murmuró el decano.

La charla con el bibliotecario no había hecho sino acentuar su malestar por la muerte del adolescente y por la actitud de la Policía al prohibir la entrada al edificio hasta bien avanzada la mañana. Otorgó su consentimiento a regañadientes. Y le dio un consejo:

—Recuerda, Luis: tú sigue trabajando y esforzándote sin hacerte muchas preguntas y pronto llegarás lejos, como yo. Aquí donde me ves, empecé desde abajo, y ahora, mira, imprescindible para el buen devenir de nuestra querida facultad.

El conserje, que había escuchado con sumo interés el discurso del decano, su panegírico personal, corroboró la verdad de sus palabras con un gesto de cabeza. El decano le pasó un brazo por el hombro y mientras caminaban juntos le dijo con voz queda:

—Ahora que lo pienso, quizá tenga un pequeño trabajo para ti.

El inspector dejó atrás el rótulo LABORATORIO FORENSE y avanzó por el amplio pasillo solitario; consideraba a su nueva compañera inmadura para estos menesteres y no deseaba verla echar la primera papilla. Al llegar a la puerta, entró sin llamar.

—... No presenta herida alguna —oyó decir.

La sala era extremadamente fría y estaba revestida de azulejos blancos de arriba abajo. Su interior albergaba a dos personas, o más bien tres pero dos con vida: el médico forense, Kepa Galarza, y al lado su ayudante, su hermano gemelo Arkaitz. Los Galarza eran como dos gotas de agua, y a no ser por la voz más profunda y rota de Kepa, el inspector era incapaz de distinguirlos. Llevaban varios años diseccionando cadáveres y al parecer les gustaba. Kepa, el mayor —había nacido cinco minutos antes—, poseía un título superior de médico forense y una licenciatura en Informática además de un posgrado en Ingeniería Informática, pero le atraían más las herramientas médicas, prefería manejar el bisturí al ratón, moverse entre arterias y órganos humanos a cortar cables y manipular carcasas inhumanas.

—*Kaixo,* Max —saludó Arkaitz, el menor, con un escalpelo ensangrentado en la mano.

Al igual que su hermano, vestía un delantal verde y un ridículo gorro del mismo color. Ninguno utilizaba mascarilla aunque sí unos guantes de látex desechables.

—Llegas tarde, y eso en algunas tribus del Norte de Europa significa la muerte.

Arkaitz no se quedaba a la zaga respecto al nivel de estudios de su hermano y poseía, aparte de la carrera de Medicina, una licenciatura en Historia y un máster en Civilizaciones Antiguas. Más de una vez el inspector le consultaba algún dato histórico.

—¿Qué habéis averiguado? —dijo Max.

A la altura de su cintura había una camilla con un cadáver desnudo. La cabeza se hallaba depositada dentro de un cuenco metálico.

—Lo único que te has perdido es que comió espaguetis y lomo con patatas —reveló Kepa con una sádica sonrisa en la cara.

Los hermanos realizaban la autopsia al cuerpo de Mikel, y a juzgar por su estado ya habían acabado con el aparato digestivo. Se situaban uno a cada lado, y en el territorio de Kepa había una mesa de acero inoxidable con multitud de utensilios médicos, casi todos relucientes, afilados y acabados en punta.

—¿Cómo se produjo la decapitación? —preguntó Max, tosiendo.

El laboratorio desprendía un fuerte olor a alcanfor al que, por muchas visitas que hiciese, su olfato no acababa de acostumbrarse.

—Todavía no lo hemos investigado en profundidad —contestó Arkaitz—, pero va de izquierda a derecha, así que el asesino es zurdo.

—Lo cual es una buena noticia —afirmó Kepa.

—¿Y eso? ¿Por qué? —preguntó Max.

Cada palabra de los presentes iba acompañada de una pequeña nube que dejaba patente la baja temperatura de la estancia.

—En la prehistoria, la mayoría de los seres humanos eran zurdos —respondió Arkaitz—. Sin ir más lejos, los estudios de las pinturas rupestres de la cueva de Santimamiñe, en Kortezubi, indican una preferencia por la mano izquierda.

—La zurdera era una cualidad esencial para cazar y sobrevivir —dijo Kepa—, y dado que estaba en juego la supervivencia es posible que se trasmitiese por los genes, se propagase por el ADN mientras fuese necesario, de generación en generación.

—Pero en la actualidad ya no necesitamos cazar para subsistir —añadió Arkaitz.

—Y dejó de propagarse con el ADN, con lo cual hoy en día solo uno de cada diez humanos es zurdo. La teoría de la evolución de las especies —concluyó Kepa—. Gracias a la selección natural, ahora el abanico de sospechosos se reduce de manera considerable.

Los hermanos, fieles a su forma de actuar, se turnaban para hablar y contestar a las cuestiones del inspector y era imposible determinar el giro que tomaban sus conversaciones. Entre ellos se iban respondiendo hasta cansarse o llegar a un camino sin salida, aunque casi siempre era Arkaitz quien llevaba la voz cantante, con lo cual, independientemente del tema tratado, las conversaciones solían derivar en tribus, mitos y leyendas. Max, habituado, dirigía la mirada de un hermano a otro, porque rara vez intervenía dos veces seguidas uno en presencia del otro, y él no osaba interrumpir salvo que la ocasión lo requiriera.

—Desde nuestros orígenes, la zurdera ha generado mucha controversia —indicó Arkaitz—. Los incas consideraban a los zurdos grandes curanderos, y para las tribus africanas era una señal de maldición, de magia negra.

—Y en el cristianismo solo la mano derecha puede bendecir —recordó Kepa—. De hecho, en la Biblia hay numerosas referencias desfavorables a los zurdos y favorables a los diestros.

—Al Diablo se le suele representar zurdo —afirmó Arkaitz.

—De acuerdo, me hago una idea... ¿Qué sabemos del arma homicida? —preguntó Max, intentando conducir la conversación por derroteros más policiales.

—Según el primer examen, sabemos que el asesino utilizó un objeto fino e incisivo —dijo Kepa.

—El corte es relativamente limpio —indicó Arkaitz.

—Le rebanó la cabeza de un solo golpe —afirmó Kepa, acompañando sus palabras con un gesto con el dedo índice a la altura de su garganta, simulando la sesgada. En la piel emergió una línea roja allá donde segundos antes había pasado el dedo. Los Galarza eran tremendamente blancos de tez y cada presión sobre su piel quedaba marcada unos instantes.

–En la cultura maya, el sacrificio de la decapitación humana era una obsesión suprema –añadió Arkaitz.

–Y en los aztecas también, ¿verdad? –dudó Kepa.

–No –corrigió Arkaitz–, lo que hacían es hervir el cráneo después de la muerte. Eran los chachapoyas quienes también les cortaban las cabezas a sus enemigos y las guardaban en el interior de sus casas, no se sabe muy bien con qué fin. Hasta los incas tenían miedo del pueblo de las nubes.

–Ah, cierto.

Ambos hermanos callaron y aguardaron la siguiente pregunta.

–¿Alguna idea, aunque sea remota, del tipo de arma? –insistió Max.

–Arma blanca –afirmó Arkaitz.

–Puede tratarse de una espada –dijo Kepa.

–Aunque yo no me jugaría el cuello –puntualizó Arkaitz–. Es un corte medianamente limpio pero ha dejado rastros de presión..., como si la supuesta espada tuviera zonas poco o nada afiladas. Resulta extraño.

–¿Hay señales de forcejeo? –preguntó el inspector.

–Ninguna herida, ni una triste magulladura, ni contusiones... Nada de nada –contestó Kepa.

–Por lo menos recientes –añadió Arkaitz.

–O sea, que sí presenta marcas pero las propias de un chico de su edad –puntualizó Kepa.

–Postillas, cicatrices, cardenales... –dijo Arkaitz.

–Golpes de adolescente –sentenció Kepa.

–*Bai* –afirmó Arkaitz.

El inspector, que seguía con la mirada cada cambio de interlocutor, aseveró con la cabeza y volvió a toser. Había oído en los pasillos de la comisaría todo tipo de historias sobre la infancia de los gemelos que pretendían explicar su comportamiento extravagante y su apariencia extraña: que si eran huérfanos y vivieron con unos vagabundos, por lo cual sus cuerpos estaban desnutridos; que tuvieron padres pero que estos los obligaron a vivir en una chabola como perros y por eso, a veces, perdían la razón; que se criaron al lado de una madre prostituta y drogadicta que los maltrataba; y así un sinfín de macabras y truculentas suposiciones. Lo cierto es que en la comisaría rehusaban su presencia, se apartaban de ellos como el que se cruza con un leproso. Por el contrario, al inspector le traía sin cuidado cómo y cuándo y de dónde habían salido: cumplían con creces su trabajo, lo cual era más que suficiente.

—¿Qué arma u objeto se empleó para arrancarlos? —preguntó Max mirando las cuencas vacías de los ojos.

—A falta de un análisis más detallado, diría que la misma que para cercenar la cabeza —dijo Kepa—. Aunque no lo afirmaría en un juicio. De momento son suposiciones.

—Presenta marcas de rascadas en el cráneo, en los bordes de las cavidades oculares —añadió Arkaitz—. Mi hermano tiene una teoría.

—Sí —afirmó Kepa—, le cortaron la cabeza para arrancarle los ojos.

—¿Cómo? —preguntó Max.

—Que quería sus ojos y por eso le cortó la cabeza —respondió Arkaitz.

—Pero ¿para qué alguien va a querer unos ojos humanos?

—Eso es trabajo suyo, inspector —repuso Kepa.

—En el Antiguo Egipto, el Ojo de Horus fue un símbolo de características mágicas, purificadoras y sanadoras —dijo Arkaitz—, un amuleto que simbolizaba la salud, la indestructibilidad del cuerpo y la capacidad de renacer. Hay numerosas referencias al Ojo en el *Libro de los Muertos*.

—Y seguramente no era la primera vez que lo hacía —explicó Kepa—. Todavía debemos analizar unas pequeñas incisiones descubiertas en el unguis —añadió.

—De acuerdo, debo dejaros, si avanzáis en la autopsia o encontráis algo que consideréis importante, otra teoría, me avisáis. ¿Vale, Kepa?

—*Bai,* inspector —respondió Arkaitz.

Pasear. Era una pasión que Cristina Suárez tenía desde pequeña. De la mano de su madre, recorría las calles de San Sebastián una mañana sí y otra también, correteaba por los parques, retozaba en la hierba y cruzaba la carretera con el pitido estridente del semáforo en verde. Nunca conoció a su padre y jamás se atrevió a preguntar por él, prefería inventarse su historia, pensar que aún vivía, que se trataba de un agente doble o que era perseguido injustamente por la justicia.

Caminaba ligera hacia el Peine del Viento. En el bolso, el bocadillo de ensaladilla de bonito y la botella de agua chocaban contra el pintalabios, al ritmo de sus pasos. Los árboles, balanceando las ramas al compás del viento, la saludaban. Se fijó en la gente con la que se cruzaba: una mujer con perrito; una pareja de adolescentes agarrados de la mano; una señora mayor, casi anciana, con signos ostensibles de fatiga en su andar, algo cansino, monótono; un hombre maduro, con corbata y el periódico bajo el brazo; una joven madre trasportando, que no paseando, a su bebé en un desvencijado carrito; un grupo de niños, mochila a la espalda, contentos por salir de la escuela.

Volvió la cabeza para mirar atrás, inquieta. Respiró aliviada. Nadie la seguía. El Peine, situado en el espigón de la playa de Ondarreta, a cinco minutos a pie del Antiguo y a un cuarto de hora del campus, era su sitio predilecto para perderse unas horas y olvidar su trabajo en la facultad. La relajaba sentarse en las escaleras de piedra y reflexionar, divagar, otear el horizonte, reparar en la inmensa alfombra azul perdiéndose en la lontananza, observar el azote de las olas en la bahía de la Concha y la ingente columna de espuma y agua que se levantaba en el choque del mar contra el muro de piedra, que evitaba lo inevitable, que contenía lo incontenible. La gran fuerza evocadora de las esculturas de Chillida, hierros incrustados en las rocas que formaban extrañas figuras y mostraban el empequeñecimiento del ser humano ante la naturaleza, rogando al de arriba su piedad, implorando su perdón y justificando la existencia del hombre.

Al llegar al Peine lo primero que oyó fueron unas palabras en inglés. Decenas de turistas, cámara en ristre y dedo sobre el disparador, esperaban el momento preciso para recoger en una instantánea el rugir del mar, la ira de Poseidón. Los últimos años de su existencia habían sido como una botella de cristal arrojada al mar, sola, abandonada, navegando a la deriva, sin un rumbo aparente, a merced de las corrientes, sorteando islotes, contemplando la vida del resto, aguantando los picotazos de las aves, buscando una costa donde varar.

Los siete agujeros canalizados del suelo volvieron a manifestarse ante la llegada de una nueva ola. El vapor del agua a presión emergió hacia el exterior a través de ellos y alcanzó a unos cuantos forasteros intrépidos. Los que observaban —como ella— bosquejaron la sonrisa del saber colocarse.

Ya desprovisto el bocadillo del envoltorio de aluminio, le dio un pequeño mordisco. No tenía ni pizca de hambre pero se obligó a comer. Un sorbo de agua fresca con gas le ayudó a tragar. Otras veces comía una ensalada en la terraza del Wimbledon English Pub, un local cercano que destilaba ambiente londinense y que solía frecuentar con su madre. Mientras comía el bocadillo se vio reflejada en la isla Santa Clara, con la roca frontal lisa y desgastada por los años de lucha contra el mar Cantábrico. Ella aún se recuperaba de su lucha contra un matrimonio infernal, desgastada por las palizas y los insultos, y seguía escondiéndose de los extraños. Entornó los ojos, y en el otro extremo de la bahía atisbó al cristo en lo más alto del monte y le buscó la mirada. Para ella siempre sería el monte Urgull, nada de Castillo, como decían los donostiarras más viejos, recordando que el monte albergó una fortaleza que protegió durante años la ciudad; y también se negaba a llamar Sagrado Corazón de Jesús a la estatua de más de diez metros que se elevaba en el monte, para ella siempre sería su cristo.

—*It's wonderful* —dijo alguien.

—Ahí viene otra —avisó un segundo.

—*Goazen aurrera* —se oyó.

El viento le abofeteó con fuerza el rostro y ahuyentó sus temores. Se pasó una mano a modo de peine por el cabello rizado, echándoselo hacia atrás. Ahora se sentía más tranquila, agradecida por lo afortunada que era. Dilató las aletas de la nariz y con sumo deleite inhaló la brisa del mar, el olor a salitre. Divisó a lo lejos un barco, previsiblemente enorme, minúsculo a sus ojos, y un puñado de pesqueros que regresaban al puerto con la ikurriña culebreando en el mástil. Una lancha con el distintivo de la Cruz Roja surcó el mar dando gráciles saltos. Tres personas viajaban en su interior, todas ataviadas con salvavidas amarillos, y una de ellas tuvo la gentileza de agitar la mano. Un par de viejecillos devolvieron el saludo.

Al cabo de media hora de contemplar la diversidad del paisaje, inhibiéndose del entorno, reparó en que los asistentes al espectáculo marítimo habían cambiado: los ingleses habían sido sustituidos por un par de jóvenes con sus respectivas bicicletas de montaña, los viejecillos por moteros de casco en mano, las parejas de jóvenes por otras, y de ese modo fue variando la gente en aquellos doscientos metros cuadrados. Solo ella permanecía fiel. Se fijó en la espesura de la hierba que apuntaba al cielo entreverado de nubes y golpes de sol. Un hombrecillo con cuatro pelos sobre la cabeza señaló con el dedo índice a su esposa que aquello que revoloteaba sobre la isla eran patos. Otro eventual experto señaló que los agujeros del suelo servían para contener el ímpetu del mar, evitar que golpease con toda su fuerza en el muro. En cambio, ella poseía agujeros en el corazón y el destino la había golpeado con fuerza. Su ya exmarido, el único hombre a quien había amado, la maltrató durante años, hasta que un día se armó de valor y dijo basta. Harta de vivir con las persianas bajadas, de esconderse de los vecinos, de maquillarse los moratones, de buscar excusas a su comportamiento violento, con el miedo a sus arrebatos metido en el cuerpo, corrió hacia la cocina y agarró el cuchillo más grande que tenía. El muy cobarde no dio ni un paso al frente, tal vez, como le pasaba a ella, le leyó en la mirada su determinación. Vaya que sí. Le hubiese clavado el cuchillo hasta el fondo de su corazón podrido. A la semana logró una orden de alejamiento. Y al mes firmaron los papeles. Desde entonces no había vuelto a verlo, aunque no podía evitar mirar atrás temerosa de encontrárselo.

Una ola titánica volvió a romper en el macizo saliente y pilló por sorpresa a unos viandantes obnubilados por el panorama. Intentaron alejarse con rapidez del borde pero no pudieron evitar que parte de su indumentaria fuese alcanzada por el agua enfurecida. Un pequeño lago se formó en el suelo. Una cámara de la televisión local Teledonosti, sujeta en un trípode y colocada a una distancia prudencial, lo grabó. Cristina evocó aquel temporal de olas que alcanzaron los cinco metros y cómo echó a correr de la mano de su madre hacia el interior del club de tenis. Cómo se reían. Un joven de pronunciados rasgos orientales, con una pequeña cámara digital colgada al cuello, se mostró ante sus ojos de fulgor avellanado y ahuyentó el pasado. El chico señaló la cámara, y después a él y a su pareja. Cristina asintió con una sonrisa, a pesar de que era tarde y debía regresar a la facultad, a su puesto de secretaria.

Tras la puerta en cuyo cartel se leía ALEX PÉREZ - COMISARIO JEFE se hallaban tres personas: el comisario, el inspector Medina y la oficial López.

Al inspector le agradaba su jefe, lo dejaba hacer, moverse con total libertad, nunca se interponía en su forma de actuar, muy al contrario que sus superiores de Madrid. Y eso que en la capital solo dejó un caso sin cerrar. Aunque Max creía que la última víctima —un afamado abogado— de aquel asesino en serie que sembró el terror en la zona de Vallecas era el propio asesino, quien, en un último acto de locura y viendo que el cerco policial se cerraba más y más sobre él, optó por quitarse la vida clavándose un cuchillo en pleno corazón, de manera similar a como había obrado con sus víctimas. Las pruebas del médico forense no fueron concluyentes y nunca pudo demostrarse si el abogado fue asesinado o se suicidó. Sus superiores, deseosos de mostrar un rostro a la opinión pública, detuvieron a un ciudadano de origen paquistaní, con antecedentes penales en su país y dueño de una carnicería entre cuyos clientes se encontraban dos de las víctimas. Max siempre sostuvo la inocencia de aquel supuesto cabeza de turco pero nada pudo hacer. Los asesinatos cesaron y el carnicero seguía pudriéndose en la cárcel de Soto del Real. Sin embargo, en San Sebastián se había implicado en numerosos casos y todos los había resuelto con celeridad gracias en parte a que, al tratarse de una urbe más pequeña y tranquila que Madrid, la mayoría eran sencillos. Homicidios, secuestros, suicidios, robos con violencia, ajustes de cuentas entre mafias o crímenes de bandas latinas no estaban precisamente a la orden del día en la capital guipuzcoana. Los casos más habituales tenían relación con la violencia de género, o con accidentes o atropellos; así que en general los arrestos se limitaban a maridos maltratadores, conductores borrachos, fulanos de poca monta, pequeños traficantes, violadores confesos y gente de calaña parecida. Solo recordaba un caso sin resolver como inspector, aunque cuando sucedió, en abril de 2010, se encontraba disfrutando de dos semanas de vacaciones en la Provenza francesa, sus últimas vacaciones, y a su regreso, el caso de la estudiante de Derecho aparecida muerta, desnuda y con evidentes signos de violencia en un contenedor de basura estaba más que enfriado. Y nunca vio el momento ni el lugar para calentarlo. Por tanto, la mujer hallada en el caserío de Oiartzun representaba una excepción que aún no había resuelto, pero a fe que lo haría en cuanto el nuevo caso de la facultad le dejase tiempo. Solo faltaba decidir qué clase de crimen investigaban: pasional, económico o vengativo. Después tendrían que buscar a un vecino con ansias de expansión, un lechero rival o un amante celoso. No existía más misterio detrás de los casos resueltos.

Apoltronado tras su escritorio, el comisario, con algunos kilos de más y aquella calva prominente que le añadía años, fumaba un habano. A Max le recordaba a un famoso director británico del cine de suspense que había fallecido en los años ochenta y de quien nunca lograba recordar el nombre. Acostumbrado a cotejar las fichas policiales, jamás olvidaba un rostro, pero sí los nombres adjuntos. El despacho de su jefe equivalía al de cualquier otro comisario de policía: la ikurriña, la bandera nacional y la de la Ertzaintza en un rincón, armarios acristalados

68

llenos de ficheros y archivadores, sobre la mesa carpetas rebosantes de folios y placas conmemorativas, y de las paredes colgaban un sinfín de cuadros —el *lehendakari,* el rey Juan Carlos I, promociones de policías, diplomas—, un plano de tráfico de San Sebastián y un mapa territorial de Guipúzcoa.

Erika, que llevaba una libreta donde había anotado todo lo que había averiguado hasta el momento, comentó al comisario que ya habían recibido las pruebas del forense, las cuales señalaban que Mikel Iriondo murió de manera instantánea tras ser decapitado. El informe reflejaba que el corte había sido seco, realizado con un objeto afilado; sin embargo, no especificaba la clase de arma empleada, «quizá una espada» fue la única aportación que hizo Max de su visita al laboratorio forense. Más tarde, en privado, Joshua también aportaría su granito de arena y mencionaría a un tal Guillermo no sé cuántos, emperador austriaco, que en una ocasión dijo: «Hasta que la guerra llegue a su fin, se recurrirá siempre en última instancia a la espada».

—El otro estudiante —prosiguió Erika, consultando la libreta—, Iker Asorey, continúa en la UCI en estado grave, y el médico ha sido muy claro: si sobrevive pasará al menos una semana hasta que podamos hablar con él.

—¡Una maldita semana! —exclamó el comisario—, no podemos esperar una maldita semana.

—También —continuó la joven— he hablado con los dos guardias de seguridad y uno de ellos... —Miró en la libreta—. Sí, aquí está..., Juan Camacho, insiste en que atisbó una silueta encorvada, extraña, asomada a la ventana. Sus palabras exactas fueron —y leyó de sus notas—: «Dos puntos rojos, luminosos y brillantes en la oscuridad... Los ojos de un lobo».

—Chorradas, ¿tú qué opinas, Max?, ¿qué piensas? —preguntó el comisario.

El inspector se tomó unos segundos antes de contestar, calculando las palabras. Llevaba un puro en los labios, pero no se atrevía a encenderlo. En el despacho solo el comisario se saltaba la prohibición de fumar.

—De momento sabemos poca cosa. Un par de malos estudiantes de bachillerato se hallaban a altas horas de la madrugada en la facultad, supuestamente robando, y tuvieron la mala suerte de cruzarse en el camino con un loco que, espada en mano, le cortó la cabeza a uno, y me imagino que el otro, en su afán por huir, saltó por la ventana.

—¡Saltó! —repitió Alex.

Golpeó suavemente el puro con el dedo índice para dejar caer la ceniza en un cenicero de cristal.

—¿No lo tiraron?

—En efecto.

—¿Qué vas a hacer? —le preguntó Alex sin darle tiempo a tomar aire—. ¿Qué medidas vas a adoptar? —Era su manera de hacer las cosas, insistir e insistir a sus hombres hasta oír lo que quería.

—Ofel..., digo..., Erika —corrigió—, acudirá a entrevistarse con los padres de los chavales por si hay algún cabo suelto. Tengo a un par de agentes trabajando con las fichas del personal de la universidad, quizá alguno tenga antecedentes, y pondremos una vigilancia especial en la facultad esta noche. Por lo demás, no nos cabe otra cosa que esperar.

—¿Qué dice tu instinto?, ¿alguna corazonada?, ¿un indicio?

—Por el momento es prematuro aventurar algo.

—¿Algún sospechoso?

—Unos quinientos estudiantes, decenas de profesores...

—De acuerdo, ya sabes que siempre he confiado en ti y espero que resuelvas este maldito caso con rapidez antes de que se nos vaya de las manos.

—Lo intentaré, jefe.

—Cuanto antes mejor, no quiero entrar en una batalla de competencias ni dar lugar a una injerencia de la Guardia Civil, y menos de tus amigos de la Policía Nacional... —Max carraspeó molesto por la alusión—. Al final resuelven lo que ya tenemos y se llevan todo el mérito. Es el primer gran caso que nos cae en las manos desde que ETA anunció el cese definitivo de su actividad armada. ¿Cuándo fue? ¿En octubre? Se va a convertir en toda una bomba mediática. Y espero que no nos explote encima, que no empiecen a publicar tonterías de que estábamos mejor antes, que desde el fin de la lucha terrorista la Ertzaintza se ha relajado. En cuanto a ti, Erika, buen trabajo, continúa así y pronto tendrás una placa como la de Max.

Su atención se vio desviada hacia el teléfono, donde un botón rojo parpadeaba. El rostro se le tornó melancólico. Propinó un par de caladas al habano, y tras expulsar el humo con deleite hacia el techo, de forma pausada, a cámara lenta, pulsó el botón luminoso y descolgó el auricular.

Max creyó oír a la secretaria, que le comunicaba que tenía al alcalde por la línea uno. El comisario les indicó, con un leve gesto de la mano, que salieran de su despacho. Antes de cerrar la puerta, el inspector lo oyó decir aquello que tanto repetía: «Aitor, ¿qué tal estás?».

La biblioteca estaba ubicada en el primer piso, frente a la entrada de la facultad, justo detrás del mostrador del conserje, y se accedía a ella por un lateral, tras pasar dos grandes puertas de cristal situadas una detrás de la otra, a dos metros escasos de distancia. El doble acceso resultaba necesario para conseguir un perfecto aislamiento del exterior. A través de las dos puertas se adivinaba la noche caer sobre la ciudad. Ya hacía cuatro años que la UPV los había contratado y desde entonces los guardias de seguridad Juan y Julio, conocidos como Las dos Jotas entre sus compañeros, patrullaban por las noches por los alrededores del campus universitario. Pero hoy descansaban sobre unas sillas de la biblioteca sin preocuparse ni del frío ni de la lluvia, encargados de la vigilancia del interior de la Facultad de Ciencias Químicas. Julio miró el reloj de su muñeca: marcaba las 04.03 de la madrugada y hacía casi una hora que habían concluido la ronda. Era incapaz de dormir, acostumbrado a pasear bajo la atenta mirada de la luna, respirar aire puro, poder fumar un cigarrillo de vez en cuando y expulsar a algún mendigo del campus, lo cual consideraba más gratificante que tenderse en unas sillas y realizar una ronda cada dos horas. Maldijo a aquel inspector alto y moreno, con gabardina y expresión austera, casi chulesca, que les había informado de que ese día las rondas nocturnas por el exterior del campus las harían sus muchachos. El argumento de que al estar la facultad vacía, el asesino debía entrar desde fuera y ahí estaría la Policía esperándolo, no le convencía. ¿Para qué querría entrar el asesino en la facultad?, ¿por qué iba a volver al lugar de los hechos? El caso es que allí estaba, aburrido y sin saber muy bien qué hacer mientras Juan roncaba a pierna suelta medio tumbado sobre dos sillas juntas. A pesar de ser su compañero de fatigas durante años, era muy distinto a él: a Juan los cambios no le importunaban lo más mínimo, simplemente procuraba cumplir su labor con el menor ruido posible; ahora bien, cuando la cosa se complicaba era partidario de sacar el revólver, al contrario de como regían las normas, y liarse a tiros con cualquiera que se interpusiese en su camino, fiel al lema «Dispara y luego pregunta». Y encima no le gustaba leer.

Julio contempló maravillado la cantidad de libros que contenía la biblioteca –unos diez mil volúmenes– y no pudo reprimir el impulso de abrir uno. Se titulaba *Química general* y el autor era un tal Atkins. A él sí le gustaba leer, en sus ratos libres y durante los descansos laborales, leía las novelas policíacas de los quioscos donde al final el detective acababa atrapando al ladrón y conquistando a la chica. Sin embargo, alterado por el cambio de ese día, se había olvidado su pequeño ejemplar en la taquilla del vestuario y aquí no daba con ningún libro interesante, todos le parecían soporíferos, con ilustraciones de moléculas, fórmulas matemáticas, reacciones químicas, que si calor por aquí y calor por allá, ni siquiera uno de fotografías, curiosidades o anécdotas con el que pudiera distraerse. Además, le apetecía muchísimo fumar, pero el conserje, un tipo con gafas enormes que olía a loción barata y respondía al nombre de Luis, había sido muy claro al respecto: «Prohibido encender un cigarro. Aquí trabajamos con sustancias altamente inflamables. Saltarán las alarmas contraincendios» fueron las tres frases que pronunció con su característica voz repipi.

72

Depositó con hastío el libro en su sitio. Volvió a consultar el reloj mientras deambulaba por la sala. Las 04.10. Confinado como un animal, necesitaba una calada. Salió de la biblioteca con sigilo para no despertar a Juan. La luz del plenilunio se filtraba por las puertas de cristal de la entrada y envolvía el vestíbulo con un tenue fulgor anaranjado. Dobló a mano izquierda y tras caminar unos metros entró en el servicio de caballeros. Se encerró en el primer retrete y de espaldas a la puerta encendió un cigarrillo.

—Un par de caladas más, lo saboreo, lo arrojo a la taza, tiro de la cadena y ¡ya está!, me desembarazo del arma homicida sin dejar huellas —murmuró para sí entre risitas.

Al dar la segunda calada la puerta de su escondite chirrió molesta y supo que no era su compañero.

—Oye, Julio, ¿qué hora es? —preguntó Juan, levantando con pereza un párpado.

Nunca llevaba reloj, era una costumbre rara según algunos, pero buena según sus jefes, pues eso demostraba gran capacidad de amoldarse a cualquier horario de trabajo.

Al no obtener contestación, se incorporó, y tras otear la estancia comprobó que estaba solo. Tardó unos minutos en desperezarse. El reloj de pared de la biblioteca marcaba las 04.20.

—¿Dónde cojones se habrá metido este tío?

Atravesó la doble puerta de la biblioteca.

—¡Julio!

Nada, silencio por respuesta.

Durante un instante pensó en avisar a los policías del exterior, sin embargo, ¿qué les iba a decir?, ¿que no encontraba a su compañero para que luego este viniera del cuarto de baño y a él le tildaran de cobarde? No, claro que no avisaría, bastante había sufrido en la *ikastola,* donde lo llamaban *neska.* Optó por la solución más drástica: sacar el revólver e ir a buscarlo él mismo.

Sus compañeros de trabajo siempre le recriminaban su gran facilidad para desenfundar, algo que estaba prohibido: en teoría el revólver solo era para intimidar. De hecho, varios compañeros no llevaban arma y otros, que sí lo hacían, la solían tener descargada. Pero él prefería dar explicaciones a verse sorprendido por algún drogadicto jeringuilla en mano. Además, tal como había sucedido la noche anterior cuando el chaval cayó por la ventana, si no se producían disparos no tenía por qué rellenar un parte en el cual debiera indicar que desenfundó el arma. Lo tenía muy claro: el cementerio estaba repleto de valientes y él no quería engrosar la lista. Por otro lado, no comprendía a los guardias que llevaban la pistola como si tal cosa, sin reparar nunca en el tambor. Se podía tener una pistola y saber que estaba cargada o tenerla y saber que estaba descargada, pero llevarla sin saber si estaba cargada o no era de tontos.

Por tanto allí estaba con su 38 en la mano y bien cargadita, sí señor, a ver quién le tosía ahora. Todos sus músculos permanecían en tensión, su corazón bombeando adrenalina. Aún recordaba la enigmática figura que había visto por la ventana y que había bautizado como el jorobado de Notre Dame. Si se volvía a topar con ella esta vez no se le iba a escapar, ni siquiera le daría el alto, no señor, le llenaría su jodida barriga de plomo y si era necesario hasta le volaría la cabeza con un lindo disparo.

Avanzó unos pasos por el amplio vestíbulo y llegó el momento de decidir: izquierda o derecha. Meditó unos segundos. Eligió el pasillo de la izquierda pues a la vuelta se encontraba el servicio de caballeros en donde pensaba encontrar a Julio evacuando parte de la cena mientras leía una de sus novelas baratas. Le iba a dar un susto de muerte.

Al llegar a la altura del servicio se detuvo, deslizó hacia atrás el percutor del revólver y abrió con lentitud la puerta. Del primer cubículo fluía un reguero de sangre y asomaban unas piernas que por el gris del pantalón no podían ser otras que las de su compañero. Tras una atropellada mirada a las otras tres letrinas, para evitar alguna sorpresa desagradable —todavía no había perdido el control—, empujó con suavidad la primera puerta. Vio horrorizado el cuerpo decapitado de Julio. Había un gran charco de sangre alrededor. Se agachó a su lado sin soltar el revólver.

En el suelo había un cigarrillo aún encendido. Se giró al tiempo que se incorporaba. Nadie a su espalda. Estaba solo en el servicio, con Julio muerto, y un asesino escondido fuera, tal vez aguardando que saliera. Echó mano al cinto en busca de la radio y no la halló. Enseguida recordó que la había dejado sobre una de las mesas de la biblioteca, junto al revólver y la porra, porque le molestaba para dormir. Al levantarse y no localizar a Julio solo se había preocupado por recuperar su preciada arma.

—Maldita sea —masculló entre dientes.

Se humedeció los labios resecos con la lengua y respiró hondo. Abandonó el servicio revólver en mano, dispuesto a enfrentarse con su jorobado de Notre Dame.

—¿Dónde estás, cabrón? —gritó al pasillo.

El silencio sepulcral le hizo perder el control. Quizá si se hubiese encontrado con alguien, cara a cara, las circunstancias habrían cambiado, pero un miedo atávico a lo inesperado, a lo oculto, hizo su aparición. Huyó por el pasillo sin pensar adónde iba. En la carrera descubrió una puerta abierta, y como si fuera un niño jugando al escondite, penetró y la cerró tras de sí. Tras sortear varias sillas, se acuclilló en un rincón. Soledad, oscuridad y temblores, y no precisamente de frío, lo paralizaban. Los dientes le castañeteaban. De pronto oyó como la puerta se abría y penetraba algo de claridad en el aula. Una tensión dolorosa laceró sus músculos y su estómago. La poca racionalidad que todavía albergaba la empleó en incorporarse, alzar el arma y apretar el gatillo. Siguió disparando hasta que el clic del martillo le hizo comprender que no quedaban balas. El olor a pólvora inundó sus fosas nasales.

Entonces alguien se adentró en el aula y la silueta que había visto la pasada noche asomada a la ventana adquirió forma. Sus ojos desorbitados pudieron contemplar al jorobado de Notre Dame durante unos segundos. Después, en un último guiño al destino, apretó una vez más el gatillo. Tras el clic correspondiente algo rasgó el aire y le cercenó la cabeza.

Jueves 26

Se había refugiado bajo la sombra de una enorme palmera, con el sol a su espalda, aunque eso no impedía que el calor llegase a su cuerpo. Sudaba mucho. Tumbado en la hamaca, un ruido lo sacó de la modorra. *Toc.* Sonaba como si algo a su lado golpease el suelo al caerse. *Toc, Toc.* Sumido en el letargo dedujo que varios cocos caían de la palmera. *Toc, Toc, Toc.* Irguió la cabeza y se protegió los ojos con la mano. *Toc, Toc, Toc.* De la palmera no caían cocos sino cabezas, numerosas cabezas sin ojos...

—Inspector Medina, ¿está ahí? —oyó a través de la puerta.

Toc, Toc, Toc.

Esa voz de mujer no podía ser otra que la de su nueva compañera. Alargó la mano y alcanzó el reloj despertador de la mesilla. Indicaba las 07.12. ¿Qué querrá a estas horas?, se preguntó. Dichosa mujer. Consiguió levantarse de la cama a duras penas. Solo llevaba puesto un bóxer y un calcetín.

Había pasado parte de la noche en el Moby Dick's, donde se había tomado unos cuantos Manhattans. En previsión del nuevo caso, se fue a casa alrededor de las dos de la madrugada, pronto para su horario habitual. Nunca había estado casado, ni siquiera había tenido una relación estable. Era un tipo más bien solitario. Sin embargo, eso no significaba que no tuviera algunas aventuras con señoritas de dudosa reputación. La que más le había durado una semana. Resultaba atractivo para el sexo opuesto y ser inspector de Homicidios le otorgaba cierto aire interesante que aprovechaba a la hora de alternar. A pesar de tantas conquistas, ninguna mujer le había arrebatado el corazón, tal vez por su miedo a tener que responder por las vidas de otros, a cuidarse de que una bala perdida no se topase en su camino y truncase una familia como la que él perdió en aquel absurdo accidente de avión.

Abrió la puerta de su piso y llamó a Erika, que ya bajaba las escaleras. Esta subió a la carrera mientras él se peleaba con las sábanas en busca del otro calcetín.

—Caramba, ya pensaba que no estaba. —Un ligero rubor asomó a la cara de la joven al ver al inspector en calzoncillos.

Apartó la vista y reparó en el escaso mobiliario que albergaba el espacioso piso, un *loft* con paredes de ladrillo, suelo de cemento y una red de tubos metálicos en el techo. Sin cortinas, alfombras, cuadros, ni rastro de objetos personales que delatasen los gustos del inquilino, incluso sin la televisión ocupando el hueco del armario, ni tan siquiera una referencia al mar que tanto le agradaba. Estilo minimalista, lo llamaban los decoradores posmodernos. Y si bien el barrio de Gros era una zona de clase media, de pasado obrero, el edificio en el que residía el inspector resaltaba por la gran chimenea de ladrillo que ascendía hacia el cielo y evidenciaba su pasado industrial, una antigua fábrica habilitada en *lofts* unipersonales, sin calefacción ni balcones. En realidad, el sueldo de inspector daba para mucho más, y Erika empezó a pensar si no serían ciertos los cuchicheos en los pasillos de la comisaría sobre que Max se lo gastaba todo en alcohol.

—Llevo aporreando la puerta unos cinco minutos —soltó Erika—. Tiene el timbre estropeado.

Ya, dijo la cara de Max mientras se movía por el *loft* ajeno a la feminidad de su compañera.

—Hace media hora he intentado ponerme en contacto con usted por teléfono pero me saltaba el contestador —dijo la oficial casi de carrerilla, acelerada, y tras tomar aire añadió—: Además, tiene el móvil desconectado.

—Sí, suelo apagarlo cuando no estoy de servicio, y ahora ¿quieres levantar tu pie izquierdo? Estás pisando mi calcetín.

77

–¡Huy! Perdone. –Apartó el pie–. Ha habido otros dos nuevos asesinatos en la facultad con el mismo patrón: cuerpos sin cabeza y cabeza sin ojos.

–¡Maldita sea! –exclamó Max, malhumorado. No podía comenzar peor el día–. De acuerdo, desayunaré por el camino, baja a la tienda de comestibles de la esquina y compra unos donuts y café solo, el dueño es amigo mío, que lo apunte todo en mi cuenta, y cómprate también algo para ti, estás en los huesos –dijo al tiempo que se ponía los pantalones–. Espérame abajo. –Y se introdujo en el baño.

Erika permaneció unos segundos inmóvil hasta que reaccionó.

–Inspector, ya sé que no le hace ninguna gracia mi presencia, pero soy su ayudante, no su chica de los recados.

Su voz sonó clara y firme, quizá porque se sentía segura tras la puerta que los separaba. Max salió del baño secándose la cara con una toalla, la arrojó sobre la cama deshecha y se dirigió al armario en busca de una camisa.

–Mira, hija –replicó al fin–, si me cayeras mal te habría mandado a la tienda de la otra calle, y ahora baja de una puta vez a por el desayuno mientras yo acabo de vestirme.

A Erika no le gustaba que le dieran órdenes, y menos con esa prepotencia. La mayoría de edad había quedado ampliamente rebasada, y hasta alcanzarla bastantes órdenes tuvo que soportar de su acaudalado padre. Aunque al final siempre se salía con la suya y ahora se encargaba de su primer caso, en vez de hallarse con la nariz pegada a un mamotreto en alguna estancia de Oxford, tal como hubiese deseado su padre. Sí, su *aita*, como acostumbraba a llamarlo desde pequeña, siempre él, un hombre que el dinero había convertido en un ser arrogante y autoritario. Ciertamente nadie le había regalado su imperio, lo construyó él solito, hipotecando todo cuanto tenía en la adquisición de una decena de vacas y dedicando las tierras del *aitona* a su pasto. La leche del caserío comenzó a transformarse en dinero, y el *aita* siguió invirtiendo en su pequeña empresa. Luego vinieron los yogures, los quesos y sobre todo la famosa cuajada. Después llegaron los premios, la denominación de origen y el prestigio de la marca Zurutuza. «Cocina internacional, ahí tenemos que llegar, al *gourmet* y los paladares exquisitos», decía. Y ahí es adonde ella no quería llegar; por eso nunca utilizaba el apellido Zurutuza, no deseaba que nadie la relacionase con su familia. El *aita* nunca compartió la idea de que se hiciese policía, no entraba en los planes de un empresario que su única hija rehusase liderar en un futuro el negocio de productos lácteos que tanto esfuerzo le había costado levantar. Sin embargo, Erika, gracias al apoyo de la *ama* y a su gran perseverancia, había logrado esquivar su dictadura, cursar la carrera de ertzaina y graduarse con resultados brillantes.

—¿Todavía sigues ahí? —dijo Max, pasando el cinturón del pantalón por la hebilla.

—Que conste que no soy su criada —replicó Erika, y salió dando un portazo.

Bajó por las escaleras, casi tan rápido como había subido, a por el dichoso desayuno. Comprendió que para ganarse la confianza del inspector debía acatar alguna de sus órdenes, a pesar de que estas no fueran competencia suya, ni de su agrado. Ya tendría tiempo de cambiar las tornas. Era la misma táctica que empleó con el *aita*.

—*Quid pro quo* —murmuró para sí.

El decano Martín Alonso se levantaba temprano. La vida sonreía a los madrugadores. Cuando era más joven, la liturgia matutina equivalía a acostarse pronto, pero con la edad cada vez dormía menos y había pasado a acostarse tarde y levantarse temprano. Con cinco horas de sueño tenía más que suficiente para recargar su cuerpo de energía. Cierto que también ayudaba, y mucho, tener un trabajo que le entusiasmaba, un trabajo por el que luchó durante mucho tiempo y que no iba a dejar hasta poner un pie en la tumba. La jubilación era de pobres, e irse a vivir de las rentas a una isla, tomando el sol todo el día, no le atraía lo más mínimo, y eso que podía haberse retirado hacía tiempo, cuando las arrugas apenas se le notaban, pero le satisfacía estar al mando de la nave, manejar el timón; siempre había personas que necesitaban a alguien como él en sus vidas, alguien que gobernase sus designios. El liderazgo era cosa de unos pocos, el resto debía seguir al rebaño.

Estaba frente al espejo de la cama eligiendo qué corbata ponerse. El día anterior había usado su favorita, la de color granate, así que ahora debía elegir entre una amarilla o una verde. No creía en supersticiones, en signos del zodíaco y demás zarandajas, uno era libre, dueño de sus actos y de su futuro, así que se decidió por la amarilla justo cuando sonó el teléfono. Frunció el ceño. Aquello era extraño. La mañana anterior también sonó cuando se vestía y eso contradecía todas las reglas establecidas. Por algo madrugaba. Le agradaba adelantarse a los acontecimientos, y estos tenían que suceder cuando se encontrase en el decanato. El teléfono que debía sonar era el de su despacho, no el fijo de casa. Y dos veces seguidas resultaba insólito. Cuando descolgó, oyó la misma voz que el día anterior. Escuchó la noticia sin apenas inmutarse. Colgó con un «Gracias», se concentró en el nudo de la corbata y no cejó hasta que quedó como a él le gustaba. Se sentía inmerso en un sueño, pues solo en los sueños se recibía dos veces seguidas la misma noticia. Desagradable y mala. No podía ser verdad. Llevaba más de treinta años al mando de la facultad y nunca había ocurrido nada extraordinario salvo una huelga de profesores o una manifestación estudiantil. El curso universitario en que ambas cosas sucedieron fue a primeros de los noventa, el peor año que recordaba. Pero ¿asesinatos? Nunca. Y menos dos seguidos. No podía ser. Tenía que despertar cuanto antes de la pesadilla.

Se desplazaron hasta la facultad en el coche de Erika, una berlina con asientos de cuero y navegador incorporado. El inspector viajaba de copiloto, intentando mojar parte de un pringoso donut en un café cargado, pero la maniobra le resultaba hartamente difícil: Erika tomaba las curvas como si el mismísimo

Diablo los persiguiese. Al contrario que en el caso del asesinato del estudiante, Max quería llegar antes de que el juez Castillo hiciera acto de presencia y levantase los cadáveres. No tragaba al juez, y como la inquina era recíproca, él siempre hacía lo posible por llegar antes y el juez por llegar más tarde. En una maniobra brusca, con el coche haciendo eses sobre el asfalto, Max a punto estuvo de arrojarse el café encima.

—Tranquila, lo importante es llegar. Puedo soportar unos minutos al juez.

—Sí, inspector —contestó Erika sin levantar el pie del acelerador.

¿No quería desayunar? Pues toma desayuno, pensó la joven.

Cuando el coche derrapó en la última curva del campus y enfiló la recta que conducía a la Facultad de Ciencias Químicas, el inspector evocó el escenario del día anterior: ambulancias, coches de policía, agentes por doquier y el comisario aguardándolo en la entrada, con su cada vez más pronunciada curva de la felicidad. Lo único positivo es que no había ni rastro de la prensa. Aún.

—¿Dónde estabas? —Alex casi se arrojó sobre él—. He tenido que mandar a Erika en tu busca. —Tenía mala cara y no de sueño. El caso se complicaba.

—¿Ha llegado el juez? —inquirió Max.

Alex negó con la cabeza.

—Mejor. Vamos allá, no hay tiempo que perder.

Los tres se dirigieron al lugar de los hechos y se toparon con un par de agentes sacando fotografías a diestro y siniestro. Con los monos blancos con capucha, las mascarillas de papel, los escarpines en los zapatos y los guantes blancos de látex parecían unos estudiantes de laboratorio, solo les faltaban las gafas protectoras. Una cinta rojiblanca, en la cual figuraba impresa repetidas veces la leyenda ERTZAINTZA. NO PASAR. EZ PASATZEN, delimitaba las dos escenas de los crímenes; y otra, el rastro ensangrentado de unas huellas que configuraban un camino que enlazaba ambas escenas. El agente O'Neill salió del servicio y, según se quitaba los guantes, sonrió al verlos. Vestía uno de sus trajes oscuros, la experiencia que le otorgaban los años de procesar escenarios le eximía de llevar puesto el buzo aséptico. Con una mano les indicó el servicio. Erika fue la primera en aceptar la invitación, y al ver la crudeza del crimen a punto estuvo de vomitar sobre el cadáver del guardia de seguridad.

—Pues espera a ver el otro —dijo Alex.

El juez Castillo llegó al cabo de una hora, tiempo más que suficiente para que Joshua pudiese acabar de examinar con detenimiento el segundo cadáver. Su señoría era una persona baja y bastante gruesa, aunque se movía con seguridad y rapidez tanto por los despachos como por los pocos escenarios en que lo reclamaban. Escondía unos ojos instigadores tras unas pequeñas gafas. Y era de gustos caros: restaurantes con estrellas Michelin, hoteles con spa y viajes en primera clase, así que cada año esperaba ansioso el traslado a la Audiencia Nacional. A los más allegados no les escondía que se aburría sobremanera, pero reconocía que Euskadi no tenía parangón en cuanto a gastronomía. Por eso con cada retraso en su más que prometido traslado a Madrid se homenajeaba con una comida copiosa a base de marisco en un costoso restaurante del puerto. Cuando él y su secretario de campo hicieron acto de presencia, el juez solo saludó al comisario. Con su llegada, los tres policías —Max, Erika y Joshua— optaron por retirarse y se encerraron en el aula magna. Minutos más tarde se les unió el comisario, y Erika, ya recuperada del ataque vomitivo, fue la primera en manifestar una opinión:

—Comisario, hay dos cadáveres decapitados. Y al lado de los cuerpos, las cabezas sin sus correspondientes ojos. A priori, pienso que se empleó la misma arma homicida para ambos asesinatos. Un cadáver, llamémoslo sujeto A, yace en el suelo del retrete, y a su lado hemos encontrado una colilla, por lo que, y ahora entramos en el terreno de la suposición, el sujeto A estaba fumando a escondidas cuando se vio sorprendido por el asesino.

Joshua, mirando al suelo, asintió.

—Y aquí entra en escena el sujeto B —continuó la joven—, que oyendo los gritos de su compañero acude en su auxilio. Como

82

el agente O'Neill ha mencionado antes –Joshua alzó la cabeza y miró por primera vez a Erika–, su radio estaba en la biblioteca, así que suponemos que la olvidó invadido por la prisa y esto le imposibilitó pedir refuerzos. Bien, sigamos. El sujeto B encuentra a su compañero muerto, se asusta y corre a refugiarse en un aula, pero no se percata de que se ha manchado los zapatos con la sangre de su colega, por lo que el asesino no tiene más que seguir el rastro de las huellas en el suelo.

–Eso último es cierto –corroboró Joshua–. A falta de las pruebas definitivas, hemos identificado solo un tipo de huellas que se corresponden con las del, denominado por la oficial López, sujeto B. El asesino o asesinos tuvieron mucho cuidado de no dejar huella ninguna. Citando a Julio César: «Llegó, vio y venció».

–Entonces –prosiguió Erika tras un corto silencio–, nuestro sujeto B, presa del pánico, descarga su 38 sobre la puerta del aula. Aquí la palabra la tendrá balística.

Joshua, que era un maestro en la reconstrucción de los hechos, volvió a asentir con la cabeza. La chica era buena.

–Hay casquillos también fuera, en la pared de enfrente, con lo cual es fácil suponer que disparó cuando se abrió la puerta pero que el asesino nunca entró en el aula..., al menos hasta que el arma estuvo descargada.

Alex se quedó mirando a la oficial. Desde luego no le estaba defraudando.

–El resto es obvio –concluyó ella.

–Max, ¿cuál es tu opinión? –dijo Alex–. ¿Algo que añadir?

–Básicamente estoy de acuerdo con Erika.

No era su pretensión entrar en el juego de las adulaciones y el pasteleo reiterativo, pero había dicho lo que pensaba.

–¿Y? –insistió Alex–. ¿Alguna idea? ¿Indicios? ¿Suposiciones?

–Semejantes atrocidades no pueden ser culpa más que de un psicópata, uno de esos tipos trastornados por algún turbio suceso de la infancia. Quizá sus padres lo maltrataban, o tenía problemas en el colegio por su carácter introvertido, un chaval que disfrutaba apaleando perros, torturando palomas..., no sé, algo parecido. Pero en mi modesta opinión es alguien de dentro, algún trabajador de la facultad, un profesor o...

—¡Alto ahí! —exclamó Alex, recordando su época de patrullero—. Insinúas que buscamos a un asesino loco con doble identidad, un profesor que durante el día imparte clases y por la noche se dedica a cortar cabezas.

—El asesino actúa única y exclusivamente de noche, que sea alguien de dentro explica que pueda esconderse justo antes del cierre de la facultad sin levantar sospechas y salir después a cometer sus crímenes.

—¿Esconderse? —repitió Alex.

—Cierto —afirmó Max—. Ninguna puerta ni ventana forzadas. Es de suponer que el autor de los hechos se escondió antes de que se cerrara la facultad.

Los tres escuchaban al inspector con gran interés, sobre todo Erika.

—Intentemos que no salga a la luz. —Alex dio su aprobación con un gesto—. Será información reservada, cuanto menos sepa del caso la opinión pública, tanto mejor. Y vamos a adoptar una serie de medidas. Tú, Joshua —siempre se dirigía a sus hombres por el nombre de pila, lo de agente tal, oficial cual, no iba con él, fiel a su forma de pensar, de evitar cualquier regla establecida—, ocúpate de solicitar una analítica de sangre a los cadáveres, quiero una autopsia exhaustiva, busca también restos de estupefacientes, y además, que los de dactiloscopia se esmeren e inspeccionen palmo a palmo los lavabos en busca de huellas dactilares. De haberlas, estarán ahí y no en el aula. —Joshua asintió tal como lo había hecho durante toda la charla—. En cuanto a ti, Erika, encárgate de comprobar la situación real de nuestro accidentado estudiante, desplázate al hospital y habla con su médico, quiero saber cómo evoluciona y si será posible hacerle un par de preguntas en los próximos días. Por otra parte, jefe, necesito diez agentes con dedicación exclusiva a este caso, se asignarán a la vigilancia de la facultad y a otro pequeño asunto.

—¿Diez? ¿Qué clase de asunto? ¿Qué planeas? Al juez Castillo no le ha hecho mucha gracia perderse la clase de pádel. ¿Será legal, verdad?

En las ciudades modernas las mañanas son un gran circo de prisas, todo el mundo corre de un lado para otro, para llegar puntual al trabajo, para llevar a los niños al colegio, para coger el autobús o simplemente para ser el primero en la cola del supermercado. Leire no podía evitar verse inmersa en esa vorágine y hoy acudía muy temprano a la facultad para enchufar el rotavapor y que alcanzase la temperatura óptima antes de tomar unos datos. Estaba tan atascada en su experimento que cualquier minuto que ganase bien valioso sería, pero al tomar la curva comprendió que su retraso se prolongaría aún más. Las sirenas parpadeantes de los vehículos solo podían significar dos cosas: o bien habían atrapado al asesino o bien se había producido un nuevo homicidio, y en ambos casos veía improbable un normal discurrir de la jornada en la universidad.

—¡Qué pasada! —exclamó Marta, ya recuperada de la gripe, que como otras tantas mañanas se dirigía a la facultad en el coche de su prima.

Marta había permanecido el día anterior en la cama, sin encender la televisión ni escuchar la radio, y no se había enterado de lo sucedido. Durante el camino había retomado el asunto del otro día sobre el exnovio de su amiga. Parece ser que este, un tal Pedro, había amenazado de muerte a la chica en presencia de otras compañeras de clase, una de las cuales la había llamado, entre otras cosas, para contárselo.

—Bien, antes de que te pongas en el papel de Juana de Arco, como una histérica, te diré que ayer en Químicas murió un estudiante de instituto.

—¡Cómo! —volvió a exclamar Marta. Su cara reflejó incredulidad—. No puede ser, en nuestra facultad...

—Pues sí puede ser y no sé nada más —concluyó Leire, que aparcó el coche a unos diez metros de la prensa.

85

Las luces, azules de los coches de la policía y amarillas de las ambulancias, centelleantes e intermitentes, le daban al paisaje un curioso aire de discoteca de verano. Los medios informativos se apretujaban en torno a un cordón policial que posibilitaba un estrecho acceso a la escalinata del edificio. Leire se encaminaba hacia el improvisado pasillo, con su prima detrás con la boca abierta y ladeando la cabeza para no perderse nada, intentando acaparar la mayor visión posible del espectáculo, cuando la prensa se abalanzó sobre ellas. La Ertzaintza apenas pudo contenerlos. Leire les indicó que era una mera estudiante y que no sabía nada, pero que Marta —dijo señalándola— era una becaria. Acto seguido eludió a la marabunta informativa y comenzó a subir por las escaleras.

Desde el último escalón comprobó que la escena parecía la ceremonia de clausura del Festival de Cine de San Sebastián y Marta una actriz galardonada con las cámaras rodeándola en busca de unas palabras. No pudo reprimir una sonrisa, pues su prima parecía tener muchas cosas que contar.

En la puerta la abordaron dos policías de uniforme.

—Lo siento, pero hoy no va a ser día lectivo —dijo uno de los ertzainas—. La facultad permanecerá cerrada hasta nueva orden.

—Me parece correcto, pero yo no soy ninguna estudiante, soy una becaria y necesito entrar en mi laboratorio.

—Perdone usted —dijo otro de los ertzainas, el más alto, acercándose a ella con un bloc en la mano—. ¿Me puede indicar su nombre y cargo, por favor?

—Leire Aizpurúa, becaria del Departamento de Procesos.

—De acuerdo. —Lo anotó—. Debemos realizarle un pequeño interrogatorio, así que, si es tan amable de entrar y esperar en la biblioteca, el agente Sánchez la acompañará.

—¿Un interrogatorio? Pero si yo...

—Tranquila, mujer —atajó el agente llamado Sánchez—. Es pura rutina, nosotros cumplimos órdenes. Si es tan amable, por favor, serán solo unos minutos —dijo mientras abría una de las puertas.

Antes de entrar, Leire se giró y vio cómo Marta parecía haberse recuperado del todo de su proceso gripal: seguía hablando, y por una vez en su vida tuvo necesidad de oírla y saber qué podría estar contando a la prensa.

Las nueve en punto de la mañana. El decano, que llevaba dos horas moviendo papeles sin saber qué hacer, se hallaba en su amplio despacho del decanato. Detrás de la mesa, situada frente a la puerta, había una pequeña biblioteca repleta de libros voluminosos, mientras que el resto de las paredes estaban salpicadas de cuadros, fotografías y orlas, incluso por encima de la única ventana existente, que daba al exterior del campus y otorgaba un poco de luz natural a la cargada estancia. Paseaba la miraba por la habitación sin detenerse en nada ni en nadie en concreto. Comisario e inspector aguardaban su respuesta.

—No, rotundamente no —respondió al fin.

—¿Por qué? —quiso saber Max. No le agradaban las negaciones a sus propuestas.

—¿Cerrar hoy? Es imposible —insistió Martín—. Estamos acabando el segundo trimestre, los exámenes están a la vuelta de la esquina y hay personal trabajando en experimentos que no pueden abandonarse durante todo un día.

—Lo lamento, señor —dijo Max—, pero pretendo realizar un registro pormenorizado del edificio en busca de pruebas.

En ese momento, al comisario le vinieron a la memoria las palabras de Max: «... Y de otro pequeño asunto». Sí, era legal pero no le agradaba, los registros ocasionaban quejas: siempre se rompían y desaparecían cosas.

—Y ¿qué pruebas busca? —inquirió Martín—. ¿No creerá usted que el asesino es tan estúpido para guardar el arma, o lo que sea que busca, dentro de la facultad, que haya abandonado las pruebas incriminatorias en el lugar del crimen en vez de llevárselas y eliminarlas?

El decano dedujo que el inspector, sin duda alguna, era otro memo de los muchos que se cruzaban en su vida. Hasta fuera de la facultad tenía que encauzar los designios de otros.

—Creo que el asesino es alguien de dentro —replicó Max sin ocultar una sonrisa en el rostro.

No soportaba al decano, y no iba a hacer nada por esconder su rechazo. Con su elegante traje y su amplio despacho, sus modales altaneros..., se creía que se hallaba por encima del resto de los mortales. Juez, y ahora decano. Seguía haciendo amigos.

—¡Cómo! Primero quiere cerrar la facultad, y después culpa a un trabajador nuestro, y por si eso fuera poco, pretende hacer un registro.

—Sí, y no creo que sea adecuado llevarlo a cabo con la facultad abierta y los estudiantes yendo de un lado para otro... No queremos molestar al profesorado, pero interrumpiremos clases. Usted verá...

Max observó el escritorio. No localizó retratos personales, de mujer e hijos, ni siquiera un objeto o recuerdo de unas vacaciones. Al igual que él, era otro de los muchos solitarios que habitaban la Tierra.

—No..., bueno, visto así, tal vez sea lo mejor, no sé...

—Y quiero una lista de todos los empleados. Datos, fichas personales, fotos, todo lo que tenga de ellos. Y también un plano del edificio.

—Esto es inadmisible, es un ultraje —protestó Martín.

Se aflojó el nudo de la corbata amarilla que se apretaba más y más en torno a su cuello cada vez que hablaba aquel inspector prepotente y fisgón. Quizá se había equivocado en sus apreciaciones y no era un memo sino un lobo con piel de cordero. También se había cruzado con varios en su vida. Y todos habían acabado dando balidos a una orden suya.

—Se está extralimitando en sus funciones. Y usted, comisario, ¿aprueba todo esto?

—Lo siento, señor Alonso, pero como ya le dije ayer, el inspector Medina es el encargado del caso y tiene libertad absoluta.

El decano, demudado y en parte encolerizado, pulsó el botón del intercomunicador y pidió a su secretaria que acudiese. Entró una mujer de unos treinta y pocos años, de cabello moreno corto y rizado, labios carnosos y unos grandes ojos de color avellana que cautivaron enseguida a Max. Vestía una falda gris y un jersey rosa ajustado que moldeaba las formas de un pecho voluminoso. Se llamaba Cristina Suárez. A petición del decano, les proporcionó, tras rebuscar entre los papeles de su oficina, todo lo que Max había solicitado: un croquis general de la facultad, distintos planos del edificio, expedientes de todos los empleados y sus correspondientes fotografías, y un caudal de escritos con datos generales de los distintos departamentos. Durante la búsqueda, el inspector no le quitó el ojo de encima, siguió con miradas furtivas todos sus movimientos y los correspondientes contoneos de aquel cuerpo de musa griega que trabajaba de secretaria.

Todavía en presencia del comisario y ya fuera del despacho del decano y también, a su pesar, de la oficina de la secretaria, Max echó un rápido vistazo a los documentos. Comprobó que había mucho trabajo por delante: un número cercano a cien profesores englobados en cuatro departamentos impartían clase a unos cuatrocientos veinte estudiantes —noventa de ellos alumnos de doctorado y becarios—, todo ello soportado por el trabajo técnico y administrativo de treinta y dos miembros del personal de la UPV.

—Max, hay algo que me tiene intrigado —dijo Alex—. ¿Por qué piensas que el culpable es solo una persona y alguien de dentro?

—Porque hasta ahora no hemos descubierto ninguna pista, lo cual es más fácil de conseguir si se trabaja en solitario y se conoce el edificio palmo a palmo —explicó sin levantar la vista de los papeles.

—¿Tienes algún perfil psicológico del asesino?, ¿algo con lo que pueda alimentar al alcalde?

No respondió, continuó hojeando los documentos, absorto con la riada de información.

—De acuerdo, me voy. Si hay noticias nuevas, llámame. Y, por favor, no la cagues.

Sonó el móvil del inspector. Se trataba de Erika. Le informó de que en las últimas veinticuatro horas no se había producido ningún cambio en el estado de Iker Asorey. Seguía entubado, sedado y

89

estable dentro de la gravedad. Al parecer se encontraba en coma inducido debido al daño en el pulmón izquierdo que le había provocado la caída. A falta de más pruebas, las buenas noticias eran que no había lesión cerebral. Las malas eran que el médico afirmaba que las probabilidades de que recordase lo ocurrido se reducían casi a cero. Max asintió y le ordenó que se desplazase hasta la facultad, debían registrar un edificio de unos doce mil metros cuadrados de superficie.

La biblioteca se encontraba atiborrada de profesores, becarios, alumnos de doctorado, administrativos..., es decir, toda persona que tuviera algo que ver con la facultad y se hubiese pasado esa mañana por allí. Hasta estaban Pello y su ayudante Pilón, quien hablaba con Leire.

—No es un trabajo fácil... —afirmó este.

Mal día para Pello, caviló Leire, no le habrá gustado nada tener que cerrar el bar. Miró su reloj, marcaba las 10.11. Llevaba más de dos horas esperando. Encima el hacinamiento crecía, cada vez más personal era retenido en la biblioteca y solo cada cuarto de hora un ertzaina cruzaba la doble puerta y pronunciaba el nombre del elegido para el siguiente interrogatorio.

—Del horario no me puedo quejar... —decía Pilón.

La mirada de Leire viajaba de la puerta al reloj de pared y viceversa. El tiempo avanzaba, las manecillas describían círculos, y ella permanecía inmóvil, atrapada entre cuatro paredes. Palabras ajenas golpeaban en su oído.

—Esto es humillante —protestó un profesor.

—Llevo una hora —dijo otro.

—¿Qué querrán? —se preguntó un tercero.

Se cercioró de que estaba rodeada de extraños. Miradas de recelo. Todos sospechaban de todos, suspicaces hasta de su sombra. La vorágine de acontecimientos los había sobrepasado.

—... Y la gente asocia el ser empleado de un bar con un esclavo —dijo Pilón—. ¡Eh!, ¿me escuchas? A veces pienso que estás en otra parte.

—Perdona, es que estoy un poco cansada de esperar, pero te he estado escuchando y tienes toda la razón, tú también tienes tus derechos.

En ese momento se abrió la puerta y apareció Alberto con cara de pocos amigos. Buscó con la mirada a Leire, y tras divisarla sonrió y se encaminó hacia ella. Al ver a su lado a Pilón, borró la sonrisa.

—*Kaixo,* Leire... y compañía. Menuda vergüenza... ¿Lleváis mucho tiempo aquí?

En ese mismo instante un policía entró en la sala y se hizo el silencio. Dijo un nombre: Leire Aizpurúa.

—¡Qué va, solos unos minutitos! —gritó Leire, intentando hacerse oír entre el murmullo de protesta que invadía la biblioteca.

Al tiempo que se incorporaba de la silla, Alberto miró a Pilón, y este asintió sin dejar de sonreír.

El aula magna ocupaba casi el doble que las otras aulas de la primera planta y alrededor de ella giraban todas las exposiciones, ponencias y charlas del aniversario; sin embargo, hoy su función era muy distinta. Sentada a una mesa frente a dos policías, Leire pensaba en lo absurdo que era todo mientras uno de los agentes, con evidente sobrepeso, le hacía preguntas y el otro anotaba sus respuestas. Y en un extremo de la mesa un hombre permanecía de pie. Era aquel misterioso inspector de policía —con su inconfundible gabardina— que había visto la mañana anterior en el bar, charlando con Pello. El interrogatorio resultaba corto, escueto e inservible a juicio de Leire. Le habían preguntado cuánto tiempo llevaba en la facultad —algo que intuía que ya conocían—, a qué se dedicaba, cuál era su horario, si había notado algo extraño en los últimos días y poco más. El inspector no había abierto la boca y solo observaba. Cuando ya acababan, entró en el aula una mujer trajeada, escuchimizada y con pinta de no haber comido caliente en su vida. Se acercó al inspector y cambió una serie de impresiones con él.

Al concluir el interrogatorio, Leire se levantó dispuesta a subir al laboratorio de Procesos y se quedó sorprendida cuando los agentes le indicaron el camino contrario. Aceptaba que cerraran la facultad, a pesar de que le impedían seguir con su experimento hasta Dios sabía cuándo, pero podría seguir trabajando en casa adelantando materia, para lo cual necesitaba acceder al cuaderno de datos. Los ertzainas no se avenían a razones y lo único que consiguió fue que quizá al día siguiente le permitieran recoger el cuaderno, pero hoy no: «Imposible» había sido el término empleado por el agente orondo mientras intentaba tomarla del brazo y conducirla a la salida, y aquel gesto la enojó hasta casi perder la compostura. Fue entonces cuando el inspector intervino: «Tranquilo, Asier, yo me encargo».

Al cabo de cinco minutos se encontraba en la cuarta planta acompañada de la oficial delgaducha —a la que el inspector llamó Erika— en busca del anhelado cuaderno. La mujer le echó un vistazo antes de dárselo. Hojeó los balances de materia de una polimerización en emulsión de metacrilato de metilo y sus correspondientes datos de conversión para distintos tipos y cantidades de iniciador, de tal manera que Leire supuso —con acierto— que a la oficial le habían parecido una serie de letras y números sin sentido.

Ya fuera del edificio llenó sus pulmones de aire fresco. Ni rastro de la prensa. Una sensación de paz la inundó. Tenía el resto del día libre y hacía mucho que no montaba en bicicleta. Miró al cielo, donde un ligero viento del norte alejaba los cúmulos de San Sebastián. Un tiempo perfecto para pedalear. Por inercia se llevó la mano al bolsillo trasero de su pantalón vaquero. Palpó un papel. La tarjeta con el nombre y el número de teléfono móvil del inspector. «Una senda de doble sentido por donde debe fluir la información» fueron las turbadoras palabras que le dijo tras permitirle acceder al laboratorio. Se preguntó si en verdad se vería en la tesitura de devolverle el favor. La inquietud invadió su espíritu.

En realidad, a Max le convenía la presencia de su nueva e impuesta ayudante. ¿Se decía factótum?, se preguntó. No se podía negar que la chica era espabilada. Podría dejar que se encargase de los asuntos que más le incordiaban. Quién sabe, igual el comisario no estaba tan equivocado.

Volvían a encontrarse en el aula magna. Max en un lateral de la sala, de pie, mientras Erika, también de pie y al lado de la pizarra, se dirigía a diez policías uniformados sentados frente a ella, desperdigados entre las tres primeras filas de asientos.

—Como todos ustedes saben, hemos cerrado la facultad —estaba diciendo—. Se les encomienda realizar un registro exhaustivo del edificio en mi compañía y en la del inspector Medina, a quien ya conocen.

Los interrogatorios habían concluido y a Erika se la veía pletórica: por fin se sentía útil en el caso. Apagó las luces, encendió el aparato de transparencias, sobre el cual colocó una que ella misma había confeccionado minutos atrás, asió una varilla metálica y sin más preámbulos, como si dispusiese de un tiempo determinado, se dirigió a los asistentes:

—En la transparencia que tengo a mi espalda hay...

—Perdón —la interrumpió con voz débil uno de los ertzainas acomodados en primera fila, y acto seguido señaló con el dedo, cual vigía descubriendo tierra, hacia la pizarra.

Erika se giró y comprobó que había olvidado bajar la pantalla, con lo que la transparencia se proyectaba en la pizarra y apenas se veía. Con ayuda de la varilla desplegó la pantalla, y la sujetó en un gancho metálico colocado a tal efecto en la pared, bajo el portatizas.

—Bueno, como iba diciendo...

—*Barkatu* —atajó otro ertzaina situado en la tercera fila volviendo a hacer la señal acusadora del dedo.

El grupo de improvisados alumnos no pudo reprimir unas apagadas risitas.

Max permanecía en su sitio, apoyado en la pared y manoseando el móvil, ajeno a todo el asunto, aunque no había podido evitar alzar la mirada hacia su ayudante y esbozar una pequeña sonrisa.

La transparencia estaba dentro de la pantalla pero apenas se distinguía, la nitidez era pésima. Erika manipuló una ruedecilla de aquel endiablado aparato, arriba y abajo, hasta conseguir el efecto deseado, y la imagen, un cuadrado con varios números en los vértices, pareció cobrar vida. Tras coger aire retomó sus palabras:

—La imagen muestra —miró la transparencia para cerciorarse— un plano bastante simple de la facultad en el que aparecen además las cuatro fachadas, y aquí abajo figura la situación de los diversos laboratorios. —Acompañaba su discurso rasgando el aire con la varilla, cual batuta en manos de un inexperto director de orquesta—. El edificio consta de cinco pisos: la planta baja o semisótano, donde está el bar; la primera planta con varias aulas, entre ellas el aula magna, donde nos encontramos, así como la biblioteca, la secretaría y la entrada principal con el puesto del conserje que todos ustedes habrán visto al entrar; la segunda planta, con más aulas, las taquillas de los alumnos, casi quinientas, la sala de ordenadores, el consejo de estudiantes y un par de salas de estudio; y por último, las plantas tercera y cuarta, donde están los laboratorios y despachos de los profesores, y también algunas estancias usadas de almacén. En los cuatro vértices de este cuadrado hay escaleras que comunican las diferentes plantas —señaló con la varilla las distintas ubicaciones—, y hay otra escalera que enlaza la primera planta con el bar. El ascensor que va de la primera a la cuarta funciona con llave y es de uso exclusivo de profesores y empleados encargados de transportar materiales pesados. En nuestro caso no lo emplearemos, nos moveremos por las escaleras.

En ese instante el decano entró en el aula y se ocultó con dos rápidas zancadas en la oscuridad de la pared, junto a Max.

—Deseo acompañarlos en el registro —le susurró al oído para no interrumpir las explicaciones de Erika.

—No hay problema —convino Max.

—Entonces —dijo Erika—, de acuerdo con el plan, nos dividiremos en dos grupos: el primero lo formarán cinco de ustedes y el inspector Medina, y el segundo, que encabezaré yo, el resto. El primer grupo registrará las plantas primera y segunda, mientras que el segundo se encargará de la tercera y cuarta. —Erika había recuperado la confianza en sí misma—. Los registros serán minuciosos y cuidadosos, en especial con el material frágil de los laboratorios. Conocen los pormenores del caso que nos ocupa: buscamos cualquier tipo de prueba incriminatoria ya sea en forma de espada o de trapo ensangrentado. ¿Alguna duda, agentes?

El ertzaina que la había interrumpido la primera vez alzó la mano, como pidiendo permiso, pero al percatarse de que sus tiempos de alumno habían quedado ya muy atrás, y ahora era todo un policía, dijo en voz alta:

—¿Qué hacemos con las taquillas?

Erika se encogió de hombros al no captar el sentido de la pregunta, por lo que el ertzaina añadió:

—Me refiero a si las forzamos o no, porque tendrán candado.

—Por Dios, no —intervino airado el decano, y dando un paso al frente se mostró ante la débil luz del aparato de transparencias—. Eso sí que no se lo permito. —Y dirigió su mirada hacia Max.

—Está bien, no será necesario... de momento —aceptó este, envuelto en sombras—. El señor decano, a quien acaban de tener el placer de conocer, se unirá a mi grupo, y el conserje se unirá al grupo de la oficial López en calidad de guía. Y ahora, si no hay más preguntas... —Y tras esperar unos segundos, sentenció—: Manos a la obra.

Contemplaba la puesta de sol por el ventanuco de la sala de ordenadores. Llevaban más de dos horas de registro y sus muchachos estaban exhaustos. Habían registrado casi todas las aulas, salas y despachos, tanto del primero como del segundo piso, sin haber hallado la menor prueba. El decano había seguido con

95

suma atención todos sus pasos y se le notaba satisfecho por el fracaso del registro. La verdad es que Max no esperaba encontrar nada relevante, mucho menos el arma homicida; sin embargo, era su deber agotar todas las posibilidades, y en esas estaba cuando sonó su móvil.

—Inspector, estoy en el cuarto piso y hemos encontrado algo —dijo Erika.

—¿Qué habéis descubierto?

—Creo que debes subir a verlo.

—Conforme. —Y acto seguido llamó a uno de sus muchachos—: Asier, quédate al mando.

Se encaminó hacia las escaleras sin apenas oír el «Sí, señor» que le dedicó el agente, pero lo que sí oyó fue la voz del decano:

—Lo acompaño.

Erika los aguardaba en la cuarta planta, a la entrada de una tosca puerta de madera, junto a dos agentes y el conserje. Sus rostros no podían ocultar cierta preocupación. Cuando llegaron a su altura la joven comenzó a hablar:

—Es una sala utilizada como almacén y que al parecer hace mucho que no se usa, ni siquiera el conserje la conocía, ni tenía llave, por lo que hemos forzado la cerradura. —Martín Alonso fulminó con la mirada al conserje, que se vio obligado a agachar la cabeza—. Un baúl captó nuestra atención. Parece un sarcófago, y en un lateral figura una inscripción, PHPE, junto a un aviso de no abrir.

Max entró en la sala acompañado por el decano. Hedía a cerrado y el polvo revoloteaba en el ambiente.

—Hemos ignorado dicho aviso —comentó Erika detrás de ellos. Los ojos le chispeaban de gozo—. Hemos quitado la tapa haciendo palanca con un destornillador—. Señaló la tabla, apoyada ahora en la pared.

En su anverso, Max pudo leer dos palabras: *supremus dies*.

—Es una expresión latina —dijo Erika.

—Significa el día de la muerte —añadió Martín Alonso.

—En efecto —indicó Erika con un marcado tono punzante.

No le agradó la intromisión del decano; por demorarse con las explicaciones había perdido una oportunidad preciosa para quedar bien ante el inspector. Se prometió que la próxima vez no sería tan cándida.

—Contiene unas bolsas de basura —prosiguió con ánimo renovado—. Y... será mejor que lo veáis con vuestros propios ojos.

El inspector se aproximó al sarcófago con lentitud. El decano permanecía a la defensiva, inmóvil, sin hacer ademán alguno por acercarse a la misteriosa arca. Intuía que no podía albergar nada bueno para sus intereses. Se aflojó una vez más el nudo de la corbata al tiempo que reparaba en la estúpida sonrisa que mantenía en el rostro aquella mequetrefe de oficial, igual que una presentadora de un concurso televisivo revelando a los concursantes uno de los premios perdidos, y deseó borrársela de un tortazo.

El sarcófago estaba oculto entre cajas de cartón y restos de palés, con telarañas por los cuatro costados. Max se asomó al interior. Vio que de las bolsas asomaban huesos, muchos huesos, y entre ellos distinguió un cráneo. No hacía falta ser un experto antropólogo para saber que el cráneo correspondía a un ser humano.

Cristina Suárez se sentía sumamente cansada. Jornadas como aquella —encerrada en la biblioteca con el resto del personal de la facultad, interrogatorio posterior y preparación y entrega de documentos a la Policía— la agotaban más que los días en que comenzaba el curso académico y el decanato se llenaba de estudiantes buscando resolver incidencias y solicitando información.

Había llegado tarde a casa y no tenía muchas ganas de ponerse a cocinar. Deseaba meterse en la cama cuanto antes. Sacó un paquete de angulas del frigorífico, las puso en una cazuela de barro con un poco de ajo y unas guindillas y las calentó. El intenso olor la transportó a cuando vivía con su madre. Sentadas en la cocina, contándose cómo había ido el día mientras el sabor de los guisos hacía las delicias de sus papilas gustativas. En cierta manera se podían considerar los buenos tiempos, antes de que su ex nublara su felicidad y ensombreciera su vida.

Se comió las angulas frente a la televisión, sin más compañía que el presentador del *Teleberri*. Ni ella le contó sus penas ni escuchó las noticias que él daba, a pesar de que la mayoría del espacio lo ocupaban los crímenes de la facultad. Cuando salió el hombre del tiempo daba buena cuenta de una cuajada. Sonó el teléfono. Al segundo tono respondió por el inalámbrico.

–Diga... Hola, madre... No, no estaba dormida... Claro, no te preocupes... Sí, no tenías que haberte molestado... ¿Cuándo?... No, pásate el domingo... Sí, no saldré... Claro que estoy sola... No, no voy a salir y no sé dónde está Imanol, ni quiero saberlo... ¡Pero si tiene una orden de alejamiento!... No te he gritado, es que... Sí, yo tampoco tengo ganas de discutir contigo... Vale... Sí, tenemos que quedar un día para comer... Sí, en el Tenis estaría bien... Vale, yo me encargo de reservar y de elegir día... ¿Por qué? Pues porque yo trabajo, madre, y no tengo todos los días libres... No, no he querido decir que tú sí estás libre y sin hacer nada... Pues claro que no... Está bien... De acuerdo, nos vemos el domingo y concretamos el día. Que pases buena noche... Yo también... *Agur*.

Suspiró malhumorada. Su madre la sulfuraba y siempre se las ingeniaba para sacarla de quicio. Se levantó derrotada de la mesa. Pensó que a veces la vida era dura, o al menos la hacíamos dura. Con lo fácil que era no complicarse la existencia. Embebida en sus pensamientos se lavó los dientes, se desmaquilló, se puso el pijama y no se demoró más. En la cama le vino a la mente la figura del inspector de Homicidios. Le recordaba a un caballero andante entre tanto perturbado químico. Hacía mucho que sus pensamientos no se veían invadidos por un hombre. Se apretujó contra la almohada, se tapó hasta arriba con el edredón y se durmió relajada.

Viernes 27

Parecía un día normal excepto por el par de ertzainas ubicados en cada piso. La vigilancia se había intensificado y en los rostros, tanto de los policías como de los estudiantes, se leía preocupación por el desarrollo de los acontecimientos. Nadie lo manifestaba en voz alta; sin embargo, la inquietud, rayana en nerviosismo, flotaba en el ambiente. Todos se miraban con recelo, desconfiando, sospechando de cada acción del prójimo.

Habían transcurrido tres días desde el primer homicidio y la incertidumbre, la inexistencia de autor, de sospechoso, de un retrato robot, hacía mella poco a poco en la mente de unos y otros como el aleteo de una mariposa.

Leire encendió un mechero Bunsen en el laboratorio de Procesos. De vez en cuando echaba un vistazo a un reactor discontinuo situado a su derecha. Su jefe, Isaías, lo estaba utilizando para obtener unos datos numéricos cuyo fin era el libro en el que estaba trabajando, y al marcharse a impartir una clase de quinto curso le había pedido con la mano sobre la desgastada Biblia encuadernada en cuero y con el lomo roto que últimamente siempre llevaba consigo: «Cuida de mi niño Jesús».

Se moría de ganas de que pasara la horrenda semana laboral que había comenzado con los acosos de Alberto, continuado con los fracasos en sus experimentos y culminado con los espantosos crímenes que habían salpicado al campus. Mañana saldría de marcha con Gemma, y tal vez el domingo fuese al cine. Le vendría bien renovar los pensamientos, cambiar el agua de la pecera que tenía por mente, alimentar a los pececillos que fluían por las neuritas. Buscó una espátula, y mientras abría y cerraba cajones se sumergió en su mundo interior: juraría que la he dejado en este, pero no está, desaparecen muchas cosas del laboratorio y luego aparecen en otros lugares, como por arte de magia. Tendré que preguntarle a Alberto si utiliza mis cosas. Por cierto, ¿dónde diablos se habrá metido? No es que me importe, pero es insólito que no ronde por aquí. La última vez que lo vi fue ayer en la biblioteca durante la espera del interrogatorio. ¡No! ¡Qué memoria la mía! Ya no me acordaba, lo he visto hoy muy temprano, al entrar en el laboratorio, y se asustó bastante cuando lo sorprendí con un matraz en las manos, como si le hubiese pillado haciendo algo que no debía. Nunca madruga tanto, siempre soy yo la primera en llegar y abrir el laboratorio. Quizá temió que le dijese algo, apurado porque viera que tenía problemas con su trabajo. ¿Quizá en este cajón? Tampoco. Mierda. Está muy raro, ha salido casi sin saludarme y se ha llevado el matraz consigo, con una disolución en su interior, una disolución que debe de estar investigando. Me pareció que era azul. Sí, azul fosforescente. ¡Qué extraño! Aquí está, por fin encontré la maldita espátula. Pero ¿para qué la quería?

Colocó un vaso de precipitados sobre la llama y el leve contacto con su mano le hizo emerger al mundo real y olvidar por completo sus reflexiones matutinas.

El teléfono no cesaba de incordiar, el trabajo se acumulaba y Cristina Suárez estaba sola, como casi siempre. Se movía maquinalmente, refugiada tras la mesa, grapando, sellando, desperdigando papeles, sin apenas levantar la cabeza. Por lo menos podía pensar. Inspector. Madre. Las miradas de él no le pasaron desapercibidas. Los reproches de ella tampoco, los sentía tras de sí, acechando en su nuca como el aliento de un corredor.

El conserje invadió su territorio sin previo aviso e hizo lo propio con la siguiente puerta. Semejante comportamiento era inhabitual pero no dijo nada, bastante tenía con sus quehaceres.

100

Continuó con sus divagaciones. ¿Realmente el inspector estaba interesado en ella o simplemente eran imaginaciones suyas y creía ver lo que no era, suponía lo no dicho? ¿Qué podía hacer para contentar a su madre? Tomase el camino que tomase, ella siempre la disgustaba: veía coches en dirección contraria. Pero Cristina había elegido vivir libre, huir del hogar, abandonar a su marido, y quizá fuese en dirección contraria pero lo hacía por la acera, caminando lenta pero segura.

Oyó gritos. Todos provenientes de la misma voz: el decano tenía otro de sus arrebatos. El conserje no traía buenas noticias. Sus gritos se mezclaron con otros del pasado.

«¡Vistes como una puta, una vulgar puta, mi puta!» –gritó su marido estrujándole los pechos por encima del jersey grueso. «Seguro que te follas a todos los universitarios que pasan por tu despacho.»

La puso de espaldas y la empujó sobre uno de los brazos del sofá del salón. Al lado, la cena preparada horas antes con tanto cariño se enfriaba, esperando a unos comensales que nunca se sentarían a la mesa.

«Te voy a enseñar yo a follar, maldita puta.»

Le subió la falda y le arrancó las bragas de un tirón. Cristina apenas sintió nada cuando su marido la penetró por detrás. Él ni siquiera así conseguía excitarse. Ella cerró los ojos e intentó dejar la mente en blanco mientras padecía las acometidas de aquel cuerpo fofo que una vez amó con locura.

Alcanzó un lápiz y comenzó a jugar con él pasándoselo de un dedo a otro. Quizá el inspector fuese el hombre de su vida. Y no podía hacer nada por agradar a su madre. Seguía culpándola de la separación, como si se mereciese cada golpe, provocase las palizas, incitase los insultos y vejaciones a las que era sometida, la sumisión y el mundo de terror en el que vivió en secreto durante años.

«No sirves ni para follar.»

La agarró del pelo y la puso de rodillas. Le introdujo el flácido pene en la boca.

«Chúpamela como al vejestorio ese que tienes de jefe. Lo veo en sus ojos cuando te mira, se la chupas debajo de su mesa, y luego te pones a cuatro patas, como una perra...»

El conserje abandonó cabizbajo el despacho. Mudo y con andar cansino, desapareció por la puerta. El decano asomó por el quicio y le indicó con una forzada sonrisa que nadie lo molestase. Cristina asintió con la cabeza mientras con la mente negaba a su marido.

«¿Sabes para qué es este lápiz? ¿No? Apuesto a que sí, puta, y, si no, ahora lo arreglamos.»

Cuando lo amenazó con el cuchillo de cocina vio el terror en sus ojos y eso la envalentonó. No fue un acto premeditado sino inconsciente, tras sufrir sus insultos durante una insípida cena como tantas otras. Aquel día, cansado del trabajo en Correos, le soltó todo lo que no se atrevía a decirles a la cara a sus compañeros, y cuando acabó empezó con ella, a meterse una vez más con su forma de vestir, de maquillarse, de moverse al servir la cena. Pero aquel día fue diferente, algo creció en su interior, saturada de tantas humillaciones, y corrió hacia la cocina, agarró el primer cuchillo que vio y en tres grandes zancadas se plantó delante de él dispuesta a clavárselo o morir en el intento. No hizo falta, su marido siempre fue un cobarde y salió de casa para nunca volver. Pero estaba segura de que se la tenía guardada, se lo leyó en los ojos cuando al mes firmaron en los juzgados los papeles del divorcio. Sabía lo que pensaba con solo mirarlo a los ojos.

De la fuerza que hizo con las manos rompió el lápiz por la mitad y se clavó la punta en un dedo. Se lamió la herida. Ninguna herida se cerraba para siempre. Decidió esperar acontecimientos, con la cabeza bien alta, orgullosa de sí misma. Que ellos, inspector y madre, diesen el primer paso. Al otro, su ex, ya se lo encontraría por el camino.

Max entró en la tienda de comestibles ubicada en la esquina del edificio donde vivía. Había muchos establecimientos similares en el barrio de Gros, la mayoría regentados por pakistaníes y orientales, y aunque el trato era agradable en todos y los precios parecidos, Max se había habituado a comprar en aquella pequeña tienda, tal vez porque le recordaba a una de Madrid a la que iba con su tío. La tienda, propiedad de un tipo bonachón y regordete llamado Juan Ignacio, conocido en el barrio por el apodo de Ji y con quien Max tenía cierta amistad, contaba con una amplia entrada y pasillos angostos, las paredes repletas de estantes (algunos pedían a gritos un arreglo). Los productos, variados y desordenados, estaban salpicados de etiquetas –grandes y coloridas– que mostraban su valor en euros.

Ji atendía a un niño rubio y a su madre. A la cola aguardaba una anciana con un cartón de leche Zurutuza en las manos. El muchacho eligió, apoyando el dedo índice en la balda de cristal, un cruasán de queso Idiazábal con chistorra preparado el día anterior y recién salido de la nevera. A su lado un cartelito verde: 0,99 €. Ji le tendió el bollo al niño en un plato mientras la madre rebuscaba en el monedero.

–¡Ya quedan solo dos días para el derbi! –gritó al ver a Max. Era un fanático de la Real Sociedad.

La mujer reparó entonces en el inspector y le dedicó una parca sonrisa, para seguidamente continuar con la búsqueda de la moneda escondida.

Max miró hacia la televisión del rincón. El segundo canal autonómico del País Vasco, ETB2, emitía un reportaje sobre los asesinatos. Meneó la cabeza. Una chica, a la entrada de la facultad, decía cosas sin sentido. Al pie de la parte inferior de la pantalla se leía un rótulo:

MARTA ZUBIA, BECARIA DE QUÍMICAS.

El inspector se dirigió a los estantes del fondo, donde estaba el alcohol, sin poder evitar leer al pasar los titulares de los periódicos locales del mostrador. El desarme de ETA, la crisis económica, las elecciones a *lehendakari,* la última hora del derbi..., todas las noticias habían quedado relegadas a un segundo plano por lo acontecido en la facultad. Los periódicos exhibían titulares a cual más llamativo: «Se busca asesino», «Crímenes en la facultad», *«Heriotza gehiago»**, «Terror universitario»... Volvió a menear la cabeza. Por el momento no cabía otra opción que esperar, esperar a ver si el estudiante salía de la UCI y podía contarles algo, esperar a los resultados de Joshua de los huesos que habían descubierto el día anterior y, sobre todo, y lo que más temía, esperar a que el asesino moviese ficha.

El niño, de puntillas, logró meter el plato con el cruasán en el microondas y girar la ruedecilla del tiempo. En estos pequeños detalles para con la clientela residía el verdadero éxito de Ji, que unido a sus famosas combinaciones precocinadas de bollería y embutidos, su trato sencillo y su simpatía sincera, hacía que la pequeña tienda de barrio sobreviviera frente a los grandes supermercados que comenzaban a aflorar en la zona como setas en tierra húmeda.

Max estaba decidiendo qué whisky elegir cuando un par de tipos entraron bruscamente en el establecimiento. Uno de ellos iba armado con una escopeta y el otro llevaba una pistola. El tipo de la escopeta, de pelo largo y barba de tres días, apuntó a Ji y le soltó:

—¡El dinero, gordo de mierda!

Tras unos segundos de indecisión y sorpresa, Ji abrió la caja registradora y empezó a introducir el dinero en la bolsa de plástico que el atracador le tendía. No era la primera vez que le atracaban, ni sería la última, pero si algo tenía claro en esta vida es que no deseaba morir por unos fajos de billetes. No era el típico tendero que en situaciones como esta deslizaba la mano por debajo del mostrador y sacaba una recortada; simplemente acataba sumiso las indicaciones del atracador e intentaba salir ileso. Del dinero ya se encargaría el seguro, que para eso pagaba una cuota elevada.

El otro atracador, un tipo pequeñajo y calvo, se dedicaba a mover la pistola, como si tuviera Parkinson, controlando a las

---

* Más muertes. *(N. del A.)*

únicas personas que había visto en la tienda: una anciana y una mujer con su hijo. Los tres habían pasado en unos segundos de clientes respetables a rehenes indignos.

—Un movimiento y os coso a tiros —amenazó el enano con voz trémula.

De pronto notó en la nuca el frío del cañón de un revólver Smith & Wesson. El inspector vio por encima de la cabeza del hombre como a unos tres metros el tipo de la escopeta lo observaba asombrado pero sin dejar de apuntar a Ji.

—¿De dónde cojones has salido tú? —preguntó.

—Mucho mar a la espalda, y mucho grumete enfrente... Y ahora, si no quieres que le pegue un tiro a tu compañero, suelta la escopeta.

El atracador no reaccionó, incrédulo ante la orden. En cambio, Max se manejaba con celeridad. Susurró al oído del enano que bajase su arma. Este obedeció con un ligero sollozo. Resultaba obvio quién era el cabecilla de la burda imitación de atracadores estilo Bonnie and Clyde, con quién debía dilucidar el asunto.

La mujer abrazaba a su hijo mientras la anciana observaba la escena expectante, como si se tratara de una telenovela. Ya había vivido suficiente y hacía mucho tiempo que la muerte había dejado de darle miedo. En cambio, Ji sudaba profusamente y sin querer soltó la bolsa del dinero sobre el mostrador. El cruasán, iluminado por la luz del interior, daba vueltas en el microondas.

Durante unos segundos nadie pronunció palabra y Max tuvo tiempo de evaluar la situación: el tipo debía girar la escopeta unos cuarenta y cinco grados a su izquierda para dispararle, y teniendo como escudo al enano y situado de frente, valoró su posición como inmejorable. El único que podía correr algún riesgo era Ji, así que empezó a pensar en disparar a aquel insensato atracador antes de que cometiese una locura. Fue entonces cuando la anciana habló:

—Chico, ¿quieres hacer lo que te dicen y soltar el arma?

El atracador no daba crédito a lo que veía, primero aquel tipo de la gabardina, salido de la nada, apuntando a su compañero, y ahora una anciana, que en vez de temblar de pavor le daba consejos. Llevaba dos años de atraco en atraco y nunca le había ocurrido nada semejante.

—Cállese, vieja, y ocúpese de sus asuntos —espetó, y clavó sus ojos asesinos en ella. Si se desembarazaba del hombre de la gabardina, pensaba incumplir una de sus reglas: no matar innecesariamente a un rehén.

La anciana no se amedrentó, es más, abrió la boca para replicar.

—Sé lo que estás pensando —se le adelantó Max—. Como estás apuntando a un rehén, me obligas a bajar el arma. Pues andas equivocado, hijo. —Se tomó un tiempo para que el atracador digiriese las palabras—. En cuanto a esa bola de grasa, no me importa lo más mínimo. ¿Le quieres pegar un tiro? Adelante. Me juego mil euros a que no lo tumbas ni con tres.

Ji apenas podía respirar y pensó que aquel vecino simpatizante del equipo rival decía la verdad. No quería morir en su tienda, vomitando sangre en el suelo, aún le quedaba mucho por vivir. Emitió un gemido de angustia. El enano, al que Max no podía ver el rostro, tenía los ojos cerrados y tiritaba de miedo. La mujer y su hijo continuaban abrazados y eran incapaces de reprimir un débil lloriqueo. La anciana seguía inmutable, rascando con un dedo la etiqueta roja adherida al envase que aún sostenía en las manos y que marcaba el precio —1,20 €— de la leche entera Zurutuza, en un gesto más propio de impaciencia que de nerviosismo, esperando a ver cómo acababa aquella telenovela tan interesante.

—No obstante, hijo, te daré dos opciones. Tirar la escopeta o morir. Tú eliges.

—¡Deja de llamarme hijo, maldito cabrón! —gritó el atracador.

La situación se le iba de las manos, aunque no estaba dispuesto a ceder.

—Tú no eres mi puto viejo —añadió escupiendo saliva por la boca.

Un hombre abrió con violencia la puerta y entró en la tienda al tiempo que voceaba:

—Joder, tíos, por qué tardáis tan...

Al ver el panorama no pudo completar la frase.

Un incómodo silencio regó la estancia. El nuevo personaje, un hombre escuálido de grandes ojeras y mejillas consumidas, con una cresta roja en la cabeza similar a la del dibujo animado del Pájaro Loco y marcas de pinchazos en sus brazos desnudos, alternó fugaces miradas entre sus compañeros y Max. Entendió su error. No sabía qué hacer, nadie le había dado vela en el entierro, pero el destino eligió por él. Un *ting* chivato proveniente del microondas —el cruasán estaba en su punto— penetró en los tímpanos de los asistentes. El escopetero gritó de furia y dirigió su arma hacia aquel chiflado de gabardina y revólver en mano que le había estropeado el atraco del día.

Pero no fue lo suficientemente rápido para superar a Max. El S&W rugió y una de las seis balas Magnum alojadas en su tambor fue a incrustarse contra el hombro izquierdo del atracador. Cayó al suelo, aunque antes le dio tiempo de apretar el gatillo de la escopeta. El inspector no sintió el disparo. El enano sí. Le destrozó el hígado. El Pájaro Loco había puesto pies en polvorosa en cuanto su jefe gritó.

Max, tras alejar la escopeta del atracador con un puntapié, contempló amargamente la escena final: a sus pies, el enano intentaba contener con las manos la sangre que manaba de su estómago; el otro se retorcía de dolor en el suelo sin cesar de proferir insultos ininteligibles; Ji permanecía bajo el mostrador, en silencio y respirando trabajosamente, y no se le veía a pesar de su corpulencia; la mujer y su hijo lloraban acurrucados junto al estante de los frutos secos; la anciana seguía en pie. Se oyó un chirriante ruido de neumáticos en la lejanía.

—Es lo mejor que me ha sucedido en la vida —dijo la anciana con la cara salpicada de sangre.

Sentado en la lustrosa silla de su despacho, el decano estaba hecho un manojo de nervios. A pesar de que había transcurrido muchísimo tiempo, no había olvidado el maldito proyecto. Y ahora todo había salido a la luz. Cuando sucedió aquello era muy joven, pero hoy comprendía que había sido un tremendo error. Llegaba el momento de asumir su responsabilidad e intentar enmendar los errores del pasado, un pasado que ahora lo había alcanzado.

Se quitó la cadena que llevaba al cuello, de la que colgaba una llavecita. Se levantó y se dirigió al armario. Cogió una pequeña caja negra de caudales. Introdujo la llave no sin cierta dificultad, ya que le temblaban las manos. Tras abrir la caja hurgó en su interior hasta que encontró lo que buscaba: un viejo papel estrujado. Lo desdobló y vio los números. Le vino a la mente la imagen de su mentor, el catedrático de microbiología Arturo Elea, poniéndole el papel en la palma de la mano y desapareciendo de su vista. Arturo había sido preciso: «Úsalo solo en caso extremo, y si es así, que Dios nos pille confesados». De eso hacía veintitantos años.

Su primera impresión del catedrático fue que era una persona cabal, centrada en sus ideas y en el objetivo. Si bien conocía sus tratos con el Gobierno franquista, incluso se rumoreaba que su suegra era pariente lejana del Caudillo, nunca creyó que el proyecto llegase tan lejos. Hoy lo veía como un loco, al que se unió en sus sueños de grandeza. Pero sabía que sin aquella decisión no disfrutaría de su actual y privilegiada posición en la universidad, sería un profesor más, en una facultad más y con unos alumnos más. ¿Había merecido la pena? Lo dudaba.

Con el papel en la mano regresó a su silla y le recordó a Cristina por el intercomunicador que nadie le molestase. Si al menos el inútil del conserje cumpliese sus órdenes... Pero ¿qué se podía esperar de semejante estúpido? Nada, por supuesto. ¿Por qué siempre estaba rodeado de ineptos? Nunca había tenido suerte con los colaboradores. Quizá era muy exigente, pero en su puesto la exigencia era una virtud. Se acordó también del bibliotecario, otro con quien no había nada que hacer. La purga iba a ser grande y dolorosa, al menos para algunos, pero necesaria; como en los viejos tiempos. Descolgó el teléfono. Marcó los números escritos en el papel y aguardó, la mirada fija en el techo. Nadie contestaba. Se imaginó un teléfono solitario sonando en una sala desierta y llena de polvo. Tras cinco tonos colgó. No le resultó extraño.

Se había quedado solo.

El Museo de San Telmo se escondía en una ladera del monte Urgull, aprisionado entre la Parte Vieja y el monte, y se abría a los donostiarras por una plaza que servía de parque de juegos para los niños. Cerca, a espaldas del antiguo cine Príncipe –hoy reconvertido en un moderno multicine–, el río Urumea desembocaba en el mar Cantábrico.

El proyecto de rehabilitación y ampliación llevado a cabo en el museo durante cuatro largos años no acababa de convencer a Erika, ni lo de crear nuevos pabellones ganados a las entrañas del monte ni lo de transformar la fachada del nuevo edificio en un muro vegetal del que surgían líquenes y musgo.

Había quedado con Lucía en la plaza Zuloaga y entraron en el museo de la mano. A Erika le daba reparo mostrar su amor en público, la sociedad donostiarra –nada progresista ni liberal– aún era muy cerrada, y a la que pudo se soltó. Lucía estaba más que acostumbrada a sus reticencias y, salvo para importunar, nunca insistía en que se diesen un beso, se hiciesen caricias o caminasen juntas de la mano, y solía esperar a que estuviesen en Hendaya para desempeñar el rol de novia.

–Mira, anuncian una exposición sobre los sesenta años de historia del festival...

–Bah, no me interesa –replicó Erika, siempre más preocupada por el continente que por el contenido y atenta a si la remodelación había afectado al convento dominico del siglo dieciséis que constituía la base del museo.

–Pues a mí sí, me gustaría ver las fotos de la época, ver los trajes de Kim Novak o Elizabeth Taylor.

Erika apenas la escuchaba. Caminaron por el claustro. Parte de la estructura de la iglesia y la torre se veían cambiadas.

–¿Qué tal tu padre? –inquirió Lucía.

–Mejor ni lo nombres.

—Si quieres podemos quedar un día para comer y limamos asperezas.

—Ni lo sueñes, no sé qué le molesta más: que sea policía o lesbiana.

Accedieron a la exposición sobre la arqueología prehistórica en Gipuzkoa. La ropa provocativa que vestía Lucía se llevaba todas las miradas de los pocos visitantes. En cambio, Erika con su traje de Armani parecía más una guía del museo que una visitante.

—¿Y el trabajo?, ¿el inspector? —preguntó Lucía, paseando la mirada por la exposición.

—Un poco cascarrabias, pero tiene su corazoncito... —respondió Erika, absorta en una fotografía en sepia de un cura y una mujer apoyados en una roca. Leyó la leyenda a pie de foto: «Dolmen de Jentilarri (Aralar)».

—Y qué susto eso de los crímenes, ¿no?

—Más o menos. Lo mejor es no pensar en ello.

Pasaron a la siguiente fotografía. Mostraba en blanco y negro a un puñado de hombres y mujeres con trajes de época, la mayoría con bastones de madera, a la entrada de una gruta. «Cueva de Aitzbitarte (Errenteria).»

—Imagínate que el asesino se esconde en el museo... Estás de servicio, ¿no?, ¿llevas arma?

—¡Ay, Lucía! Deja de decir tonterías.

—Es que me aburro.

—Pero si eras tú la que querías venir.

—Pues ahora quiero que nos vayamos a Hendaya.

Erika intentaba leer una carta escrita en el exilio por José Miguel de Barandiarán tras el estallido de la Guerra Civil.

—Venga, vámonos —insistió Lucía, como si fuese una niña pequeña.

—Si acabamos de llegar... Espera un momento.

—O nos vamos o monto un espectáculo...

Erika la tanteó con la mirada. Lucía era muy capaz de ponerse a gritar como una histérica.

—Te queda muy bien el corte de pelo, de verdad.

La melena larga y rubia de Lucía ahora solo caía hasta los hombros.

—¿A que sí? Me voy a hacer pasar por una estrella de cine. ¿Nos vamos?

Erika sonrió y asintió con la cabeza.

A última hora de la tarde del viernes, con el sol escondiéndose por el oeste, poca gente pululaba por la facultad, pero a quien Max había venido a ver permanecía todavía en su interior. Los agentes apostados a la entrada lo saludaron con timidez, y cuando los dejó atrás oyó que murmuraban algo de un atraco a una tienda. Las noticias vuelan, se dijo Max mientras juraba en arameo: siete años de inspector en Donostia y había tenido que disparar su arma por primera vez precisamente en la tienda de Ji. Menos mal que su marcador de muertos seguía inmaculado: el escopetero convalecía en una cama de la herida de bala; en cambio, no podía decir lo mismo del enano, que murió media hora más tarde en una ambulancia camino del hospital. Cuando se recuperase, el de la escopeta se enfrentaría a las acusaciones de robo a mano armada, homicidio en primer grado, tentativa de secuestro y pertenencia a banda armada. A poco que se esmerase el fiscal, iba a pasar una buena temporada a la sombra.

Cruzó el vestíbulo a grandes zancadas, no quería tropezarse con el decano —no sospechaba que él tampoco deseaba verlo—, y atravesó la doble puerta de la biblioteca. Se dirigió hacia el mostrador donde un hombre, cuyo pelo blanco y arrugas en el rostro reflejaban su avanzada edad, estaba inmerso en la lectura de un libro. Max logró ver la cubierta y lo reconoció de inmediato.

—Si vienes a por el Vollhardt... no hay ningún ejemplar libre —dijo el hombre tras el mostrador, sin levantar la vista del libro—. Si buscas otro, rellena una de las solicitudes que tienes a mano derecha —terminó explicando.

—Es mejor *El club Dumas* —sugirió Max.

—¿Cómo que...? —balbuceó el viejo. Alzó la vista y lo observó con atención, con el libro todavía en la mano y un dedo en la página que estaba leyendo—. Usted no es un universitario.

—Ni lo soy ni lo fui.

—Entonces aplicó el célebre dicho de que la universidad pule las piedras pero opaca los diamantes.

—Bonito proverbio —convino el inspector.

—¿Y qué desea? —preguntó intrigado el hombre con una media sonrisa.

—Soy el inspector Max Medina, de Homicidios, y si no me equivoco, usted es Xabier Andetxaga.

—Efectivamente, ese soy yo. ¿Y bien?

—Sabrá que en los últimos días han ocurrido en la facultad una serie de... hechos inusuales.

—Estoy al corriente —respondió con sequedad. La media sonrisa desapareció de sus labios.

—Estoy al mando de las investigaciones, y puesto que es usted la persona con mayor antigüedad en la facultad... Si no me equivoco, lleva en su puesto desde 1975.

—Vuelve a no equivocarse. Un buen año, nos dejó el Caudillo...

—Querría hacerle algunas preguntas.

—Solo soy el bibliotecario.

—Con más razón.

—¿Qué ha dicho antes?

—¿Antes? Se refiere a...

—Cuando dijo usted algo referente a no sé qué club —atajó el bibliotecario.

—*El club Dumas* es la novela original. Lo que usted está leyendo es la adaptación de la novela a una película de no sé qué director..., creo que judío, no me acuerdo del nombre.

En 2005, su primer año en la capital guipuzcoana, conoció a una atractiva representante de actores que le habló negativamente de su experiencia en la película *La novena puerta,* del director y del preestreno mundial en la 47ª edición del Festival de Cine de San Sebastián. Se acordaba bien de la mujer y de su insistencia en contarle que el director no había sabido ver sus cualidades tras su pequeño papel en el filme. Cuando coincidió con Max en la 53ª edición había pasado de ser una actriz con futuro a una representante con ganas de jubilarse. Para él era su primer festival y resultó un trabajo sencillo: seguridad a las estrellas de cine, acceso libre a las puertas de emergencia, arresto de algún *paparazzi* y poco más. Hasta tuvo la suerte de conocer a Willem Dafoe, premio Donostia. Y aún asomaba una sonrisa a su rostro al evocar la noche pasada con la representante en una habitación del hotel María Cristina. Quedó tan contenta que intentó convencerlo para que se hiciese actor.

—¿Me está diciendo que estoy leyendo el guion de una película?

—En efecto —dijo Max.

No había leído el libro, ni ese ni otro en mucho tiempo, prefería ver a leer, pero recordaba las críticas a la adaptación.

—Bien, ¿qué desea preguntarme, inspector? —El bibliotecario dejó el libro sobre la mesa, sin marcar la página por donde iba—. No sospechará de mí, ¿verdad?

—Por supuesto que no. Simplemente, ya que lleva usted aquí tantísimo tiempo, me preguntaba si le decían algo las letras PHPE.

—¿PHPE? No, qué va.

Max intuyó que no decía la verdad. Había percibido una expresión alarmante en su cara al mencionarle la palabreja, la misma que había puesto el decano al verla tallada en el sarcófago. Tenía claro que con este último no había nada que hacer, no le iba a proporcionar ninguna ayuda, ese camino estaba cortado y el inspector buscaba otra salida del atolladero.

—¿Está seguro? —insistió—. Es muy importante que me diga todo lo que sabe... —Y tras una breve pausa apostilló—: Nadie se va a enterar de lo que me cuente.

—Ya le he dicho que no sé nada, y ahora, si me disculpa, tengo cosas que hacer —dicho lo cual se giró y se encaminó hacia el interior de su cubículo.

—Espere un momento —le pidió Max.

El bibliotecario se detuvo pero no se volvió.

—Han muerto tres personas inocentes y creo que desgraciadamente no serán las últimas. Si sabe algo, y así lo creo, y sobre todo si aprecia a los alumnos de esta facultad, debe decírmelo.

Xabier Andetxaga sintió una pequeña punzada en su maltrecho corazón. El inspector había tocado su punto más débil. Hacía siete años de la muerte de su querida Ana en un accidente de tráfico, y ahora, viudo y cerca de la jubilación, aquellos muchachos representaban su única razón para seguir respirando. Hasta ese momento no había sopesado la posibilidad de que estuviesen en peligro, pero ¿y si fuera cierto? No se lo perdonaría nunca. El bibliotecario se situó frente a su interlocutor.

—¿Le gustan los toros, inspector?

Con el fin de semana al caer y la facultad a punto de cerrar, pocos continuaban trabajando en los laboratorios. Sin embargo, una persona no tenía prisa alguna por marcharse. Alberto estaba entusiasmado y no daba crédito a lo que veía. Tenía frente a sí el Premio Nobel de Química: una disolución fosforescente de color azul turquesa.

Todo había ocurrido dos días atrás. Era por la tarde y asistía a una de las pocas conferencias programadas y no canceladas por la celebración del cincuenta aniversario de la facultad. El ponente era Jean Baptiste Coumans, de la Universidad Católica de Lovaina, Bélgica, y el aula magna rozaba el pleno de asistencia. La ponencia era en francés y se traducía simultáneamente por los auriculares al castellano y al euskera. Entre el calor reinante, el caos organizativo y su mal humor por la nula obtención de resultados en sus investigaciones, se agobió tan rápido que decidió abandonar la conferencia a la media hora de comenzar. Optó por encerrarse en el laboratorio y trabajar en la más absoluta soledad. Se dirigió hacia la estantería alargada del rincón en busca de un termómetro digital. No encontró ninguno, y al girarse para volver se le cayó la espátula que llevaba en el bolsillo superior de la bata. Se agachó a recogerla y entonces vio, en la vidriera de abajo, entre varios matraces, un Erlenmeyer cubierto con un trapo. Le resultó extraño y lo cogió. La curiosidad se impuso a la sensatez. Lo abrió y del recipiente emanó una intensa luz azul. No tenía ni idea de qué podría ser aquello, y comenzó unos ensayos que no pudo completar puesto que la tarde se le echó encima. El día siguiente lo perdió en la reclusión de la biblioteca, el absurdo interrogatorio y la intransigencia de la Policía: no le permitieron subir al laboratorio. Solo quería recuperar la disolución, pero fue incapaz de convencerlos. Después supo que Leire sí había conseguido entrar en el laboratorio; no sabía cómo y se la imaginó haciendo el amor con aquel borde de inspector. Temió que le hubiese arrebatado su descubrimiento. Pasó la noche en vela, y a la mañana siguiente se levantó temprano y sin desayunar hizo guardia en la entrada hasta que María, la bedel, abrió la facultad. Ni en sus días de estudiante, cuando en época de exámenes un sitio en la biblioteca se pagaba a peso de oro, había madrugado tanto. Encontró la disolución en el laboratorio, escondida en la vitrina donde la dejó. Reanudó los ensayos hasta que Leire lo interrumpió. Nunca pensó que llegara a molestarle su presencia, no obstante, en ese momento así era, y al contrario de otras veces fue él quien huyó de su lado. Bajó al tercer piso y se recluyó en el laboratorio de Termodinámica, que los viernes estaba libre. Trabajó todo el día sin parar, ni siquiera hizo un descanso para comer, estaba excitado y lo único que deseaba era examinar aquella disolución misteriosa.

Tenía claro que contenía radio, el único elemento químico que había podido identificar, el resto le resultaba completamente desconocido. Su primera impresión, en vista de ese ligero tono azul verdoso, era que contenía óxido de cobre. Sin embargo, los resultados de las pruebas no lo confirmaron. La espectrofotometría de rayos infrarrojos mostraba unos picos —a unas determinadas longitudes de onda— extraños: varias veces calibró con agua el aparato y limpió con minuciosidad la celda que albergaba la muestra, pero las bandas seguían apareciendo y era incapaz de relacionarlas con algún elemento químico conocido. De ahí la intensa felicidad que lo embargaba, porque dar con esas nuevas sustancias lo llevaría a la gloria. Bien hicieron sus padres cuando le pusieron Alberto en homenaje a san Alberto Magno, el patrón de los químicos. Había nacido para ser químico y para ganar el Nobel, aquel premio que por cierto llevaba el nombre de otro químico, Alfred Nobel, inventor de la dinamita. Inmerso en sus investigaciones, no paraba de pensar en el matrimonio Curie, los descubridores del radio que a principios del siglo XX recibieron el Premio Nobel en Física. No sabía quién había olvidado la disolución, quién era su dueño, pero no le importaba. La Historia estaba repleta de traidores y de actos vandálicos y él nunca había congeniado con los héroes, para él simplemente no existían, y menos en un laboratorio de química.

Sábado 28

Aquel último sábado de enero unas tímidas nubes oscurecieron por la mañana el cielo de San Sebastián y dieron paso por la tarde a una persistente lluvia que, sin embargo, no logró empañar un agradable festejo taurino gracias a que la plaza de toros de Illumbe disponía de cubierta corredera. Max acudió a la cita en coche y aparcó sobre el bordillo dado que el aparcamiento estaba completo. Al apearse, un guardia municipal protegido con un chubasquero de plástico transparente se le acercó a la carrera. Resultó ser el joven que días atrás había intentado ponerle una multa. Al reconocer el coupé, se paró y dio media vuelta. La presa volvía a recular.

Era la primera vez que el inspector iba a la plaza, y la estructura le pareció un enorme platillo volante a punto de elevarse. A pesar de que su gabardina no desentonaba con el tiempo, corrió hacia la puerta de acceso al tendido número 6; llevaba un libro en la mano y no quería que se mojase. Un cartel en lo alto de la entrada indicaba que el tendido se hallaba en la zona de sombra. Tras enseñar su placa al portero accedió sin problemas al interior del recinto. La plaza presentaba un buen aspecto, llena de donostiarras en sus tres cuartas partes. Comenzó a subir las escaleras en dirección a lo más alto de la grada donde, en las últimas filas, había un anciano, pitillo en boca, ataviado con un singular sombrero de fieltro. Se sentó a su lado. No había nadie en cinco metros a la redonda.

117

—Se ha perdido un buen primer toro, inspector. Aunque me da que no es usted muy taurino que digamos —dijo el hombre.

—Tiene usted razón, no es una de mis aficiones favoritas —confirmó Max, y le tendió el libro que llevaba bajo el brazo.

—*El club Dumas* —dijo el anciano leyendo el título—. Lo leeré con sumo interés. Gracias.

Desde el centro del ruedo un joven mostraba un cartel: Nº 2 / 473 KG / CARRETILLA.

—¿Y qué aficiones tiene, si puede saberse?

—¿Por qué lo dice?

—No piense cosas raras, inspector. Se sabe mucho de una persona por sus gustos y aficiones...

—El mar —reconoció Max—, o eso creo...

—¿Le gusta salir en barco, pescar...?

—No, no sé navegar, y por no tener no tengo ni barco. En realidad, si lo pienso fríamente, no sé ni por qué me apasiona. Será de mis años en Madrid: uno acaba anhelando lo que no tiene. —Carraspeó molesto por su repentina sinceridad, aunque esperaba que al menos le sirviera para conseguir información.

—Entonces, ¿qué le gusta del mar?

—Las batallas navales, la historia de la Marina, los galeones, esas cosas.

A pesar de que apenas conocía al bibliotecario, le resultaba fácil conversar con él y sincerarse. Solo con Joshua hablaba de temas ajenos al trabajo.

—Navarino, Trafalgar, Abukir, Lepanto... Sí, alguna historia conozco.

Max asintió.

—Y de ahí el color de ese viejo Ford suyo que tanto llama la atención.

—¿Cómo dice?

—Negro y blanco. La bandera de los piratas. Es usted un corsario, inspector.

—Vaya, nunca me lo habían dicho. ¿Así es cómo me ve?, ¿un pirata con patente de corso?

—Más o menos.

—Pues no se lo diga al decano, quizá le guste la idea: no somos precisamente grandes amigos.

—El decano no tiene amigos, inspector. Se mueve por intereses.

El hombre arrojó la colilla al suelo de cemento y la aplastó con el tacón del zapato.

—Y ahora, dígame, ¿qué sabe usted de la palabra PHPE?

—Bueno, ya veo que no pierde el tiempo. Pero, por favor, tutéeme. Llámeme Xabier.

—Es de vital importancia que me cuentes lo que sabes, Xabier. Pueden morir más inocentes.

—Así lo haré, aunque es probable que se lleve una desilusión, porque es más lo que desconozco que lo que conozco.

Un novillo negro de astas formidables salió a la arena. Gritos de exclamación recorrieron el graderío.

—Toda información que pueda aportar algo de luz al caso será bien recibida.

—En los años setenta, el caos en la facultad era absoluto —comenzó diciendo—. Existían departamentos fuera del organigrama universitario cuyo cometido era desconocido. Imagínese una película de actores con trajes oscuros, abrigos largos, sombreros Borsalino y gafas de sol pululando por la facultad a horas intempestivas. Se rumoreaba que incluso el Gobierno franquista sufragaba un laboratorio para realizar experimentos secretos. La lucha contra ETA estaba en pleno apogeo, y después de la muerte de Carrero se abrió la veda. Me acuerdo de aquellos tiempos convulsos: el proceso 1001, el asesinato de Argala...

Yo también me acuerdo, estuvo a punto de añadir Max. Aunque por entonces tenía siete años, aún recordaba las conversaciones en casa entre su padre y su tío sobre las colaboraciones con la Armada Española. Años más tarde, lo único que su tío confesó fue su gran amistad con el inspector de policía —escolta del almirante— que murió, junto con el chofer, en el atentado de la calle Claudio Coello, en la llamada «Operación Ogro», el nombre en clave que ETA puso a aquel magnicidio del 73 en Madrid. Decía que nunca entendió la amnistía del Gobierno franquista.

—Pero lo cierto —continuó Xabier— es que había muchos laboratorios involucrados en algo más que enseñar y trabajar con la química.

La gente comenzó a protestar: consideraba excesivo el castigo que el picador infligía al toro. Sin embargo, en una de estas, el animal dejó en mal lugar al entendido público cuando tras una violenta embestida volteó al caballo. La rápida intervención del monosabio correspondiente y de los subalternos evitó que la situación pasase a mayores. El inspector y el bibliotecario contemplaban el espectáculo sin dejar de charlar. La Banda Municipal de San Sebastián tocó cambio de tercio.

—En consecuencia, la dirección de la facultad era consciente de que su edificio albergaba departamentos clandestinos, auspiciados quizá por el régimen franquista, que realizaban experimentos, digamos... ¿de carácter dudoso? —indagó Max.

—No solo lo sabían sino que con el paso del tiempo resultaron fundamentales para el óptimo funcionamiento de la facultad. Piense que en la Transición se pasaron muchas penurias. Los utensilios y materiales químicos de laboratorio cuestan dinero, mucho dinero..., y los experimentos representaban unos ingresos adicionales para sufragar los gastos, unas tasas de las que se nutría la facultad.

Un clamor de pánico recorrió la plaza cuando al torero, en el segundo pase de banderillas, casi lo invistió el toro.

—Entonces, me estás diciendo que una serie de personajes, a cambio de dinero, disponían de un laboratorio donde reunirse y realizar sus experimentos en secreto total.

El animal bramó.

—No eran personajes —aclaró el bibliotecario.

Estaba atento a cualquier lance de la corrida. Por su parte, el inspector apenas miraba hacia el ruedo, tenía puestos los cinco sentidos en su interlocutor.

—Era gente del más alto rango social —continuó—. No piense en sectas, logias, ni nada parecido; se trataba de personas influyentes y con gran poder adquisitivo. Y no crea que se manchaban las manos: ellos eran los benefactores, al menos así los llamaban, y tenían a otros, eminencias, científicos y maestros en diversas materias, para investigar y llevar a cabo sus planes. Estos últimos formaban los comités. Unos comités que al cabo de los años se convirtieron en un problema, en unos parásitos para la facultad.

Mientras Max buscaba las palabras adecuadas para formular la siguiente pregunta, el torero se dirigió hacia el centro del ruedo y brindó el toro al público. Tiró la montera al suelo, que cayó boca abajo.

—Y bien, ¿qué tiene que ver todo ese tinglado con la palabra PHPE?

—Es el nombre con el que se conocía a un comité. Como le digo, existían varios comités dedicados a investigaciones secretas, aunque la mayoría no se ocupaba de asuntos peligrosos... La mayoría —repitió Xabier asintiendo con la cabeza—, aunque el PHPE no entraba dentro de esa mayoría.

El traje de luces del torero, manchado con la sangre del animal, ya no brillaba como antes. Max comprendió por qué tanta gente se manifestaba en contra de las corridas de toros.

—¿Y sabe usted...? Perdón. —Max no se acababa de acostumbrar al tuteo, máxime cuando el bibliotecario siempre lo trataba de usted—. Xabier, ¿sabes a qué se dedicaban?

El público, entusiasmado por el espectáculo, acompañaba cada pase del torero con un «olé».

—Lo siento, pero no tengo ni la más remota idea de sus actividades, lo tendrá que averiguar usted por su cuenta. Pero sí le puedo decir que el PHPE manejaba dinero suficiente como para construir dos facultades. Había detrás grandes benefactores, quizá potentados avalados por las autoridades franquistas. Y le aseguro que no se dedicaban a hacer pastas de té.

Uno de los pitones desgarró la muleta. El torero se arrimó a un burladero para cambiarla y también para coger la espada. Iba a entrar a matar. El ruido de la plaza fue bajando en intensidad.

—¿En la biblioteca no conservarán ningún papel, manuscrito...?, ¿algún documento de ese comité?

—Sospecho que no. Cuando desapareció, allá por principios de los ochenta, borraron todo rastro posible. Por cierto, ¿quién le habló del PHPE?, ¿de dónde sacó la palabreja?

El apoderado daba las últimas instrucciones desde la barrera al joven matador. Muy cerca, una señora con peineta, posiblemente de su familia, se apretujaba nerviosa las manos entre las rodillas.

—Estaba escrita en el exterior de una especie de sarcófago que hallamos en un almacén durante el registro que hicimos en la facultad.

—¡Diantre! —exclamó Xabier, conteniendo la voz ante el inminente acto del matador de toros—. Así que, después de todo, eran humanos y dejaron una prueba de su existencia. Con el paso de los años he llegado a pensar que nunca habían existido y que solo se trataba de las imaginaciones de un viejo chiflado. ¿Y se puede saber qué contenía ese sarcófago? —inquirió con ansiedad.

—Me temo que es información confidencial, pero, como dijiste, no contenía precisamente pastas de té.

—*Touché* —dijo el bibliotecario esbozando una parca sonrisa—. Es usted un marinero duro de pelar.

La estocada fue precisa, el acero penetró en su totalidad y el toro cayó en la arena. Enseguida la plaza se pobló de pañuelos blancos.

—Xabier, necesito un nombre, algo a lo que me pueda agarrar, al menos para empezar.

El anciano permaneció en silencio, aguardando el veredicto. Frente a ellos, la presidencia, a manos de un presidente calvo y pequeñajo, mostró dos veces el pañuelo. Le habían concedido las dos orejas.

—¿No será usted uno de esos tarugos, como los del ayuntamiento, que quieren suprimir las corridas de toros?

Max negó con la cabeza, pero se abstuvo de mostrar sus dudas.

—Si se preocuparan más por la Historia que por ganar un puñado de votos sabrían que desde los tiempos de los Reyes Católicos en Donosti se corren los toros.

Entre clarinetes, timbales y grandes aplausos, las mulillas retiraron al novillo al patio de arrastre con destino a la sala de despiece.

—Esta espalda me está matando —dijo Xabier llevándose las manos a la zona lumbar—. Hubo varias plazas antes de esta. La primera que se conoce fue una de madera situada en extramuros. Hasta hubo una en los antiguos terrenos de Atocha, donde la Real ganó dos ligas. Y donde ahora está la cárcel de Martutene antes hubo un coso taurino, que se usaba también para espectáculos musicales y que el mismísimo Strauss inauguró al frente de la Filarmónica de Berlín. Eran otros tiempos, antes de que la Guerra Civil y el Caudillo pudriesen este país. La última, y más famosa, fue la plaza del Chofre. Y en todas, en todas, se te congelaba el trasero. También aquí los asientos son de cemento, fríos e incómodos, fatales para mi espalda: o pagas una almohadilla al chico de la entrada o te traes unos periódicos de casa para usarlos como cojín. —Se incorporó para acomodarse las hojas de periódico.

—En estos momentos, mi culo es lo de menos, necesito ese nombre.

Xabier acarició la cubierta del libro. Pasó la yema del dedo índice por el título como si pretendiese borrarlo. Miró al inspector a los ojos. Años atrás, el lugar que ocupaba Max era el de su querida Ana, a quien no le gustaban los toros pero con tal de estar juntos aguantaba estoica las corridas. A cambio, él tenía que soportar ir al cine a ver esas españoladas de Cuerda, Garci, Berlanga y compañía que rememoraban la Guerra Civil y la posguerra. ¿Por qué todo el mundo se obcecaba en remover el pasado?, ¿por qué mirar hacia atrás?, ¿acaso se podía cambiar lo hecho? Y el inspector era como los demás, insistía en llamar a la puerta del pasado. ¿Por qué no se conformaba con sus batallitas navales y sus barcos de guerra? Quería un nombre, y veía en sus ojos verdes que no iba a parar hasta conseguirlo. No sabía dónde se estaba metiendo.

—Arturo Elea —dijo en un susurro—. Era un afamado microbiólogo y creo que el director del PHPE. Y digo «era» porque ahora tendrá unos ochenta años y es muy probable que se haya ido al otro barrio; somos pocos los que aguantamos tanto tiempo. –Miró al cielo, al techo de metacrilato.

–¿Lo conocías?

–Apenas lo vi un par de veces, y nunca le presté atención. Yo en aquella época era un muchacho imberbe y tenía preocupaciones de otra índole: mujeres, amigos, ideales políticos... Los de mi generación aún pensábamos que podíamos cambiar el mundo.

Max asintió y se levantó.

–Gracias por tu colaboración, Xabier. –Le tendió la mano y tras estrechársela añadió–: Estaremos en contacto. –Después bajó por las escaleras sin mirar atrás.

Mientras el triunfador de la tarde daba la vuelta al ruedo, junto a sus subalternos que recogían toda clase de regalos –botas de vino desgastadas, coquetos ramos, gorras peculiares, algún jamón, varios pañuelos–, el inspector desapareció entre la muchedumbre.

–Suerte, corsario, la va a necesitar –musitó entre dientes el solitario anciano a la vez que se ajustaba el sombrero de fieltro, para después concluir con cierto deje nostálgico–: Hay que dejar en paz a los muertos.

La Parte Vieja estaba inundada de gente, y como ni era la Tamborrada ni Semana Grande eso solo podía significar una cosa: sábado por la noche. A esas horas, las empedradas calles de la Parte Vieja se hallaban atestadas de jóvenes, hormiguitas que acarreaban vasos de plástico y daban tumbos de una pared a otra, moviéndose entre inmundos riachuelos de agua, alcohol y orina. Nada sabían de asedios a la ciudad, de ingleses y franceses batiéndose el cobre por las callejuelas adoquinadas, de una brecha en la muralla y de un castillo abrazando las casas. El pasado no existía: en la época del consumismo lo único que valía era vivir el presente. Y Leire y Gemma se encontraban entre ese inconsciente bullicio nocturno que se prolongaba hasta las tres de la madrugada, hora en la cual el ayuntamiento obligaba a cerrar los locales. Entonces el reguero de hormiguitas fluía en otras direcciones. Muchos iban a Hernani, a una discoteca a unos diez kilómetros del centro de San Sebastián que durante toda la noche disponía para sus clientes autobuses gratuitos.

Las dos amigas entraron en el Maitetxu, una *euskal* taberna cuya música —solo grupos vascos— les encantaba. Su visita se había convertido en cita ineludible sábado tras sábado. Se abrieron paso entre la multitud y ya en la barra pidieron un par de *zuritos* a Leo, el barman moreno que tanto las atraía. Medio establecimiento saltaba al ritmo de la música, que, como en todos los bares, estaba muy alta. Sonaba *En blanco y negro,* de Barricada. Tras pagar las consumiciones se dirigieron al fondo del local, donde Leire había visto a su prima Marta con otra amiga. A su lado revoloteaban un par de moscardones que les daban la murga. En cuanto Marta las vio, tomó a su amiga de la mano y fue hacia ellas. Por la forma de andar, Leire supo que la amiga de su prima iba bastante colocada.

—*¡Kaixo!* —voceó Marta para dejar oírse entre la canción.

Sé que es un baile salvaje, combate a mala cara...

—¿Qué tal?

—Bien —contestó Gemma—, aunque creo que tu amiga no puede decir lo mismo.

La chica tenía la mirada perdida y apenas se mantenía en pie.

—Sí —dijo Marta—, pobrecilla. Es Belén, la amiga de clase de la que te hablé —dijo mirando a Leire—. La del novio —añadió—. Está hecha polvo, tardará mucho en superarlo.

Solo quiero ser más rápido que ellos, echar todo a perder un día tras otro...

—Malditos hombres —sentenció Leire—. No podemos vivir sin ellos y tampoco con ellos.

—Cierto —corroboró Marta—. Oye, si no os importa, voy a aprovechar para ir al baño, llevó aguantándome mucho rato pero es que no quería dejarla sola con la de babosos que hay alrededor. No quiero que nadie se aproveche de ella.

—Tranquila, ve, nosotras nos ocupamos —dijo Leire.

—Perdona, Leire, yo también necesito ir —comentó Gemma con cautela.

Entendía que a su amiga no le haría ninguna gracia quedarse sola custodiando a Belén.

—Te acompaño. —Y buscando la aprobación de Leire añadió—: ¿Vale?

Como su amiga no puso objeción alguna, se dirigieron al baño. La guitarra eléctrica de Barricada dejó paso a la acústica de Duncan Dhu con su viejo éxito *En algún lugar*. Leire echó un vistazo a su nueva acompañante y a simple vista no entendió cómo había podido abandonarla su novio: morena, de pelo corto y cara angelical. En una mano sostenía un vaso de tubo, que por el color decidió que era *kalimotxo*. La chica pugnaba por no caer al suelo. Leire la saludó con una forzada sonrisa al tiempo que le arrebataba el vaso de la mano. Belén no protestó, permanecía en su mundo, soñando despierta. Leire consultó el reloj. Teniendo en cuenta dónde estaba situado el servicio de señoras y la cantidad de gente que esquivar, más la cola correspondiente, supuso que le quedaban todavía veinte minutos largos de soledad. Pero se equivocó, porque de pronto Belén regresó a la vida.

—¿Sabes que me ha dejado mi novio? Yo lo quiero más que a nada en este mundo y va y me lo paga dejándome por otra. ¡Eh! ¡Qué te parece! —dijo despidiendo por la boca un intenso olor a vino.

Mikel Erentxun llegaba a la parte final de la canción: «Y en la som-bra-mueren ge-nios-sin- sa-ber-de su ma-gia-concedida-sin pe-dir-lo-mucho-tiem-po-antes de na-cer...».

—Tranquila, ya sé que es difícil, pero tienes que intentar olvidarlo —dijo Leire aunque en verdad no sabía cuán difícil era, puesto que nunca se había topado con una situación parecida: en sus contadas relaciones siempre había sido ella quien llevaba la batuta—. Tienes que pensar que ese tío no te merecía. Tú eres más importante que él. Él se lo pierde. Él es el que debería estar hecho polvo y no tú. —La asió de un brazo y la echó a un lado para permitir el paso de un grupo de chicos que se dirigían a la salida.

—Ya, ya... Bla, bla, bla... Palabras y más palabras, pero es a mí a quien ha dejado y no a ti. Además, ya no hay marcha atrás. ¿Sabes? Intenté chantajearlo y me ha amenazado de muerte si lo denuncio —soltó de golpe Belén, y comenzó a moverse al son de la nueva canción. La Oreja de Van Gogh cantaba su melódico *El primer día del resto de mi vida*.

—Cambia de rumbo. Encauza tu vida. Al principio será duro pero luego te darás cuenta de que no es el único hombre del planeta.

—¡No puedo! —gritó Belén.

Leire no supo diferenciar si el grito era efecto del alcohol o de la rabia.

—Debes intentar...

—Mira, tía —atajó Belén—, el muy cerdo se lo monta con una amiga mía, a quien yo le presenté —cesó de moverse. Estaba al borde del llanto.

—El tiempo todo lo olvida. Apúntate a un gimnasio, a clases de baile, lo que sea con tal de romper la rutina... Cambia una temporada de aires, mi amiga Gemma te puede buscar un viaje barato. —Sus consejos se mezclaban con la letra que su tocaya canturreaba por los altavoces: «El primer día de mi vida sin ti, cosí tu sombra al viento que se marcha...».

—Es un cabrón, trafica. Pero yo lo amo, le echo mucho de menos... Quiere montar una red de drogas en la facultad y yo iba a ayudarle, era su enlace...

Un velo de lágrimas empañó su mirada.

—Caramba —interrumpió Marta—, veo que ya os habéis hecho amigas... Pero ¿qué te pasa, Belén? ¿Otra vez llorando? Venga, vamos fuera, necesitas que te dé el aire —dijo dándole la mano—. Bueno, Leire, nos vemos el lunes. Gracias por cuidar de ella. *Agur*, Gemma.

—*Agur*, Marta.

—*Agur*, prima. Y no la dejes sola. Yo que tú la acompañaría a casa.

—Sí, eso haré. *Agur*.

El resto de la noche transcurrió sin incidentes reseñables, pero Leire no pudo olvidar en ningún momento el asunto de la red de drogas. La sorpresa inicial había dado paso a varias conjeturas y preguntas: ¿drogas en la facultad?, ¿una red mafiosa operando en los laboratorios?, ¿estaría divagando Belén y todo era una elucubración proveniente del alcohol?, ¿fantasías etílicas? No lo creía, sin duda todo lo que le había contado era cierto.

Dedujo que era una mojigata. Deseó desaparecer, extinguirse como el fuego en el mar, disiparse como el humo en la niebla. Se había puesto uno de sus mejores vestidos para la cita, una cita a ciegas, pero enseguida se percató de que la ocasión no requería tan generoso detalle. Su acompañante resultó ser un tipo vulgar, vulgar en su trabajo de relojero, vulgar en cómo succionaba el caldo de las almejas, vulgar en cómo sorbía un Rioja reserva, vulgar en su forma de tratarla. Cada vez que Cristina reparaba en alguno de sus ademanes, en su mirada, en su forma de comportarse, no hacía sino sacarle fallos. Ya que el inspector no se decidía, a pesar de que ella notaba que la devoraba con los ojos cada vez que coincidían en la universidad, había accedido a cenar con él por una buena amiga, aunque después de la cita quizá bajaría un par de escalones en su rango de amistades. Hasta el sitio elegido era cutre, con camareros cortos de mente, comida fría e insípida y una corriente de aire que invitaba a ponerse el abrigo y salir cuanto antes de aquel tétrico restaurante. La cantidad de mesas vacías, únicamente un par de parejas osaban acompañarlos, corroboró sus impresiones. Volvió a castigarse. Soy una verdadera mojigata, se repitió.

Se dignó fijarse una vez más en el hombre y observó cómo sus labios se movían. Entonces se cercioró de que le hablaba.

—Perdona, ¿qué decías? —pudo articular.

—¿Te ocurre algo? —Acercó su mano a la suya.

—No, qué va, te estaba escuchando.

—¡Ah! Es que no estoy acostumbrado a que las mujeres me den coba y escuchen mis penas.

Cristina amagó una sonrisa y se encogió de hombros. Al sentir el roce de sus dedos apartó la mano con brusquedad.

—Tengo que ir al servicio. Si me disculpas un momento... —Alcanzó el bolso y se levantó de la mesa.

Una vez solo, el relojero atacó otro trozo de rape al tiempo que comentaba para sí:

—Vaya. Una mujer guapa pero poco habladora, tímida y delicada. No es mi tipo, pero todo sea por hacerle un favor a una amiga.

Domingo 29

La pequeña comunidad china de San Sebastián había comenzado el fin de semana anterior las celebraciones del año nuevo, el Año del Dragón de Agua, el 4710 en el calendario tradicional chino. Pero hoy era el día grande. No se trataba del primer día lunar del mes pero sí del primer festivo y había que acoplar la fiesta al calendario occidental. De los cinco elementos básicos que se asocian al animal del zodíaco, el de este año no podía ser más premonitorio: el cielo seguía encapotado aunque las nubes grises habían dado una tregua y de momento no descargaban agua sobre la ciudad.

Cerca de una decena de grupos y sociedades habían adornado las calles del barrio de Amara con sus disfraces y sus dragones. El anciano bibliotecario se mezcló con los cientos de personas que se acercaban aquella mañana de domingo para disfrutar del acontecimiento y hacer fotos. Asociaciones de mujeres, monjes shaolin, comerciantes..., todos iban vestidos con sus mejores trajes de fiesta donde el rojo, el color del dragón, era el predominante. Ana fue quien lo acostumbró a acudir a la celebración del año nuevo chino y era una forma de tenerla presente. Su mujer, gran aficionada a la simbología oriental, al zodíaco chino, al yin y al yang... Siempre tenía sobre su mesilla de noche el libro del *Tao Te Ching* por si necesitaba consultarlo. La recordaba como si fuese ayer, sentada en el salón, con una taza humeante de café entre las manos, contándole que en los años del dragón siempre se daba un *baby boom* en el país asiático ya que las embarazadas confiaban en que sus hijos heredasen las potentes virtudes del animal legendario: fuerza, libertad y una marcada personalidad que los llevaba a ser innovadores, apasionados y muy seguros de sí mismos. Y Ana no permitía que nadie se mofase de las creencias y supersticiones chinas.

Se movió con dificultad entre el gentío. Ya nadie respetaba las arrugas y tuvo que abrirse paso entre disculpas, permisos y empujones. Si bien la comunidad china en el País Vasco no se relacionaba en exceso con el resto de los ciudadanos, numerosos vascos y curiosos formaban parte de los grupos del pasacalles, algunos vestidos con ropas tradicionales y festivas.

Alcanzó a ver el desfile del dragón, el punto culminante de la festividad. El dragón, el único animal mitológico del zodíaco chino y el único capaz de volar, simbolizaba la sabiduría, el poder y la riqueza en la cultura china. A diferencia de los dragones occidentales, este no escupía fuego por la boca ni representaba a un enemigo que debía ser vencido. Símbolo del emperador en la China de la Antigüedad, era sabio y acogedor, y en general un vaticinio de buenas noticias. Pensó en todo lo que se avecinaba y esperó que el signo del dragón lo transformase en algo positivo. A fin de cuentas, la danza del dragón ahuyentaba los malos espíritus y la mala suerte, y traía prosperidad y buenos augurios para el nuevo año. Disfrutó como un niño contemplando cómo el animal de tela bailaba suspendido en postes gracias a una docena de ejecutantes que subían y bajaban la figura. El cuerpo principal de la serpiente era amarillo con escamas rojas y la cabeza de color oro y plata. Donde otros solo veían colores él veía una gran cosecha en el verde, al imperio oriental en el amarillo, entusiasmo y buena fortuna en el rojo, y prosperidad y riqueza en el oro.

Al paso de las asociaciones el estruendo de tambores y platillos se hizo ensordecedor. Completaron el desfile decenas de bailarines que interpretaban danzas del león, acróbatas y practicantes de kungfú. Soltaron globos rojos y amarillos que simbolizaban el sol. Muchas personas se pusieron a la cola del desfile, pero él decidió caminar en sentido contrario. Tenía asuntos pendientes. Le hubiese gustado ir a la plaza de Easo, donde se había instalado un mercadillo chino con numerosos puestos, pero se le hacía tarde. Si el inspector seguía obcecado en meter las narices en el proyecto PHPE iba a necesitar toda la suerte del dragón para salir airoso. El próximo Año del Dragón tendría lugar doce años después, en 2024, aunque sería el año del Dragón de Madera. Habría que esperar sesenta años para que se repitiese el del Dragón de Agua, demasiado tiempo para él. Solo tenía que pasar este año. Pero no resultaría fácil. Y es que el Año del Dragón siempre era propenso a catástrofes naturales y acontecimientos que cambiaban el curso de la Historia.

Se dirigía a casa en coche. A pesar de salir directamente desde el estadio de Anoeta, y aunque el partido de fútbol entre la Real Sociedad y el Athletic Club de Bilbao, el derbi vasco, había concluido hacía una hora, no pudo eludir la aglomeración. Ya no llovía, pero el agua que había caído incansablemente sobre San Sebastián durante todo el sábado y parte de la mañana del domingo había provocado un colapso general de tráfico que aún perduraba a esas horas de la tarde. Además, la manifestación convocada por la izquierda *abertzale* por las calles del centro tampoco ayudaba. Se rumoreaba que la próxima semana iban a emitir un comunicado en el Kursaal. Se había filtrado a la prensa que llevaba el nombre de «Viento de Solución» y que en él reconocían el dolor causado a las víctimas de ETA y pedían el desarme de la organización, aunque no su disolución.

En medio del atasco, escuchaba las entrevistas de un locutor a jugadores y entrenadores mientras un experto en el tema y un árbitro retirado intercalaban comentarios. Y Erika, a quien no le gustaba el fútbol, pensó que las preguntas no se alejaban mucho de un interrogatorio donde fiscal y abogado buscaban la declaración de culpabilidad del sospechoso. Cuando el comisario le encargó la tarea, y otros efectivos y cargos policiales fueron enviados a la manifestación, se sintió mal, creyó que al final su *aita* tendría razón y se había equivocado de profesión, que seguía

132

siendo un mundo machista en pleno siglo XXI donde no tendría ninguna posibilidad de ascender. Pero ahora, cómodamente sentada en la berlina contemplando las luces rojas del coche que la precedía, cambiaba de parecer según avanzaba en la cola. Quizá fuese un premio por su buena labor en el caso. Quizá los años de sufrimiento y penuria en la academia de Arkaute, por primera vez sin la ayuda económica de la familia, sin los lujos de su vida anterior, comenzaban a verse recompensados. Era consciente de que no cualquiera disponía de cientos de agentes de la Ertzaintza a su cargo, y encima con la libertad de dispersarlos a su antojo. Ubicó a la mayoría en las entradas y salidas del estadio; a decenas en las calles adyacentes por donde transitaban las hinchadas; a la Policía Montada por los alrededores; y por último infiltró a varios agentes de paisano entre las dos aficiones. Por fortuna, y eso que el partido había sido declarado de alto riesgo, los agentes no debieron intervenir más que en pequeñas disputas. A Erika le explicaron que había fanáticos blanquiazules y rojiblancos portando bufandas y banderas de sus respectivos equipos, que desde las gradas del fondo de las porterías no paraban de saltar y chillar, de apoyar a sus jugadores, de insultar al árbitro y de gritar a los del equipo contrario, y que la principal labor de la Ertzaintza consistía en evitar altercados entre las peñas y el resto de los aficionados. Un guardia municipal, que no se despegó de ella en todo momento, le dijo al finalizar el derbi que había acabado en empate a dos, sin penaltis ni expulsiones —«Juego limpio», afirmó después el locutor—, y que, como las dos aficiones estaban contentas con el resultado, no habría problemas a la salida del estadio, según el comisario, el momento más delicado. Apagó la radio con el mando del volante, cansada de escuchar los análisis del partido y de la jornada liguera del domingo. Ni una sola mención a peleas y heridos.

Tras casi dos horas de embotellamiento se sentía agotada y hambrienta, así que al llegar a casa fue directa a la cocina y abrió el frigorífico de dos puertas. Sacó una lata de coca-cola *light* y una pizza vegetal precocinada. Introdujo la pizza en el microondas y ascendió al segundo piso mientras se pasaba la lata por

133

la frente. En aquella casa tradicional vasca de finales del siglo XVIII se sentía tan segura como si hubiese nacido en ella. En realidad, el cambio, su catarsis particular, ya lo experimentaba nada más cruzar la frontera. Mientras que al otro lado vivía rodeada de hombres, llena de presión y de códigos establecidos, en Villa Zurutuza (tal como el *aita* había rebautizado la casa) las preocupaciones casi desaparecían, se tornaban lejanas, igual que sueños de otro mundo. La casa, situada en el bulevar General Leclerc, en el interior de Hendaya, fue un regalo del *aita* cuando alcanzó la mayoría de edad y aún no andaban peleados. Cerca había un pequeño parque donde solía quedar con Lucía desde que una vez en la plaza Guipúzcoa de Donostia las vio un antiguo compañero de la academia. No olvidaba su mirada de recelo que escondía su rechazo. Liberó su pelo de la coleta. Aquí, a apenas treinta kilómetros, se sentía libre y mantenía a salvo su pequeño universo personal. Más allá, al otro lado la frontera, se volvía sumamente celosa de su vida. A nadie le importaba si su familia era rica o pobre, si trabajaba de policía o de cajera, si se acostaba con hombres o con mujeres. Después de ponerse una bata de seda encima del pijama, bajó al salón y se dejó caer en su sofá Chester. Abrió la lata, y tras un prolongado sorbo alargó el brazo y pulsó el botón del contestador automático. Tres mensajes grabados: su madre que la invitaba a comer al día siguiente a la casa de Hondarribia, Lucía que le recordaba la exposición de la próxima semana sobre Unamuno —desde que fue asignada al caso de Max apenas disponía de tiempo para ella—, y por último uno de Joshua. El inspector había establecido que Erika fuese el canal de comunicación entre él y Joshua. La primera información. Dio otro trago al refresco hasta casi apurarlo y escuchó el mensaje:

—Hola, Erika, soy Joshua. Ya tengo el informe de los huesos del sarcófago. Solo pertenecen a una persona. Han conseguido completar el esqueleto entero, vamos, que no falta ningún hueso. En un primer examen no se ha podido averiguar la causa de la muerte, al parecer, únicamente con los huesos es difícil saberlo... El antropólogo forense ha dictaminado que, por la estructura

134

ósea... —Se oyó ruido de papeles—. Dijo algo de la pelvis y la longitud de los huesos, ahora no lo encuentro... Pero, vamos, que pertenecen a un varón de unos dieciocho años. También será complicado averiguar la fecha de la defunción. —Más ruido de papeles—. Sí, aquí está, los huesos serán enviados a un laboratorio de espectrometría de masa con aceleradores para que la datación se haga por radiocarbono. Creo que en esencia esto es lo más significativo. No obstante, mañana a primera hora te llegará el informe completo por correo electrónico. En cuanto a las muestras recogidas en las escenas de los crímenes, nada de nada, ni fibras, ni folículo capilar, ni siquiera una cochina huella dactilar. Es como si el culpable o los culpables fueran unos malditos hombres invisibles. Tal como dijo mi emperador francés predilecto: «A veces una batalla lo decide todo, y a veces la cosa más insignificante decide la suerte de una batalla». Por el momento, nosotros no tenemos ni batalla. *Agur.*

Volvió a la cocina y sacó la pizza del microondas. La puso en una antigua bandeja de plata junto a una servilleta y un cuchillo y se dirigió una vez más al salón. Depositó la bandeja en la mesa de centro, al lado de la lata ya vacía. Descolgó el teléfono y marcó un número. El móvil de Max.

Se detuvo a observar cómo un chiquillo jugaba al ajedrez, cómo movía con desparpajo las piezas negras sobre uno de los dos tableros de granito situados en los jardines de Alderdi Eder, cómo capturaba las piezas blancas sin descanso, una tras otra. Y Max, por mucho que observaba, apenas entendía algo. Al parecer no era el único: el rival, un joven imberbe, negaba con la cabeza según perdía las piezas. Cuando el niño anunció jaque mate, el inspector prosiguió su camino. Bordeó los bajos de la casa consistorial —antiguo casino de la ciudad hasta la prohibición del juego en 1924—, el histórico Real Club Náutico —con su peculiar forma de barco varado—, y se dirigió al pequeño puerto pesquero de Donostia. Caminaba con las manos en los bolsillos de la gabardina, sorteando el incesante goteo de gente. Dejó atrás la

135

margen izquierda, donde lanchas y pequeñas embarcaciones de recreo cabeceaban debido al fuerte viento reinante. Los yates fondeaban en Hondarribia, los buques más pesados, en el puerto de Bilbao, y solo algunos —los de menor calado—, en el estrecho puerto de Pasajes. Se adentró en el puerto. Frente al mar, ante las casas de los *arrantzales* —famosos desde la Edad Media por la caza de la ballena y la pesca del bacalao—, se disponían numerosos puestos callejeros que ofrecían los típicos productos regionales, desde quisquillas hasta caracoles, y otros no tan típicos como cacahuetes, castañas asadas o almendras garrapiñadas. Las farolas iluminaban, como si de espectros se tratase, parte de la flota pesquera guipuzcoana, compuesta en su mayoría por pequeños barcos con la bandera de San Sebastián y la ikurriña ondeando en el mástil más alto, sus nombres en euskera impresos en la amura y las redes de pesca colgando a estribor y babor; pesqueros que partirían horas más tarde, al alba, en busca del sustento de las familias de sus tripulantes. En el ambiente se respiraba un olor a salitre y a mar viejo, de puerto con historia, donde los lugareños habían visto ir y venir muchas embarcaciones, y muchas vidas. El escudo de San Sebastián —un bergantín dorado de tres palos— indicaba la unión umbilical de la ciudad con el mar: una perfecta simbiosis desde que Sancho el Sabio la fundó como puerto marítimo de Navarra.

Mientras paseaba, Max dejó volar la imaginación y pensó en Juan Sebastián Elcano y en cuántas veces habría zarpado desde el puerto donostiarra en su juventud. Se lo imaginó como un grumete a las órdenes de un orondo capitán, fregando la cubierta con una zarrapastrosa fregona. ¿O quizá no? Con la fregona aún por inventar, lo vio esta vez arrodillado en el suelo frotando con un trapo mojado la suciedad incrustada en la madera. Alzó la cabeza —tenía la costumbre de pasear mirando al suelo— y recorrió con mirada nostálgica las fachadas agrietadas por la humedad de las pequeñas y antiquísimas moradas costeras, con sus coloridas ventanas de madera y sus balcones pintados con lo que sobraba de los barcos, con sus ikurriñas al viento, sus ropas secándose al aire, llenos de macetas, llenos de vida, y deseó

136

por un momento esa vida, sin asesinatos, sin rencillas, una vida de marinero, rodeado de niños y con una mujer a quien abrazar tras arribar a puerto. Se paró y entornó los ojos para contemplar la línea del horizonte tras la bocana del puerto, al igual que lo hacían los jubilados todas las mañanas. Tras unos minutos de paz interior continuó su camino ignorando las tiendas de recuerdos, los restaurantes con sus anuncios de *kokotxas, txipirones,* mejillones, bacalao..., y la cola de turistas que buscaban una plaza en la motora para navegar hasta la isla Santa Clara bajo las estrellas. Localizó la Osa Mayor en el cielo despejado, con su forma de cometa invertida, y cerca de ella, la Osa Menor; entre ambas, la Gamma Draconis refulgía esa noche de manera especial, mientras que el faro de Igeldo era una estrella más del firmamento.

¿Dónde estaba el Cangrejo?, se preguntó. Su confidente más fiel se movía por el puerto. Max ignoraba el porqué del apodo, pues era escurridizo como una anguila y letal como una raya; quizá hoy se lo preguntase. Y esperaba que tuviese *pescado fresco* de la facultad. Unos jóvenes con camisetas blanquiazules llamaron su atención. Marchaban coreando cánticos a favor de la Real Sociedad mientras se pasaban una litrona de mano en mano. A pesar de ir importunando en los puestos callejeros con los que se topaban, el inspector decidió no intervenir. En cambio, una bandada de palomas que picoteaba a los pies de unas viejecillas abandonó el atracón de migas y alzó el vuelo, asustadas por la algarabía. Se detuvo en un tenderete regentado por un hombre de edad avanzada y de aspecto frágil a esperar a que los jóvenes pasaran de largo. El anciano, con una *txapela* sobre la cabeza, vendía sellos y monedas antiguas. Max se interesó por una peseta del año 37 envuelta en plástico transparente.

—Se acuñó en la Real Casa de la Moneda de Bruselas —afirmó el anciano—, por orden del Gobierno vasco durante su exilio en París.

Max giró la pequeña pieza. El anverso mostraba el busto de una mujer con gorro frigio mirando hacia la derecha. Alrededor un texto: «Gobierno de Euzkadi».

137

—El gorro es un símbolo de libertad —indicó el anciano—. En la época romana era el distintivo de los esclavos liberados.

—¡Ah! —exclamó Max—. Yo pensaba que la mujer era la patrona de los pescadores...

—Se acuñaron pocas piezas, las únicas tras la derrota republicana. Es parte de nuestra historia. Y si se lleva también la de dos pesetas, se las dejo a buen precio.

Mientras lo consideraba, el inspector percibió a su izquierda, en el siguiente puesto callejero, a alguien conocido. Su cara demacrada, su silueta raquítica y su singular cabello le resultaban familiares. Sin embargo, no era capaz de ponerle un nombre. ¿Algún rostro de ficha policial? Vestía una cazadora de aviador y en una mano balanceaba con aire distraído una bolsa de plástico. Señaló una marina en acuarela y preguntó el precio. Cruzó una mirada fugaz con Max y un gesto de sorpresa y de temor asomó a su rostro. El inspector mantuvo la mirada sin saber muy bien qué hacer pero una vez más el destino decidió: sonó su móvil, y cayó en la cuenta.

Un sonido de móvil. Un pitido de microondas. Un cruasán a punto. En ambas ocasiones un rostro ojeroso contemplándolo.

De nuevo el hombre se dio a la fuga como si el Diablo fuese en pos de su alma. El inspector salió tras el fugitivo ante la mirada atónita de los presentes. Los fororos de la Real corearon la precipitada salida de ambos. Corrieron entre la gente, empujando, chocando, cual exploradores abriéndose paso a machetazos entre la maleza. Dejaron atrás el Museo Naval. Max apenas distinguía la cabeza coloreada entre las de los viandantes. Al llegar a la entrada del Aquarium, el hombre se apoyó en uno de los dos cañones que la flanqueaban para tomar impulso y arrojó al mar la bolsa de plástico para luego subir las escaleras de tres en tres en dirección al Paseo Nuevo. Max resoplaba, se sentía viejo para esos trotes —debería dejar de fumar—, y su móvil no cesaba de sonar, parecía una unidad móvil humana con sirena. Al ver que el hombre no se paraba en los cañones y ascendía por las escaleras masculló un «mierda» y lo siguió, solo que él subía los escalones de uno en uno. En la carrera, su presa había

138

conseguido sacarle unos metros de ventaja y desapareció. Max llegó arriba jadeando, bordeó el ancla de hierro de una esquina del paseo y miró a su alrededor sin dejar de correr. Vislumbró a su presa a lo lejos, que se giró y lo miró sonriendo. Por segunda vez se escapaba. Pero al volver la vista al frente el hombre se topó con un pescador que recogía sedal con el carrete y le fue imposible esquivarlo. Chocó con él y la caña de pescar se precipitó al mar a la vez que ambos caían al suelo. Según se acercaba Max, el fugitivo se levantó, ágil como una gacela, mientras el pescador lo increpaba desde el suelo. Lo vio cruzar la calzada cojeando ostensiblemente y trepar por una valla metálica de obras, intentando esconderse dentro del recinto, entre grúas, Land-Rovers y casetas provisionales. Cuando estaba a punto de saltar al otro lado, el inspector lo sujetó por el tobillo lastimado. El hombre perdió el equilibrio y cayó de espaldas. Se golpeó la cabeza contra el suelo y perdió el conocimiento en el acto.

Max observó, todo sudoroso y con la respiración entrecortada, el cuerpo inerte.

—Suerte, cabrón —murmuró.

No llevaba las esposas y se había evitado el arresto a punta de pistola. Miró alrededor. En el paseo, los viandantes continuaban a lo suyo, apenas un par de viejos lo observaban a lo lejos, quizá temerosos de meterse en problemas. Les mostró la placa y dejaron de prestarle atención.

—No está bien abandonar un atraco sin tus dos compañeros —dijo mientras propinaba al bulto del suelo una patada en las costillas.

El aire movió el pelo teñido de azul del Pájaro Loco. El cambio de color había sido el motivo de sus dudas.

Miró su móvil —ya en silencio— y vio en la pantalla iluminada la llamada perdida de Erika.

—Qué inoportuna.

Abrió la mano izquierda. En la palma reposaba la peseta del 37.

Lunes 30

La clase era soporífera. El profesor de Química Inorgánica, lejos de ser un orador nato, disertaba sin orden ni concierto y de forma ininterrumpida sobre los distintos teoremas, leyes, fórmulas, etcétera, que componían el temario de la asignatura. Había comenzado media hora antes y desde entonces la mitad de los alumnos permanecían en un estado de atontamiento generalizado.

Al final del aula, en una esquina y cerca de la puerta, se sentaban, una junto a la otra, Marta y Belén. Esta última pasó un pequeño papel a su compañera. Marta lo desdobló y lo leyó sin quitar ojo al profesor: «Me aburro, en cuanto se dé la vuelta a la pizarra me voy. ¿Te apuntas?». Levantó la cabeza y miró a su amiga con expresión de asombro. Belén sonrió y alzó las cejas. Marta negó con un dedo.

—El potencial de ionización en la tabla periódica de los elementos decrece según bajamos en un período —expuso el profesor— y aumenta según nos trasladamos hacia la parte superior derecha. Va en relación con el número atómico. De esta manera, se puede afirmar que, por ejemplo, el carbono tiene mayor potencial de ionización que el calcio pero menor que el flúor. —Se giró hacia la pizarra en busca de una tiza y al escribir «IO» oyó un golpe cerca de la puerta. Se volvió y no vio a nadie de pie. La puerta permanecía cerrada. Prosiguió con la clase.

Leire se hallaba en el laboratorio de Procesos enfrascada en sus investigaciones, cada vez más monótonas. Había obtenido unos primeros resultados y ahora quedaba reproducir el experimento un par de veces más para comprobar su fiabilidad. Luego podría calcular las medias, modas, varianzas... y corroborar la eficacia. El último paso sería obtener el máximo rendimiento, alcanzar la mayor eficiencia posible.

¿Dónde estaba Alberto?, se preguntó. No lo había visto desde el viernes por la mañana. Parecía que sus investigaciones no marchaban nada bien puesto que no le permitían visitarla. Resultaba agradable trabajar en paz, sin un moscardón revoloteando alrededor. ¿Cuánto dudaría su ausencia? Isaías Herensuge entró interrumpiendo sus pensamientos y acallando el perenne tictac del reloj de pared. Tras saludarla con la mano le comentó:

—Por fin tengo un título para el libro.

—¿Ah, sí? ¿Cuál? —preguntó ella con sincero interés.

—Bueno, no me he complicado mucho. Se titulará *La química de los números*.

La capacidad de observación de Leire se puso en funcionamiento. Por los desgastados pantalones vaqueros, la antigua gorra negra de los Barcelona Dragons para ocultar la alopecia y los ojos cansados dedujo que el libro tenía a su jefe muy ocupado. Por lo menos no traía esa vieja Biblia que tanta angustia y turbación le despertaban solo con verla.

—*Oso ondo* —contestó—. Me gusta, es un título sencillo, y directo, sin muchos alardes. Pero una duda: ¿no hay otro libro con el mismo título?

—En efecto. De Hoestra, un holandés. Lo publicó en el 83, y no tuvo mucho éxito que digamos. Espero que a mí no me suceda lo mismo.

—Siempre pueden diferenciarlos diciendo que el suyo es el bueno, el auténtico, y el otro es el malo.

—Esa es la idea. Además, voy más avanzado de lo que pensaba y creo que podré publicarlo antes de que finalice el curso.

Leire asintió con la cabeza. Supuso que era la prisa por publicar lo que le tenía tan ocupado.

—Finales de abril, principios de mayo, sería una buena fecha —afirmó Isaías.

—Entonces, el descubrimiento del santo grial está cerca.

—Muy cerca.

—Me alegro. Y espero una mención en los agradecimientos —dijo Leire jovialmente.

—Por supuesto, no iba a olvidarme de mi fan número uno. Ahora tengo que marcharme. Hasta luego.

—*Agur*.

—*Agur* —repitió él, y según salía se giró y preguntó desde la puerta—: ¿Has visto a Alberto?

—No, no lo he visto en todo el día. Debe de andar bastante liado.

El catedrático se llevó la mano a la cabeza y comenzó a rascarse como si no llevase la gorra. Era un acto reflejo que solía hacer cuando cavilaba.

—Los caminos del Señor son inescrutables... Si lo ves, dile que pase por mi despacho. —Y desapareció por la puerta.

Belén se dirigió a la máquina de café del pasillo. Introdujo un euro, puso el azúcar al máximo, buscó el café largo y pulsó el botón correspondiente. Con el vaso de plástico en la mano, lleno hasta arriba de aquella deliciosa droga negra, se encaminó al aula número 3, una clase que por las mañanas permanecía vacía y por las tardes se llenaba de estudiantes que se habían quedado sin sitio en la biblioteca. A veces albergaba a estudiantes que jugaban a las cartas o charlaban, pero ese día tuvo suerte y estaba vacía. Se sentó encima de una mesa de espaldas a la puerta y empezó a saborear el café embebida en sus preocupaciones, pero no en los inminentes exámenes, en los apuntes que le faltaban, en los resúmenes por hacer, en trazar un plan de estudio, sino en que por San Valentín iba a estar sin pareja. Ahora comprendía el dolor de Patxi, su anterior novio, cuando lo dejó por Pedro, y también entendía a aquellas amigas que, por miedo a que les rompiesen el corazón, preferían estar solas a mal acompañadas. En cambio, sus padres no podían ocultar una chispa de felicidad en el rostro, no porque prefirieran a Patxi, que también, sino porque Pedro nunca les cayó en gracia, lo tacharon de la lista desde el primer día que fue a buscarla a casa con su melena larga, ropa de cuero y un casco en la mano. Y esa primera impresión empeoró cuando se enteraron de que tenía cuatro años más que ella y que había abandonado la carrera de Químicas a mitad del tercer curso. Belén no creía que el tiempo lo curase todo, seguía enamorada de Pedro, y a pesar de su traición se veía capaz de perdonarlo. Si pudiera hablar con él tranquilamente y no a gritos, rabiosa como una gata en celo, tal vez lograse que entrara en razón y regresara a sus brazos. Aún quedaban dos semanas para San Valentín. Todo se arreglaría. Miró el reloj: faltaba un cuarto de hora para que acabase la clase de Química Orgánica, tiempo de sobra para maquillarse. Sacó el neceser del bolso y buscó la sombra de ojos negra. Fue entonces cuando notó cómo unas manos se aferraban a su cuello y empezaban a apretar. Soltó el neceser, que cayó al suelo, e intentó luchar. Pataleó y dio un par de codazos al aire pero ni siquiera consiguió girarse. Su agresor era más fuerte que ella y no le daba opción. El café se derramó, y sintió el líquido caliente mojando sus piernas. Intentó gritar pero su voz se ahogó en un gemido. Percibió impotente que comenzaba a faltarle el aire. Sus ojos comenzaron a lagrimear. En unos segundos, Belén Soto dejó de respirar.

El inspector Medina aparcó el coupé a la entrada de la facultad y subió las escaleras. En la puerta estaban apostados, carpeta en mano, un par de ertzainas.

—Buenos días —saludó.

—Buenos días, inspector —respondieron ambos casi al unísono.

Max hizo un amago de entrar y al ver que ninguno de los dos lo impedía se dio la vuelta y espetó:

—¡Qué leches están haciendo!

Los agentes lo miraron con asombro. Al ver que Max esperaba que dijeran algo, uno de ellos se decidió a hablar:

—Lo siento, inspector, no sabemos a qué se refiere.

—Mira, hijo, la carpetita no es ningún artículo sobre la cual usted pueda plasmar sus poco profundos razonamientos, si es que los tuviese. Es para anotar cualquier entrada o salida del edificio. Creía que había quedado muy claro cuál era su cometido.

—Cierto, inspector. Lo que ocurre es que como es usted...

—Ni aunque sea el mismísimo Gerónimo montado en su jodido caballo... Debe usted registrar todo ahí.

El otro agente, que había permanecido callado, tragó saliva, abrió su carpeta y anotó el nombre del inspector.

Max entró en la facultad. Anduvo por los pasillos de la primera planta esquivando a varias personas, la mayoría con batas blancas, hasta llegar al decanato.

—¿Cómo se llama usted? —le preguntó a la mujer que estaba sentada frente a la puerta del cartel con el nombre en letras doradas de Martín Alonso.

—Cristina Suárez —contestó ella, aunque estaba segura de que él lo sabía.

Max la miró a los ojos. Aquel color avellana le tenía cautivado.

—¿Está el decano en su despacho?

—Sí, pero dese prisa, está a punto de marcharse, tiene cita con el médico. Y ya va tarde...

Max asintió y se forzó en continuar mirándola a los ojos: la secretaria llevaba una camiseta tan estrecha que sus pechos pugnaban por salir. Se despidió y entró en el despacho sin llamar.

El decano, que repasaba unos papeles sentado tras su mesa, apenas alzó la vista. Era innegable que repudiaba a aquel inspector metomentodo que había puesto patas arriba la facultad, así que lanzó el primer dardo:

—¿Qué quiere ahora? ¿Realizar otro registro, forzar alguna puerta más? ¿O tiene suficiente con los hombres que ha desperdigado por todo el edificio? Aparte de que su última medida me parece excesiva. Poner a un par de matones a la entrada como si la facultad fuese una vulgar discoteca...

Max, de espaldas al decano, ojeaba las orlas de la pared. Profesores y alumnos de distintas promociones se mostraban en blanco y negro ante sus ojos verdes. Jóvenes sonrientes con birrete y corbata se sucedían en los años. El futuro de la sociedad.

—¿Sabe que he tenido que aguardar diez minutos a la entrada de mi propia facultad para poder pasar debido a la cola que se ha formado a primera hora de la mañana? Es humillante —continuó Martín Alonso.

Una enorme fotografía en color protegida por un marco de madera tallada captó la atención del inspector. Una placa en la parte inferior del marco indicaba que se tomó el año anterior. En ella aparecía la escalinata de piedra de la facultad. El hombre acomodado en esos momentos detrás de él destacaba entre el cúmulo de gente con bata blanca: químicos, profesores y empleados, supuso.

Martín Alonso volvió a la carga con voz de edicto:

—Desde el primer momento en que lo vi supe que me iba a causar molestias. Es usted de esos que disfrutan hurgando en la herida, pero esta vez se ha equivocado de lugar. No, claro que no se lo voy a consentir.

—¿Ya ha acabado o tiene algo más que decir? —replicó Max sin volverse, y tras un corto paréntesis añadió con sorna—: Ahora que lo pienso, es posible que no me conforme con solo anotar los nombres y la hora de todo el que entra y sale de la facultad y ordene a mis agentes que también los cacheen.

El decano lo miró con acritud. Un lobo con piel de cordero, se recordó.

—Esto no es una universidad americana: no hay jugadores de rugby ni de baloncesto ni de béisbol, no hay pandillas de barrio, ni fraternidades, ni bailes de graduación, ni entrega de diplomas... Es una universidad pública vasca, llena de estudiantes vascos cuyas familias de clase media hacen un esfuerzo todos los años para pagar la matrícula. Ni siquiera hay residencia de estudiantes, la mayoría van y vienen en autobús, y los que viven fuera de Donosti alquilan una habitación en el centro de lunes a viernes; los del resto de la provincia estudian en Lejona; los de clase alta, en la Universidad de Navarra. Nosotros somos pequeños, aquí no encontrará ladrones, ni delincuentes, y mucho menos asesinos.

—Entonces, ¿lo de ordenar que pongan un arco detector de metales le parece una estupidez?

—Dados sus malos resultados mejor que ordene que todo el mundo se ponga yelmo. Pero sería más correcto decir nulos resultados, porque es eso lo que ha descubierto hasta el momento, nada de nada. Las medidas adoptadas son muy rimbombantes pero poco efectivas, meros adornos.

El inspector permaneció en silencio, escrutando los rostros de la fotografía. El decano continuó con su alegato:

—Aproveche, aproveche..., porque ya he hablado con el alcalde y piensa tomar medidas. También cree que se ha extralimitado en sus funciones. Y bien, mi tiempo es muy valioso, ¿a qué debo su grata presencia?

—Quisiera que me dijera todo lo que sabe del comité PHPE —respondió Max de forma clara e incisiva.

Seguía observando la fotografía, escudriñando las caras una por una. Captó rostros conocidos, como el de esa chica, Leire, oculta entre compañeros en la esquina izquierda.

—Otra vez con lo del PHPE... ¿Es qué no entiende que no sé nada? ¿Cuántas veces tengo que decírselo?

—Por lo menos no le ha sorprendido el término *comité,* parece que le resulta familiar. —Se giró y miró a los ojos del decano, quien desvió la mirada.

—No tengo ni idea de qué comité me habla —repuso Martín Alonso, removiéndose en la silla.

—Entonces, ¿dónde desea que sitúe el arco? Me imagino que después de las puertas, ya que si lo ponemos antes se verá desde la calle, y ya sabe cómo es la gente, correrán rumores y el próximo año será difícil llenar las clases de esos estudiantes de clase media y tendré que darle la razón: sí, sí que serán una facultad pequeña, muy pequeña...

—Mire —dijo el decano suspirando—, como me imagino que ya habrá averiguado, se llevaron a cabo ciertos proyectos. Dependían de unos comités y estos no formaban parte del organigrama de la facultad, funcionaban al margen y con total independencia. Eran legales aunque se desconocía a qué se dedicaban. En realidad, el secreto era la clave de su éxito. —Se rascó la perilla y tras unos segundos continuó—: Dudo que encuentre documentación al respecto. Supongo que ese sarcófago que descubrieron está relacionado con algún comité, acaso el que usted ha nombrado, el PHPE. Pero nada más. Los huesos pueden pertenecer a un antiguo proyecto de medicina o a unas prácticas de laboratorio, pruebas de carbono, vaya usted a saber...

—Pues, por lo visto, los huesos pertenecen a un joven...

Un estridente grito recorrió la estancia e interrumpió al inspector. Algo había sucedido a pocos metros de allí y Max no estaba dispuesto a que se lo contaran, por lo que salió apresuradamente del despacho mientras Martín Alonso farfullaba:

—¿Qué demonios ha sido eso?

Max abandonó el decanato dejando a Cristina de pie y paralizada de miedo. Media facultad oyó aquel hiriente grito prolongado, un alarido que muchos no olvidarían durante el resto de sus vidas, los asaltaría en sueños y los acompañaría hasta el final. Entre ellos se hallaba el viejo bibliotecario. Notó un pinchazo en el corazón y tuvo que sentarse en la silla más próxima. Otro aviso.

Max supo de inmediato que aquello no podía significar nada bueno. Cuando corría por el pasillo, se topó con dos agentes que también se encaminaban hacia el lugar del que procedía el grito. En la puerta de un aula, una estudiante con acné por toda la cara y ortodoncia en la boca lloraba desconsoladamente abrazada a otra chica.

El inspector se asomó al interior. Tantos casos en Madrid y nunca había visto nada parecido. Se volvió a los dos agentes que lo acompañaban y les ordenó el cierre inmediato de la universidad y que no permitieran la salida de nadie sin su permiso. Después entró en el aula, cerró la puerta, sacó el móvil y llamó a Erika. Le requirió su presencia, aunque no de forma inmediata. Insistió en que se lo tomara con tranquilidad, no había prisa: el cuerpo decapitado que permanecía sentado, esperando a un profesor que nunca iba a aparecer, no iría a ninguna parte.

Rebuscaba entre las ofertas de la semana de una conocida tienda de música ubicada en una bocacalle del Boulevard. El objetivo era un antiguo disco de los Iron Maiden. Al cabo de diez minutos de infructuosa búsqueda se dio por vencido. Levantó la cabeza y a través del enorme escaparate de la tienda vio pasar fugazmente a Isaías. Nunca le había gustado el jefe de Leire, le parecía una persona excéntrica y falsa, así que siempre procuraba saltarse las clases de su asignatura. Frunció el ceño. Por lo que sabía, el decano había convocado al claustro de profesores para evaluar la situación. ¿Cómo es posible que estuviera por la Parte Vieja caminando hacia el puerto? Además, le había parecido ver que llevaba ropa de abrigo..., unos guantes de cuero y un gorro de lana.

Una rubia de pelo largo, gran escote y mochila a la espalda, que se dirigía a la zona de la música disco lo sacó de sus pensamientos. Aunque con la ropa intentaba aparentar que era más joven de lo que era en realidad, su edad no suponía un problema para él, así que se echó la melena hacia atrás y se dispuso a atacar. Había leído en *La Gaceta Universitaria* que uno de los sitios donde más se ligaba eran las tiendas de música. Cuestión de probar. La rubia se había parado en la sección de clásicos y observaba la carátula de un CD. Se acercó por atrás, y al estirar la mano hacia un disco cualquiera le rozó uno de los pechos con el codo. La mujer ni se inmutó. Galder contó hasta diez y volvió a dejar el disco en su lugar sin ni siquiera mirarlo. De nuevo sintió el codo contra el pecho. Notó el despertar de su órgano masculino. La rubia se volvió y le dedicó una sonrisa que a él le pareció angelical. Después se encaminó a la caja con el CD en la mano.

Al principio no reaccionó, le invadía una extraña sensación, la cabeza le daba vueltas y el corazón le latía con fuerza.

Aguardó impaciente a que ella saliera. Anduvo de arriba abajo por la calle Narrica. Las ventanas de las viviendas estaban abiertas, a diferencia de cuando en la Guerra de la Independencia José Bonaparte recorrió dicha calle al mando de las tropas napoleónicas. El viento soplaba con fuerza y trajo hasta su nariz un denso olor a mar de ciudad con puerto y a pescado fresco de los restaurantes próximos. La espera se le hizo eterna, así que cuando la vio salir se dirigió casi sin pensarlo a su encuentro y torpemente chocó con ella fingiendo que tropezaba. La rubia le sonrió de nuevo y esperó sus disculpas. Galder se atusó el cabello y al ver la carátula del CD se le iluminó la mirada: mostraba una marioneta de Satán, tridente en mano, riéndose entre las llamas; manipulaba las cuerdas otra criatura más grande y horrenda: un Eddie sonriente.

La tarde caía sobre el campus. Por la ventana del laboratorio de Procesos, Leire observó al inspector subir por las escaleras. Las mismas en las que todos los químicos interinos y profesores de la facultad habían quedado perpetuados en una colosal fotografía a principios de curso, cuando la normalidad reinaba en la universidad. Al ser el año del aniversario se había puesto mucho empeño en que nadie faltase. La idea había sido del decano, deseoso de poder rememorar, en un futuro no muy lejano, el pasado brillante de la facultad bajo su mandato. Leire, a quien no le gustaban las fotos, se había situado con discreción en una esquina del numeroso grupo. Alberto se colocó a su lado, y detrás de ella, como escondiéndose también, Isaías. En cambio, el decano, para avalar su poca discreción, se puso en el centro. Ahora no le cabía la menor duda: aquella imagen pasaría a la posteridad.

El inspector desapareció de su campo visual. Después del descubrimiento del último homicidio, la facultad había estado cerrada toda la mañana y parte de la tarde. Durante ese tiempo, la universidad había sido un hervidero de gente, los controles y registros se habían intensificado, las clases se habían suspendido, los profesores seguían reunidos y se hablaba de un parón indefinido. Únicamente a los interinos y al personal de la UPV se les permitía acceder al interior, pero también se rumoreaba que eso se iba a acabar. Por esa razón ella permanecía en el laboratorio, apurando al máximo los minutos. En otras circunstancias hubiera aprovechado para irse a casa temprano y salir con la bicicleta a disfrutar de las últimas horas de sol pedaleando por los casi treinta kilómetros de *bidegorris* que serpenteaban por la ciudad. Era su forma de compensar las horas que pasaba encerrada en la facultad, enfrascada en experimentos draconianos.

Max entró sin llamar. Una vez más el olor de los productos químicos, una mezcla de disolventes, ácidos..., inundó sus fosas nasales. Se preguntó si solo a él le molestaba. Si bien no le hacía toser, el olor era mucho peor que el del laboratorio forense.

—¿Qué es lo que no podías decirme por teléfono? —soltó de golpe.

Sentada en el taburete, frente a la ventana, Leire giraba aquella tarjeta que había encontrado en el bolsillo trasero de sus vaqueros.

—Creo que es importante, inspector.

Le habló sobre los reiterados comentarios matutinos de su prima Marta respecto al exnovio de Belén y sus supuestas amenazas, y también le mencionó la corta conversación que mantuvo la noche del sábado anterior en el Maitetxu con la recientemente asesinada. Se privó de hacer cualquier valoración personal y relató los hechos con la mayor claridad posible. El inspector escuchó en absoluto silencio y se le iluminaron los ojos cuando Leire se refirió a la red de drogas.

—¿Y crees que no se lo inventaba? —preguntó Max.

—No, no creo. Es cierto que estaba muy borracha, y por eso mismo no creo que mintiese. Ya sabes, los niños y los borrachos son los únicos que no mienten...

—Has sido de gran ayuda —dijo Max.

—Ojalá.

—Una última pregunta: ¿te dice algo la palabra PHPE?

—¿PHPE? —repitió ella—. No, la verdad es que no.

—¿Ni siquiera una letra? —insistió obcecado Max. Un sexto sentido le decía que aquel misterioso y antiguo proyecto era la llave del caso, aunque nadie parecía saber nada.

Leire puso en funcionamiento toda la artillería de su instrucción en la licenciatura de Polímeros: sus veinte notables en las veintisiete asignaturas de la carrera.

—Pueden ser las siglas de un polímero o algún nombre comercial de una sustancia química, pero no me suena. La P puede corresponder al fósforo, la E puede ser de estireno o etileno..., de hecho, la PE representa al polietileno. Y la H es el símbolo químico del hidrógeno aunque también indica hidrocarburo o cualquier otra sustancia con el «hidro» como prefijo. —Calló unos segundos y afirmó—: Sí, la P bien puede ser de polímero, el polipropileno se representa con PP, aunque con la H en medio no sé, la PH puede indicar polímero *high density,* es decir, de alta densidad, y también potencial de hidrógeno. El pH es la medida para saber si una disolución es un ácido o una base. Habrás oído alguna vez lo del pH neutro... —Max afirmó con la cabeza—. Es el pH del agua, que es siete, y a partir de ahí, cuanto más bajo es el número, más ácido es el material, y cuanto más alto, más base. Por ejemplo, el vinagre tiene un pH de tres y el jabón un pH de diez. Pero tal cual no conozco ningún compuesto químico denominado PHPE... —Reflexionó unos instantes. Había agotado toda la munición—. No tengo ni la menor idea de qué puede tratarse. ¿Por qué lo preguntas?

—Por nada. Bueno, es una pista que sigo, una simple corazonada. De todos modos, si se te ocurre algo, comunícamelo.

—Claro, inspector.

Tras darle las gracias y pedirle que guardara silencio sobre la conversación, abandonó el laboratorio, contento por dejar atrás ese olor que tanto le molestaba. En el pasillo usó su indispensable teléfono móvil para hacer unas llamadas. Debía preparar una detención. Por fin había encontrado un sospechoso, y lo que era más valioso, un móvil.

El barrio residencial ubicado en las cercanías del monte Ulía se componía de pequeñas casas burguesas de finales del siglo XIX, tan cuidadas y restauradas que mantenían su genuino estilo neo-gótico. Más de quince agentes se distribuían a ambos lados de una calle amplia, donde por las mañanas se escuchaba el suave trinar de los gorriones, refugiados tras los cuerpos retorcidos de los abetos que invadían las aceras, bajo el siseo del viento y las ramas cimbreando. La mansión que vigilaban era la última de una larga hilera. Grande y espaciosa, disponía de jardín y piscina, y su color vainilla relucía a la luz de la luna llena. Sobre la acera de enfrente, debajo de un viejo árbol de ramaje espeso, espera-ban un par de coches. Max se removió inquieto en el asiento trasero de uno de ellos.

Después de la conversación con Leire, había estado inda-gando en la vida del exnovio de Belén Soto: atendía al nombre de Pedro Ramírez y no tenía antecedentes penales. Se le supo-nía en la vivienda del otro lado de la acera y por eso estaban allí, alertas, aguardando su llegada. Hasta el momento nadie había entrado ni salido de la casa, pero dentro había un individuo to-davía no identificado, quizá el socio de Pedro. La visibilidad era pésima, ya eran casi las doce de la noche y las farolas —grises y alargadas— apenas iluminaban. El inspector consideraba funda-mental el factor sorpresa, tanto o más como jugar con las cartas marcadas, y esperaba que la situación no se complicara mucho.

De pronto, la monotonía del barrio se rompió por el rugido de un motor. Una Harley-Davidson redujo la velocidad al acer-carse a la casa hasta parar junto a la valla. Los faros se apagaron. Un hombre alto con cazadora de cuero y botas camperas se quitó el casco y dejó al descubierto una abundante melena. Por la fotografía que Max sostenía en la mano derecha no había duda: aquel tipo era Pedro Ramírez. El hombre puso pie en tierra y sacó una bolsa de deporte de uno de los dos bolsos traseros de la Harley. Max esperó a que el sospechoso entrase en la casa y solo entonces se decidió a actuar. Aferró el *walkie-talkie* y se comunicó con Erika, quien, junto con otros dos agentes, observaba la mansión desde el balcón de un piso adyacente. Contaba con unos prismáticos infrarrojos de visión nocturna para saber en todo momento por qué parte de la casa deambulaban los inquilinos.

Al cabo de unos minutos, cuando Erika y sus prismáticos lo vieron claro, se volvió a comunicar con el inspector. Max y el agente Agirre salieron del coche y fueron hacia la casa. Dada la importancia del arresto, Max había decidido actuar personalmente y llevarse como ayudante a Asier, policía experto y curtido en mil batallas y cuyo aspecto de *harrijasotzaile* resultaba perfecto para el cometido. Vestían uniforme, pero no de agentes de la ley sino de repartidores de pizza. Ambos llevaban una camiseta blanca con un *smiley* en el centro, una gorra roja y zapatillas de deporte. Max consideraba que dos personas eran suficientes para realizar el arresto con garantías: en semejantes escenarios cantidad y calidad iban reñidas y cuantas menos personas irrumpieran en la casa mucho mejor, tanto para no molestar como para no crear suspicacias cuando se aproximasen. El resto de los agentes apostados alrededor de la vivienda se debía únicamente a motivos de precaución y solo intervenían si la situación se complicaba; en general vigilaban las salidas traseras e impedían la fuga.

La verja de madera estaba abierta y entraron sin dificultad. Se encaminaron hacia la entrada. Cada uno llevaba un par de pizzas familiares. Max esperaba que Erika no hubiese errado con su apreciación: resultaba trascendental que abriese la puerta el sospechoso principal, en teoría el más peligroso. Caminaban con semblante serio, pero lo cambiaron en cuanto alcanzaron el rellano. Asier pulsó el timbre, se oyó un amortiguado *dingdong* y una pequeña bombilla se encendió sobre sus cabezas iluminando la entrada.

—Mira que pedirnos unas pizzas a estas horas, con el frío que hace de noche en moto —dijo Max, para que los habitantes de la casa lo oyeran.

Unos pasos se aproximaban a la puerta.

—Espero que no sea una broma —apostilló Asier en un tono más alto que el del inspector. Parecían un par de actores sobreactuando.

Sintieron que alguien los observaba por la mirilla.

—Al menos es un buen pedido, sacaremos buena tajada —comentó Max mientras masticaba chicle.

—¿Qué cojones queréis? —preguntó una voz ronca al otro lado de la puerta.

—Pizza Sonrisa —contestó Asier, rascándose su pronunciada barriga—. Le traemos su pedido, señor.

—¿Pedido? No he hecho ningún pedido, así que largo.

—Buscamos al señor Mujika —dijo Asier.

—Aquí no hay ningún señor Mujika.

—Traemos cuatro pizzas familiares —insistió Asier.

—Me importa un carajo, capullo.

—¡Hostias! —siseó Max—. Ya te decía yo que esto era una broma, me cagüen la puta.

—Y ahora, ¿qué hacemos? —preguntó Asier.

—Oiga, por favor, ¿estamos en el diez del paseo Toki Eder? —preguntó Max a la voz del otro lado. Seguía mascando chicle, exagerando en demasía los gestos.

—¡No! —gritó la voz—. Es más abajo. Y ahora fuera de aquí o los echo a patadas.

—¿Puede indicarnos cuánto más abajo? —insistió Max al tiempo que se ajustaba la visera a la frente.

—¿Sois estúpidos? No, no puedo. Y ahora...

Entonces sonó el teléfono y la voz enmudeció. Max percibió cómo los pasos se alejaban de la puerta y aprovechó para aporrearla. El ruido de pasos cesó aunque el teléfono seguía sonando. Tras unos segundos de incertidumbre, los pasos se acercaron a la puerta. Max vio aparecer a un hombre de unos veintitantos años, de pelo largo y aspecto fatigado.

—Ya os he dicho que os larguéis. Me están llamando por teléfono... Un momento, ¿no sois un poco mayorcitos para andar repartiendo...?

Pero no pudo acabar la frase: de debajo de las pizzas que llevaba Max emergía un revólver, el Smith & Wesson, que le apuntaba al pecho.

—Ni respires, hijo —le indicó el inspector.

Los casi ciento quince kilos de Asier se introdujeron rápidamente en la casa, ignorando a Pedro, y en menos de diez segundos ya tenía controlado al otro inquilino. Lo había pillado in fraganti en el retrete, hojeando una revista porno.

Max esposó a Pedro, se quitó la gorra y descolgó el teléfono, que aún seguía sonando.

—Erika, ya pueden entrar, la situación está bajo control.

Max le había ordenado que llamara a la casa en cuanto hiciese la señal de la visera.

Martes 31

Cientos de paraguas negros aguardaban a la entrada de la Facultad de Ciencias Químicas aquella mañana nublada. Los rostros compungidos y graves de los presentes mostraban el estado de indignación general que sumía al campus. El acto había sido convocado por el consejo de estudiantes, y varias ONG y plataformas contra la violencia de género secundaron la protesta. Acudieron personalidades del ámbito político entre las que destacaban el *lehendakari* y el alcalde. Al lado estaban el decano, el rector de la UPV y Marta; todos frente a la multitud asistente, subidos en una especie de altar habilitado para la ocasión. Marta era la encargada de leer el manifiesto de repulsa por el asesinato de su amiga Belén. Sin embargo, la amalgama de sentimientos la derrotó y fue incapaz de concluir su cometido. Entre sollozos, el decano la sustituyó y terminó de leer el discurso, su opinión, su pensamiento plasmado en un folio arrugado por el dolor, la pena y el sufrimiento.

Entre los presentes se encontraba un grupito formado por Leire, Galder, Pilón y Patrice, un estudiante francés muy amigo de Galder, integrante del programa Erasmus con el que la Facultad de Ciencias Químicas intercambiaba entre quince y veinte estudiantes cada año con otras facultades europeas. De Alberto ni rastro, y Gemma no había podido ausentarse de su trabajo en la agencia de viajes. Cristina, sin poder contener las lágrimas, se escondía bajo un paraguas.

Después de la lectura, se guardaron unos minutos de silencio tras los cuales la gente rompió en una espontánea y atronadora ovación de aplausos, que se mantuvo largo rato. Algunos gritaban pidiendo justicia, y un grupo de jóvenes con ikurriñas y otro de no tan jóvenes con carteles de EUSKAL PRESOAK ETXERA lanzaron consignas a favor de los presos de ETA y en contra de la Guardia Civil, pero pocos los secundaron. Los asistentes se disolvieron de forma pacífica y ordenada. El decano y el alcalde lo hicieron juntos, charlando amigablemente bajo el persistente *txirimiri*.

La sala era pequeña y fría. El mobiliario se reducía a una vieja mesa de madera y un trío de sillas incomodas. En la pared del fondo colgaba un espejo oscuro, sin marco y salpicado de motas negras. Detrás de la puerta había un antiguo calendario para recordar al acusado lo que estaba en juego y del techo pendía una vetusta lámpara de cinco brazos, en uno de los cuales un minúsculo objetivo captaba lo que acontecía en la estancia. Pedro Ramírez estaba sentado, cabizbajo y con la mirada perdida. Vestía unos vaqueros raídos y una camiseta de manga corta con una imagen de Michael Jordan en la espalda y una frase en el pecho: I AM THE NUMBER ONE. Frente a él se sentaban un par de agentes veteranos, especialistas en estos menesteres.

Max seguía el interrogatorio en una sala contigua, observando detrás del falso espejo. Junto a él, Alex, Erika y Joshua. Sobre una pequeña mesa, un magnetófono registraba el sonido que provenía de la habitación adyacente y un monitor en la pared mostraba las coronillas del acusado y de los dos agentes.

–Enhorabuena, Max –dijo Alex–, otro caso resuelto para añadir a tu brillante historial.

El interrogatorio tocaba a su fin. A pesar de que Pedro lo había negado todo durante la primera hora, cuando le mostraron las fotografías de Belén se derrumbó. Los ojos se le llenaron de lágrimas. Entre sollozos declaró que Belén amenazó con denunciarlo a la Policía por el tráfico de drogas, en clara represalia

157

por dejarla. Intentó chantajearlo: o volvía con ella o lo denunciaba. En consecuencia, acallando su poca conciencia, decidió matarla. El resto del interrogatorio fue sencillo: Pedro, llorando, con la cabeza gacha y sin apenas atender a lo que le decían, afirmó todas las acusaciones.

—Jefe, lamento contradecirle —repuso Max—, pero no soy de su misma opinión.

—¿Cómo? —preguntó extrañado Alex. La sonrisa se le borró de los labios.

—No creo que él sea el culpable de los asesinatos de la facultad, al menos no de todos.

—¿Cómo que no crees...? Tienes delante de tus propios ojos a un tipo que tú mismo has detenido, que es el principal sospechoso y... ¡Está confesando los crímenes uno por uno! Solo le falta cantar la *Traviata*... ¿Qué más quieres?, ¿una película de vídeo? —replicó el comisario a punto de perder los nervios.

—La chatarra.

El comisario movió enérgicamente la cabeza.

—No me vengas con esas. Tú pidiendo el detector... Lo que me faltaba.

Aunque su compañero del Cuerpo Nacional de Policía de Madrid le advirtió sobre Max, hasta hoy siempre pensó en rencillas personales. Nunca dudó de que fuese un acierto aceptar el traslado de Max a la comisaría de San Sebastián: un inspector tan joven y con su experiencia no se podía dejar escapar. La Ertzaintza llevaba apenas quince años en servicio y hombres como él no sobraban precisamente, y más cuando en aquella época ETA seguía en pie de guerra y el número de aspirantes al cuerpo disminuía cada año por mucho que ampliasen la edad de ingreso.

—Alex, ya me conoces —dijo Max—, y si no lo digo, reviento, pero...

—Espera, un momento —atajó Alex—. Hemos resuelto el caso más importante acontecido en San Sebastián en los últimos años. Por una vez nos hemos adelantado a la Guardia Civil, acordaos de lo que éramos antes: cuando ETA era el centro de la lucha solo nos dejaban las sobras. —Miró a Joshua y a Erika—. Ahora podemos sacar pecho, poner en lo más alto el nombre de la Ertzaintza, y no pienso dejar pasar esta oportunidad.

—Primero —explicó Max—: una cosa es ser principal sospechoso de un crimen y otra distinta ser culpable de todos los crímenes. Segundo: esto es todo menos una confesión, el hombre se ha derrumbado en cuanto le han enseñado las fotos de su exnovia. En esas condiciones hasta hubiese jurado ser el mismísimo asesino de JFK.

Erika y Joshua permanecían inmóviles, atentos a la pequeña discusión entre el comisario y el inspector. Ninguno osaba intervenir.

—Entonces, ¿qué hacemos? ¿Le damos unas palmaditas en la espalda y lo soltamos?

—Ni lo uno ni lo otro.

—Y bien, Sherlock Holmes, si este no es el asesino, ¿quién es? —preguntó Alex—. ¿El hombre del saco?

—Yo no he dicho que Pedro Ramírez no sea un asesino. Pero solo hay que verlo ahí sollozando —lo señaló a través del cristal— para darse cuenta de que no es nuestro hombre.

—¿No es nuestro hombre? —repitió Alex—. ¿Estamos de acuerdo en que él es el asesino de Belén Soto? ¿O tampoco?

—Ha matado a su exnovia copiando el modus operandi para despistar. Joshua nos dará más tarde los resultados de los últimos análisis y de las muestras, pero de momento está claro que ha decapitado a su víctima y no le ha arrancado los ojos; detalle que, recordará, decidimos ocultar a la opinión pública. La escena del crimen es un desastre. —Había visto suficientes para diferenciar entre la obra de un chapucero y la de un profesional—. Obtendremos bastantes pruebas incriminatorias, todas las que dejó en su afán por limpiar el aula. Las del luminol serán suficientes.

—Y a ustedes, ¿qué les pasa?, ¿no opinan?, ¿son incapaces de decir algo?

Se hizo un incómodo silencio, solo se oía la cinta magnetofónica girando sobre sí misma.

—Bueno..., en cuanto a las pruebas y a las diferencias..., quizá al inspector no le falte razón... —dijo Erika evasiva.

—En lo que a mí respecta, el caso está cerrado y punto —atajó el comisario—. Tómense unas pequeñas vacaciones. Y ahora, váyanse. —Hizo aspavientos con ambas manos como si se sacudiese unas molestas moscas de encima—. Creo que el estrés del caso nos ha afectado un poco a todos. Por cierto, Max, acuérdate de la visita a Martutene, te vendrá bien ocuparte de otros asuntos. Retoma también el caso de la mujer del caserío, sus familiares no paran de preguntar cómo van las investigaciones —dicho lo cual salió de la sala de observación dando un portazo justo cuando en la otra sala se daba por finalizado el interrogatorio.

—«La paz perdurable es un sueño, y ni siquiera un sueño hermoso.» Helmut von Moltke. Me temo que nos toca esperar —dijo Joshua antes de pulsar el STOP del magnetófono y abandonar también la sala.

Sábado 27 de octubre de 1979

La noche caía sobre la ciudad. En el exterior, la lluvia golpeaba con fuerza las calles, desiertas de gente y de coches. A oscuras, dos jóvenes estudiantes se besaban sobre el suelo del laboratorio de Reología.

—Prométeme que no me dejarás nunca —dijo Irene.

—Solo cuando te salgan arrugas en la cara y las tetas se te caigan —dijo Txema, y dio un sorbo al botellín de cerveza mientras esperaba la reacción de su novia.

—Eres un tonto. —Irene le propinó un manotazo cariñoso en el hombro.

Un alarido atroz se propagó por el edificio y recorrió los pasillos vacíos. Toda la magia de su idílico amor se desvaneció, y también el efecto del alcohol.

—¿Has oído eso?, ¿qué ha podido ser? —dijo Txema. Frunció el ceño y se separó de su otro yo.

—No lo sé, no lo sé... Pero ha sonado muy raro —respondió Irene a la vez que intentaba abrazarlo de nuevo. Una punzada de miedo le apretó el corazón.

Desde que coincidieron en las prácticas de Geología se profesaban amor mutuo. Habían nacido para permanecer unidos cual gemelos siameses: mismos gustos, errores idénticos, ilusiones semejantes. Una vida atrapada en dos cuerpos.

—Voy a ver —dijo Txema levantándose.

Con el pie izquierdo golpeó una de las botellas de cerveza que había alrededor. La botella giró sobre sí misma y se mantuvo en pie.

Tenían la costumbre de pernoctar en el interior de la facultad cuando hacía mal tiempo. Se ocultaban hasta el cierre en la sala del consejo de estudiantes, bajo una monumental mesa ovalada. Sin embargo, no se conformaban con esconderse en las aulas, fumarse unos porros, beber unas cervezas y hacer el amor encima de la mesa del profesor, con lo cual se agenciaron una copia de las llaves del conserje para poder pulular a su antojo por los laboratorios. Y hoy habían acabado, casi ebrios, en el suelo del de Reología.

—No vayas, no me dejes...

Un nuevo aullido cortó las palabras de Irene.

—Ha sonado más cerca —comentó Txema.

—¿Será uno de tus amigos?

—Es posible —dijo, aunque pensaba que aquellos alaridos escalofriantes no podían proceder de una garganta humana: nadie era capaz de producir semejantes atrocidades acústicas—. Echaré un vistazo... Tú no te muevas de aquí y no hagas ruido.

Ella asintió con un medroso movimiento de cabeza y se acurrucó contra la pared. Un retrato de Franco vestido de militar la miraba impertérrito desde la pared de enfrente. A pesar de que el Generalísimo ya llevaba casi cuatro años enterrado en el Valle de los Caídos, nadie se había atrevido a retirar el cuadro.

—Ten cuidado.

—Tranquila, mi amor.

Le lanzó un beso con la mano, a modo de despedida, sonrió y acto seguido, lentamente, se acercó a la puerta, que habían dejado abierta pues no esperaban visita alguna. Movió la cabeza a izquierda y derecha. Nada. Nadie.

No sigas, susurró una vocecilla en su mente, indicándole que en tales situaciones había que olvidar la hombría. Sin embargo salió al pasillo —iluminado por las luces de emergencia— y vociferó:

—¡Oier, Ander! ¿Sois vosotros?

Sin respuesta. Pero eso no amilanó a Txema. Era un legal, dispuesto a dar el salto a la clandestinidad y crear un comando, así que comenzó a andar por el pasillo sin miedo a enfrentarse con algún compañero de lucha, pues estaba seguro de que se trataba de una prueba antes de huir al País Vasco francés. Al alcanzar la esquina acercó el cuerpo a la pared de ladrillo y sentir la rugosidad en las yemas de los dedos lo tranquilizó. Se asomó al otro pasillo. De nuevo nadie a la vista y todas las puertas parecían estar cerradas. Date media vuelta, le susurró la voz interior. Titubeó un momento pero acalló a su instinto levantando el pie derecho. Cuando el izquierdo quiso acompañarlo, oyó un quejido a su espalda y un escalofrío le recorrió la espina dorsal. Se giró con lentitud, el miedo le atenazaba los músculos, y lo vio. Enseguida comprendió que consumía sus últimos segundos de vida. Apenas le dio tiempo a gritar antes de desplomarse.

Irene contemplaba encogida en el suelo cómo las gotas de agua golpeaban el cristal de la ventana del laboratorio y caían en minúsculos regueros. Desde el rincón, la luz de cada relámpago convertía el material del laboratorio en algo fantasmagórico. De los nervios había tirado una botella y el olor de la cerveza derramada por el suelo le alcanzaba el rostro y enmascaraba el de los productos químicos. Cuando oyó el grito de su novio no pudo aguantar más. Salió por la puerta, en dirección contraria a los alaridos. Tenía intención de caminar, controlar los impulsos, pero descubrió que corría. Su yo pensante parecía lejano, un mero observador. Confiaba en alcanzar las escaleras —el laboratorio de Reología se ubicaba en la cuarta planta—, bajar y salir al exterior en busca de auxilio. No pensó en que la enorme puerta de la entrada principal estaría cerrada y que las llaves las tenía Txema. Su única posibilidad hubiese sido mantenerse escondida y en silencio. Salir a la carrera fue el error decisivo. A mitad del pasillo sintió cómo una mano le aferraba el hombro con fuerza y tiraba de su cuerpo hacia atrás.

FEBRERO

Miércoles 22

El juez Castillo tenía la sana costumbre de desayunar muy temprano para estar lo antes posible en el despacho y leer con tranquilidad la prensa que su fiel secretaria, Estíbaliz, le dejaba encima del escritorio. Solía arrellanarse en una cómoda butaca, con un cojín bajo las nalgas para paliar su baja estatura (sobre todo ante los invitados), y dar cortos sorbos a una humeante taza de café mientras leía las noticias. Escondidos tras unas gafas rectangulares de color rojo —poseía siete pares de gafas, cada cual más excéntrica, para cada día de la semana—, hoy sus ojos vivarachos e instigadores no paraban de moverse, intentando no perderse nada, mientras sus labios dibujaban una sonrisa que le resultaba muy difícil de contener. Y nada tenía que ver con el primer golpe asestado a la banda tras el anuncio del pasado 20 de octubre del cese definitivo de la violencia, una noticia que era primera plana de los principales periódicos. Su sonrisa provenía de otra que había aparecido dos días antes; guardaba un ejemplar del periódico como oro en paño en un cajón del escritorio. Tras la condena del Tribunal Supremo al juez Baltasar Garzón, inhabilitado once años por prevaricación en las escuchas del «caso Gürtel», se buscaba un nuevo magistrado. Según la prensa, el Consejo General del Poder Judicial formalizaría al día siguiente la expulsión de Garzón de la carrera judicial, y entonces la comisión permanente del Consejo convocaría la plaza para todos los jueces y magistrados que quisieran presentarse. El anuncio aparecería en el BOE y debería contener las bases y el plazo marcado por ley para demandar la vacante. Fuentes del órgano del gobierno de los jueces calculaban que hasta dentro de dos meses no se elegiría al sustituto, ya que debería intervenir la comisión de calificación y destacar una terna con los candidatos con más experiencia. Él bien podía esperar un par de meses. Nadie había más cualificado y nadie se merecía más el puesto que él. Así lo veía también la comisión, no le cabía la menor duda. Ya había realizado varias llamadas a viejos amigos que se movían por la Audiencia Nacional, y el camino se presentaba libre y allanado para que pisase la alfombra roja que lo condujese al estrellato.

Continuó leyendo la primera página de *El Diario Vasco*. La Guardia Civil había detenido de madrugada en Guipúzcoa a dos presuntos miembros de ETA directamente relacionados con la cúpula etarra desarticulada en mayo de 2008. La detención había sido ordenada por un titular de la Audiencia Nacional. Sí, desde Madrid tendría todo el poder que en Donosti le faltaba. Y aunque pareciese lo contrario, también viviría mejor, mucho mejor. Pasó de página y de noticia. La siguiente anunciaba que ese domingo la izquierda *abertzale* reconocería el daño causado por ETA en un acto en el Kursaal, en el que también se emplazaba a hacer lo mismo al Estado y al resto de los partidos. Ahora el juez Castillo dudaba de que se llevase a cabo. En cuanto se enterasen de las dos detenciones, seguramente recularían. En un lateral había un artículo de un dirigente independista en el que daba su visión del conflicto y sostenía que, para que la banda se disolviese del todo, era necesario que no tuviera militantes en las cárceles; abogaba además porque el desarme se llevara a cabo de forma similar a como se realizó en Irlanda del Norte con el IRA.

Harto de tanta información sobre la banda terrorista, que muy a su pesar seguía siendo actualidad en los medios informativos, depositó el periódico en un extremo de la mesa y se recostó en la butaca. Dio un sorbo al café. Pulsó el intercomunicador y le pidió a Estíbaliz que le reservara una mesa en un restaurante del puerto del que era cliente asiduo. Las buenas noticias se digerían mejor con una fresca mariscada regada con un Rioja reserva. Mientras hablaba pasó las yemas de los dedos por una incisión profunda que presentaba la madera de la mesa, aquella que había dejado una navaja al clavar su punta en la caoba. No, no debía olvidarse del inspector de Homicidios. Desde Madrid lo tendría más fácil.

Se levantó con un dolor de cabeza espantoso. Nunca le había sentado bien mezclar los Manhattans con el ron a palo seco. Pero aquella mujer, que se los bebía tras la barra del Moby Dick's como si fuesen agua, le había echado un pulso. No recordaba mucho más. Acabó volviendo solo a casa, buscando en los bolsillos de la gabardina las llaves del *loft* y llamando a gritos a un inexistente portero.

Puso la cafetera en marcha antes de meterse en el baño. Cuando acabó de ducharse encendió la radio mientras degustaba un café solo bien cargado. Gracias a los papeles incautados en la detención de Thierry, habían detenido a dos miembros de ETA en Andoain y Tolosa en estrecha colaboración con la Policía francesa. No tenía televisión, ni pensaba hacerse con una, pero llegado el caso nunca la vería durante las comidas; le parecía una costumbre horrible comer frente a la caja tonta. Pensó que, por fin, no se hablaba de la Facultad de Químicas, en unos días la prensa había olvidado los asesinatos y todo había vuelto a la normalidad. La banda terrorista volvía a ser noticia. Se acordó de Cristina. Sin ninguna excusa para pasarse por la universidad, hacía semanas que no la veía, aunque esperaba que ella también pensase en él porque, cada vez que habían coincidido, él se la comía con los ojos y ella nunca apartaba la mirada. La última aproximación fue por San Valentín: le había mandado un ramo de rosas al decanato. Deseaba que lo hubiese recibido; lo había enviado de forma anónima y no esperaba contestación, por mucho que se imaginase que era de su parte.

Mientras se vestía recordó con pesar que aunque lo retrasase algún día más, tarde o temprano debería pasarse por la comisaría.

Pocos restaurantes había más caros en Hondarribia que el Kupela. Se decía que los más reputados cocineros vascos en algún momento de su carrera habían pasado por sus fogones. La lista de espera era de meses.

Erika le hizo una seña al camarero y señaló a su *aita*. Eneko Zurutuza aguardaba en una mesa apartada de la barra, de la cocina y de miradas indiscretas. Erika se preguntó cuánto le había costado reservar la mesa y si valdría la pena. Se sentó frente a él intentando no llevarse por delante la lujosa vajilla que reposaba sobre un amplio mantel que colgaba hasta rozar la silla.

—Gracias por venir —dijo Eneko.

—Es un placer comer contigo.

El *aita* no fingió la sonrisa porque ambos sabían que mentía.

—Si no te importa, ya he pedido la comida.

Hizo un gesto imperceptible al camarero, que se encontraba detrás de su hija.

—Tú siempre tan atento.

Erika había llegado media hora tarde. En la copa de su padre quedaba un resto de vino, y una botella a medias reposaba en un extremo de la mesa. Se fijó en sus ojos. Finas venas rojas se enroscaban alrededor del iris. Tenía la mirada triste y cansada. La nariz aguileña —la de todos los Zurutuza— destacaba entre el cabello oscuro, las gruesas cejas y las arrugas de la frente. El cuerpo fuerte y robusto se veía encorsetado en un impecable traje en tonos grises. Ella, siempre de traje, había optado por una camisa y una chaqueta informal. Nada le gustaba más que provocarle.

—¿Qué tal por Hendaya?

—Bien, gracias.

Esperaba que aquella fuese una simple pregunta. Nunca se sabía qué escondía el *aita*. ¿Sería capaz de quitarle la casa de Hendaya?

—¿Y en la Ertzaintza?

—También bien.

Durante el primer plato, una ensalada de endivias y marisco, él abordó el asunto que se traía entre manos. Aunque, fiel a su forma de ser, lo hizo dando un rodeo.

—¿Sabes que tu abuelo, en paz descanse, se comía la peladura de las naranjas en la escuela del hambre que pasaba?

Erika no contestó. Había que reconocer que la ensalada estaba buenísima. Seguramente su precio sería el de un menú completo en cualquier restaurante de la zona.

—Hablando de la escuela: ¿te acuerdas de Andrés?

Erika casi se atragantó con el trozo de tomate que masticaba. Por supuesto que no había olvidado a Andrés.

—Lo vi el otro día —anunció Eneko—. Estaba por el barrio, de compras. Ahora trabaja de comercial para una empresa de litografía. Me preguntó por ti.

Erika se bebió de golpe una copa de vino para intentar sofocar el rubor que le subía por las mejillas. Aún seguía recordando a Andrés, sobre todo por la noche, y muchas veces se levantaba empapada en sudor.

—Me dio esta tarjeta. —La dejó sobre la mesa, al lado de la cesta del pan—. Me dijo que sería bonito volver a verte, y que solo tienes que llamar al teléfono que aparece.

Lo conocía desde la escuela. Era su mejor amigo hasta que en el instituto se convirtió en su primer y único novio hasta el momento. Cuando tuvo clara su orientación sexual lo dejó entre sollozos. Ambos sufrieron con la ruptura. Al final él se lanzó a los brazos de una compañera de instituto mientras ella llevaba a escondidas su dolor y comenzaba a moverse por ambientes lésbicos.

—No pierdes la ocasión de inmiscuirte en mi vida...

—Y qué esperas: eres mi única hija, la única, y no solo te conformas con rechazar mis propuestas de trabajar conmigo en la empresa, una y otra vez, por muy atractivas que las pinte, sino que además te metes a policía y...

Eneko calló de golpe. Se había dejado llevar por el momento, y quizá influía el exceso de vino, pero de todos modos había ido demasiado lejos.

—Y... ¿Qué? Acaba la frase.

Perfecto, pensó ella, ya nos hemos quitado la máscara.

—Erika, por favor, no te he invitado a comer para que acabemos discutiendo. Tu madre te echa mucho de menos. Nos gustaría que nos visitases más a menudo.

¿También me echa de menos tu amante?, estuvo tentada de preguntar.

—Pues ya sabes lo que tienes que hacer para que eso ocurra: dejarme en paz.

Erika se puso de pie con brusquedad. Lo que al principio había conseguido evitar, llevarse el mantel por delante, casi lo logra al levantarse. Sus ojos se posaron en la tarjeta. Despedía un ligero brillo dorado y tenía impresas unas llamativas letras ribeteadas de color negro.

—Dale recuerdos a la *ama*.

Salió del restaurante sin mirar atrás, conteniendo las lágrimas a duras penas.

El inspector se movía por la comisaría con sigilo, como si fuese un ladrón en busca de joyas registrando una casa de noche mientras sus moradores dormían en el piso de arriba. Saludaba con la cabeza e intentaba no pararse a charlar con nadie. Con el único que intercambió más de dos palabras fue con Asier, el agente Agirre le agradecía que hubiera contado con él para la detención de Pedro Ramírez. Cuando salía con el informe que había ido a recoger bajo el brazo oyó la voz del comisario pronunciando su nombre. Justamente lo que había querido evitar a toda costa. Alex Pérez le hizo una seña con la mano para que entrase en su despacho: al parecer no deseaba tener una conversación en los pasillos al alcance de un puñado de oídos curiosos.

—No hace falta que te sientes, seré breve —dijo Alex—. Cierra la puerta, por favor.

Apoyó su abultado cuerpo en el escritorio. Max pensó que el mueble debía de estar fuertemente anclado al suelo para contener el peso del comisario.

—Bien, no quiero que te inmiscuyas en nada que tenga que ver con la facultad. El caso está cerrado. —Max apretó con fuerza la carpeta que llevaba—. Te dije que te pasases por la cárcel de Martutene. El director no para de llamarme. Te espera mañana. —Max asintió con la cabeza—. Gracias, eso es todo.

Cuando el inspector abría la puerta, oyó nuevamente la voz instigadora del comisario.

—¡Max! ¿Qué llevas ahí, en esa carpeta? No estarás sacando material clasificado fuera de la comisaria...

—No me lo llevaba, quería repasar el informe de la mujer del caserío de Oiartzun.

—Ah, bien hecho.

Pero Max apenas lo escuchó, salía rápidamente por la puerta antes de que al comisario se le ocurriese pedirle que le mostrara los documentos que contenía la carpeta: el historial de trabajo del personal de la Facultad de Ciencias Químicas de San Sebastián.

La motora ronroneaba a través de las oscuras aguas a su paso entre San Juan y San Pedro. Unos minutos antes, la potente bocina de un carguero había roto el silencio de la bahía pasaitarra. Seguramente avisaba de su llegada a puerto, más que de su entrada. El puerto de Pasajes se había transformado con el paso de los años en un continuo ajetreo de buques mercantes repletos de chatarra, metales de segunda vida que suministraban a las empresas siderúrgicas guipuzcoanas. A veces algún buque sorprendía a la concurrida parroquia de jubilados que aguarda su llegada en los muelles y descargaba coches, filas enteras de relucientes vehículos, aunque la crisis del sector automovilístico hacía que cada vez dichas descargas se espaciaran más en el tiempo.

En la motora solo viajaba un pasajero. El trayecto duraba tres minutos, pero valía lo indecible el euro por el paseíto marítimo con tal de ahorrarse la gran vuelta que había que dar por carretera para acceder al otro lado de la bahía. El pasajero comenzó a toser y se llevó las manos a la cabeza en un intento absurdo de

173

contener el vómito.

—¿Todo bien, Joshua? —preguntó el barquero.

—*Bai,* no es nada, me ha sentado mal algo de la cena.

Un *cañonazo,* como Joshua definía a los molestos dolores de cabeza que cada vez le azotaban más, asomaba por el horizonte. Y este parecía gordo, semejante a una andanada de los ciento cuarenta cañones distribuidos en las cuatro cubiertas del navío *Santísima Trinidad.*

—Después de tantos años pasando al otro lado, no irás ahora a vomitar, ¿eh?

—*Lasai,* Txato.

—¡Ahí va la hostia! No tienes buena cara, chaval.

Joshua conocía a Txato desde la infancia. Fue un gran amigo de su madre y siempre se empeñaba en que no le pagase el viaje apelando a los viejos tiempos. El agente, por no pelear, accedía a viajar gratis, pero cuando llegaban las Navidades y el barquero paraba a comer en una fonda, Joshua le dejaba en la motora un lote navideño bien provisto de alcohol.

—Ya se me pasa.

Maldijo la hora en que había decidido pasar al otro lado para cenar.

Jueves 23

El Wimbledon English Pub, ubicado en Ondarreta, cerca del Peine del Viento, era un antiguo bar cafetería reconvertido en un restaurante clásico. Pocos tenistas se quedaban a almorzar, y se nutría de clientela alejada del mundo tenístico y de turistas despistados de camino o de vuelta de visitar el Peine. A Cristina le agradaba la tosquedad del local, el olor a madera vieja, el piano en el centro de la sala, la combustión de los pequeños troncos en la vetusta chimenea, las fotografías en blanco y negro de legendarios tenistas y los carteles promocionales de antiguos torneos internacionales. Quedaba allí a menudo con su madre para comer. Era una costumbre adquirida desde que madre e hija paseaban por Donosti. Y el actual trabajo de Cristina no había hecho sino mantener esa costumbre, porque el campus quedaba a un cuarto de hora largo a pie, suficiente para que Cristina se escapase del decanato a mediodía, suficiente excusa para volver al trabajo después de una hora, tiempo más que suficiente para soportar la diatriba de su madre.

—Hoy estás muy callada, ¿qué piensas?

—En el trabajo —mintió Cristina.

Estaban sentadas a una mesa alejada de la barra y cercana a los servicios. Solían comer fuera, en la terraza del local, con la vista de las pistas de tierra batida, pero ese día el frío las había hecho guarecerse bajo techo, al calor de la chimenea.

—Ya estás más tranquila en la universidad, ¿verdad? —Cristina asintió—. Eso de los crímenes me tenía angustiada. Menos mal que la Ertzaintza capturó al culpable.

175

Cristina pensó en el inspector. ¿Quién, si no, le había mandado flores por San Valentín? Hacía tiempo que no lo veía, pero no se olvidaba de él.

—Este filete está insípido —protestó su madre—. Se nota que no es de caserío.

—Pues mi hamburguesa está bien sabrosa.

Su madre bebió un poco de vino para darse fuerza y la miró, evaluando si era el momento adecuado. Cristina bebió un poco de agua y aguardó. Conocía de sobra a su madre.

—Imanol...

—Ni lo nombres —replicó Cristina.

—Ya... Yo solo quería...

—No sigas por ahí. —La señaló con el cuchillo—. Déjalo estar.

—De acuerdo, solo me preguntaba cómo te iba.

—Bien, me va perfectamente.

Si supieras lo horrible que fue la última cita con un hombre, con aquel aburrido relojero, pensó Cristina.

—Yo no estaré siempre a tu lado, y no es bueno para una mujer envejecer sola.

—¿Y tú?

—Lo mío es diferente, tu padre nos abandonó y...

—Tampoco lo nombres.

—¿Entonces no puedo hablar?

Acabaron los segundos platos sin decirse nada más. Con el postre, su madre volvió a la carga:

—Y después del trabajo, ¿qué haces?

—Trabajar en casa...

—Ya, pero deberías salir un poco, conocer gente.

—Estoy muy ocupada.

Tan ocupada que se planteaba no acudir al día siguiente a la cena conmemorativa del cincuenta aniversario de la facultad. No tenía ganas de conocer gente, no tenía ganas de responder preguntas como dónde estaba su ex, no tenía ganas de conversaciones sociales, no tenía ganas de relacionarse con nadie.

—Si quieres, yo puedo...

—Venga —la cortó Cristina, y miró el reloj de pulsera—. Se me hace tarde, tengo que volver al trabajo, apura la cuajada.

—¿Tan pronto? ¿Y el café?

—Hoy no tenemos tiempo.

La cárcel de Martutene, levantada a las afueras de San Sebastián y hoy absorbida por edificios, dividía los barrios de Loiola y Martutene. Estaba enclavada en un valle, de tal manera que, cuando el río Urumea se desbordaba, el agua llegaba al metro de alto en sus agrietados muros. Construida a finales de los años cuarenta por orden del Generalísimo, con la pretensión de que España tuviera una cárcel en cada provincia y así mantener a raya a los contrarios al régimen, su aspecto era más propio de un caserío feudal que de un centro penitenciario. La humedad en los huesos y el olor a vieja prisión eran dos sensaciones que el inspector siempre experimentaba cuando entraba. La tercera sensación extraña que sentía llegaba cuando se cruzaba con alguna monja en los pasillos, y es que, aunque sabía que la Congregación de la Caridad de Santa Ana se encargaba de la cocina, la lavandería y otros servicios, y que alguna religiosa llevaba más de cuarenta años ayudando a los presos, no era capaz de imaginase la convivencia de las monjas con asesinos, violadores y traficantes de drogas.

Al llegar a la celda número 30 del módulo 2, el preso a quien había ido a ver se acercó a los barrotes.

—Pensé que no habías recibido la invitación, colega.

Max hizo caso omiso y se sentó en un banco de madera que el funcionario de turno había dispuesto frente a la celda, lo habitual cuando un policía visitaba a alguien de dentro, mucho más seguro y menos problemático que trasladar al preso a la sala de interrogatorios. Y es que la cárcel era tan vieja que no ofrecía seguridad ni a los propios guardias.

—Estoy muy ocupado, y si accedí a venir fue por la insistencia del comisario.

Se fijó en el prisionero que tenía delante. Nada que ver con el Pájaro Loco que correteaba por las calles del puerto. La cresta no existía como tal: el pelo le caía pegado al cráneo y el color castaño le daba un aire de sencillez al rostro demacrado por las drogas y el alcohol.

—Tengo algo importante que contarte —dijo el preso, girando la cabeza hacia el interior de su celda.

La litera superior estaba ocupada por otro preso que al parecer dormía. En Martutene, el lema político «un preso, una celda» no se cumplía: actualmente la ocupación rozaba el doble de su capacidad, ciento cincuenta plazas, y aunque el alcalde siempre prometía su derribo y la construcción de una más moderna alejada de San Sebastián, el elevado coste tumbaba todos los planes. El proyecto de mejorar las condiciones de los encarcelados no era una prioridad electoral y al final remiendos y parches tachonaban las instalaciones.

—Pues aligera —replicó Max, apretujando el papel que sostenía en las manos.

Se sabía de memoria la ficha policial: «Gorka Urretavizcaya, alias Senna. Veintisiete años. Natural de Lezo. Internado en diversos centros de menores por *kale borroka*. Militante juvenil de Jarrai. Perteneció al comando Donosti de ETA, desarticulado en 2007. Experto conductor, puso de moda en Guipúzcoa el método de alunizaje en robos a joyerías y negocios de lujo. En la actualidad se le asocia con tráfico de drogas».

—Antes, colega, debes prometerme que te ocuparás de mí.

—Por ti no muevo ni un dedo —replicó sin mirarlo.

—Por mí no, es por ti, idiota.

—Mira, hijo, si sigues haciéndome perder el tiempo, cuando levante mi culo de este banco le diré al celador que te has cagado en su madre. Después ya sabes lo que vendrá.

—Ya sé cómo te las gastas. Y mi abogado también. Dice que te denuncie por golpearme, «abuso de autoridad», lo llama él. Me tiraste de una valla. Y la verdad, aún me duele la cabeza después de los golpes que me diste. —Se tocó la nuca—. Tú ya me entiendes.

178

—Dile a tu abogado de oficio que deje de ver películas. Rescatamos la bolsa que arrojaste al agua. Los submarinistas de la Cruz Roja son buena gente. Lo más suave que contenía era cocaína...

Gorka sonrió mostrando una boca desdentada, carcomida por las drogas. La mala vida le había echado veinte años más.

—Colega, no te rebotes. —Miró a su compañero de celda, que aún permanecía quieto y con los ojos cerrados sobre el catre—. Espero que sepas apreciar la información.

—Desembucha de una puta vez.

Lo sacaba de quicio. ¿Dónde quedaba el arrojo y la valentía de su compatriota Blas de Lezo? Pensó en aquel almirante que tuerto, manco y cojo defendió durante dos meses el sitio de Cartagena de Indias de la mayor flota de guerra que surcaba los mares hasta ese momento, compuesta por más de ciento ochenta navíos y dos mil cañones. Se lo imaginó en el punto más alto de la fortaleza de San Felipe impartiendo órdenes con su único brazo. Como siempre, los ingleses enterraron la derrota y el rey Jorge II prohibió cualquier alusión en las crónicas. Sin embargo, la victoria aseguró el domino español de los mares durante más de medio siglo, hasta Trafalgar.

—La bolsa era una entrega —reconoció Gorka, sacando a Max de sus pensamientos navales—. Hace medio año, más o menos, me llamó uno de mis contactos. Quería saber si podía conseguir algunas cosas para un cliente suyo. Le dije que claro. A la semana me llamó con el encargo. Un tipejo borde, chulo, que quería heroína, antibióticos, depresivos, metadona y toda esa mierda.

—Mierda que te metes.

Gorka endureció la mirada. Odiaba al inspector. Una bomba lapa en su flamante coche deportivo hubiera sido una magnífica idea.

—Para las entregas quedábamos en una *herriko* taberna del puerto, una vieja fonda de marineros. La taberna Txiki. —Max no la conocía—. Es un sitio muy pequeño, oscuro, y él siempre estaba esperándome en la mesa del fondo, debajo de la sombra de media trainera que sobresalía de la pared. Nunca lo vi entrar ni salir, siempre estaba allí cuando yo llegaba y yo siempre me iba antes. Recordando los viejos tiempos, una vez me dio por esperarlo a que saliese, escondido como cuando vigilábamos a un posible objetivo. Cerraron la taberna y no lo vi salir. ¡Qué cabrón! Nunca hablaba, ahí en la sombra. Yo le pasaba la bolsa y él me pasaba el sobre con el fajo de billetes. Mucha guita, colega.

—¿Por qué me cuentas todo esto?

—Tranqui, ya llegamos. Como te decía, nunca le vi la jeta, nunca, nunca... No sé ni si era la misma persona con la que hablaba por teléfono..., yo diría que no. La sombra de la taberna era un muerto, se limitaba al intercambio de la mercancía y lo más humano que hacía era beber vodka a tragos pequeños. En cambio, con el hombre del teléfono tenía más confianza. Yo lo llamaba el Químico.

—¿Químico? —repitió incrédulo Max.

—Digo yo que alguien que pide peróxido de no sé qué en vez de agua oxigenada y ácido no sé qué en vez de aspirina, tendrá unos estudios en eso. Tonto no soy. Además, mi contacto, el que me consiguió el primer pedido, me dijo que buscaba drogas para experimentar.

—Sigo sin entender qué tengo que ver yo en todo esto —mintió el inspector.

—Ese Pedro, que está encerrado en el módulo 3, al que llaman el Asesino de Químicas, no habla muy bien de ti, colega. Va diciendo por ahí que intentas acusarlo de los muertos de la universidad.

—Es culpable. Caso cerrado.

—A lo mejor, pero esa mosquita muerta no es capaz de matar una vez, y volver a matar otra vez. Sé lo que digo. He compartido habitación con esa gente, y Pedro no es como ellos. Sus compañeros del módulo dicen que cuando está dormido grita Belén y llora. ¿Te imaginas? Menudo capullo cobarde...

—El hombre ese al que llamas el Químico, ¿no conocerás su nombre real?

—Demasiado fácil, colega. —Gorka sonrió, conteniendo la carcajada, mientras miraba de soslayo a su compañero de celda—. Claro que no, eso te toca a ti, por algo eres un inspector ¿no? Y tampoco me preguntes por un número de teléfono; el Químico siempre llamaba desde una cabina, yo nunca podía contactar con él, ni cuando no conseguía algún producto. No me quedaba más remedio que ir a la *herriko* taberna con el pedido incompleto. Pero no creas que me lo descontaba, «para la siguiente», decía después por teléfono. Y en la siguiente lo tenía, ¡vaya que sí!, me esforzaba y acababa consiguiéndolo. A veces me pedía cosas raras, como ojos de vaca o pelo de buey, y yo siempre cumplía, todo era poco por un buen cliente como el Químico.

Max suspiró. Más información sin sentido aparente.

—Ya sabes, colega. En una ciudad tan pequeña como San Sebastián, alguien que sepa de química solo puede trabajar en la universidad. Me apuesto tu *buga* a que el Químico tiene algo que ver con los asesinatos.

Max se levantó del banco y contempló pensativo a Gorka. El atracador se aferraba a un barrote con una mano mientras que la otra permanecía extendida fuera de la celda, en una pose más propia de la barra de un bar. En realidad, la idea de que Pedro tuviese un socio, el brazo ejecutor de la trama, no parecía mala, y la red de drogas avalaba cualquier móvil. ¿Bastaría para que el juez Castillo reabriese el caso? Lo dudaba. Solo por llevarle la contraria era capaz de obviar razones de peso. Sacó la peseta del 37 de un bolsillo de la gabardina. Tras sopesarla entre los dedos se la arrojó a Gorka, quien la capturó al vuelo.

—¿Qué cojones es esto? —preguntó mirándola incrédulo.

—Considéralo un adelanto.

Max comenzó a andar por el pasillo en dirección a la salida.

—¡Inspector! —lo llamó Gorka.

Max se giró, por primera vez aquel delincuente venido a menos no lo había llamado colega.

—No te olvides de mí. —Y según Max se volvía a girar añadió—: Eres un grandísimo hijo de tu madre, y ojalá te pudras en el infierno, pero hasta que me hagas el favor vete con cuidado, la sombra de la taberna no tiene madre. Sé lo que digo. Lo vi en sus ojos de fuego.

El faro se encontraba en la zona menos escarpada de la isla y por el día mostraba su fachada blanquecina entre arbustos y árboles. Desde la ventana del segundo piso, el viejo miró hacia la ciudad, donde la oscura alfombra del mar recogía sus luces nocturnas. Aunque estaba resguardado del viento, del frío y de la lluvia sentía las inclemencias meteorológicas en la piel moteada de manchas igual que si estuviese en el exterior. Y tenía claro que pronto debía ponerse en marcha, pronto vendrían a buscarlo y pronto tendría que volver a dar la cara. Habían pasado muchos años, en los cuales la tranquilidad reinaba en su vida. Pero todo principio tenía un final. Si la puerta no se cerraba, alguien acababa asomándose por ella. Lo malo era cuando ese alguien no cerraba la puerta sino que entraba.

La luz del faro lo sacó de sus pensamientos. Un destello blanco cada cinco segundos. Desvió la vista al interior de su casa. La partida de ajedrez recién terminada mostraba unas piezas negras alrededor del rey blanco. El jaque mate había sido lento y agónico. A un lado, el libro del *Tao Te Ching,* abierto hacia la mitad. Se sabía de memoria el texto:

El que sabe vivir no se preocupa de dragones cuando camina por la montaña. Ni lleva armas ni escudo cuando se adentra en territorio enemigo. El dragón no halla donde abrasarlo ni las armas donde aplicar su filo. ¿Por qué?

Un postigo mal cerrado en el piso de abajo golpeó por la fuerza del viento. Se tomaría una taza de café y leería hasta el amanecer. No tenía sueño, y hoy más que nunca deseaba dejar de lado a los monstruos que lo acompañaban cada noche en tétricas pesadillas. Desde hacía unos meses, los fantasmas del pasado lo visitaban a menudo, recordándole que él era el encargado de cerrar la puerta.

¿Por qué el que sabe vivir no se preocupa de dragones?

Porque no hay lugar en él por donde pueda penetrar la muerte.

Viernes 24

Leire salió de la universidad mucho antes de lo habitual. A pesar de que los viernes apuraba hasta última hora, necesitaba una buena ducha y una hora en el tocador para acicalarse a conciencia. Además, debía elegir un vestido elegante acorde con la ocasión, no podía presentarse con cualquier cosa. La cena se celebraba en el palacio de Miramar con motivo del cincuenta aniversario de la inauguración de la Facultad de Ciencias Químicas. Por lo que le habían comentado, iban a acudir altos cargos de la ciudad y significaba una buena oportunidad para establecer fructíferos contactos de trabajo. Si el contrato con AFE no se prorrogaba necesitaría un nuevo mecenas.

El coupé tomó la curva y Max vislumbró la silueta de Erika. Habían quedado para acudir juntos a la cena conmemorativa. A pesar de sus desavenencias, el decano los había invitado en el último momento.

El inspector consideraba que era una buena ocasión para seguir recabando información sobre el caso, un caso que desde la visita a Martutene coleaba en su mente, intentando atar los cabos sueltos, pero que el comisario había decidido enterrar después de la detención de Pedro Ramírez. Para ello había disminuido la vigilancia en la facultad hasta dejar solo a dos agentes patrullando, y únicamente porque así lo establecía el protocolo. Su postura se había visto avalada por la tranquilidad

184

que imperaba en el campus, y ya iba para un mes de calma, tensa para Max ya que esperaba que los asesinatos se reprodujesen en cualquier momento, si bien en su fuero interno deseaba que pasasen los meses y todo volviese a la normalidad, aun a costa de no detener al verdadero culpable. Tanto Erika como Joshua eran de la misma opinión, y en la Jefatura de Policía, muy propensos a los apodos, se los empezó a conocer como los tres mosqueteros en su duelo particular con el comisario, más conocido ahora en el cuerpo por el cardenal Richelieu.

En los registros efectuados en la casa de Pedro, bautizado por la prensa como el Asesino de Químicas, localizaron sobre una balda de caoba —con numerosos símbolos orientales tallados y dibujos miniados en sus bordes— un par de catanas japonesas. El especialista indicó que se trataba de un conjunto de Wakizashi y Uchigatana, y se determinó que esta última —de un metro de longitud— había sido la utilizada en el homicidio de Belén. Los hermanos Galarza mostraron sus dudas sobre si se trataba de la misma arma empleada en los asesinatos anteriores.

—¿Cómo que dudan? —preguntó Alex—. ¿No lo ven claro?, ¿de qué dudan?

—Los ignorantes niegan —respondió Arkaitz.

—Los mentirosos afirman —añadió Kepa.

—Solo los sabios dudan —concluyó Arkaitz—. Y dudo que sea la misma arma.

—Los cortes no coinciden —dijo Kepa.

—¿Podría ser otra espada samurái? —preguntó Alex.

—En realidad es sable, no espada —corrigió Arkaitz.

—¿Y cuál es la diferencia? —indagó Max.

—La espada golpea —dijo Kepa.

—El sable corta —puntualizó Arkaitz.

—Además —añadió Kepa—, el corte va de derecha a izquierda, lo cual apunta a un sujeto diestro.

—Mientras que en el caso del chico del instituto la decapitación fue obra de un zurdo —recordó Arkaitz.

—Napoleón era zurdo —intervino Joshua—. Y ordenó a las tropas francesas que tomaran la pistola con la mano izquierda y marcharan en la carretera por el carril izquierdo.

—Todos ustedes están majaras —repuso Alex de mal humor—. Zurdo o diestro, qué más da. Un asesinato es un asesinato, y un asesino, un asesino.

—En la Edad Media ser zurdo se consideraba una señal del Diablo —dijo Kepa.

—En efecto, la Bestia suele ser retratada mirando hacia la izquierda —afirmó Arkaitz.

Sin embargo, el comisario, que se había hecho muy amigo del decano, optó por finiquitar el caso. Otros agentes, deseosos de ascender, elaboraron un informe sin el beneplácito de los tres mosqueteros, y por lo tanto sin su firma, en el cual se decía que el acusado Pedro Ramírez entró en la Facultad de Químicas provisto de una mochila, en cuyo interior escondía entre otras pertenencias el sable de samurái; se había citado con la víctima en el aula número 3 y tras una violenta discusión la asesinó cortándole la cabeza con la catana y a continuación intentó limpiar cualquier tipo de prueba incriminatoria. Se hacía constar el uso de unos guantes de látex de los empleados para fregar, unas toallas de baño y unos trapos de cocina, todo aún en paradero desconocido. Los enseres que contenía la mochila descartaban la enajenación mental pasajera y situaban el crimen en el rango de premeditado y alevoso. Tanto la entrada como la salida de Pedro Ramírez de la facultad quedó registrada por los agentes de la puerta principal: 11.05 y 11.55. El inspector había entrado a las 11.30, hora de la muerte de Belén Soto según el forense.

En opinión del inspector, todo el informe era muy chapucero y estaba cogido con alfileres. Presentaba múltiples lagunas, sobre todo no mencionaba la diferencia del modus operandi con los anteriores homicidios en los que el asesino arrancó los ojos a sus víctimas. El comisario adujo, de manera un tanto exacerbada, que a Pedro le entraron remordimientos por su relación con la víctima y decidió huir del lugar de los hechos. Pero además el informe tampoco concordaba con el de los hermanos Galarza, en el cual afirmaban que la víctima falleció por asfixia.

—Estrangulada —dijo Kepa.

—Las marcas en el cuello no engañan —explicó Arkaitz mirando al comisario.

—Y posteriormente, ya muerta, le cercenaron la cabeza —añadió Kepa, parodiando el corte en el gaznate con las dos manos.

—¿Eso cómo se sabe? ¿Cómo se distingue? No veo la diferencia —dijo Alex incrédulo.

—Por la sangre coagulada —respondió Arkaitz.

—Un cuerpo vivo no sangra igual que un cadáver —advirtió Kepa.

—Post mórtem —añadió Arkaitz.

—Si lo desea, podemos realizar un ejemplo ilustrativo en la morgue —propuso Kepa.

Ni tan siquiera esto hizo cambiar de opinión al comisario y sus secuaces, que no se preocuparon por buscar explicaciones y presentaron el informe al fiscal, quien no tardó mucho en dar el visto bueno. Estaban entusiasmados con la red de drogas, «el móvil perfecto», aseguraban, y para ellos todo encajaba. En cuanto al socio de Pedro —un colombiano sin el pasaporte en regla—, lo acusaron de tráfico, así que era previsible que pasase una buena temporada entre rejas y cuando cumpliese la condena fuese deportado a su país. Max se anotó ir a verlo también a la cárcel. No creía que fuese el Químico misterioso; era igual de estúpido, o más, que Gorka, pero tal vez le sonsacase alguna información útil.

Erika saludó con la mano al inspector y entró en el coupé. El inspector se fijó en que su compañera vestía de forma adecuada para la ocasión: pantalón de tergal, camisa blanca de seda y americana. Él llevaba su habitual gabardina, que ocultaba parcialmente unos vaqueros gastados y un jersey azul marino.

—Vaya, inspector, tenía entendido que la cena era de etiqueta.

Max gruñó como un perro viejo y pisó el acelerador.

En la Facultad de Ciencias Químicas trabajaban dos personas muy alejadas de cenas palaciegas.

—Pues yo barrunto que Carlos Alfredo se casará al final, sobre todo si es verdad que ha dejado embarazada a Carmina —comentó Lorena, la más joven de ellas, al tiempo que sacaba la fregona del cubo.

Siempre iban juntas, y mientras limpiaban discutían sobre algún tema relacionado con famosos.

—No creo —objetó Rosa—. Yo he leído en la revista *Caricias* que el padre es Óscar Raider.

—¿Quién es ese?

—Es el presentador de *Al ataque,* el concurso de los miércoles por la tarde en Telecinco —contestó Rosa con apatía.

Estaban fregando el pasillo del primer piso y aún les quedaban otros tres para comentar la prensa del corazón.

El banquete fue interminable. Empezaron a servir platos y no cesaron hasta bien entrada la noche. El inspector, poco acostumbrado a tan distinguidos actos, tuvo problemas con los cubiertos que debía emplear en cada plato. Hasta que se hartó de tanto protocolo y buenas maneras y eligió un cuchillo de sierra y el tenedor más grande para toda la comida. A su izquierda se sentaba Erika, y a la derecha, una señora mayor, viuda, un poco quisquillosa y con muchas ganas de conversar sobre su dilataba vida como profesora de la universidad.

Un sinfín de personajes hablaron sobre su relación con la Facultad de Ciencias Químicas, hasta la viuda tuvo sus minutos de gloria. Después se repartió una cantidad indecente de diplomas. Max, antes de cansarse y dejar de atender, distinguió entre los agasajados a Luis y a Xabier, conserje y bibliotecario, que recogieron juntos un premio. Sin embargo, el clímax tuvo lugar en el momento del café, cuando el decano recibió una placa por sus años de dedicación a la facultad. Igual que un político dirigiéndose a una masa de fervientes votantes, soltó una perorata confusa, se acordó de los que ya no estaban y por último concluyó con promesas que la mayoría sabía que no podría cumplir. Al finalizar recibió una gran ovación en la cual Max no participó.

Tumbada en el sofá de su casa, abrigada con una manta, veía la enésima reposición de *Sin perdón* en un canal que emitía solo películas oscarizadas. En la pantalla, llovía a mares y una botella vacía de whisky golpeó contra la tierra húmeda que conducía al pueblo de Big Whiskey.

A pesar de haber recibido la invitación para asistir a la cena, a última hora optó por no acudir. Le desagradaban los actos públicos, y más ser parte de ellos. Todos mostrando sus sonrisas falsas, participando en conversaciones insípidas y carentes de sentido. Ella era un animal de lugares habituales, de rutinas.

—Tú, bola de grasa, contesta —crepitó el altavoz de la tele.

Había dado un gran paso acudiendo a la fracasada cita con el relojero, pero no se sentía preparada aún para retomar la vida social. Además, acudir sin su ex a la cena era la excusa perfecta para que las cotorras de turno le preguntasen por el fracaso de su matrimonio. Por tanto, alegó una inoportuna gripe.

—Será mejor que se aparte —recitó Cristina adelantándose a la próxima escena.

Si su madre la viese por un agujerillo le habría recriminado: «Así cómo vas a encontrar marido», la frase lapidaria que tanto le gustaba. Como si no hubiese tenido ya suficiente. Aún le aterraba la idea de quedarse a solas con un hombre, recordaba el pavor a que cualquier comentario alterase a su ex, si permanecía callada porque permanecía callada y si hablaba porque hablaba, el caso era castigarla. ¿Es qué nadie se hacía preguntas?, ¿por qué llevaba gafas de sol incluso en invierno?, ¿la ropa holgada?, ¿el exceso de maquillaje?, ¿los dolores de espalda? ¿Cómo era posible que muchas mujeres soportasen semejante martirio?

—Así es, he matado mujeres y niños, he disparado sobre cualquier cosa que tuviera vida y se moviera —dijo William Munny.

Se acurrucó y se tapó hasta la nariz con la manta. Una pesadumbre se apoderó de ella mientras su mente retrocedía una vez más al pasado. No lo oyó acercarse, tampoco vio llegar el puñetazo. Miraba la aguja de la catedral del Buen Pastor por la ventana de la habitación de invitados, siempre vacía; la diseñaron después de casarse y nunca se usó

—Así no te follaras a nadie mientras veo el partido de la Real en el bar —dijo su marido.

Cristina se retorcía de dolor en el suelo, pero eso no impidió que recibiera un par de patadas en el abdomen.

—Y esto por si estas embarazada, puta.

Se revolvió en el sofá, como si estuviese en ese mismo momento recibiendo las patadas, mientras en la pantalla caían abatidos un vaquero tras otro.

—Eres una puta, siempre lo has sido y siempre lo serás. Una maldita puta.

Abrió los ojos, y al ver al personaje de William Munny andando bajo la lluvia en pos de su caballo, con el rugir de los truenos y la música de fondo, volvió al presente. Ya había visto tres veces el wéstern y nunca había reparado en el protagonista, al menos de forma consciente. La figura alta y delgada, con barba de tres días, abrigo empapado, sombrero del Oeste y una recortada en las manos, le recordó al inspector Medina. Solo le faltaban los ojos verde esmeralda. Y es que cada vez que miraba al inspector a los ojos se perdía en una selva amazónica. Un hormigueo de placer le recorrió el estómago. Se preguntó qué estaría haciendo. ¿Habría acudido a la cena? Y en caso afirmativo: ¿con quién compartiría mesa? ¿La buscaría? ¿Hablarían de ella?

—... No se os ocurra maltratar a ninguna otra puta, porque volveré y os mataré a todos, hijos de perra —amenazó William Munny, y lentamente, bajo un intenso aguacero, desapareció a lomos de un caballo blanco.

El inspector, con el estómago a punto de reventar, degustaba uno de sus finos puros mientras contemplaba desde el jardín del palacete el paisaje de postal: la playa de la Concha con la isla Santa Clara presidiendo la bahía, y a los lados, vigilantes, los montes Urgull e Igeldo. La noche, de cielo estrellado, engrandecía, aún más si cabe, la panorámica. Exhaló el humo. Al disiparse avistó la estrella Polar, Andrómeda, Orión.

—La Roca —dijo alguien a su espalda.

Se giró y vio a Joshua con una copa de coñac en la mano.

—La Roca —repitió el agente—. Así es como los ingleses llamaban a San Sebastián. Decían que con la marea alta era inexpugnable. Imagínate lo que se encontraban los asediadores: detrás de la ciudad, el monte Urgull con el castillo de la Mota, y enfrente las murallas, y todo rodeado de agua.

—Tengo entendido que en 1813 dejó de serlo —afirmó Max mientras contemplaba con ojos curiosos las luces de la ciudad reflejadas en la bahía.

Desde el jardín no se divisaban los cubos del Kursaal, pero estaba seguro de que los prismas blanquecinos de Moneo también iluminaban de diversos colores la otra parte de la ciudad, allá donde el río Urumea desembocaba en el mar Cantábrico.

—Tuvo la culpa un incendio fortuito en un polvorín. Sembró el caos entre las tropas francesas y los aliados consiguieron entrar en la ciudad amurallada a través de una brecha. Pura suerte. ¿Y sabes dónde estaba la brecha?

—Pues la verdad es que no.

—En la Parte Vieja, en el actual Boulevard, donde está el mercado de La Bretxa —dijo Joshua, y señaló con la copa la ciudad a lo lejos, como si pretendiese mostrar el lugar exacto—. Por eso los cines del Boulevard también se llaman La Bretxa.

Dio un sorbo al aguardiente destilado en coñac y negó con la cabeza; un gesto que Max no supo interpretar.

—En fin, D'Artagnan, ¿dónde has dejado al cardenal?

El inspector tardó unos segundos en reaccionar.

—Vamos, Porthos, ya sabes que su ilustrísima se encuentra en estos momentos tomando un suave refrigerio con el alcalde y su señoría el decano, mientras planean pérfidos planes para *la France*.

Estallaron en carcajadas al unísono.

—¿De qué os reís? —preguntó una voz a su espalda.

—Hombre, dichosos mis ojos —contestó Joshua. Hoy mostraba su parte española—. Si es el joven Aramis. Tenemos un duelo con unos villanos dentro de media hora y nos preguntábamos si vos y vuestra daga tendrían a bien acompañarnos.

Ambos volvieron a reír.

—Veo que le habéis dado bien al *txakoli* —dijo Erika.

—¿Acaso su merced duda de nuestra sobriedad? —replicó Max en actitud desafiante—. Por la cruz del Señor que no saco aquí mi florete y lo coso a agujeros si no le considerase *mon ami* —añadió, dando una calada al puro y simulando un amago de desenvainar su ficticia espada.

—Relájese, noble señor —contestó Erika, siguiéndoles el juego—. Es obvio que se trata de un asunto de faldas. Y ya que estamos de esta guisa, si os place, reveladme quién es la bella damisela por la que debo blandir mi espada, derramar mi sudor y la sangre de algún hereje.

—Digamos que Milady es una fiel escribiente a las órdenes del enemigo —respondió Joshua en clara alusión a la secretaria del decano—. Aunque hoy no la he visto, quizá está retenida en una sucia mazmorra de La Roca, a la espera de que D'Artagnan vaya a rescatarla.

—¡Pardiez! —sentenció Erika.

Los tres se miraron y al cabo de unos segundos se unieron en unas sonoras carcajadas.

Los que había alrededor los observaron con sorpresa, entre ellos un quinteto formado por Leire, Alberto, Galder, Patrice y Marta. En el grupo destacaba Leire con su vestido negro de tiras, que dejaba al aire parte de su espalda y resaltaba su impresionante figura, y también Galder, que se había engominado el cabello hacia atrás y vestía una camiseta blanca sin dibujo alguno. Estaban colocados en círculo, charlando, cuando Isaías se acercó por la izquierda. Esa noche había optado por una *txapela* para ocultar la calvicie. En la mano sostenía una copa de *patxaran* como un mariscal paseando por su casa de campo después de una batalla.

—¿Qué tal va todo por aquí? —preguntó. Los ojos se le iban hacia Leire.

A Alberto le faltó tiempo para saltar:

—Bien, señor.

—Por cierto, tengo que hablar contigo —añadió el catedrático, alargando en demasía el infinitivo—. Nos vemos el lunes por la mañana, ¿te parece? —La proposición llevaba implícita una orden, y así lo entendió Alberto.

—Por supuesto, usted manda.

El resto sonrió forzadamente. Alberto no perdía la menor ocasión para ganar puntos.

—Marta —dijo Isaías, que hasta entonces no había reparado en ella—, siento mucho lo de tu amiga.

—Gracias —respondió esta con la voz quebraba. Los ojos se le humedecieron.

—Ojalá su asesino se pudra en la cárcel —intervino Galder—. En algunos casos, estaría bien la pena de muerte, como en Estados Unidos.

—¿Galder? —dijo Isaías, como si dudase del nombre—. Nunca te veo en clase, pensaba que estabas enfermo.

—Cierto —afirmó Galder a la vez que se llevaba una mano a la boca y tosía—. Andaba resfriado, ya sabe, la dichosa gripe.

Ellas bajaron la cabeza y ellos asintieron con complicidad.

—Solo se aplica la pena en algunos estados, no en todos —apuntó Alberto.

—Pero eso es injusto —replicó Galder—. El mismo crimen debería tener el mismo castigo, con independencia del estado en el que suceda.

—Así es la vida, chaval —afirmó Alberto, y se encogió de hombros.

Se miraron unos a otros: no había mucho más que añadir.

—La cena ha estado bien, ¿verdad? —comentó Isaías, consciente de que sobraba—. Suculenta, variada y exquisita en grado sumo.

—Sí —afirmaron todos.

—Bueno, no os molesto más. —Sus ojos volvieron a posarse en Leire—. A seguir cotilleando sobre los profesores. Espero salir bien parado...

Todos sonrieron, esta vez de manera natural.

A pocos metros había otro círculo de personas, estas de mayor categoría. Tal como había indicado Max, lo componían Alex, Martín y Aitor o, lo que es lo mismo, comisario, decano y alcalde. El grupo lo completaba un concejal, un mero comparsa, un bufón entre la realeza de la corte. Habían conseguido desembarazarse de sus respectivas mujeres y ahora podían hablar con total libertad y sin interrupciones.

—Con lo que todo está arreglado —dijo Alex.

—Nuestra querida Ertzaintza siempre tan eficiente —afirmó Aitor.

El comisario sacó pecho. Se sentía orgulloso de pertenecer al cuerpo. En su despacho, diez líneas enmarcadas explicaban brevemente la historia de la Policía autónoma: el Gobierno de Euzkadi había fundado la Ertzaña en 1936 coincidiendo con el estallido de la Guerra Civil, su disolución por mandato de Franco y su restauración con la democracia bajo el nombre actual. A Alex le gustaba decir que la Ertzaintza tenía su origen en las guerras carlistas, cuando se crearon los primeros cuerpos policiales profesionales, los Mikeletes y los Miñones, para luchar contra las antiguas milicias urbanas.

—Y el inspector Medina... ¿No volverá a molestarme? —preguntó Martín Alonso.

Lanzó una ojeada rápida a sus acompañantes. Una manada de lobos que balaban a su ritmo, eso es lo que eran.

—No —respondió Alex—. El culpable está entre rejas —añadió mirando al alcalde.

—Debe de ser un tipo terrorífico —dijo el concejal—: cortaba la cabeza a sus víctimas, ¿no?

El comisario no contestó. Menos mal que no sabían lo de los ojos.

—Los estudiantes han sufrido mucho —afirmó el decano.

—Todos hemos sufrido mucho —corrigió Aitor.

—Por fortuna, todo ha acabado —sentenció Alex—. El juez Castillo ha cerrado el caso.

—Al parecer, por fin va a conseguir su traslado —añadió el concejal.

El alcalde carraspeó, molesto por el comentario, pero al ver que todos lo miraban dijo:

—La inhabilitación de Garzón es un hecho, ayer el Consejo ratificó su expulsión. Lo demás, ya se verá.

—Es curioso lo que ocurre en este país, ¿verdad? —comentó Alex—. El juez español más reconocido a nivel internacional, que desarticuló el entramado de ETA y su entorno, desmanteló multitud de redes de narcotráfico y blanqueo de capitales, que hasta ordenó la detención del general Pinochet, es ahora condenado y sentenciado por los siete magistrados del Tribunal.

Nadie añadió nada y dieron por concluido el asunto del traslado del juez Castillo.

Una camarera les tendió una bandeja de bebidas. Todos eligieron champán.

—Se cree un poli estrella, con ese coche absurdo... Y no sabe ni vestir —dijo Martín Alonso, obcecado en el inspector—. ¿Se han fijado en cómo va?

—El marmitako estaba riquísimo —afirmó Alex llevándose una mano a la barriga.

Aunque no toleraba las críticas a sus hombres, prefirió no replicar en presencia del alcalde. Y además deseaba cambiar el rumbo de la conversación, no le hacía gracia alguna comentar los pormenores del caso delante de un concejal tan indiscreto.

—Si me lo permiten —dijo Aitor—, propongo un brindis: por la Ertzaintza y por unas elecciones en las que todo salga como queremos.

Brindaron y tomaron un sorbo de champán.

—Y, por supuesto, por un aumento de sueldo —se atrevió a añadir el concejal, alzando de nuevo la copa.

El cuarteto volvió a brindar y esta vez apuraron hasta el final la bebida espumosa.

Mientras los asistentes a la cena devoraban los canapés, las encargadas de la limpieza de la Facultad de Ciencias Químicas realizaban su trabajo entre cotilleos. Estaban acabando de fregar el cuarto piso. La jornada laboral tocaba a su fin.

—Si nos damos prisa, quizá lleguemos a tiempo de ver el final del programa especial de *Corazones rotos* —comentó Rosa.

Lorena asintió con la cabeza y empujó el carrito hacia el ascensor.

Rosa la observó en silencio. Había notado a su compañera preocupada, la conocía desde que eran niñas y sabía que algo no marchaba cómo debía, pero había decidido esperar y hablar con ella cuando acabaran.

—Hoy no estás muy parlanchina que digamos —empezó Rosa.

—Es que, después de los crímenes, y a pesar de que el asesino está en la cárcel, este sitio me da repelús. Le he cogido miedo —dijo Lorena.

—¿Qué quieres decir con eso? Pero, además, se te ve preocupada, ¿qué te pasa?

—Estoy cansada, no me apetece hablar...

—Venga, mujer, que hace mucho que nos conocemos... Cuéntale a tu amiga tus penas.

—Es por mis hijos. Unai está en una edad mala, quince años, y me necesita a su lado. Y no quiero que se queden sin su madre por culpa de unos pocos euros.

—No me fastidies —replicó Rosa—, tantos años trabajando juntas y ahora me vas a dejar.

—De verdad, Rosa, aquí no. Luego, si quieres, hablamos en el coche de camino a casa.

—¿Y Max? —preguntó Erika a Joshua, mientras se acercaba por detrás. El agente permanecía obnubilado ante la vista de San Sebastián desde el palacio de Miramar.

—¿No te lo has encontrado por el camino?, me dijo que iba también a los servicios.

—Pues no, tal vez se haya quedado con el comisario.

—No creo, máxime teniendo en cuenta su compañía, me parece que murmuró algo sobre que quería hablar con el viejo ese de la facultad, al que le han dado un diploma..., el bibliotecario.

Joshua apuró la copa de coñac.

—Es bonito Donosti, ¿verdad? —dijo Erika.

—*Bai,* las cosas más bonitas resplandecen en la oscuridad. —Joshua buscó con la mirada los ojos de Erika, quien contemplaba el horizonte y no se dio por enterada—. Todo depende del ángulo de visión...

Luego se arrodilló y dejó la copa vacía sobre el césped. Se tambaleó un poco pero consiguió incorporarse y mantenerse en pie, aunque notaba el suelo moverse bajo sus pies, como si estuviese dentro de un camarote y el barco se meciese a merced del oleaje.

—¿Vive alguien? —pregunto Erika, señalando con el índice la luz intermitente del faro de la isla Santa Clara.

—*Ez,* desde hace unos años funciona de manera automática. Donde sí hay un torrero es en el faro de Igeldo, me imagino que será él mismo quien se encargue de poner a punto el de la isla. —Pasó una mano por la cintura de Erika—. Te brillan los ojos a la luz de luna.

—No digas tonterías... —se echó a reír—. Debe ser muy aburrido, y te diría hasta triste, ¿no?, vivir en una isla, solo, sin nadie con quien hablar, siempre preocupado por tu seguridad.

Una cosa era tomar cierta distancia residiendo en Hendaya y otra muy distinta habitar en una isla. Qué horror, pensó Erika.

—Siempre puedes hacer como en *Naúfrago,* poner nombres a los objetos inanimados y hablar con ellos.

—Vaya, qué chorrada... —esta vez ambos rieron—. Y tú, ¿qué te llevarías a una isla?

—Una de mis maquetas de barcos.

—¿Una de tus maquetas?

—Claro, así la podría tomar de base y construir un barco para salir de la isla.

—Ja, ja..., yo me llevaría a un ser querido.

–¡Joder! Y que padezca contigo, que pase hambre y sed... o no estarás pensando en comértelo...

–¡Venga ya! ¿Es que me ves cara de caníbal?

–De caníbal precisamente no...

Erika giró el rostro y miró a Joshua. Este no se lo pensó dos veces. La besó en los labios. Erika sintió el alcohol en la boca. Tardó unos segundos en reaccionar. Se separó bruscamente.

–Pero... ¿qué haces?

Joshua no contestó. Permanecía en silencio, mirándola a los ojos. Una ligera sonrisa asomó en su rostro.

–¿Estás borracho? –preguntó Erika.

Joshua volvió a besarla. Mientras lo hacía, Erika pensó en lo bien que besaba y se entregó a la placentera sensación, hasta que se acordó de Lucía y se apartó. Joshua intentó volverla a besar pero Erika dio dos pasos atrás. Instintivamente soltó la mano. El tortazo se perdió entre el sonido de las risas y los murmullos que recorrían los jardines del palacio.

–Lo siento –dijo Erika, arrepentida por su reacción.

–Es culpa mía –Joshua se acarició la mejilla enrojecida–. Es culpa mía...

El agente se dio la vuelta, golpeó con un pie la copa, que rodó por la hierba cuesta abajo, y se dirigió al palacio en busca de otro trago.

Las dos señoras de la limpieza recogían sus enseres. Una lo hacía de manera ordenada y lenta, sin prisa; la otra, desordenada y rápida, deseando acabar y salir de la facultad.

–¿No has oído un grito? –dijo Lorena.

–¡Ay, mujer, cómo estás! Tranquila, que no pasa nada. Vamos, coge la fregona y el cubo y vámonos antes de que te dé un ataque de histeria.

Lorena no discutió, tenía unas ganas locas de salir de aquel edificio, con lo que metió precipitadamente en el carrito los trastos que habían dejado junto al ascensor. Esperó a que su compañera hiciera lo propio sin poder mitigar su impaciencia.

—Lo siento, Rosa, ya me conoces —pulsó el botón del ascensor—, soy muy supersticiosa, y hoy el horóscopo no me decía nada bueno.

—Pues ya ves, a mí también me decía que sería un mal día y aquí estoy, vivita y coleando, y con un día que mejor imposible: hemos empezado a trabajar de nuevo, me han hecho un chequeo y el doctor ha sido claro: «Rosa, estás como una rosa, valga la redundancia». En fin, que olvídate de esas tonterías —concluyó.

—¿Por qué tarda tanto? —preguntó Lorena, y volvió a pulsar el botón.

—Tranquila, ahí viene.

Se escuchó un apagado *ting* y las puertas del ascensor se abrieron. Emergió desde el fondo de la cabina. Las predicciones del horóscopo se cumplieron. Rosa no tuvo tiempo ni de gritar. Sintió un frío que se introducía en su pecho y le revolvía las entrañas. Al contrario de lo que había visto en un programa de televisión sobre el final de la vida, las imágenes de la suya no desfilaron ante sus ojos, sino que simplemente cayó al suelo y murió. Lorena quiso salir corriendo pero no había dado ni dos pasos cuando notó que algo le agarraba un tobillo y tiraba de ella hacia el ascensor.

Sus caras reflejaban una honda preocupación. Vestidos ambos de etiqueta, decano y comisario habían pasado de brindar con champán a beber agua en botella, de respirar aire puro en el jardín del palacio de Miramar al aire cargado del vestíbulo de la facultad. En cambio, el alcalde y su concejal habían desaparecido de la vista.

El cadáver fue descubierto por el par de agentes encargados de la vigilancia del campus. En cada ronda veían el coche de las señoras de la limpieza aparcado frente al edificio de Químicas. Pasado cierto tiempo, les extrañó que las mujeres tardaran tanto en salir, así que optaron por entrar en la facultad sin imaginarse lo que iban a descubrir por muchas historias que hubieran oído. Encontraron el cadáver de Rosa en la cuarta planta.

Los tres mosqueteros estudiaban con meticulosidad la escena del crimen.

En esta ocasión, Erika no pudo contenerse. Tras ver el cuerpo ensangrentado y la cabeza —separada de él y sin ojos— junto a la puerta del ascensor, vomitó parte de la cena en el suelo del pasillo.

Max se movía despacio y con precaución para no contaminar la escena. Se puso en cuclillas para observar el detalle más mínimo. Pocas veces se arrodillaba a examinar un cadáver, y esperaba que su fantasma no se le apareciese por la noche reclamando venganza.

Su mente no paraba de funcionar, buscando una respuesta a toda aquella barbarie. Recordó las palabras de un filósofo: «He luchado para no reírme de las acciones humanas, para no llorarlas, ni odiarlas, sino para comprenderlas». Hasta ahora, el inspector no comprendía absolutamente nada. Lo único claro es que el asesino había vuelto, o mejor dicho, nunca se había ido. Volvía a haber caso. Así se lo comunicó Alex: el caso era competencia única y exclusivamente suya y él ya no volvería a interferir. Max sintió lástima por su jefe: se había dejado llevar por las circunstancias y las malas influencias, y no hacía falta ser policía para interpretar la mirada de reproche que le habían dedicado los políticos antes de partir. La única posibilidad del comisario para salvar su puesto, y aguantar la presión de la prensa y la opinión pública, pasaba por que atrapasen al asesino en los próximos días. Sin embargo, para el inspector eso era una utopía. No sabía por dónde empezar. No había sospechosos, ni móvil, y se enfrentaban a un asesino metódico, inteligente, dotado para el crimen y que no dejaba pistas. Y no creía que fuese un asesino en serie. Los asesinatos con un período de inactividad entre cada crimen y motivados por impulsos psicológicos nunca eran espontáneos, el patrón se daba tras años de fantasías repetitivas, hasta que un hecho concreto desencadenaba la acción. Solía suceder en sujetos con infancias crueles, carentes del amor materno, o en niños maltratados por aquellos a los que más querían. Muchos asesinos múltiples eran homófobos, otros atacaban a prostitutas, como Jack el Destripador, el legendario asesino que operaba en los barrios bajos de Londres; a algunos los impulsaba el odio racial, otros profesaban culto al Diablo, o eran fanáticos de series de terror y pretendían imitar a sus *héroes*, e incluso los había que se creían con poderes sobrenaturales, como Romasanta, el sacamantecas gallego que aseguraba sufrir una maldición que lo convertía en hombre lobo y se comía a las personas porque tenía hambre. Sin embargo, las víctimas de la facultad eran tan distintas entre sí —estudiantes, vigilantes y empleados— que parecían escogidas al azar, como si hubiesen tenido la mala suerte de encontrarse en el lugar equivocado a la hora equivocada. Y la experiencia le decía que mientras el asesino estuviese suelto todos sufrirían las consecuencias. ¿Quizá otro carnicero como cabeza de turco?, se temió.

Tras examinar el cadáver, y a la espera de que el juez hiciera acto de presencia, los tres mosqueteros se reunieron en el vestíbulo para contrastar opiniones. El comisario se retiró al hogar familiar. La noche sería muy larga.

—Erika, consigue la lista de invitados a la cena y cotéjala con la del personal de la facultad —le ordenó Max.

Estaban de pie junto al tablón de anuncios. Se buscaban compañeros de piso, se vendían apuntes, se ofrecían profesores particulares, se ofertaban trabajos de fin de semana y las academias de inglés promocionaban sus asequibles servicios.

—De acuerdo —convino Erika.

—Debemos atar todos los cabos sueltos —apostilló Max, mirándose los zapatos, con las manos en los bolsillos del pantalón—. ¿Alguna idea de dónde puede estar la otra señora de la limpieza?

—Su rastro se pierde en el interior del ascensor —dijo Joshua—. Es decir, se subió, presumiblemente en compañía del asesino. Y se bajaron en otra planta. Estamos peinando palmo a palmo el edificio, pero de momento no hemos obtenido resultado alguno.

—¿Crees que está viva? —preguntó Erika.

—Lamentablemente, creo que buscamos un cadáver —contestó Max.

—¿Vas a cerrar la facultad? —dijo Joshua.

—No será necesario, aparte de que mañana es sábado. —En realidad ya era sábado, pues pasaban de las doce—. Creo que el asesino solo actúa de noche, cuando existe menos riesgo de ser visto, con lo que permitiremos la libre circulación de estudiantes. Aunque suene contradictorio, intensificaremos la vigilancia durante el día, con la facultad abierta tendremos más posibilidades de que el culpable cometa algún error.

—¿Y el control en la entrada? —volvió a preguntar Joshua. Golpeaba el suelo con los zapatos siguiendo el ritmo de una música imaginaria.

—Lo mantendremos, puede sernos muy útil. Estoy seguro de que entre esos nombres figura el del asesino...

—¿Y no has contemplado otra posibilidad? —dijo Erika.

—¿A qué te refieres? —preguntó el inspector, y alzó la cabeza. Joshua miró a Erika con expectación.

—No sé, os sonará a ciencia ficción, pero puede ser que el asesino no salga y entre del edificio... sino que viva en él.

—Continúa —le pidió Max, y sacó las manos de los bolsillos.

—Pues que a lo mejor es alguien que vive..., no sé, en alguna habitación secreta que no hemos descubierto.

Hablaba de manera pausada y pensándose muy bien las palabras, sabía que lo que quería expresar resultaba muy difícil de asumir y no deseaba que sus compañeros se lo tomaran a broma.

—O quizá en el subsuelo, en un búnker... Alguien que sale de noche a cazar, en busca de víctimas. Aunque no tengo claro con qué fin, quizá solo por el simple placer de matar. —Calló a la espera de una reacción.

Joshua se decidió a intervenir:

—A ver si te entendemos: según tu teoría, hay un psicópata escondido en la facultad y se ha llevado el cuerpo de una señora de la limpieza a su guarida...

—Algo así, aunque repito que no tengo una explicación racional de por qué mata, qué consigue con ello...

—Los ojos —recordó Joshua.

—Muchos asesinos se llevan algo de sus víctimas, como trofeos... —En realidad, Erika hablaba no por la experiencia sino por la teoría aprendida en la academia—. Los coleccionan en su particular museo del horror, en un altar.

—Me viene a la mente el Carnicero de Rostov —dijo Joshua—. El único asesino en serie conocido en la historia de la URSS. Ya sabéis lo que decían las autoridades soviéticas: «En el paraíso no existen los crímenes». Por eso hizo tanto daño antes de que lo detuvieran y lo ejecutaran. Su marca personal, su firma, era la mutilación de los cuerpos, en especial la extirpación de los ojos.

—Lo que me escama es cómo se alimenta —continuó Erika—, cómo es posible que no deje ninguna huella, cómo se mueve por la facultad...

—¿Qué quieres decir? ¿No creerás que se come a sus víctimas?

—No lo sé, tal vez deberíamos abrir una nueva línea de investigación... —Miró a Joshua a los ojos para después bajar la vista.

—¡No me jodas! ¿No estarás pensando en un ser sobrenatural?

Joshua era una persona pragmática. En cada asesinato irracional, harto de recabar muestras —tantas como pecas tenía en la cara— en escenarios inexplicables, él siempre acababa encontrando la prueba irrefutable, aquella que demostraba lo indemostrable, aquella que señalaba la mano del hombre.

—¿Estás poniendo en tela de juicio mi trabajo?

—No todo son análisis científicos y pruebas recogidas en las escenas de los crímenes —respondió Erika, quien no podía dejar de pensar en el beso que se había dado con Joshua. ¿Qué había sucedido? En su mente todo era una nebulosa sin sentido.

—Claro, claro..., abramos la mente a nuevas líneas de investigación, al más puro estilo *Expediente X* —dijo Joshua mirando hacia el techo. La cabeza aún le daba vueltas debido al alcohol consumido–. Solo que tenemos los papeles de los protagonistas cambiados...

–¿Qué insinúas?

–Nada –se contradijo Joshua, que comenzaba a dar pábulo a las habladurías en la comisaría sobre la orientación sexual de Erika, intentando buscar una explicación a su rechazo.

–Eres de los que tira la piedra y luego esconde la mano –replicó Erika, para quien ya no había vuelta atrás. Sentía que debía marcar una línea y no permitir que nadie la rebasara, de lo contrario las bromas y las miradas tácitas sufridas en la academia se reproducirían en el trabajo. Bastante tenía con aguantar al *aita*–. ¿Entonces?

–Entonces, ¿qué?

Max dio un paso al frente, dispuesto a mediar entre los dos agentes.

–Déjalo...

–«En Francia, las bagatelas son grandes cosas; la razón, nada» –citó Joshua–. ¿Inspector?

–Tengo dudas... Quizá podamos sacar algo de la idea de Erika. Estudiaremos los planos más antiguos de la universidad, tal vez descubramos algún túnel o pasadizo secreto. Erika, te ha tocado conseguirlos, y los quiero para mañana. Después haremos un registro más detallado, con perros.

–¿Con perros? –repitió Joshua extrañado.

–Sí –afirmó Max–. Con esos que buscaban bombas bajo los coches de los políticos y los policías y que ahora se aburren en el aeropuerto de Hondarribia olfateando drogas.

–Puestos a decir barbaridades, el bosque de detrás de la facultad me parece siniestro –confesó Joshua–. Quizá alguien lo use para entrar y salir del campus, y luego se cuele en la facultad por alguna puerta secreta. Aunque no se tratará de un ser maligno... –Miró a Erika.

–No podemos descartar nada –recapacitó Max–, aunque de momento solo registraremos la facultad. Lo haremos este domingo, mientras la ciudadanía, los políticos y media Policía asisten al comunicado de la izquierda *abertzale* en el Kursaal.

—¿Y ya está? —insistió la parte irlandesa de Joshua.

—Iremos paso a paso, sin precipitarnos. No digo que en un futuro no tengamos que peinar el bosque y más allá —dijo Max.

Al pronunciar la última palabra le vino a la mente una conversación, sobre cierto personaje de la mitología vasca, que mantuvo un día con Arkaitz mientras el forense diseccionaba un cadáver. Habitaba en el bosque de las tierras altas, tenía forma humana y el cuerpo cubierto de pelo. Provenía de un legendario pueblo, estaba dotado de una fuerza sobrehumana y se le otorgaba la autoría de los numerosos dólmenes y peñascos que salpicaban la orografía vasca. Además, se decía que era honesto y gentil, de ahí su nombre en euskera.

—Iremos paso a paso, paso a paso... —se repitió Max.

«Y todo lo que tiene nombre existe», le había dicho Arkaitz. El Jentil.

Sábado 25

Se levantó como pudo de la cama y reptó hasta la taza del váter. Los pensamientos chocaban unos con otros en la batidora que tenía hoy por cabeza. Tras varias arcadas logró vomitar. Pasó por el frigorífico y obsequió a su garganta con un buen trago de agua. Regresó a la cama. La habitación estaba bañada por un débil resplandor azul, se había traído la disolución a casa. No quería correr el riesgo de que alguien, como había hecho él, la descubriese y se la robase. Se tocó los genitales y pensó en Leire. Cerró los ojos y se imaginó abordándola en una sala vacía del palacio, arrinconándola, y mientras ella le decía no, y con la mirada sí, le arrancaba aquel sugerente vestido negro. Pero, ni por esas, su aparato reproductor no reaccionaba, demasiado alcohol en el cuerpo. Apenas se acordaba de la noche anterior. Todo recuerdo se transformaba en una nebulosa, en unas imágenes vaporosas donde abordaba a Leire con nulos resultados. Esperaba que no hubiese hablado más de lo debido ni hubiese hecho nada de lo que arrepentirse. Intentó seguir durmiendo pero no pudo. Encendió la televisión, que colgaba de la pared, con el mando a distancia. Era mediodía, la hora de las noticias. En cuanto vio la facultad en la pantalla del televisor, la resaca se le pasó de inmediato. Subió el volumen mientras alcanzaba sus gafas de la mesilla.

Después de haber descubierto la disolución azul, apenas se había ocupado de sus investigaciones, más bien las había dejado a un lado. Pero tras los continuos fracasos en el intento de averiguar los componentes de aquella misteriosa disolución, había decidido retomarlas el lunes. Ahora la universidad podría cerrarse. Se maldijo a sí mismo.

Sufría un tremendo malestar a pesar de que había sido una de las primeras en irse a casa. Después de la cena, habían salido a tomar unas copas por la ParteVieja. Alberto fue el que más se desfasó. Parecía con muchas ganas de juerga, probablemente el trabajo lo estresaba y aprovechó la cena para desahogarse. Cuando empezó a ponerse pesado, ella optó por desaparecer. Ahora Leire había cambiado el traje de noche por un chándal holgado que escondía su figura, dispuesta a dar un paseo matutino en bicicleta por el *bidegorri* que discurría paralelo a la costa hasta llegar a Francia. Estaba segura de que con el pedaleo se le iba a ir esa molestia general que sentía. Pero primero debía retomar fuerzas, así que estaba desayunando, sin más compañía que unas sillas de plástico desgastadas por el uso, en una cafetería del Antiguo ubicada en la esquina de las calles Antonio Gaztañeta y Elías Salaberria. En el establecimiento había un cuadro colgado frente al mostrador de los bollos, una reproducción de un óleo del pintor Lezoarra en el que plasmó su visión del desembarco de Elcano en Sevilla tras dar la vuelta al mundo. Leire sabía por su abuelo que aquella imagen aparecía en el reverso de los billetes de quinientas pesetas de los años treinta, así que cuando añoraba al *aitona* bajaba del estudio a la cafetería y con una humeante taza de chocolate entre las manos contemplaba la copia del cuadro. Su abuelo contaba que los rostros famélicos de los marineros le hacían recordar las penurias sufridas por los Aizpurúa tras la Guerra Civil española.

Un hombre con *txapela* y de edad avanzada cruzó el umbral. Parecía como si el tiempo se hubiese detenido y viniese de otra época. En una mano sujetaba una correa, en cuyo extremo jugueteaba un pequeño cachorro de fox terrier. Se asemejaba a una peluda bola negra. Leire retrocedió una vez más al pasado y se vio jugando en el corral del caserío con *Txoko,* el pastor vasco de su *aitona.*

—*Egun on, mutil* —saludó el hombre.

—*Kaixo,* ¿lo de siempre?

—*Bai,* y añádeme un par de pasteles vascos.

El cachorro, de grandes orejas, miraba curioso a Leire y esta le sacó la lengua.

—¿Has oído lo de la facultad? —preguntó el dependiente.

—Terrible. Ya te decía yo que aquel desdichado no era el asesino.

El dependiente le tendió una bolsa repleta de bollería.

—Mi mujer está muy afectada, conocía a una de las señoras de la limpieza —dijo el anciano al tiempo que agarraba la bolsa.

—No sé adónde vamos a llegar. Si la Guardia Civil se ocupase de lo que debe ocuparse en vez de perseguir a exetarras, otro gallo cantaría.

—Cierto. Venga, *mutil,* hasta otra.

—*Gero arte.*

—*Agur* —se despidió el anciano.

Con un suave tirón de correa se llevó consigo al cachorro, que daba gráciles saltos en pos de la bolsa, sin percatarse de la joven boquiabierta de la mesa.

Siempre se duchaba con la radio puesta. Solía sintonizar un programa de rock pero hoy su cabeza estaba a punto de estallar y no le apetecía escuchar acordes de guitarra eléctrica. La noche había sido movidita y apenas se acordaba de nada. Sí recordaba que Leire se había ido muy pronto a casa, más temprano de lo habitual. En cambio, él había aguantado hasta el cierre de los últimos bares y solo Alberto había sido de capaz de seguirlo, aunque estuvo sumamente pesado y no paró de hablar de una disolución azul en la cual trabajaba. Los becarios siempre inmersos en sus experimentos, sin desconectar ni de fiesta. Él era muy diferente. Llegó a Químicas de rebote, tras cursar un año en Informática, y solo quería el título para conseguir un trabajo digno; no se veía encerrado en un laboratorio entre buretas, matraces y productos tóxicos. De momento le interesaban más los amigos, los conciertos y las chicas. Lástima que no pudo quedar con la rubia que conoció en la tienda de música. Estaba de viaje, al menos eso le dijo, y no le había sonado a excusa barata para quitárselo de encima.

Cerró el grifo para abrir el gel de baño justo cuando daban el parte. La primera noticia era el suceso de la facultad de la pasada noche. El pelo largo le impedía ver bien, pero tras un movimiento de la cabeza todo recobró vida para sus ojos marinos. Subió el volumen y escuchó con suma atención. El grifo goteaba. Cerró los ojos cuando el locutor mencionó el nombre de la víctima. Galder no albergaba la menor duda, el asunto se estaba poniendo muy feo.

Abrió el primer cajón, introdujo en su interior la nota y lo dejó a medio cerrar; esperaba que esos policías ineptos la descubrieran. Todo su cuerpo sudaba, corroborando que la mayor parte del ser humano está compuesto de agua. Se sentía hundido, le faltaba el aire, todos se habían confabulado contra él, y el signo del Dragón le había abrasado con su fuego. Contempló fascinado, una vez más, el cuadro colgado en la pared de enfrente. Su favorito. Se trataba de un Tintoretto. Se fijó en los pliegues de la capa, roja como la sangre, de la doncella en su precipitada huida. No confiaba en el caballero. Él tampoco confiaba en la Policía. Pero el caballero, a lomos de un corcel blanco, introducía, inclinando todo su cuerpo, una lanza en la boca del dragón: un dragón con alas. La cabeza ladeada de la doncella, pretendiendo captar lo que ocurría a su espalda, realzaba el dramatismo de la escena.

Suspiró. Le hubiese resultado sencillo utilizar una píldora de cianuro, pero no se fiaba, Prefería lo rápido y seguro. Él era un lobo, no una oveja. Observó maravillado el brillo que aún despedía a pesar de los años la corredera de aquel pequeño pero mortífero objeto, adquirido a precio de oro a un traficante de armas en unas Navidades ya olvidadas. Sopesó la Whalter PPK con mano temblorosa. Miró el cuadro y se fijó en el cuerpo inerte que yacía al lado del dragón. Una víctima. Aferró la pistola semiautomática y se apuntó en la sien derecha. Sin vacilar apretó el gatillo. En las inmediaciones un gato maulló, pero nadie oyó el disparo. Su cabeza se desplomó sobre el periódico de la mesa y la Whalter cayó al suelo. La sangre empezó a manchar el titular de *El Diario Vasco:* «Vuelven los asesinatos».

Ascendió por las escaleras con parsimonia, harta de tantas vueltas, idas y venidas, subidas y bajadas por los rincones de la biblioteca municipal. Le gustaba deambular por aquellos edificios de techos altos y grandes cristaleras, más propios de museos y exposiciones, sin embargo, hoy no tenía tiempo ni ganas de paseos por la historia del edificio, anteriormente ayuntamiento, al cual se trasladó la biblioteca del Museo San Telmo en 1951 y que hoy era la hemeroteca de los donostiarras. Apareció en una enorme sala. Grandes ventanas, que daban a la plaza de la Constitución, dejaban entrar enormes chorros de luz que alumbraban las estanterías móviles repletas de miles de carpetas y libros distribuidos en hileras. En un lateral, una chica pelirroja con trenzas, arrellanada tras una mesa, trabajaba ante un ordenador mientras masticaba chicle y movía la cabeza al compás de la música que sonaba en sus oídos. El tecleo era lo único que perturbaba aquel silencio monacal. Contempló el rostro juvenil, salpicado de espinillas, y dedujo que se trataba de una estudiante en prácticas.

—Otra vez me he equivocado —se dijo Erika.

Se colocó frente a la chica, que seguía absorta en su labor de trascripción mientras los auriculares de las orejas la aislaban del exterior. La oficial de policía interpuso una mano entre la vista de ella y la pantalla del ordenador. La chica se quitó un auricular y la miró con una sonrisa.

—*Egun on* —saludó Erika—. Llevo toda la mañana de oficina en oficina buscando los planos de un edificio. Un hombre de gafas me ha mandado aquí, a su vez una señora antipática me mandó donde estaba el hombre de gafas y así puedo continuar... El caso es si ahora estoy en el sitio correcto.

—*Bai,* aquí es. —Se quitó del otro auricular—. Perdone las molestias, pero hoy es sábado, así que trabajamos con servicios mínimos a cargo de sustitutos o empleados nuevos.

Depositados sobre la mesa, los auriculares seguían crepitando y Erika reconoció enseguida la canción: *A Day in the Life,* de los Beatles.

—Estoy buscando planos antiguos de la Facultad de Ciencias Químicas, la del campus de Ibaeta.

La joven funcionaria había vuelto a su tarea y sin apartar la vista del monitor dijo:

—Sé dónde está, con eso de los asesinatos sale todos los días en las noticias. Además, una amiga mía estudia Químicas. Pero ¿sabe que no puede llevarse los planos?

—Sí, solo deseo fotocopiarlos —contestó Erika. Por fin alguien la atendía, y parecía que no iba a ponerle muchas pegas.

—Entonces, espere un segundo que ahora mismo acabo. —Y comenzó a pulsar con mayor celeridad las teclas.

Erika se fijó con más detalle en la chica, en su indumentaria: pulseras, collares y ropa de colores chillones. Un *piercing* en la nariz y otro en la oreja. Una especie de *hippy* en el siglo equivocado. Giró la cabeza y observó la gran cantidad de material que había en aquella biblioteca. A pesar de que el incendio de 1813 arrasó la ciudad y destruyó los archivos municipales, doscientos años después los documentos volvían a amontonarse, y un par de escaleras encajadas en un riel recorrían las estanterías de las paredes, en las cuales, ordenadas por algún tipo de código, había miles de carpetas de diferentes colores cerradas con lazos de tela. Por muy bien que lo tuviesen ordenado, asumía que le llevaría bastante tiempo localizar los planos.

—Ya está —comentó en voz alta la chica tras pulsar la tecla de RETURN. Se incorporó de la silla, se volvió y rebuscó entre los papeles guardados en un ornamentado armario de caoba.

Por los auriculares, una voz desgarrada versionaba *With a Little Help from my Friends.* Richie Havens, dedujo Erika, y no

211

le costó mucho esfuerzo imaginarse a la chica entre medio millón de asistentes a aquellos lejanos tres días de paz y música en Woodstock. Cuando la canción terminaba, para su sorpresa, la chica le ofreció una carpeta marrón de la que sobresalían unas hojas de papel cebolla.

—Antes de que les eche un vistazo, necesito su documento nacional de identidad. Ya sabe, formalidades, papeleo y esas cosillas. —Un globo rosáceo de chicle asomó entre sus labios.

Erika, atónita aún por la rapidez de la búsqueda, no reaccionó. Su mente procesaba datos, secuencias y suposiciones.

—Oiga —dijo al fin—, ¿alguien más ha solicitado estos planos?

—Claro —respondió la chica con toda la naturalidad del mundo.

Erika la interrogó con un gesto al tiempo que le tendía el DNI. La funcionaria lo tomó y lo ojeó.

—¿Zurutuza?, ¿no será de la familia de la leche? Me encanta su cuajada...

—Por supuesto que no. Más quisiera yo... Y bien, ¿qué me dice de los planos?

—Verá, Luisa Erika, si están en el armario es porque alguien, en un plazo inferior a treinta días, los ha consultado. No volvemos a colocar los artículos solicitados hasta después de un mes, o más, por si el solicitante los vuelve a pedir. Tardamos varias horas en dar con las peticiones de los ciudadanos.

—Entiendo. —Empezó a juguetear con un dedo sobre el mostrador—. ¿Y sería usted tan amable de mirar en ese ordenador suyo quién solicitó los planos?

La chica meneó la cabeza y formó un nuevo globo de chicle, esta vez mayor.

Erika frunció el ceño.

—¿No?

La funcionaria la observó y soltó una risita, similar a la de una hiena en celo.

—Es usted muy graciosa. Siempre me malinterpreta. No quería decir que no pueda mirar, sino que no serviría de nada.

—¿Y por qué no? —preguntó extrañada. Aquella jovencita parecía estar jugando con ella.

—Porque no figura en el ordenador.

La oficial volvió a contemplarla en silencio, a la espera de una explicación. Debía sacarle las palabras con cuentagotas, como el que saca clavos del diez con unas pequeñas pinzas.

—Vale —dijo la chica con desgana, advirtiendo que Erika empezaba a exasperarse—. Ya no me hace usted ninguna gracia —protestó como una niña—. Lo recuerdo muy bien, como si fuese ayer. El hombre se puso hecho una furia porque no consentía que se llevara los planos. Pero ¿cómo iba a permitírselo? Le dije que estaba terminantemente prohibido, hasta le mostré el reglamento. Pero él montó en cólera, dijo algo como que tenía órdenes de llevárselos, no de fotocopiarlos. Menudo capullo, ya sabe cómo son esos tíos, una hora de búsqueda en balde. Se marchó, sin identificarse ni nada. Si regresa, lo estaré esperando... No se me olvida su cara.

—Bien hecho. ¿Y cómo era? Apuesto a que alto, fuerte y robusto —dijo Erika recordando la única fotografía que llevaba en la cartera del *aita*—. Un rudo marinero —aventuró con voz melosa, como quien engatusa a un niño con un caramelo.

Y la chica se tragó el caramelo, con envoltorio y todo.

—¡Qué va! —exclamó, mirando al techo y meneando la cabeza—. Era alto, sí, pero muy delgado y con unas gafas enormes y anticuadas. Olía a colonia barata, de esas que venden en los supermercados, ya se imagina lo que le digo. Un capullo, y tenía una vocecilla, cómo decirlo...

—Mamá, ese niño me ha quitado mi piruleta —dijo Erika en su afán por imitar la voz.

La chica sonrió batiendo palmas.

—Exacto, yo no lo hubiese hecho mejor.

—Oiga, Luisa Erika, ¿qué hace esta noche? —dijo la chica, y le lanzó una mirada sugerente a la vez que se acariciaba el *piercing* de la oreja.

Por los auriculares, John Lennon repetía con insistencia, en diferentes tonos, una frase: «*Let it be*».

213

Había decidido emplear la tarde del sábado en las rebajas del fin de semana, rebajas que con tanto ahínco había anunciado durante toda la semana el comercio vasco para intentar paliar la galopante crisis que padecía el sector. Así que caminaba por el paseo de Colón como una irunesa más con el bolso bajo el brazo, la cabeza erguida, mirando al frente y deteniéndose en aquellos escaparates que le llamaban la atención. En los últimos años acostumbraba a comprar lejos de San Sebastián y de posibles conocidos; de todas las localidades cercanas Irún era su preferida.

Tras reiterados amagos en varias tiendas de moda, tanto de marcas extranjeras como nacionales, entró por fin en una conocida cadena de tiendas de moda española. Bajó por la escalinata, en dirección a la planta baja, a la zona de ropa de mujer. Cada vez era más frecuente verla sola. Las amistades de la época de su matrimonio no entendían el divorcio. Al parecer, su marido solo era un monstruo para ella. Y desde hacía un par de años su madre no la acompañaba a ningún sitio. El trabajo, la distancia y sus distintos pareceres las habían alejado. Buscó entre las prendas de un colgador. Deseaba algo elegante pero informal, exclusivo pero discreto, y sobre todo algo que su paga mensual no notase en exceso. Una dependienta se le aproximó enseguida por la retaguardia y le ofreció su ayuda. Pasó un buen rato yendo y viniendo del mostrador al probador, amontonando sobre un tupido sillón de orejas una prenda tras otra. Ninguna le convencía. Todas le parecían demasiado ajustadas, demasiado provocativas, demasiado sugerentes, la hacían «muy puta» como decía su ex, nunca contento con su indumentaria. Sin embargo, un poco avergonzada ante la atención dispensada por la dependienta, optó por comprar un jersey rosa de cuello alto y un pantalón negro de pana. ¿Cuándo los estrenaré?, se preguntó; tal vez en otra estúpida cita a ciegas, se contestó.

Al salir, con la compra en una enorme bolsa de plástico, Cristina Suárez comprobó con estupor que había permanecido mucho tiempo en el interior de la tienda: las farolas iluminaban el paseo y el cielo estaba teñido de un color oscuro que anunciaba una inminente tormenta.

214

Domingo 26

Los pasos retumbaban en el piso. Los haces de luz se movían en todas direcciones. En el corredor, resonaban los jadeos de los animales.

Erika tenía razón. Por eso caminaban por el subsuelo de la Facultad de Ciencias Químicas. Su especulación tomaba cuerpo, pues, tras analizar los viejos planos conseguidos en la biblioteca municipal, habían descubierto que bajo el campus existían una serie de túneles que se comunicaban entre sí y componían una red de pasadizos difícilmente descifrables. Habían bajado los tres mosqueteros y otro trío de agentes —entre ellos Asier— acompañados de un adiestrador de perros, Rubén, que sujetaba con ayuda de una gruesa correa a un par de majestuosos pastores alemanes. No permitieron que ni decano ni conserje, ni la música de llaves ni su olor a loción, se unieran al equipo. En cuanto a la tentativa del conserje de apropiarse de los planos, el inspector había decidido ignorarla: por ahora no deseaba remover más el lodo que salpicaba al caso, su olfato le decía que no era el momento propicio. Al final el fango huele y mancha, y tarde o temprano saldrá a la superficie, se dijo.

Habían comenzado revisando la zona de arriba, pero los distintos gases químicos que impregnaban el ambiente confundían a los perros. Max esperaba que aquí, abajo —el verdadero motivo del nuevo registro—, la situación variase.

—Hasta cuándo vamos a continuar... —dijo Joshua, hoy más cercano a su parte irlandesa.

No sabía qué le molestaba más, si dar tantas vueltas sin conseguir nada o que fuese Erika quien los condujese como a críos.

—Lo que haga falta —replicó esta.

—Sacad las armas, y recordad: cuidado con la Bestia...

—Deja de decir tonterías.

—¿Quieren callarse? —intervino Rubén—. Perturban a mis perros.

Los perros policía abrían camino, tirando de las correas, los tres mosqueteros los seguían y el trío de agentes cerraba el grupo. La visibilidad era mínima. El aire estaba saturado de un hedor fétido, malsano, inaguantable para el olfato humano. Pero nadie se quejaba, estaban concentrados en su trabajo y se intuía cierto temor a que la oficial no se hubiese equivocado.

—Entonces, ¿qué tendrá?, ¿tentáculos o zarpas? —ironizó Joshua.

—Quizá una sesera tan corta como la tuya —contestó Erika.

Ella solo había aventurado otra posibilidad, abierto la puerta a nuevas perspectivas, y Joshua había sacado sus propias conclusiones. No merecía la pena ni explicárselo. La mayoría de los vascos criados en un caserío se habían educado con algún libro de Barandiarán, y ella no era una excepción. Sus *aitonas* le contaban historias de Sorginak, Jentilak, Iratxoak, Lamiak... Algunos personajes, como las Sorginak —brujas— infundían miedo y respeto a partes iguales, y era mejor no nombrarlos. Sin embargo, otros eran muy queridos, hasta el punto de que el *Olentzero,* por ejemplo, provenía de una transformación de los Jentilak en carboneros por la tradición cristiana. Y recordaba con nostalgia cuando de pequeña se sentaba junto a su *amoñi* al calor de la chimenea y sobre sus cabezas se formaba una bolsa de aire caliente y ella le contaba cómo un Jentil la salvó de una muerte segura cuando ahuyentó a un oso pardo con una piedra enorme.

—¿Cíclope u hombre lobo? —insistió Joshua.

—Parecen un par de críos —comentó Rubén.

—Habló el hombretón, el amansador de fieras —repuso Joshua.

—Callaos —ordenó Max, sin dar tiempo a Rubén a replicar.

Antes del registro, el inspector había desayunado con Joshua en una cafetería próxima al campus. Pretendía apaciguar sus arrebatos irlandeses y averiguar qué le sucedía con Erika. Durante la charla lo notó distendido, comentando los pormenores del traslado en dos aviones Hércules del tesoro de la fragata *Nuestra Señora de las Mercedes* a la base militar de Torrejón de Ardoz.

—Diecisiete toneladas en monedas de oro y plata, de gran valor histórico aunque no numismático —dijo Joshua.

—¿Y qué van a hacer con ellas?

—Se dice que irán a parar a un museo de Cartagena.

—Y estos piratas del *Odyssey,* ¿dónde descubrieron el pecio?

—Frente al cabo de Santa María, de ahí el nombre de la batalla, cerca del Algarve. Cuando el convoy español estaba a punto de concluir la ruta de las Américas fue atacado por una escuadra inglesa, con tan mala suerte que alcanzaron la santabárbara de la *Mercedes* y la fragata explotó —explicó Joshua—. Medio millón de reales de a ocho y escudos al fondo marino. Y lo que es peor, el fin al acuerdo de paz con Inglaterra...

—Y el preludio, un año más tarde, de la fatídica batalla de Trafalgar.

Los perros siguieron avanzando por el amplio túnel hasta llegar a una bifurcación. Se detuvieron, y mientras uno pugnaba por seguir recto, el otro empujaba por tomar el nuevo camino que se abría a la derecha.

Erika sacó el plano de su bolsillo. Durante unos segundos lo estudió con la ayuda de la linterna.

—Este camino no aparece en el plano. Debería haber uno similar a mano izquierda..., pero mucho más adelante.

—¿Seguro que no estás mirando el plano al revés, *boy scout?* —comentó Joshua.

Erika ignoró el comentario y consultó, arqueando los casi mil cuatrocientos pelos cortos, lisos y duros de sus cejas, a Max. La contestación del inspector no se hizo esperar:

—Nos dividiremos en dos grupos, cada uno con un perro...

—Ni hablar —le interrumpió Rubén—. No pensará que voy a dejar uno de mis perros a cargo de alguno de estos tarugos.

—Usted hará lo que yo diga.

—Pero...

—Y, si no, ya sabe, vuelva por donde ha venido..., pero claro, sin sus perros.

Rubén, resignado, aceptó la orden con un leve movimiento de cabeza.

Avanzaban por el oscuro pasillo de la derecha en absoluto mutismo. La división del grupo en dos hacía viable la calma reinante. Max iba con Erika, Asier y un agente perteneciente a la unidad canina de la Ertzaintza, mientras que por el pasillo inicial continuaban el exaltado de Joshua, Rubén con el otro perro y dos agentes.

El pastor alemán, sujeto por Asier, abría el grupo, y para no conocer a su nuevo amo se comportaba; solo de vez en cuando daba tirones queriendo acelerar la marcha, quizá en busca de una ilusoria salida de aquellos tétricos pasadizos. A los pocos minutos, el pasillo comenzó a estrecharse y el suelo se volvió más pedregoso. Asier echó una mirada hacia atrás y se encontró con la cara preocupada de Erika y el rostro imperturbable de Max. Prosiguieron con el mayor sigilo posible. El pasillo seguía estrechándose hasta que solo se podía avanzar en fila india.

—Inspector, ¿qué hacemos? —preguntó Asier con tono tembloroso.

Trató en vano de quitarse las espesas telarañas enredadas en su pelo mientras aguardaba impaciente la respuesta. Su cuerpo no parecía el más idóneo para moverse por aquellos túneles tan angostos. Miró a Max fijamente. Gotas de sudor resbalaban por su cara.

—Continuar. Ya que hemos llegado hasta aquí, ahora no vamos a echarnos atrás.

Asier tragó saliva y Erika sacudió la cabeza pero ambos obedecieron y los cinco continuaron avanzando en silencio, solo se oía el sempiterno jadeo del perro y el ruido de la correa. Al cabo de un par de minutos, el techo también comenzó a menguar hasta casi obligarlos a caminar encorvados. Asier andaba con la mirada puesta en el techo advirtiendo con asombro cómo se aproximaba a su cabeza. Cuando vio que debía agacharla para proseguir, se giró y observó cómo el inspector ya iba de esa guisa.

—¿Seguimos? —inquirió.

El corazón le palpitaba a toda velocidad y aguardó con ansiedad la respuesta del inspector. Temía otra afirmación.

Erika, que cerraba el grupo, se llevó la mano a la parte trasera de su pantalón y comprobó que su pistola todavía seguía allí. Respiró algo más aliviada.

—Creo que... —fue lo único que alcanzó a articular Max.

El pastor alemán pegó un fuerte tirón y se liberó de su provisional dueño. Salió corriendo, arrastrando la correa por el suelo. A unos diez metros, al alcance de la vista, se paró y empezó a ladrar inundando el pasillo de un ruido atronador. El eco atravesó el aire viciado y se hizo insoportable.

—Asier, agarre al perro y hágalo callar —ordenó Max haciéndose oír por encima de los ladridos.

El agente se puso en movimiento, agachado y con los brazos rozando las paredes. Al llegar a la altura del pastor alemán comprendió por qué el animal se había detenido. Una pequeña puerta de madera, que abarcaba todo el pasillo, se interponía en su camino. Aferró al perro de la correa y sacó una golosina del bolsillo. Muy a pesar suyo, la ocasión lo requería. Le quitó el envoltorio y se la ofreció al animal. Este no tardó más de dos segundos en dar cuenta de ella, pero surtió el efecto deseado y cesó de ladrar.

—Aparte, voy a entrar —oyó Asier a su espalda. Era el inspector, con el S&W en la mano.

En el otro grupo las peripecias no resultaban ni mucho menos tan interesantes. La monotonía era patente, por lo que Joshua cogió el *walkie-talkie* e intentó comunicarse con Max.

—¡Mierda! —exclamó para sí. Nadie contestaba. Allá abajo no había cobertura.

—Yo opto por volver —afirmó uno de los agentes que lo acompañaban.

Una corriente de aire de origen desconocido les abofeteó el rostro. El pastor alemán se puso a ladrar de repente.

—¿Lo han oído? —preguntó Rubén.

Pero nadie había oído nada, así que guardaron silencio para poder captar el menor sonido.

—¿No lo han oído? —insistió Rubén mientras calmaba al animal—. Ha sonado como...

—Volvamos —se apresuró a decir Joshua—. Creo que empezamos a perder la cordura.

El pasillo en silencio absoluto dio la razón a Joshua. Rubén tiró de la correa de su perro y comenzó a retroceder. Estaba seguro de haber oído algo, como si alguien chillase de dolor, pero a él no le pagaban por tomar decisiones, no era su cometido, con lo que decidió no poner ninguna objeción. Deseaba salir de allí y perder de vista cuanto antes a aquel impertinente agente pecoso mitad irlandés mitad español.

No localizó ninguna cerradura en la diminuta puerta. La empujó pero no se movió. Vio que en el centro había unos extraños símbolos difuminados:

Max pensó en un plantígrado y un humano. Una expresión de confusión se esbozó en su rostro, pero apenas le duró unos segundos. De una patada, justo en el centro de los símbolos, derribó la puerta. Un aire a podrido le dificultó unos segundos la respiración. Se agachó, con el revólver en una mano y la linterna en la otra, y cruzó la puerta ante el asombro de sus compañeros.

Resultó que las dimensiones de la puerta abatida no se correspondían con lo que había al otro lado. La pequeña puerta daba paso a una amplia estancia ovalada, adornada en toda su circunferencia por tres hileras de calaveras. Para su tranquilidad, las calaveras, de todos los tamaños y formas, pertenecían a animales. En las paredes, desnudadas por el haz de la linterna, descubrió antorchas y cuencos de barro insertados en la parte inferior de algunas calaveras. Tras el clic de la tapa del Zippo un par de antorchas cobraron vida e iluminaron la sala. El techo ascendía en punta hasta acabar a unos cinco metros del suelo. Tuvo la sensación de hallarse dentro de una inmensa gota. Una mesa redonda de madera ocupaba la parte central de la estancia y alrededor tres sillas de alto respaldo, también de madera, parecían aguardar a sus antiguos ocupantes.

—¿Inspector? ¿Está bien? —preguntó Erika desde el otro lado de la puerta, vislumbrando apenas los pies de Max. No se atrevía a entrar.

El inspector ignoró a su ayudante, echó la cabeza hacia atrás y volvió a mirar la estancia con nuevos ojos. Cuando pensaba que nada iba a sacar en claro de aquella extraña capilla, advirtió que unas calaveras estaban dispuestas de tal forma que se podía entrever una palabra: PHPE. Ya me parecía a mí, dijo para sí.

—¿Inspector? —insistió Erika.

—Tranquilos, pasad —respondió a la vez que enfundaba el arma.

Asier y el pastor alemán, seguidos de Erika, se introdujeron en aquel misterioso espacio circular.

—Hostia —logró articular Asier.

Permanecieron inmóviles, callados, contemplando la sala, y luego cada uno se aproximó a aquello que más le llamó la atención.

Asier pasó su mano libre por encima de la mesa como si estuviera tocando algo prohibido, buscando con el tacto de las yemas de sus dedos algún rastro de vida anterior. El polvo acumulado le hizo toser. Recordó las palabras del arqueólogo británico Howard Carter cuando descubrió la tumba de Tutankamón: «El día entre los días».

El inspector observó el fondo de los cuencos de barro; distinguió posos de una reseca sustancia roja en unos —sangre, dedujo—

221

y de una azul en otros, y la palabra *draco* rayada en los laterales. La planta de su pie izquierdo notó algo irregular en el suelo. Se acuclilló; entre la tierra vio que asomaba un trozo de piedra negra. Lo desenterró con facilidad y ante sus ojos se mostró una especie de punta de lanza. Estaba resquebrajada y a punto de partirse en dos. Sin decir palabra, por instinto, se la guardó en un bolsillo interior de la gabardina.

Erika se acercó a aquellas singulares calaveras que formaban una palabra.

—Ph... P... H... P... E —deletreó en voz alta—. ¡PHPE! ¡Lo que aparecía inscrito en el sarcófago!

—En efecto —corroboró Max—. Me da que el comité de marras utilizó esta sala para sus experimentos, aunque intuyo que lleva oculta mucho tiempo, quizá es el vestigio de una antigua civilización...

Los dedos del inspector recorrieron unas líneas quebradas en la pared. La piedra, de aspecto negruzco, estaba horadada, como si alguien hubiese querido abrir un agujero a martillazos. Se acordó de Arkaitz. Hubiese disfrutado de la sala.

—Tiene algo místico —dijo Asier—. Y mirad lo que he encontrado. —Les mostró una tablilla de barro en forma de libro, redonda en un lado y recta por el otro.

Ambos posaron los ojos en la tablilla que Asier sostenía en sus regordetas manos.

—Está rota, le falta un trozo. —Sopló y le pasó la mano por encima para quitar el polvo de la superficie—. Está cubierta de figuras y símbolos, como esos objetos egipcios de los museos. Y unas palabras: *Primis hostiis perlitatum est* —leyó con esfuerzo y sin la pronunciación adecuada.

El pastor alemán, ajeno a todo, dio dos ladridos.

Latín y sin decanos que se le adelantasen en la traducción: era el momento de Erika. Lo saboreó y se tomó su tiempo.

—Las letras PHPE pueden ser la abreviatura, las siglas, de esa frase —comentó Max.

Erika decidió que había llegado su hora y no se demoró más:

—Sí —afirmó con rotundidad y en tono alto.

Le resultaba muy difícil contenerse. Deseaba hablar, ofrecerles una explicación propia de un catedrático en Filología.

—Es una expresión latina —se limitó a decir.

—¿Y qué significa? —preguntó con avidez Asier—. El *rosa rosae* nunca fue mi fuerte.

—*Perlitatum* viene de *perlito,* que significa ofrecer un sacrificio agradable a los dioses. —Miró al inspector de soslayo antes de continuar con su explicación—. *Hostiis* es la hostia de la eucaristía en la religión cristiana, vamos, un trozo de pan, aunque para los romanos significa el ser que se sacrifica en honor de los dioses. No os quiero liar más: la frase viene a decir que los dioses se mostraron favorables desde el inicio del sacrificio.

Con el ceño fruncido, Asier observó una vez más las figuras de la tablilla y apostilló:

—Seguro que aquí se realizaron sacrificios humanos. —Levantó la vista de la tabla y recorrió la sala con los ojos entornados.

—Eso no lo sabemos, ni nos interesa, nos incumbe el presente —repuso Max, y maldijo en voz baja al responsable de edificar la facultad en esos terrenos, encima de una sala tan siniestra como aquella.

Como la pasada noche, evaluaban la situación en el vestíbulo de la facultad. Rubén y sus perros ya se habían ido. Estaban los tres mosqueteros y Asier, quien comentó sin malicia:

—Entonces, el grupo calavera oyó un ruidito y se asustó.

—Yo no oí nada —refutó Joshua indignado—. Además, ¿sabéis que ahí abajo hay ratas? ¿No? Pues bien pudo ser eso lo que oyó Rubén...

—Sí, claro —ironizó Asier.

Joshua alzó la cabeza hacia el techo y soltó un bufido. No era capaz de imaginarse la extraordinaria habitación que sus compañeros le habían descrito: la pequeña puerta de entrada, con las figuras talladas de un hombre y un animal en el centro; su interior, con el mobiliario regio y vetusto; la triple hilera de calaveras que circundaba las paredes; y por último la tablilla, que demostraba la existencia de la sala, con aquellos extraños dibujos, símbolos y palabras en latín. Por más que intentaba imaginárselo era incapaz de hacerse un boceto mental. Y no estaba dispuesto a bajar otra vez para verlo con sus propios ojos.

—Por lo menos nosotros sabemos dónde acababa nuestro pasadizo —dijo Erika.

—Mira quién habla, la mujer de las ideas absurdas que nos hacen perder el tiempo, porque ¿qué hemos sacado en claro?: que existió hace mucho tiempo una secta, un grupo, comité o como demonios queráis llamarlo, denominado PHPE, que rendía culto al Diablo, a un nuevo Mesías o se dedicaban a jugar al mus, ¡vete a saber!, pero que desapareció hace mucho, mucho, pero que mucho tiempo.

El inspector adoptó una de sus típicas posturas: espalda en la pared, impasible ante la discusión y manipulando el móvil. No podía sacarse de la cabeza algo en lo que nadie había reparado: ¿cómo lograron introducir los objetos por esa puerta diminuta? No solo la mesa y las sillas sino otros utensilios más grandes y pesados que intuía que utilizaron para sus experimentos.

—Solo puede hablar quien llega al final del camino —comentó Asier.

Joshua lo miró apesadumbrado. Solo le faltaba que Asier se pusiera del lado de Erika. Pero no se dejó amedrentar y contra-atacó:

—Lo que faltaba, habló maese Golosina.

—Golosina tal vez, pero ¿sabes cómo me llaman ahora gracias a tu testarudez?: Athos.

Max no pudo evitar que una sonrisa le aflorase en el rostro.

—Perfecto —sentenció Joshua—. Ya tenemos a los tres mosqueteros, a D'Artagnan, al cardenal... ¿Quién se pide el capitán Tréville?

—Deja de tomarte todo a guasa —dijo Erika, encarándose con él.

—Entonces, ¿existió o no un comité en la facultad? —soltó Asier al aire, dispuesto a apaciguar los ánimos. Lo que había empezado como una broma se le iba de las manos. Al parecer algo había ocurrido entre Erika y Joshua que él ignoraba y que lo dejaba fuera de juego.

—Como dijo Napoleón: «Cuando quiero que un asunto no se resuelva lo encomiendo a un comité».

—La vida es algo más que citas de generales —espetó Erika, aún enfadada. Las ganas de refugiarse en Hendaya crecían conforme avanzaba la noche.

—Me largo —dijo Joshua, recordando otras palabras del emperador francés: «Las batallas contra las mujeres son las únicas que se ganan huyendo».

—Está bien —se decidió a intervenir Max—, cuando acabéis de discutir, cerráis el edificio y disponéis la vigilancia oportuna. —Y como si se hubiese acordado de algo añadió—: Erika, quiero que vuelvas a revisar los datos de todo el personal. Busca problemas con la justicia, antecedentes penales, deudas... Haz especial hincapié en asuntos de drogas, tráfico de estupefacientes, familiares cercanos implicados en contrabando. Cualquier indicio es bueno, si alguien tiene un recibo de la luz pendiente de pago, quiero saberlo.

—¿Pedro? —preguntó Erika.

—No, estoy detrás de una nueva pista, de una sombra...

Se encaminó hacia la puerta y apenas había dado tres pasos cuando oyó a su espalda:

—Supongo que debemos avisar del hallazgo de la cueva a las autoridades pertinentes.

Era Asier. Reconoció la voz. Se imaginó que los tres aguardaban una respuesta.

—Supones mal —dijo sin volverse—. Solo hace falta que vengan unos arqueólogos con sus cinceles, sus pinzas y sus lupas a fisgonear y poner todo patas arriba. Bastante lío tenemos ya. —Y bajo el dintel añadió—: Y calladitos, no olvidéis que podrían acusarnos de execración.

El inspector salió a la noche fresca con la protección de su habitual gabardina. Una llovizna pertinaz caía del cielo, pero se encaminó hacia su deportivo con parsimonia. Las piernas le pesaban y su cabeza daba vueltas a varias ideas. No creía que pudiesen ser acusados de profanadores, pero cuanto menos se supiese de sus pesquisas, tanto mejor. Enseguida se le empapó el pelo y las gotas de lluvia comenzaron a resbalarle por la cara, acariciándole las mejillas.

—Los vascos tienen razón, esta lluvia es un puto calabobos.

Abrió la puerta del coupé y se introdujo en su interior. No tenía ni ganas de pasarse por el Moby Dick's. Metió primera y el vidrio trasero del *fastback* desapareció en la negrura de la noche donostiarra. No vio, ni sintió, aquel par de centelleantes ojos rojizos, profundos e inyectados en sangre, que lo observaban desde un ventanal de la facultad a la luz de la luna menguante.

La sombra se lamió los labios. Habían descubierto su viejo escondite, su guarida. Sin embargo, no le importaba lo más mínimo: en la mano *mala* llevaba algo que le ayudaría, algo extremadamente afilado.

Lunes 27

Vuelta a la rutina. Decenas de personas pululando por los pasillos de la Facultad de Ciencias Químicas. A priori, y para alguien que no conociese bien la facultad, parecía un día lectivo como otro cualquiera, con estudiantes entrando y saliendo de clase, químicos con bata blanca moviéndose de un lado para otro, corrillos de jóvenes charlando sobre el último fin de semana. En cambio, el ambiente era muy distinto. Había tensión en la mayoría de los rostros y se palpaba cierto temor a quedarse solo en un aula o en un laboratorio, hasta tal punto que el absentismo había aumentado desde los primeros asesinatos. Y para rematar, los ertzainas patrullaban por los distintos espacios del edificio con su uniforme de gala, similar al de los antiguos Mikeletes –*txapela* roja con emblema, chaqueta roja, cinturón blanco y pantalón azul–, intentando aparentar una calma que ni ellos mismos sentían. Eran los peones del ajedrez, meros espectadores de una guerra en la que no habían tenido oportunidad de batallar: hasta el momento solo habían capturado una pieza contraria, Pedro Ramírez; sin embargo, el contrario había capturado varias piezas, iba ganando la partida con abrumadora superioridad y ahora amenazaba con llegar a la octava fila y coronar. Después le quedaría ir a por el rey y dar jaque mate.

La pieza que intentaba evitar ese jaque mate apareció en el vestíbulo. Se dirigió a los aposentos del rey y golpeó la puerta. Nadie contestó. De pronto apareció por el pasillo uno de los paladines del monarca: una mujer de tacones altos y pechos poderosos con un café en la mano.

—Perdona, hoy había poco trabajo y he salido un momento a por un café —dijo ella, visiblemente ruborizada.

—Tranquila, venía a ver al gran hombre.

La secretaria del decano introdujo la llave en la cerradura al tiempo que respondía al inspector:

—Lo lamento, pero hoy el señor Martín Alonso no ha venido.

Abrió la puerta y ambos entraron en el decanato. Max no pudo reprimir una mirada a las nalgas de la secretaria. Comprobó lo que ya intuía: tenía un bonito trasero.

—Y eso, Cristina, ¿es muy habitual?

Era la primera vez que el inspector se dirigía a ella por su nombre de pila y no le desagradó cómo sonó.

—Nada habitual —respondió ella—. Y llámame Cris, por favor.

Nada habitual, repitió Max para sí. ¿Y si llegaba tarde? Solo buscaba respuesta a una pregunta: ¿para qué demonios quería el decano los planos de la facultad? Sin duda el conserje obedecía órdenes. ¿Tal vez para destruirlos e impedir un nuevo registro? ¿Conocía la sala? ¿Qué más les ocultaba? ¿Habría huido?

—Inspector, ¿está bien?

Salió de sus pensamientos. Cristina estaba sentada tras su mesa. Había dejado el café a un lado y sostenía un folio en la mano. Se fijó en su lugar de trabajo: bolígrafos por todas partes, papeles sepultándose unos a otros, un ordenador con la pantalla rodeada de pequeñas hojas adhesivas (letra grande y redonda, caligrafía de colegiala) y clips por doquier. Le maravilló aquel aparente desorden.

—Andaba pensando en el caso —dijo al fin.

Una sonrisa cómplice asomó en la boca de ella mientras le tendía el folio.

—Esta es su dirección. Le he estado llamando durante toda la mañana y no contesta. La verdad es que es muy extraño. Madruga mucho, suele ser el primero en llegar al decanato. Raro es el día que como hoy tengo que usar mi llave para abrir la puerta, o cerrar al salir porque él no está. –Max asintió con la cabeza–. Había decidido avisarte después de mi descanso para pedirte que mandases a alguien a su casa. Últimamente ha soportado una gran presión y sufre del corazón. Espero que no le haya pasado nada.

Max alcanzó el papel y sus miradas se encontraron. El inspector se perdió en sus ojos, buceó en aguas de color avellana, y ella correteó por verdes praderas. Era tan hermosa que le dolía el corazón de solo mirarla. Deseó poseerla allí mismo, acariciar su piel suave y cálida, tenerla entre sus brazos, recorrer su voluptuoso cuerpo con cortos y húmedos besos.

–Mandaré a una patrulla –contestó Max, emergiendo de nuevo a la superficie a tomar oxígeno para sus maltrechos pulmones–. Será lo mejor.

–Sí, es lo mejor...

–Seguramente esté en cama, aquejado de gripe. No te preocupes, nosotros nos encargamos. Gracias por tu colaboración, Cris... ¿Señorita o señora?

Nada más oírse le sonó horrible, pero se moría de ganas por saltar a la arena, confiado en que a una propuesta suya la respuesta sería afirmativa.

–Señorita, por favor.

Max comenzó a estrujar el papel. No era una de las mujeres que frecuentaban el Moby Dick's, una mera aventura nocturna.

–Bien, ¿qué te parece si te llamo un día de estos para cenar?

El corazón le iba a mil. Se había arrojado al foso y era el momento de descubrir si sería devorado por los leones.

Cristina recordó la cena con el relojero (de ahí no había pasado) y un destello de desagrado recorrió su mente. Sin embargo, lo que surgió de sus labios fue música celestial para Max:

–Me parece de lo más apropiado.

Max notó cómo el corazón le estallaba de alegría. Intuía que iba a ser una relación de verdad, no como las anteriores.

–¿Y qué número debo marcar? –preguntó, seguro ya de sí mismo. Rezumaba felicidad por los cuatro costados.

—Está anotado en el papel, pensé que podrías necesitar mi ayuda...

—Ya veo...

Ambos se echaron a reír como dos adolescentes enamorados.

La casa emanaba silencio. Desde el instante en que cruzó la cancela de madera del jardín, el agente Asier Agirre supo que no sería un reconocimiento rutinario. Su joven compañero, Yon Asumendi, también tuvo esa sensación. Solía ser muy hablador, siempre contaba anécdotas y gastaba bromas, pero hoy permanecía callado, con los músculos tensos y dispuesto a actuar a la menor complicación. Los dos marchaban con el uniforme de patrulla y Max solo les había comunicado lo esencial, que se personasen en la casa: código 16, no se tenían noticias del propietario. Cuando Asier vio la dirección de la calle Padre Orkolaga, no pensó en aquel meteorólogo jesuita del observatorio de Igeldo que con su aviso salvó a los *arrantzales* guipuzcoanos de la galerna de 1912 —la que arrastró al fondo marino a ciento cuarenta y tres pescadores vizcaínos—, sino en un personaje famoso, de esos de carne y hueso y a quien se podía palpar. «Estamos de suerte», le dijo a Yon. Se rumoreaba que en la ladera del monte Igeldo residían celebridades, y que el mismísimo Robert de Niro, un enamorado confeso de la gastronomía vasca, era propietario de una de esas lujosas mansiones, su casa de veraneo hasta finales de septiembre, cuando en San Sebastián se celebraba el festival de cine y los *paparazzi* acudían en tropel a por la foto de rigor.

Tras haber pulsado repetidas veces el timbre y no obtener respuesta, se dirigieron a la parte trasera de la casa. Había un jardín pequeño y bien cuidado.

—Entraremos por aquí —dijo Asier, señalando una puerta de madera que parecía dar a la cocina.

La mosquitera de aluminio estaba abierta, la puerta no. No tenían ningún permiso, ni Max iba a pedirlo. Asier sabía cómo trabajaba el inspector y qué esperaba de ellos.

—Pero no tenemos autorización —se quejó Yon—, nos falta la orden judicial.

—¿Crees que el inspector va a solicitar un permiso para entrar? —Yon negó con un gesto—. ¿Recuerdas la historia de la garrafa? —Volvió a preguntar Asier, y Yon asintió—. Pues eso, cállate y ayúdame.

Asier sacó una ganzúa de la pechera y la introdujo en la cerradura al tiempo que ordenaba a su compañero que aguantase la mosquitera. Hurgó con la ganzúa. Primero la giró a un lado, luego al otro, palpó el mecanismo, hasta que consiguió engancharla. Le dio la vuelta con un movimiento rápido y firme, y un chasquido le indicó que se había soltado el seguro del otro lado. Mientras tanto, Yon rememoró la historia de la garrafa que le contaron nada más entrar en el cuerpo:

Max entró como un energúmeno en el despacho del juez Castillo.

—Me cago en los permisos —dijo.

Dejó la puerta abierta y por ella asomó la cara de circunstancias de la secretaria.

—Tranquila, Estíbaliz —dijo el juez—, yo me encargo. Déjanos solos. —La secretaria cerró la puerta con suavidad—. ¿Qué es eso?

—Una garrafa de plástico con cinco litros de vino, señoría —contestó Max.

—¿Y por qué la dejas encima de mi escritorio? —El juez, aún sentado, lo miró por encima de sus pequeñas gafas—. Gracias por el regalo, pero no bebo, y menos en horas de trabajo.

—¿Qué es eso de un permiso?

—Esto no es Madrid, inspector. Aquí se necesita un permiso para entrar en un domicilio particular. De lo contrario, infringirá la ley y será acusado de allanamiento de morada. La sanción puede ser grave, incluso para un inspector de Homicidios.

—Es vino de pitarra, señoría, y no creo que le guste, es muy seco y amargo. —Sacó una navaja de un bolsillo de la gabardina y clavó la punta a media altura de la garrafa. Al retirar la punta el vino comenzó a borbotear sobre la mesa, impregnando los papeles dispersos por ella, las carpetas perfectamente apiladas a un lado, y se derramó por el borde hasta manchar la moqueta del despacho.

–¡Qué hace!¡Está loco! –El juez se puso de pie e intentó contener la hemorragia de vino tapando la herida de la garrafa con una mano. Pero a pesar de contener en parte el derrame, el vino seguía saliendo, bajando por su brazo y cayendo desde el codo hasta la mesa de nogal. Puso las dos manos sobre el boquete.

–Un cuerpo humano contiene unos cinco litros de sangre, con medio litro perdido el sujeto pierde la conciencia, con dos, entra en coma, y con más es difícil que sobreviva. Así que la próxima vez que tenga un cuerpo tirado en el salón desangrándose y le solicite un permiso para entrar, me lo da, y no me venga con historias de allanamientos de morada ni amenazas de quitarme la placa. –Max clavó la navaja en la mesa sin apartar sus ojos de los del juez–. Y suerte con el herido, se le está desangrando, a punto de entrar en coma.

Max salió del despacho, que ya despedía un fuerte olor a vino, sin mirar atrás y dejando la puerta abierta.

–Ya está –dijo Asier.

Un gato negro aprovechó el camino libre para salir corriendo de la casa. Accedieron a lo que parecía el pasillo principal, en cuyo suelo, distribuidas sin orden alguno, se desperdigaban antigüedades en forma de jarrones, mesillas, muñecas francesas, estatuillas religiosas... Las puertas –todas abiertas– se distribuían a la derecha del pasillo, mientras que un gigantesco tapiz cubría la lisa pared de la izquierda. El paño, de colores claros, mostraba dos ejércitos a caballo desafiándose con lanzas y arcos, y entre ellos un par de guerreros arrodillados, con soldados muertos a sus pies, intentaban apaciguar los ánimos y evitar la matanza. Avanzaron por el estrecho pasillo, asomándose con cautela a cada una de las estancias, con cuidado de no tocar ni romper nada. Las habitaciones estaban saturadas de una incongruente diversidad de muebles: mesas provistas de fina mantelería y abarrotadas de vajilla, escritorios con cientos de libros, sillas por acá y por allá, sofás de todo tipo y color, armarios robustos... Apenas había un hueco libre en las paredes, que rebosaban de cuadros de paisajes, retratos de mujeres, marinas al óleo, dibujos al carbón, espejos suntuosos... Una especie de museo con olor a cerrado.

—El propietario —dedujo Asier— era anticuario o marchante, nada de estrella de cine.

Cuando ya comenzaban a sospechar que no iban a encontrar a nadie, oyeron un ruido, un lento goteo, y se encaminaron hacia su origen. Doblaron el pasillo y vieron al fondo una puerta entreabierta. Según caminaban, el olor a cuerpo en descomposición cobró intensidad.

—Aquí huele a muerto —susurró Asier.

Ignoraron los numerosos bocetos colgados de las paredes: una mano de guerrero con una espada rota, la cabeza de un caballo que mostraba una lengua en punta, una mujer atrapada en una casa en llamas, la cabeza de un toro con ojos humanos, una bombilla en el interior de una tulipa... Pero no estaban allí para contemplar la denuncia de un artista a los horrores de la guerra, su pretensión de que nunca se olvidase el bombardeo de Gernika. Tenían puestos los cinco sentidos en aquel extraño goteo. El ruido no los condujo a un grifo mal cerrado en la cocina sino a un despacho. Se toparon de frente con el cuerpo. Tenía la cabeza sobre el escritorio y había un gran charco de sangre reseca a su alrededor. El líquido formaba un minúsculo reguero sobre la mesa y bajaba hasta el borde, desde donde se precipitaba en un lento goteo sobre el parqué, salpicando la pistola del suelo.

—Vaya, vaya —dijo Asier—. Mira a quién tenemos aquí...

—¿Lo conoces? —preguntó Yon, ajustándose la visera.

Asier asintió con la cabeza al tiempo que sacaba una chocolatina del bolsillo.

El césped que rodeaba la Facultad de Ciencias Químicas estaba a rebosar. La costumbre se había puesto de moda hacía un par de años. Después de comer, cientos de futuros químicos usaban la bata de toalla improvisada y se tumbaban al sol o se sentaban en corro sobre la hierba, la mayoría con la pretensión de dejar pasar el tiempo para volver a la facultad. Una curiosa playa sin mar en plena jornada universitaria.

Sentado en el césped, Alberto se frotaba las señales que le habían dejado las gafas en el caballete de la nariz cuando distinguió tres siluetas a lo lejos. No hizo ademán de saludarlos, por una vez prefería pasar desapercibido y seguir deliberando en soledad sobre sus inminentes tareas. Leire y Galder charlaban, y Patrice, con un cigarrillo electrónico en la boca, los seguía algo rezagado, en silencio, balanceando una bolsa retro de la hamburguesería del campus. Alberto, celoso, comprobó que, igual que sucedía en los pasillos de la facultad, los estudiantes giraban la cabeza al paso de Leire para mirarla. El trío se tumbó a unos cincuenta metros de él y en ningún momento lo vieron.

Un mosquito sediento de sangre zumbó cerca de su oído derecho. Alberto lo repelió con la mano. Odiaba a aquellos diminutos insectos chupadores de sangre. Cualquier picadura le enrojecía enseguida la piel y le producía un picor insoportable, y luego llegaba la inflamación en forma de sarpullido. Observó de reojo a Leire y a sus acompañantes. Con el Nobel en la mano sería ella quien fuese tras él, de rodillas e implorando perdón: las mujeres solo ansiaban el poder. Bostezó y se frotó los ojos enrojecidos. No había vuelto a dormir bien desde que descubrió la disolución fosforescente, hasta empezó a pensar si el insomnio sería efecto del misterioso líquido azul. Apretó con fuerza los párpados e intentó relajarse, conciliar el sueño lo daba por imposible. Necesitaba ordenar sus ideas. El mosquito volvió a zumbar cerca de su cara. Permaneció quieto, esperando su oportunidad, y cuando esta se presentó lo aplastó entre las manos. Contempló con satisfacción la pequeña mancha de sangre en una de las palmas.

—Pensabas que no iba armado, ¿verdad, vampirito?

La pequeña muerte le hizo abandonar su hastío. Se sentía mucho mejor. Estiró la mano y agarró un trébol del césped. Resultó ser de cuatro hojas.

Se le ocurrió una idea y su cara somnolienta dibujó una sonrisa maliciosa.

El fango emergiendo a la superficie, pensó Max.

Tras dar una profunda calada al puro fino, lo arrojó al suelo. Cayó al lado de unos pies, los del comisario. Lo aplastó con la suela del zapato contra el césped, en el que crecían una serie de plantas peculiares, desde peonías blancas a tulipanes papagayo, pasando por dragonteas de un metro de altura. El jardín era propiedad privada o al menos lo era hasta hacía unas horas puesto que su dueño había muerto de un tiro en la cabeza. En principio, y a la espera del informe de la Científica, todos los indicios apuntaban a un suicidio: una antigua pistola alemana en el suelo y una breve nota en un cajón entreabierto del escritorio. Max desdobló una vez más el papel, una copia manuscrita de la nota, y releyó para sí su contenido, intentando encontrar entre la letra de médico de Joshua algún mensaje oculto:

Perdón. Perdón por el resultado final, no por lo que hicimos. Siempre pensé que el proyecto no fue real, solo un mal sueño, pero ahora veo claramente que no es así, nos perseguirá durante el resto de nuestras vidas como una sombra, agazapada, silenciosa, oscura, casi invisible, imperceptible; sin embargo, sé que está ahí, la siento, siempre detrás, acechando en cada esquina, aguardando su oportunidad.

Los últimos días he visto a la Sombra en pesadillas tenebrosas, siniestras. Ya no tengo ganas de seguir viviendo, no así, sufriendo, esperando mi hora. Por una vez he decidido adelantarme a los acontecimientos, elegir mi propio destino. De la vida que abandono no me puedo quejar, siempre he tenido a mi alcance todo lo que un hombre puede desear.

No dejo esposa ni hijos que hereden mi patrimonio, por lo cual lego todas mis posesiones a ella, a ella que siempre permaneció a mi lado, a ella que me cobijó en los días de frío, a ella que nunca me reprochó nada, a ella con la que he compartido la mayoría de mis horas, a la Facultad de Ciencias Químicas de San Sebastián.

M. Alonso

No le cabía duda, su muerte estaba relacionada con los asesinatos y en especial con el proyecto PHPE. Desde que descubrieron el maldito sarcófago con los huesos, el decano había pasado de estar a la defensiva y poner todos los impedimentos posibles a convertirse en un obstáculo. Por lo menos en esta ocasión no debía preocuparse por buscar a otro asesino, bastante tenía con el caso actual.

Volvió a doblar el papel y se lo guardó en el interior de la gabardina. Alzó la cabeza y miró al comisario. Ambos permanecían en silencio, dando breves paseos por el césped, esperando a que los de la Brigada del Patrimonio Histórico vaciasen la mansión. Los de la Científica, con Joshua a la cabeza, habían acabado hacía media hora larga. Ninguno de los dos prestaba atención a la vista panorámica de la bahía.

—Hace un frío que pela —dijo Alex.

—Es lo que toca —respondió Max.

—Entonces, la visita a Martutene no sirvió de nada.

—De nada —mintió Max. El atracador se citaba con una sombra, al decano le perseguía una sombra. Demasiadas sombras.

—Ya. Mucho frío —concluyó Alex subiéndose la solapa del abrigo.

No tenían nada más que decir, ya habían hablado el día anterior y la cosa había quedado clara: el comisario sería el policía de más alto rango en cien kilómetros a la redonda pero Max era quien mandaba en el caso. El inspector había vivido un ambiente de crispación similar cuando trabajaba en Madrid, pero ahora quizá no le bastase con cambiar de cuerpo policial y ciudad. Estaba agotado, cansado de tantos casos, desalentado de tantas peleas con sus jefes, abatido de la cruda, dura e ingrata vida de inspector de Homicidios.

Tras concluir el registro, Max se marchó a casa. Estaba inquieto, agarrotado y molesto a la vez. Y sintió cómo el pavor invadía su cuerpo al descolgar el teléfono fijo. En sus muchos años de policía había vivido situaciones complicadas, pero eran parte de su trabajo y había enseñado a su organismo a afrontarlas. Sin embargo, las sensaciones que experimentaba ahora eran muy diferentes. Y eso que tenía la excusa perfecta: dar el pésame por la muerte del decano. Cuando Cristina contestó, el miedo subió en intensidad, pero conforme avanzó la conversación y solo escuchó buenas palabras hacia la persona del decano y constató la entereza de la secretaria al describir su trabajo durante un lustro, se tranquilizó. Mientras desde el otro lado del hilo telefónico ella relataba una anécdota sobre sus primeros días en la facultad, él repasaba mentalmente la propuesta. Luego se lanzó.

Fueron a cenar a un decimonónico restaurante situado en la Parte Vieja donostiarra, en la calle 31 de agosto, la única calle que quedaba de la antigua San Sebastián. Flanqueado por dos de las casas más antiguas de la ciudad, una placa conmemorativa en euskera a la entrada del establecimiento recordaba a los clientes la historia de la calle, una historia de casi doscientos años. El 31 de agosto de 1813, las tropas napoleónicas que ocupaban la ciudad fueron sitiadas y derrotadas por las anglo-portuguesas, aliadas de los españoles. Los vencedores incendiaron, saquearon, violaron y asesinaron a sus habitantes. El número de censados, que antes del asedio ascendía a más de cinco mil, se redujo a apenas dos mil. Solo quedó en pie una calle, en la que se alojaban los altos mandos ingleses. Esa calle llamada Trinidad es la que hoy se conocía como 31 de agosto, en recuerdo a la quema y destrucción de la ciudad.

Se sentaron el uno frente al otro en una mesa jacobina del siglo XIX. El inspector, mirando hacia la entrada —manías de policía—, tocó por debajo del mantel de lino las marcas en la madera: sus dedos acariciaban la Historia. Se imaginó a un inspector de la época clavando un puñal en la mesa mientras amenazaba al fulano de enfrente sin perder de vista su espalda. Los cargos policiales no eran respetados, y los métodos para acabar con ellos no rimaban con gallardía.

Una sonrisa de Cristina, con los ojos enrojecidos por la muerte del decano, lo trajo de nuevo al presente. Había acudido a la cita vestida con el jersey y el pantalón que compró días atrás.

El inspector acercó su mano y ella le rozó el dorso con las yemas de los dedos, dibujando figuras invisibles. Cristina no recordaba la última vez que se había sentido tan feliz. A partir de ahora, su madre no emplearía más su frase, aquellas palabras que tanto le molestaban: «Así cómo vas a encontrar marido». Para Max no existían ni casos sin resolver, ni cabezas de turco, ni comisarios enfadados, ni jueces prepotentes, ni compañeros alterados, ni asesinatos macabros, ni titulares sensacionalistas. Solo existían dos cosas: ella y ella. Ni siquiera se fijó en la extraña pareja de la mesa de al lado, un joven con el pelo largo y tatuaje en el brazo y una guapa rubia. Y Galder, de espaldas a la mesa del inspector, tampoco reparó en ellos, estaba igual o más enamorado que él y solo tenía ojos para su acompañante. Al parecer, como a sus amigos, también le había llegado la hora de sentar la cabeza, y aquella rubia de larga melena, cinco años mayor que él, le ofrecía el apoyo y la estabilidad que tanto anhelaban sus padres.

Al concluir la cena, Max intentó encargarse de la cuenta pero ahí se quedó, en un burdo intento, puesto que Cristina no se lo permitió y cada uno pagó una parte. En cambio, Galder ni lo intentó, no formaba parte de sus principios.

El resto de la noche trascurrió con tranquilidad para aquellos dos adultos enamorados. Tomaron un par de copas en unos pubs cercanos a la catedral del Buen Pastor, para después charlar sentados en un banco del puerto contemplando el mar a la luz de luna.

—Siempre que miro la bocana del puerto me acuerdo de Elcano —reconoció Max—. No sé por qué, pero así es. ¿Conoces su historia?

—Dio la vuelta al mundo —dijo Cristina, dudando.

—Tomó el mando de la expedición tras la muerte de Fernando de Magallanes, y lo consiguió, junto con diecisiete tripulantes más, tras tres años de periplo. La primera vuelta al mundo. Salieron cinco naves, más de doscientos hombres, y solo una, la nao *Victoria,* regresó a Sevilla. ¿Te imaginas semejante aventura? —dijo Max, pretendiendo despertar en Cristina su afición por el mar–. Lo que debieron de soportar... ¿Sublevaciones, hambre, escorbuto...?

–Te apasiona el mar –afirmó Cristina mirando al inspector a los ojos.

El olor a salitre, a mar viejo y con historia, le recordó los paseos al Peine. En cierta manera, a ella también le gustaba.

–Sí, Cris, es mi pasión oculta.

Max le pasó una mano por el hombro. La pantalla de su cine al aire libre mostraba un puerto fantasmagórico iluminado por unas farolas cuya luz amarillenta lo transformaba en un paisaje londinense digno de una novela de Conrad. La banda sonora, el batir de las olas sobre la bahía.

–Y siempre que estoy en aprietos, cuando me encuentro con escollos difíciles de superar, me acuerdo de esa expedición, y me da ánimos para continuar.

Se acordó de su tío, de sus padres, de su inexistente familia. ¿Qué otra cosa podía hacer? Ir hacia delante, siempre al frente. Llevaba dando la vuelta al mundo desde los trece años, intentando no ahogarse en las miserias de la vida, y no iba a parar ahora.

–¿Y bien?

–Y bien, ¿qué?

–¿Cuáles son tus aficiones?

Recordó la conversación en la plaza de toros con el bibliotecario. Sí que era una buena forma de conocer a una persona.

–A mí me encantan los wésterns. Ver uno antes de dormir, sobre todo en noches desapacibles, en esos días sombríos que no para de llover.

–Bueno, no tenemos gustos tan diferentes, los vaqueros no dejan de ser piratas a caballo.

Ambos rieron sin apartar la vista del horizonte oscuro.

–Max, no quiero que pienses que soy una insensible por estar aquí contigo riendo en vez de estar en casa llorando. Seguro que fue un suicidio, ¿verdad?

–Sin entrar en muchos detalles, tenemos el arma, y hay una gran diferencia entre dispararse a uno mismo y ser disparado. Además, dejó escrita una nota de su puño y letra.

—Pobre, cuánto debió de sufrir para acabar así. Lo apreciaba. —Max se mordió la lengua—. Me trataba bien, no como otros... Pero ya he llorado en casa todo lo que tenía que llorar. Martín fue valiente al elegir su camino.

—En cierta manera, sí.

—Perdona, Max. No nos pongamos melodramáticos. No hemos quedado para eso.

—Una velada muy agradable, por cierto.

—La próxima vez podemos dar una vuelta por Getaria —propuso Cristina—, desde el Ratón hay una vista preciosa de la costa.

Se besaron. Lo anhelaban desde que acabaron de cenar. Luego vinieron más besos, pero el primero fue delicado y largo, Max nunca lo olvidaría. Después siguieron conversando como si fuesen dos viejos amigos que hacía mucho tiempo que no se veían y tuviesen muchas cosas que contarse. Cristina perdió todo el miedo acumulado durante los últimos años a quedarse a solas con un hombre. Aquel inspector, con pinta de matón pero con corazón de niño, cuidaría de ella. No obstante, optó por no ir más lejos, y cuando la brisa nocturna se dejó sentir en los huesos le permitió que la acompañase hasta el portal de su casa para despedirse con más besos sinceros y prolongados. Al día siguiente coincidirían en el funeral del decano.

El final de la noche para la otra pareja del restaurante fue muy diferente. Se hartaron de beber y fumar mientras movían el esqueleto de bar en bar por la Parte Vieja, y cuando llegó la hora del cierre, no contentos con lo vivido y aún con más ganas de juerga, agotaron energías en una discoteca cercana. Después, caminaron por la calle Fermín Calbetón, sorteando a las pocas parejas con que se cruzaron —entre ellas un hombre alto y moreno cubierto por una gabardina, que escondía entre abrazos a una mujer de cabellos rizados— hasta dar con una pensión de mala muerte. Alquilaron la única habitación disponible. Galder se recogió el pelo en una coleta y no cesó de hacerle el amor a su chica hasta el amanecer.

240

Martes 28

El día despertó plomizo, desapacible y gris, y las nubes poblaban el cielo del cementerio de Polloe, que se alzaba sobre una colina del barrio de Egia imperturbable al paso del tiempo. Debía su nombre a un antiguo caserío sobre cuyos terrenos se comenzó la construcción a finales del siglo XIX, cuando las antiguas necrópolis de San Sebastián se quedaron pequeñas.

El cortejo seguía al féretro en silencio. Un par de coronas abrían la comitiva. La mayoría de los trabajadores de la Facultad de Ciencias Químicas se hallaban entre los asistentes. Se desconocía si el decano tenía algún pariente vivo, pero lo cierto era que nadie había reclamado el cuerpo, así que fue la propia dirección de la facultad la que organizó el sepelio. No se oyó ningún sollozo entre los asistentes. Al fondo, un hombre con el rostro surcado de arrugas, enfundado en un traje oscuro y con gafas de sol, observaba apenado el proceso. Un hombre con gabardina se le acercó por detrás y le susurró al oído:

—Tenemos que hablar.

El viejo ni se inmutó, conocía la voz y también el motivo. Se giró y comenzó a andar por el camposanto sorteando tumbas, monumentos y estatuas religiosas, muchas de mármol y demasiado suntuosas, que no podían ocultar el pasado señorial de San Sebastián. El hombre de la gabardina lo siguió. Al cabo de unos minutos, y cuando la comitiva se hallaba a unos cien metros, se detuvo frente a una lápida.

—La quería tanto —dijo, señalando la fotografía de la tumba.

La imagen mostraba el rostro sonriente de una mujer y estaba flanqueada por una vela roja en una palmatoria de cristal y un jarrón con rosas. La lápida de mármol brillaba y las letras doradas relucían a pesar de la escasa luz solar.

Ana Pérez Sanzberro
13-03-1945 † 15-08-2005
«Heriotzaren beldur ez dena, behin bakarrik hiltzen da»*
-Tu marido no te olvida-

—Lo siento —dijo Max.

—¿Está usted casado, inspector?

—No.

—¿Y enamorado?

—Bueno..., creo que sí...

—Pues espero que no llegue nunca a comprender lo que yo siento cada vez que vengo a ver a mi esposa. Si no fuese por los libros y mis muchachos, los estudiantes, no sé qué sería de mí.

Dicho lo cual, Xabier Andetxaga se quitó las gafas y las guardó en el interior de la chaqueta. Max pudo ver sus ojos llorosos.

—Lamento tener que hacer esto, Xabier, pero hemos descubierto una sala bajo la facultad y necesito saber si...

El bibliotecario se agachó a recoger una botella de plástico y se dirigió a una fuente situada a unos pocos metros, dejando al inspector con la palabra en la boca. Puso la botella bajo el chorro de agua y la llenó hasta la mitad. Después volvió sobre sus pasos, botella en mano, y comenzó a regar las rosas.

—Ya sé lo que quiere —dijo Xabier.

Max permaneció en silencio a la espera de que el bibliotecario retomara la palabra. El anciano dejó la botella vacía en el suelo, sacó una caja de cerillas, abrió la palmatoria y encendió la vela, no sin cierta dificultad debido al viento reinante. La lamparilla se asemejaba a un anacrónico farol de luz tenue.

---

* El que no teme a la muerte muere solo una vez. *(N. del A.)*

—Si le parece, demos un paseo mientras le cuento una historia.

Ambos con las manos a la espalda, anduvieron por caminos alfombrados de piedrecitas y bordeados de chopos mientras en el cielo persistían los amenazantes nubarrones. Xabier caminaba con la cabeza gacha, observando el movimiento de sus pies; Max, en cambio, tenía puesta la vista al frente y, a lo lejos, pudo atisbar como los asistentes al funeral se iban disgregando.

Lápidas y tumbas antiguas, rodeadas de musgo y en las que apenas se leían las inscripciones se alternaban con otras más recientes y cuidadas. Dejaron atrás un mausoleo y las dos palmeras que lo custodiaban. La primera vez que Max vio semejante templete coronado por una urna y una cruz y sustentado por seis pequeñas columnas dóricas, se sorprendió. Paseaba con Joshua buscando la tumba de un acusado de robo y no le dio tiempo a leer en la base del panteón los nombres tallados en mármol. Joshua le explicó que era un monumento a la guerra de Cuba, a los soldados enfermos y malheridos que murieron en San Sebastián tras ser repatriados. De aquella conversación, Max recordaba por sus reminiscencias vascas los nombres de dos cruceros (*Oquendo* y *Vizcaya*) de los cuatro, que junto con dos destructores más, participaron en la estúpida carnicería contra la poderosa escuadra norteamericana. Y también recordaba la frase que desde Madrid Menéndez Núñez le dijo al almirante Cervera para instarle a combatir: «Más valía honra sin barcos, que barcos sin honra». Y es que Cuba fue la última colonia española, y con su pérdida la rojigualda dejó de ondear en un mar que había sido suyo durante cuatro siglos, y esa derrota caló tan hondo en la población civil, y produjo tal miedo a una invasión norteamericana por el Cantábrico, que se construyó el fuerte de Mompás en el monte Ulía. El agente de la Científica acabó diciendo que el panteón fue una iniciativa de la Cruz Roja, y que en su interior también reposaban algunas víctimas de la guerra de Marruecos, porque ni para los héroes de la patria encontrábamos un hueco.

—¿Sabe una cosa? Me gusta la novela que me regaló. Mi pasaje favorito es cuando habla de la necromancia y el arte de comunicarse con el Diablo..., y sobre todo del viaje a Praga. ¿Ha estado allí alguna vez?

—No, desgraciadamente mi trabajo no me permite viajar mucho.

Max consiguió reprimir una mueca de sorpresa y a la vez de desagrado. No entendía a qué venía la pregunta pero había intentado contestarla con educación. Esperaba que el viejo no se fuese por las ramas.

—Pues es una pena. Es una ciudad soberbia, encantadora, aún mantiene el esplendor de los tiempos de Kafka. A mi querida Ana le encantaba, con el puente de San Carlos repleto de estatuas, la majestuosa catedral de San Vito, la histórica plaza de San Wenceslao... En el recibidor tenemos una foto juntos con la torre de la Pólvora de fondo..., parecemos dos adolescentes... —Xabier miró al cielo oscuro al rememorar viejos tiempos—. Y qué decir del famoso reloj astronómico, con sus doce apóstoles y la Muerte saludando cada campanada. Debería visitarla.

—Lo intentaré —dijo Max cortésmente.

—Es una ciudad mágica y enigmática. ¿Sabía que al creador del reloj lo dejaron ciego quemándole los ojos para impedir que construyese uno de igual belleza en otro lugar del mundo? Curioso cuando menos, ¿no? —Max asintió—. Praga también es la ciudad natal de Löw. ¿Lo conoce?

—No.

La respuesta fue seca. Empezaba a perder la paciencia y a brotar en él cierta mohína.

—Löw era un rabino del siglo dieciséis. Se puede visitar su tumba en el cementerio judío. Se cree que poseía poderes sobrenaturales, una especie de gran mago. Su lápida está llena de piedrecillas; los turistas escriben un deseo en un pedazo de papel y lo depositan sobre la lápida, bajo una piedra. Ana nunca me dijo qué escribió, pero se dice que todos los deseos, tarde o temprano, acaban cumpliéndose. Según cuenta la leyenda, el rabino Löw creó un Golem. ¿Sabe lo que es?

—No.

Max no pudo evitar que su contestación sonara a enfado. Conocía, con ciertos límites, lo que era un Golem, aunque intuía que el viejo se lo iba a explicar al detalle. Se paró, deseaba acabar cuanto antes con ese absurdo tema y centrar la conversación, pero el hombre continuó andando, por lo que no tuvo más remedio que volver a incorporarse a su altura.

—Golem es imagen, ídolo, en hebreo —dijo Xabier—. En la Biblia, un embrión, algo que no está totalmente desarrollado, amorfo. En general se entiende que es una criatura de arcilla, una estatua de barro a la que se insufla vida por medio de una fórmula mágica. Suele ser el ayudante mágico del rabino, pero en todas las historias, y esta no puede ser menos, siempre acaba enloqueciendo y volviéndose contra su creador y contra todo aquel que se cruce en su camino.

—Bien, Xabier, gracias por la lección de mitología, pero, si me disculpa, desearía que habláramos de la sala...

—¿Sabe qué es esto?

Se había parado y le mostraba una especie de algodoncillo blanco que sostenía entre los dedos.

—Es lo que recubre las semillas del chopo —dijo Xabier, respondiéndose—. Y cómo podrá observar, flota por todo el cementerio—. Lo soltó y se lo llevó el viento. El bibliotecario lo siguió con la mirada y añadió—: Pues así se va a esfumar su caso si no me deja continuar.

Max se quedó perplejo. Metió las manos en los bolsillos de la gabardina y miró fijamente al bibliotecario, que reanudó la marcha y dijo:

—Los Golem se convierten en seres vivos mediante la palabra. El rabino introduce en la boca de la figura una tablilla o pergamino con la palabra *emet* escrita, «verdad» en hebreo, la palabra con la que Yahvé concluyó la creación del universo y del hombre. Y la figura cobra vida.

Xabier se paró, respiró hondo y se atusó el poco pelo blanco que le quedaba sobre la cabeza. A continuación encendió un cigarrillo y le dio una calada lenta y profunda. Después, satisfecho, expulsó el humo.

—Me encanta fumar, aunque cada vez lo hago menos. Me lo ha prohibido el médico, ya he sufrido un par de leves ataques al corazón. Pero de algo hay que morir, ¿no le parece?

Max asintió y aprovechó para encender uno de sus puros. Xabier le devolvió el gesto e inició de nuevo la marcha al tiempo que hablaba:

—Usted es de los míos, fuma, no *vapea,* como los jóvenes de hoy.

—¿Qué es eso?

—El cigarrillo electrónico. Y ya lo veo venir: no es una moda pasajera como dicen las noticias, como el porro en su día, le aseguro que ha llegado de China para quedarse, la nueva droga psicodélica del siglo veintiuno. Los chinos son grandes economistas, se van a hacer con todo el mercado.

—Puede ser —dijo Max, recordando la proliferación de establecimientos chinos en el distrito madrileño de Usera.

—Mi querida Ana tenía predilección por todo lo oriental: ritos, costumbres, zodíaco chino..., aunque sin duda no aprobaría el *vapeador.* Me cae bien, inspector. Lo veo y me digo que la Policía de Carrero Blanco nunca existió. Tengo que mirarme en el espejo la marca de la espalda para decirme que no fue una ilusión mía.

—Ha llovido mucho desde entonces.

—No crea, no crea, hasta hace bien poco, los grises, los *txakurras*, bien que golpeaban en las mismas puertas de la facultad... Pero bueno, a lo que íbamos, no vaya a pensar que soy un viejo chocho... He de reconocer que el otro día en la plaza de toros le mentí. Cuando le dije que apenas sabía nada del comité PHPE, en realidad deseaba no saber nada, pero desgraciadamente no es así. Yo era su hombre, digamos..., de los recados, el que se ocupaba de los asuntos más insignificantes. Lo que usted descubrió la otra noche fue la sala de sus reuniones, la llamaban la Sala del Cocido. —Las facciones de Max mostraron escepticismo—. Allí se cocía todo, se planeaba, se discutía y se tomaban decisiones. Cuando necesitaban algo, requerían mi presencia en ese lugar. Siempre me produjo mucha impresión aquella estancia con tantas calaveras, resulta imposible dejar de verlas, esas cuencas vacías observándote desde todos los ángulos.

—Sí, yo también sentí algo parecido —reconoció Max.

—Me imagino que será como las líneas del desierto de Nazca, la tumba de New Grange o los círculos de piedra de Stonehenge... Otro misterio más del mundo.

El inspector abrió los ojos desmesuradamente ante la nueva demostración de cultura del viejo. Como buen bibliotecario, era un erudito en Historia, una enciclopedia viviente, y sería interesante, a la vez que didáctico, presenciar una conversación entre él y Arkaitz. Tal vez en otro momento le preguntase por el panteón a la guerra de Cuba, a ver qué le contaba sobre el desastre naval.

—Pero a lo que íbamos —dijo Xabier—. Me encargaban pequeñas cosas del tipo: haz esto, lleva eso, trae aquello... Pensaban que yo no sabía nada del proyecto pero estaban muy equivocados. Aunque resulte difícil creerlo, ellos intentaban crear su propio Golem, en eso consistía el proyecto. —Meneó la cabeza—. Crear una jodida criatura perfecta.

—¿Cómo dice? —preguntó contrariado Max. Aquella posibilidad no entraba en sus planes.

—Que P. H. P. E. son las siglas de Prototipo de Humano Perfecto.

Max estaba atónito. No sabía con qué explicación quedarse, si con la expresión latina o el significado en castellano. No le agradaba ninguna.

—Ellos eran unos ilusos —prosiguió Xabier—. Jugaban a ser dioses. —Comenzó a reír—. Qué listos se creían, pensaban que con la ciencia y su conocimiento podrían lograrlo... ¡Malditos ingenuos!

Max empezó a tener frío. Un temblor recorrió todo su cuerpo. O aquel hombre estaba chiflado o de verdad se enfrentaban a algo que iba más allá de cualquier pensamiento racional.

—Se refiere todo el rato a *ellos,* pero ¿quiénes eran? —inquirió.

Xabier se paró junto a un suntuoso sepulcro y apagó la colilla en la pared de granito. Un par de dragantes custodiaban la tumba. Las flores marchitas de alrededor le otorgaban un aspecto lúgubre.

—Ellos eran tres. A uno le perdí la pista, supongo que estará bajo tierra... En cuanto al director, ¿se acuerda de él?

—Vagamente. Creo que dijo que se llamaba Arturo Nosequé. Lo investigué y no logré descubrir nada. Es como si nunca hubiese existido.

—Mire —dijo Xabier, señalando la inscripción del sepulcro.

La inscripción, a la que le faltaban algunas letras, decía:

A turo E ea Pazos
19 0 - 0
Desc nse en Pa

—Ya no tendrá que seguir buscando —concluyó Xabier.

Max dio una lenta calada al puro, tomándose su tiempo para digerir la noticia.

—¿Y el otro? Ha dicho que eran tres, así que falta uno.

—Lamento decirle que lo acaban de enterrar.

—Mierda.

—Mucho me temo que ni el pobre decano tenía conocimiento de la muerte de Arturo. Ya no queda nadie, si exceptuamos lo que crearon...

—Y todo avalado por... ¿cómo dijo?, ¿bienhechores?

—Benefactores, inspector. Gente acaudalada que ponía el dinero para respaldar a los comités y sus proyectos, por supuesto, en busca de un beneficio propio.

El inspector se quedó callado. Tras muchos años en el puesto, había aprendido a conocer a la gente, así que mitigó su instinto policial de hacer una pregunta tras otra; se había percatado de que el viejo bibliotecario era menos reacio a hablar si no se le interrumpía. Y dio buen resultado, puesto que Xabier prosiguió:

—Yo sabía en qué trabajaban los del PHPE, al menos cuál era el proyecto final, su meta, pero desconocía sus métodos y sus procedimientos, aunque es fácil imaginar que no crearon una criatura con barro. Tomaron algo de base y le dieron forma. Con el paso del tiempo oí rumores de un dragón. La verdad, no tengo ni idea de a qué se referían, pero me imagino que, como pasa con las leyendas, todo se tergiversa y se mitifica con el paso del tiempo.

Max no sabía qué pensar: primero Erika y el ser surgido de los sótanos de la facultad, después Joshua y el bosque, y ahora aquel viejo y sus historias del Golem, dragones y demás. Aquello escapaba a su comprensión, pero, a pesar de todo, emitió un ligero «ajá», algo que en la academia se llamaba *feed-back,* o sea, retroalimentación, y que consistía en dar a entender a tu interlocutor que le prestabas atención. Deseaba seguir oyendo qué más tenía que contarle el bibliotecario.

—No sé cómo, ni por qué, ni cuándo, ni dónde, pero lo que sí sé a ciencia cierta es que algo salió mal en el proyecto, y aquello, su creación, al igual que el Golem, se revolvió contra ellos. Desconozco cómo lo resolvieron, si es que lo hicieron. El caso es que el PHPE se disolvió, el trío y sus benefactores desaparecieron, y nunca más se supo de ellos... hasta hoy.

Xabier se llevó la mano al abrigo para sacar el paquete de cigarrillos mientras esperaba la reacción del inspector. Como esta no se produjo, añadió:

—Ahora sí, ahora no me he guardado nada. El resto es competencia suya. Hágase a la idea de que se halla inmerso en un safari y que no es el cazador sino la presa.

—Le falta algo —dijo Max—. ¿Cómo se libra el rabino del Golem?

Xabier se palpó los bolsillos en busca de las cerillas. Max le ofreció la llama del Zippo. Un ligero olor a gasolina se esparció por el aire.

—Me encanta el olor del napalm por la mañana, huele a victoria.

—¿Cómo?

—Nada. —Xabier sonreía—. Es usted muy joven. Y me da pena que salga escaldado, porque no tiene pinta de ser uno de esos marineritos que echan a correr a la menor contrariedad, igual que el capitán ese del *Costa Concordia*. ¡Qué sinvergüenza!

—Cuando un barco se hunde las ratas son las primeras en salir.

—Sí, es verdad. —Xabier se puso serio—. Recuerde que la patente de corso se compone de tres letras. Si falta una letra, solo una, navega ilegalmente.

—¿Qué quiere decir?

—Que tenga cuidado. Solo le está permitido atacar barcos y poblaciones de naciones enemigas. Mire bien la bandera que enarbola su presa.

—No soy ningún pirata.

—El problema no es serlo, sino serlo sin saberlo.

Max dio una lenta calada al puro.

—¿Y el Golem?

—Solo había una forma de pararlo. Consistía en acercarse lo suficiente y borrar de la tablilla la primera letra de la palabra *emet*, la letra *alef* del hebreo, y se quedaba en *met,* que significa muerto, inmóvil... Y así, el rabino, o quien fuera, paraba los desmanes del Golem.

El bibliotecario cambió de expresión y estalló en carcajadas de tal forma que cualquiera que lo viese u oyese habría pensado que se encontraba bajo los efectos de algún alucinógeno. Cuando se calmó, concluyó:

—Inspector, deberá esperar a que el viento sople a su favor, de lo contrario no tendrá oportunidad de acercarse lo suficiente con su barco.

—Como la Armada Invencible en Trafalgar —susurró Max.

Los aviones procedentes de seis portaaviones volaban entre las nubes para evitar ser avistados. Al invadir el espacio prohibido, las alarmas sonaron. Pero ya era demasiado tarde, hacía mucho tiempo que lo era, la historia ya estaba escrita. Un Zero japonés adelantado del escuadrón inicial fue el primero en abrir fuego. Agarrado por una mano robusta dibujó en el aire una elipse perfecta y se lanzó sobre el miniaturizado aeródromo militar.

Cientos de Tiger Shark, Mustang, Hellcat... intentaron despegar de la pista de aterrizaje en balde: aquel entrante del Pacífico situado frente a la isla de Oahu iba a ser arrasado. Desde tierra, unos tanques tigre, situados a propósito en el bando equivocado, ayudaban a reprimir el ataque aéreo. Por un lateral, una columna de soldaditos de plomo, comandados por un general a caballo, se añadía a la ofensiva. Todo ello aderezado por la *Cabalgata de las valkirias.*

Joshua se sentía abrumado por tanto trabajo. Los últimos días habían sido un ir y venir de absurdos y necesitaba descargar adrenalina, su particular *punching-ball,* y nada mejor que aniquilar unos cuantos soldados. Arrodillado en la habitación de juego —su particular isla Santa Elena—, recreando la célebre batalla de Pearl Harbor con los aviones en miniatura y su improvisado enclave, se preparó para una auténtica masacre, un combate entre galeones a mar abierto, andanadas de cañones —miró con orgullo los más de cien cañones distribuidos en los cuatro puentes de su maqueta del *Santísima Trinidad*—, relatos de batallas navales que tanto le gustaba escuchar al inspector y a él contárselas.

Gritó *«Banzai»* con voz de chiquillo y lanzó un aeroplano japonés sobre un acorazado estadounidense (una réplica exacta del *Missouri*) atracado en la bahía. Cuando el kamikaze estaba a unos centímetros de ser estrellado contra el buque de guerra, un pitido repetitivo, y real, emergió por encima de la música y lo salvó de su destino en el fondo del mar. Joshua salió de su inmersión temporal y regresó a la dura realidad del siglo XXI. Depositó el avión de combate sobre el simulacro de océano Atlántico, se incorporó y manipuló el ratón del ordenador portátil. Había recibido un mensaje vía Internet. Lo estaba esperando. Sintió un fuerte pinchazo en la cabeza. Fueron solo unos segundos pero de un dolor muy intenso. Al principio sentía los ramalazos una vez al mes, pero ahora se acortaban en el tiempo. Terco como una mula, entre sus planes no estaba acudir al médico. Cuando se le pasó, abrió el correo electrónico con asunto *Informe huesos.* Lo leyó fugazmente y luego pulsó el botón de imprimir.

Regresó al campo de batalla, a su imaginaria visión de la Segunda Guerra Mundial. La potente bocina de un carguero, que arribaba al puerto de Pasajes para descargar chatarra, se coló por la ventana abierta de la habitación. Le sirvió de señal para que un escuadrón de Spitfire IA de la RFA y algunos Messerschmitt alemanes fuera de lugar se añadieran al bombardeo de la base naval. Los almacenes de armas estallaron mientras personas diminutas, con los pies fijados en un soporte redondo de plástico verde, huían a un precipicio: el borde la mesa. Un sonido estridente y machacón volvió a interrumpir el genocidio. Giró el botón del reproductor de DVD y los acordes de Richard Wagner cesaron. Ahora se trataba del teléfono. Era Erika, y por una vez en los últimos días tenía buenas noticias. Al principio le extrañó que lo llamase a él y no al inspector —tanto por su mala relación como por la importancia de la noticia—, pero su posterior explicación, sin habérsela pedido, lo sacó de dudas.

Aunque estaban terminando el segundo plato, Max aún paseaba la mirada por el Wimbledon English Pub, asimilando que todo lo que veía le agradaba: el piano del centro de la sala, la barra y el suelo de madera, los cuadros antiguos...

—¿Te gusta? —dijo Cristina como si le leyese el pensamiento.

El inspector asintió.

—Vengo con mi madre desde pequeñita. Está cerca de la facultad y cerca del Peine del Viento, el mejor sitio de todo Donosti para perderse. ¿Tú tienes alguno?

Max pensó la respuesta. ¿El Moby Dick's?

—No, ninguno.

Estaban sentados a una mesa cercana a la entrada, el inspector frente a la puerta.

El camarero se acercó y les retiró los platos.

—Cuéntame algo de tu vida—dijo Max.

Hasta ese momento solo habían tratado temas mundanos.

—Lo correcto es que sea el caballero quien se presente.

—Poco tengo que contar: soy huérfano desde los trece años, vivo solo en un horrendo *loft,* sin hijos, sin perro, sin televisión... —Ella rio—. Tengo un trabajo agotador, me llaman a cualquier hora, no duermo...

Cristina levantó la mano sin dejar de sonreír.

—No te creo, eres un mentiroso...

Max le tomó la mano y se la llevó a los labios. Amaba a aquella mujer. Le daban ganas de apartar la mesa que los separaba y comérsela a besos.

—Alguien se tiene que encargar de los malos. —Le guiñó un ojo—. Ahora tú, te toca.

—Ya sabes dónde trabajo y qué hago, por ahí poca cosa te voy a contar que no sepas. No conocí a mi padre, y por supuesto no vivo con mi madre. Digamos que últimamente nos hemos distanciado...

Cristina calló y Max no se atrevió a preguntar el motivo, la notó demasiado nerviosa.

El camarero llegó con el postre. Ambos habían elegido tarta de queso.

Max asió una cucharilla con la mano libre, la otra seguía ocupada en aferrar la de Cristina. Probó la tarta.

—Mmm..., tenías razón, casera y estupenda.

—Prométeme una cosa...

—Dime.

—Por favor, si no puedes prometerlo, prefiero que me lo digas ya, cuanto antes, no deseo seguir adelante si tienes dudas.

Max soltó la cucharilla. El asunto se estaba poniendo serio, como cuando el comisario le requería en su despacho para recriminarle una detención mal hecha.

—Prométeme que cuidarás de mí, que no dejarás que nadie me haga daño, y lo más importante, prométeme que tú nunca me harás daño. Me han herido en el pasado y no quiero que se repita la situación, no lo soportaría, otra vez no.

Cristina estaba al borde del llanto.

—Por Dios, Cris. Te prometo que siempre te querré, que cuidaré de ti. —Le apretó con fuerza la mano—. Y que nunca te haré daño.

Se miraron a los ojos.

—No me falles, Max. De verdad, te lo pido por favor, si tienes alguna duda, lo mejor es que lo dejemos estar, que cada uno siga su camino.

Max se levantó, rodeó la mesa y le acarició las mejillas, limpiando las lágrimas que resbalaban por su cara. La besó. Fue un beso largo y apasionado. Después volvió a su sitio. Sacó de un bolsillo de la chaqueta la piedra negra que encontró en la cripta de la facultad. Partió en dos aquella especie de punta de lanza y le tendió uno de los trozos.

—Siempre juntos.

—El yin y el yang —dijo Cristina con los ojos empañados.

El camarero se acercó con prudencia a preguntar si iban a tomar café. La pareja negó casi al unísono. Tenían una cosa más importante que hacer y no querían demorarlo más. Solo debían ponerse de acuerdo en el lugar.

El sitio elegido fue la casa de ella. Max se sentía más seguro en terreno desconocido y Cristina no puso objeción. En realidad, el inspector no se acordaba de cómo había dejado el *loft*. Lo normal es que estuviera limpio y recogido —no era de los hombres que tenían una leonera por guarida—, pero mejor asegurar y no errar el tiro.

Hicieron el amor suavemente, sin prisas, ninguno tenía que rendir cuentas en el trabajo. Se susurraron palabras tiernas y entrelazaron sus cuerpos, mecidos por un dulce sopor. Un rato después se acariciaban de nuevo con urgencia.

Por primera vez en mucho tiempo, Max se sentía joven y pletórico, con ganas de disfrutar de la vida junto a otra persona, de compartir experiencias, de llegar a casa y contarle a alguien cómo había transcurrido el día, y por qué no, también con ganas de dejarse querer.

Cristina se sentía en paz consigo misma, como si saliese de un profundo túnel y por fin viese la luz en la distancia. Max era lo mejor que le había sucedido en mucho tiempo y estaba segura de que no la defraudaría, que cumpliría su promesa, lo veía en sus ojos verde esmeralda, del color de la esperanza.

Su belleza se ocultaba bajo la bata blanca, guantes de látex y las gafas protectoras. Agarró el vidrio de reloj y con ayuda de una espátula le añadió unas pastillas de hidróxido sódico. Puso el vidrio sobre la balanza eléctrica. Marcó 1,7648 gramos. Quería obtener alrededor de dos gramos, con lo cual añadió una nueva pastilla, y esta vez la balanza mostró 2,0345 gramos. Anotó el peso en su cuaderno y se dirigió, con el vidrio en la mano, hacia la vitrina. Alberto entró como una exhalación en el laboratorio.

—*Kaixo,* nena, ¿qué tal va eso?

Leire a punto estuvo de tirar el vidrio al suelo. Al suspenderse las visitas de los estudiantes de instituto, aquel martes no esperaba a nadie.

—Dichosos los ojos —contestó—. ¿Dónde te has metido?

—Bueno, he andado bastante ocupado. —En su cara asomó una sonrisa pícara—. Imagínate: añado una gota de esto, agito eso, caliento aquello. Pura rutina.

—La verdad es que no tienes buen aspecto.

—Sí, duermo mal.

—Entonces, irás tan retrasado como yo.

—O más. Por cierto, ¿has ido al entierro de esta mañana? —preguntó.

Ella asintió.

—¿Y tú? No te he visto... Aunque había tanta gente...

—No he ido. Ya sabes que el viejo no era, precisamente, santo de mi devoción. —Suspiró y la miró a los ojos. Antiguas sensaciones llamaban a la puerta.

—Oye, Isaías te buscaba. ¿Has estado con él?

—¡Ahí va! —exclamó—. No me acordaba de que quedé ayer, se me olvidó. ¿Qué quería?

—Pues no lo sé, no me lo dijo, pero a juzgar por su cara, nada bueno.

Alberto adoptó una expresión de extrañeza. Los ojos ambarinos le brillaron levemente.

—Entonces me largo, no vaya a ser que venga y me eche la bronca. Y si te pregunta por mí, dile que no me has visto —dijo, acompañando las últimas palabras con un guiño.

Ella se giró, en busca de su cuaderno de datos, al tiempo que decía:

—¡*Oso ondo!* No te preocupes.

Pero Alberto había desaparecido tan rápido como había llegado.

Circulaba por la variante cuando sonó el móvil. Después de dejar a Cristina en la facultad, Max se dirigía en coche a la comisaría. No hacía ni cinco minutos que había encendido el móvil y ya estaba sonando. Desde que le asignaron el caso del Asesino de Químicas apenas tenía un respiro, exceptuando unos días de tranquilidad tras la detención de Pedro Ramírez.

Hizo caso omiso del Artículo 18.2 sobre telefonía móvil y conducción, pero redujo la velocidad y desplazó el coche al carril de la derecha mientras contestaba al teléfono. Pensó en Cristina, así que contuvo su malestar y contestó con suavidad; al otro lado de la línea emergió la voz de Joshua:

—Max, tengo nuevas noticias, o más bien ampliación de noticias.

—Bien, dispara.

—No ha sido fácil, pero creemos haber identificado los huesos del sarcófago. Tras obtener una fecha aproximada con la prueba del carbono, hemos rastreado las desapariciones de esa época y recogido muestras de los parientes vivos, y al final las investigaciones han dado resultado y una de las analíticas de ADN que se le ha realizado al esqueleto concuerda en más de un sesenta por ciento con una muestra, no sé si conoces el concepto de huella genética... El análisis dice que sus genes mitocondriales heredados...

—Joshua, no me fastidies, ve directo al grano.

—Verás, pertenecen a un estudiante de primer curso de la Facultad de Ciencias Químicas que se dio por desaparecido. Su nombre —se oyó ruido de papeles—: Txema Herrasti, natural de Legazpi, varias veces detenido en manifestaciones de la izquierda *abertzale* y en protestas antifranquistas, y posiblemente integrante del movimiento más tarde denominado *kale borroka*. Tenía una novia, Irene Arruabarrena, también de Legazpi, y que también desapareció en la misma época. De ella no hemos averiguado gran cosa. Los padres de ambos siempre mantuvieron la esperanza de que se habían fugado juntos al País Vasco francés para proseguir con la lucha armada. —Esperó una reacción por parte de Max pero al ver que no llegaba continuó—. En fin, desaparecieron hace unos cuantos años. Es difícil calcular la fecha aproximada. Según los huesos y la prueba del carbono...

—Sobre los años setenta —atajó Max—, digamos que a finales.

—¡Joder! ¿Cómo lo sabes?

—Yo también tengo noticias nuevas que pueden ayudarnos a esclarecer el caso, aunque la mitad suena a cuento chino. —Sí, dijo mentalmente, cuentos de un Golem químico y un dragón misterioso—. Te espero en la comisaría a...

—Erika —le interrumpió— te ha estado llamando, pero tenías el móvil desconectado, y con ese dichoso contestador que has puesto en casa, no hay quien dé contigo. —El inspector emitió un débil «ya» de afirmación—. Pensé que te habías hecho a la mar como Cristóbal Colón.

—Joshua...

—Tranquilo, Erika ha ido al Hospital Provincial porque el chaval ha salido del coma, y cabe la posibilidad de que pueda hablar.

—Perfecto, pues quedamos en el hospital.

Y Max cortó la comunicación sin aguardar respuesta. Acto seguido, giró con brusquedad el volante y cambió de sentido incumpliendo unas cuantas normas de tráfico más.

Miró el reloj de pared. Marcaba las 20.30 horas. Recogió todo y salió del laboratorio chaqueta en mano. En cuanto dejó la puerta a sus espaldas, una figura surgió de la oscuridad. Había permanecido agazapado, esperando a estar solo. Se sentó en el taburete que minutos antes había ocupado Leire y comenzó a mover los pies de izquierda a derecha igual que un niño: lo embargaba una sensación de quietud. Se recolocó las gafas. Aún quedaba media hora para el cierre de la facultad y pensaba permanecer escondido hasta entonces.

Al cerrar la puerta del decanato, Cristina percibió un ruido. Se volvió y no vio a nadie en el pasillo. Sin embargo, eso no la tranquilizó, habían tenido lugar suficientes sucesos en los últimos días como para no preocuparse. Asió con fuerza el bolso y se dirigió sin dilación a la salida. Le había pedido a Max que la acercase a la facultad para recoger su coche —del Wimbledon English Pub a su casa se habían desplazado en el coche del inspector— y había aprovechado para pasarse por el decanato y archivar unos informes pendientes. Apretó el paso y sus tacones resonaron con fuerza en el suelo. Llegó a la puerta justo en el instante en que una chica daba su nombre a uno de los dos ertzainas que custodiaban la salida. Oyó que se llamaba Leire Aizpurúa. Sí, la recordaba, era una becaria, y en más de una ocasión se había pasado por el decanato a entregar documentación.

—¿Y bien? —dijo el otro ertzaina—. ¿Cómo se llama usted?

—Cristina Suárez.

El policía buscó el nombre en la lista y tras localizarlo marcó una cruz al lado.

—Conforme, pueden abandonar la facultad. Son las últimas.

Cristina les dedicó una sonrisa de agradecimiento mientras Leire ya correteaba escaleras abajo en busca del coche.

Deambulaba por el vestíbulo del Hospital Provincial Nuestra Señora de Aránzazu. Levantó los brazos y se apretó la coleta.

Había estado hablando con su médico y este –ante su insistencia– le había concedido la oportunidad de hacerle un par de preguntas a Iker. El estudiante ya era capaz de respirar por sí solo, hacía tres horas que le habían retirado la máquina y las drogas, y el doctor Larrañaga se mostraba optimista respecto a su evolución: todavía estaba en la UCI, pero era muy probable que en los próximos días lo bajaran a planta. Y mientras daba cortos paseos de un lado a otro del suelo encerado de la recepción, Erika no podía quitarse de la mente al niño ingresado en la habitación contigua a la de Iker. Una leucemia lo mantenía prostrado en la cama, intubado y acoplado a una máquina. Ella, a quien nada le había faltado en la vida, se sentía una hipócrita, preocupada siempre por cosas intrascendentes. Al día siguiente haría una considerable, y anónima, donación económica al hospital, aunque eso no aplacaría su sensación de malestar. ¿Quién sabe si al final el imperio de su familia serviría para algo más que para ganar dinero? ¿Una ONG? Suspiró e intentó esquivar sus profundas reflexiones.

La luz proveniente de una farola cercana penetraba por la ventana del laboratorio e iluminaba el suelo. De pronto una sombra oscureció el pavimento alumbrado. Algo alargado de metal emitió un levísimo sonido chirriante en su roce con la baldosa. La figura que lo llevaba sonreía, pero no era una sonrisa normal: dejaba entrever unos dientes afilados. El objeto de metal se alzó del suelo y sesgó el aire cortando un tubo de goma, de cuyo extremo pendía un embudo Büchner que se precipitó al vacío. Una mano con forma de zarpa lo atrapó antes de que se estrellase contra el suelo. No quería que algún ruido provocara una visita inesperada, al menos hasta que cumpliera su primer objetivo; luego, si alguien se interponía en su camino, bienvenido sería.

Consultó el reloj. Las 20.45 horas. ¿Dónde estaba el inspector? ¿Sería Joshua tan rencoroso como para mentirle? ¿Tenerla esperando en vano a la puerta del hospital? Comenzaba a impacientarse cuando vislumbró la delgada silueta de su jefe. Suspiró aliviada. No se consideraba capacitada para atinar con las preguntas, no sabía ni siquiera por dónde empezar.

El inspector cruzó el vestíbulo sin apenas saludar a su afligida ayudante. Ambos se dirigieron a uno de los dos ascensores y subieron a la quinta planta. Erika hizo de guía en los laberínticos pasillos del edificio, donde el ambiente era similar al de la facultad —un mundo de batas blancas a su alrededor— y en donde hasta en dos ocasiones tuvo que volver sobre sus pasos para llevar al inspector por el camino correcto. Cruzaron unas puertas de vaivén con el rótulo CUIDADOS MÉDICOS INTENSIVOS y el ambiente cambió: el personal sanitario vestía batas de color naranja. Cruzaron saludos ininteligibles con enfermeros que llevaban informes en la mano, esquivaron las camas de los enfermos, y al final de un interminable corredor llegaron a una puerta custodiada por un par de ertzainas, la habitación de Iker.

La misteriosa figura se movía con naturalidad por el edificio a oscuras. No precisaba ningún guía. Sin batas blancas de por medio, se dirigió veloz y silencioso hacia su objetivo. No había tiempo que perder, bastantes pérdidas había sufrido ya en los últimos días. Estaba ansioso y un hilillo de saliva asomaba por la comisura de sus labios. No estaba en el período del ansia, pero tenía sed, sed de sangre.

Max apenas intercambió un par de consignas con Erika antes de entrar en la habitación, que disponía de una cristalera, ahora con la persiana bajada y por donde los familiares y allegados podían ver al enfermo en las horas convenidas, una mesilla repleta de frascos y un par de sillas viejas. Lo que más impresión le produjo fue la cantidad de aparatos que rodeaban el espacio vital de Iker.

El doctor Larrañaga, con bata blanca y un estetoscopio al cuello, se encontraba en un lateral de la cama observando a su paciente. Tendría unos cuarenta años y, como algunos calvos, se había dejado una curiosa barba. Saludó con un leve movimiento de cejas a Erika y se quedó mirando a aquel personaje con gabardina que la acompañaba. Max adelantó una mano, y el médico se la estrechó rápidamente. Tras las presentaciones y saludos protocolarios de rigor, fue el médico el primero en tomar la palabra.

—Inspector Medina, tal como le he dicho a la oficial López, mi paciente se encuentra todavía bajo los efectos de la fuerte medicación a la que ha sido sometido...

—No obstante —replicó Max, adelantándose a las explicaciones del doctor—, ¿sería tan amable de permitirme hacerle un par de sencillas preguntas a su paciente?

—Creo que no servirá de nada. Aunque tanto el Doppler como el TAC del cráneo han sido satisfactorios, sin lesiones ni afectación en los vasos arteriales, lo normal es que padezca una profunda amnesia.

—¿Eso qué significa?, ¿qué nunca recordará nada?

—No sé sabe aún, es pronto. Hay amnesias transitorias que pasan a progresivas y que pueden llegar a ser irreversibles.

—Por probar —rogó Max.

—También está lo que los psiquiatras llaman «inhibición mental». Si lo ocurrido es doloroso y trágico, el subconsciente del enfermo procura no recordarlo.

—Vaya —fue lo único que se le ocurrió decir al inspector. Aquel médico no hacía más que ponerle trabas.

—Además, habría que avisar a la familia. Su estado es aún muy delicado. Si bien lo hemos desconectado de la máquina y respira por sí solo, cualquier circunstancia puede alterarlo negativamente.

—Por favor, serán unos segundos. Y por supuesto, todo bajo su supervisión.

El médico permaneció unos instantes con aire dubitativo.

—Bien, inspector Medina. Aunque le repito que no servirá de nada. Ya lo sabe, sea breve, solo unas preguntas, y si yo lo considero oportuno, le corto.

—Por supuesto, usted manda.

Al mismo tiempo que los dos policías entraban en la habitación de Iker, una silenciosa figura lo hacía en uno de los laboratorios de la facultad. Su ocupante se hallaba suficientemente inmerso en sus quehaceres, en su particular estado febril de trabajo, como para no percatarse de la presencia del intruso. La figura, objeto en mano, se le acercó por la espalda. Disfrutaba con cada segundo, paladeaba el momento.

Se aproximó al borde de la cama. El paciente llevaba una vía en el brazo izquierdo y una sonda en uno de sus orificios nasales, y entre los múltiples aparatos distribuidos a su alrededor, Max solo fue capaz de reconocer uno que emitía un débil e inagotable pitido: el electrocardiograma. En todos los heridos que había visitado, el aparato era parte del enfermo, una pieza en perfecta simbiosis con el cuerpo maltrecho postrado en la cama. Se situó en el lado derecho, hacia donde Iker tenía la cabeza girada. La venda que le ocultaba parte del rostro dejaba a la vista el ojo izquierdo. El estudiante lo mantenía abierto y miraba con expresión aturdida a su alrededor. Max contó mentalmente hasta cinco antes de presentarse.

—Hola, hijo. Soy el inspector Max Medina, del Departamento de Homicidios. Quiero hacerte un par de preguntas. —Aguardó unos segundos antes de proseguir—. Y no te preocupes, no se te acusa de nada, ni siquiera de robo.

El chico pestañeó levemente con el ojo libre. Respiraba con dificultad.

—Quisiera que me contaras cómo caíste del segundo piso.

Esta vez Iker ni se inmutó. Max volvió a contar hasta cinco.

—¿Qué sucedió? —insistió—. ¿Recuerdas algo?

Las pulsaciones de Iker aumentaron y con ellas el pitido del electrocardiograma. Movió el ojo a izquierda y derecha, buscando al doctor Larrañaga, que estaba al otro lado de la cama, por lo que no pudo encontrarlo. Mientras, Erika, siguiendo instrucciones, permanecía junto a la puerta para que nadie accediese a la habitación durante el interrogatorio.

El inspector sabía que el tiempo se agotaba, en consecuencia, decidió jugarse una última baza. Introdujo la mano en el bolsillo exterior de la gabardina y sacó unas cuantas fotografías, retratos del personal de la Facultad de Ciencias Químicas.

—Bien, voy a mostrarte unas fotos. Solo quiero que me señales a quién viste aquella noche. ¿Me has entendido?

No esperaba obtener respuesta, la pregunta había sido un mero formalismo de cara al médico. La teoría de la amnesia, aunque fuera pasajera, solía cumplirse, pero debía agotar todas las posibilidades, así que comenzó a pasar las fotografías delante del ojo expectante del enfermo. No tuvo que esperar mucho. A la tercera imagen, brotó un agudo grito desde los doloridos pulmones de Iker. Se puso histérico y una serie de convulsiones sacudieron su cuerpo. Sus brazos y piernas, hasta hacía poco inertes, iniciaron unos bruscos movimientos arriba y abajo. El médico se abalanzó sobre la cama e intentó contener al enfermo sujetándolo por las rodillas, al tiempo que llamaba a voces a la enfermera. Cuando llegó, Max y Erika salían por la puerta, el inspector aferrando con fuerza una fotografía.

Según avanzaba a hurtadillas por el laboratorio, comprendió que era tarde para echarse atrás. En realidad lo era desde que había cruzado la puerta. Sonrió. Echaba de menos la oscuridad, el saberse importante, actuar en la clandestinidad. El Señor decía que todos éramos iguales, a semejanza de Él, que todos éramos mortales y subiríamos al Reino de los Cielos. Pero aquel mortal le había robado el Dragón, su Dragón, y lo iba a pagar muy caro. El mortal había incumplido el décimo mandamiento, y él incumpliría el quinto. Ojo por ojo. La sonrisa se le acentuó conforme se aproximaba a su presa.

Serios, Max y Erika se dirigieron hacia el ascensor sorteando al pequeño tumulto de personas que corrían por la planta. El pasillo se había transformado en un hervidero de gente, con enfermeras yendo y viniendo de un lado para otro.

Ajeno a todo, el inspector alzó la fotografía a la altura de sus ojos. El recurso de las fotografías se le había ocurrido a última hora y evidentemente no estaban ordenadas, así que no tenía ni idea de quién se había asustado Iker. Sin embargo, sí tenía claro que aquella imagen mostraba a la persona que tantos quebraderos de cabeza les había ocasionado.

Cuando se cerraba la puerta de su ascensor –con ambos en el interior–, la puerta del ascensor contiguo se abría, y una anciana con muletas, una enfermera con moño y gafas y un policía rubio y pecoso entraban en la ajetreada planta.

Max observó la fotografía bajo la atenta mirada de Erika. Mostraba el rostro de un hombre de unos cincuenta años, de pelo moreno y media sonrisa. Ningún rasgo característico le llamó la atención, por no destacar ni siquiera su mirada revelaba cierta violencia. Era muy diferente a cualquier rostro de ficha policial. Desconocía su nombre, pero lo había visto una vez: en aquella gigantesca fotografía en color en el despacho del decano, escondido detrás de Leire. Se preguntó qué tendría que ver aquel tipo de semblante bonachón y mentón pronunciado con el caso. Giró la fotografía y leyó:

Isaías Herensuge
–Director del Departamento de Procesos–

–*Alea iacta est* –murmuró Erika.

La espera fue larga pero había merecido la pena. Por fin se había ido Leire y ahora Alberto tenía para él solo el laboratorio de Procesos. Había estado agazapado esperando a que se marchara durante media hora y otra más para asegurarse de que todo el mundo abandonaba el edificio. A lo que más había temido, a priori, era a la ronda de comprobación de los policías; sin embargo, se había ocultado bajo una de las mesas del laboratorio y aquel par de incompetentes no le habían descubierto. Así nunca iban a desenmascarar a un asesino. El pequeño inconveniente del control de la entrada lo había resuelto saliendo a última hora de la tarde y volviendo a entrar por una ventana del primer piso que había dejado abierta para tal propósito.

Un buen científico es aquel que está obsesionado con su trabajo, y él lo estaba. Se asemejaba a un buscador de oro, sin momento alguno de respiro, los ojos fatigados de no dormir, de no cesar de divagar, manipulando cuencos de aguas embarradas, sumergiéndose hasta las rodillas en el fango, disgregando los guijarros en busca de una piedra preciosa, buscando el reflejo del vil metal en el lodo. Y después de arduos esfuerzos había hallado ese reflejo, una luz en las investigaciones y, aunque muy tenue, era incuestionable que tras ella, detrás de la puerta, le aguardaba el éxito. Notoriedad y popularidad a su alcance. Por tanto allí estaba, intentando abrir esa puerta irreal y cruzarla, cuando la puerta real del laboratorio se abrió. No se dio cuenta. Tampoco cuando la figura se aproximó por detrás.

Alberto giró con cuidado la rosca de la bureta y una gota cayó sobre el vaso de precipitados, en el cual había vertido una pequeña cantidad de la disolución azul.

—Vamos, bonita —dijo al tiempo que meneaba el vaso.

Cerró los ojos. No se atrevía a mirar. Sus pies se movían nerviosos en la base del taburete. Si la solución se volvía incolora lo habría logrado al fin, habría averiguado qué contenía el misterioso líquido azul. Y entonces confirmaría que las propiedades de aquella disolución resultaban únicas, otorgaba unas capacidades inconcebibles para la mente humana, logros que se escapaban a la imaginación de la mayoría de los mortales. Los cuasicristales del Nobel israelí se quedarían en agua de borrajas al lado de su descubrimiento. Empezó a imaginarse cómo se sentían los alquimistas de la Antigüedad cuando estaban a punto de resolver algún experimento indómito: nerviosismo, ansiedad y total plenitud, lo que él sentía ahora.

La figura alzó el brazo. El objeto que sujetaba se alineó a la altura del cuello de Alberto. El becario soltó un bufido mitad excitado mitad nervioso. Abrió sus ojos ambarinos. Se ajustó las gafas. Era incolora. Su alegría fue efímera. Giró feliz sobre el taburete y lo que vio a continuación le hizo gritar de pánico. Fue un grito gutural parecido al que Iker profería a decenas de kilómetros, solo que este fue acallado de raíz cuando la cabeza de su emisor salió disparada del cuerpo y chocó contra los matraces dispuestos sobre la mesa.

El futuro alcanzaba a cada ser vivo, fuese quien fuese e hiciese lo que hiciese, a un ritmo de sesenta minutos por hora. Sin embargo, el inspector quería alcanzarlo cuanto antes: los acontecimientos se sucedían a una velocidad vertiginosa y no deseaba llegar tarde.

—Es el momento de probar las prestaciones del coche —avisó a su ayudante.

La noche se había impuesto al día y por la carretera circulaban pocos coches. El coupé los sorteaba con tal desenvoltura que parecían detenidos, congelados en el espacio-tiempo.

A Erika le faltaban manos para sujetarse. Una cosa era que una misma condujera a toda velocidad y otra bien distinta viajar de copiloto con un kamikaze. Llevaba puesto el cinturón de seguridad y con la mano derecha se aferraba al apoyabrazos mientras con la izquierda se sujetaba a la parte baja del asiento. El miedo le impedía apreciar el vetusto salpicadero, la ausencia de elementos electrónicos, la robusta palanca de cambios. Solo de vez en cuando apartaba la vista del asfalto para mirar de reojo a Max, suplicando que redujese la velocidad.

El inspector manejaba el volante con una mano y con la otra intentaba contactar con la facultad. Algo no iba bien.

El teléfono del vestíbulo de la Facultad de Ciencias Químicas sonó por segunda vez consecutiva pero nadie descolgó. Los ertzainas encargados de hacerlo no se encontraban en su puesto. Hacía unos minutos que lo habían abandonado en pos de aquel grito seco que circuló por los pasillos vacíos y viajó por el hueco de la escalera hasta alcanzar su posición. Al grito le había seguido un ruido de cristales rotos, lo que los llevó a pensar que alguien se había tropezado y llevado por delante el material de un laboratorio. Salieron pues en su ayuda sin pensárselo dos veces. Cuando subían en el ascensor, rumbo al cuarto piso —de donde suponían que procedía el ruido—, asomaron las dudas. Yon, el policía más joven, era partidario de pedir refuerzos y esperarlos; en cambio, su compañero, un policía en cuya cara se reflejaban las marcas de la experiencia, desechó la idea. Sacó una golosina del bolsillo y dijo:

—No seas crío.

El aire helado de la noche los envolvió al apearse del coche. Subieron corriendo las escaleras de la facultad. Las puertas estaban cerradas.

Erika cargaba con una copia de las llaves de entrada, y aunque todavía le temblaba el cuerpo entero por la carrera contra el tiempo de hacía unos segundos, acertó a la primera con la cerradura. Observó a Max. Vio su mirada gélida, su rostro inexpresivo, y deseó encontrarse lejos de allí, al otro lado de la frontera, en su refugio. Oyó la voz de su instructor en Arkaute: «Lo primero de todo es mantener la calma». Se prometió que, si no servía de ayuda, por lo menos tampoco entorpecería la labor del inspector.

A pesar de que aparentaba calma ante su joven compañero, Asier desenfundó su arma reglamentaria, una H&K USP Compact, tan pronto se abrió la puerta del ascensor. Yon lo imitó. Ambos salieron al pasillo pistola en mano. La escasa iluminación provenía de las luces de emergencia. Asier se llevó el dedo índice de la mano libre a los labios, indicando silencio a Yon, y le señaló, con el mismo dedo, el pasillo de la izquierda. A continuación se señaló a sí mismo y el pasillo de la derecha. Yon asintió con la cabeza. Asier se internó con cautela en el pasillo. No iba a ser tan fácil como cuando encontraron el cuerpo del decano. Miró atrás y vio cómo su compañero abría la primera puerta que se encontraba en su camino. El chaval tenía agallas. Sin embargo, él no las tenía todas consigo: cuanto más lo pensaba más absurda le parecía la idea del tropezón. Además, ¿quién se habría tropezado?, ¿qué haría en un laboratorio a esas horas? El edificio, en teoría, debía estar vacío.

Sujetó la USP con una mano mientras con la otra agarraba el pomo de la primera puerta con la que se topó. Lo giró. Nada. Cerrada. Exhaló un suspiro de alivio y se encaminó hacia la segunda puerta. Cuando aferró el nuevo pomo se percató de su error. El corazón empezó a latirle con fuerza ante la certeza. No hizo ademán de girar el pomo de la puerta. Se hubiera apostado el alma a que también estaba cerrada. Todas debían estarlo excepto aquella en que se había producido el ruido. Se volvió y sus temores se hicieron realidad. No había nadie en el pasillo. El chico ya había entrado.

Se precipitaron al interior del edificio. Erika ni siquiera se molestó en recuperar las llaves. No localizaron a nadie en su puesto: los dos policías habían desaparecido. De pronto oyeron un grito, algo que empezaba a ser frecuente. Se miraron y no les hizo falta intercambiar palabra alguna. Bordearon el mural del vestíbulo, encajado en un trípode (la mayoría de los actos que se anunciaban llevaba una pegatina de SUSPENDIDO). Corrieron con la esperanza de no llegar demasiado tarde.

Max iba delante.

Asier también oyó el grito. Venía del laboratorio en el que había entrado su compañero, a apenas unos metros de su posición. Estaba seguro de que había sido Yon y de que ya no volvería a gritar más. No obstante, haciendo honor a la placa que le concedieron tres años atrás por su intachable servicio en el cuerpo, se encaminó hacia la puerta y la cruzó sin pensarlo. La estancia era amplia, mucho más de lo que esperaba, y estaba débilmente iluminada por una extraña luz azul que provenía de un líquido derramado por el suelo. Realizó un barrido ocular y nunca olvidaría lo que vio: a su izquierda, el cuerpo decapitado de una persona en bata blanca, sentada en un taburete, sangrando a borbotones por la carótida, y su cabeza, incrustada de múltiples cristales, sobre la mesa. La cara inerte mostraba el horror. A sus pies yacía Yon. Tenía una mano en el pecho e intentaba contener la abundante sangre que manaba. Se agitaba de dolor. Asier volvió a mirar alrededor, apuntando en todas direcciones con el arma. Nadie a quien disparar. Se agachó junto a su compañero. El muchacho gemía. Por la boca también brotaba sangre. Enseguida se dio cuenta de que la herida era profunda. No saldría de esta con vida. Le oprimió el pecho con las dos manos, la sangre tibia le acarició los dedos.

—Cálmate, chico, todo irá bien.

—Tengo frío —logró articular Yon. Su boca escupió un esputo de sangre.

Mientras ascendía por las escaleras Max recordó la persecución en el puerto. En la detención del Pájaro Loco no le hizo falta desenfundar el arma, bastó con un poco de suerte. Ahora no lo tenía tan claro. Sacó el S&W de la sobaquera. Esperaba que Erika no tuviese que intervenir: la palidez en el rostro de la joven oficial lo decía todo, así que le había ordenado que pidiera refuerzos y aguardara en el vestíbulo, cubriendo una posible huida del asesino.

Asier no era capaz de reaccionar. La impotencia lo embargaba: su compañero se le moría entre las manos.

Una figura se acercó sigilosamente. Sonreía, regocijándose en su suerte. Ya saboreaba su próxima víctima. Alzó la mano.

—¡Alto! —gritó Max.

Estaba en el umbral de la puerta y la luz de emergencia procedente del pasillo destacaba su imponente silueta. Sujetaba el S&W con las dos manos y apuntaba a la cabeza del agresor. Pudo reconocer, no sin cierta dificultad, a la persona que, espada en mano, estaba a punto de cortarle la cabeza a Asier. Y esa dificultad no se debía a la poca luz, sino a que Isaías estaba enormemente cambiado. Apenas tenía pelo en la cabeza y sus rasgos se habían acentuado. La nariz y las orejas parecían haberse alargado, la barbilla acababa en punta y las cuencas de los ojos se habían agrandado; en su interior, unos pequeños ojos luminosos transformaban su antigua mirada relajada en una mirada incisiva que inspiraba todo menos tranquilidad.

Asier permaneció de rodillas e inmóvil, dando la espalda a su verdugo. Miró la USP en el suelo y dudó, pero rápidamente ahuyentó el pensamiento. Sería casi un suicidio. Cerró los ojos y rezó. Dentro de unos segundos se iba a dilucidar su destino. Aunque no todo estaba en su contra: si alguien le hubiese dejado elegir en quién confiar su vida, no habría vacilado, habría escogido a Max.

Isaías dirigió sendas miradas al robusto oficial y al larguirucho inspector. Después se concentró en su nuevo rival, mientras evaluaba la situación con la mano en alto y la espada sobre la cabeza de Asier. Todavía sonreía, de un modo tan desconcertante que no permitía saber qué significaba.

—Sé lo que estás pensando —dijo Max con lentitud y bajando la voz a pesar de que el corazón le latía frenéticamente de la carrera por las escaleras—: que estás amenazando a un rehén y me obligas a bajar el arma. —«Mucho mar a la espalda y mucho grumete enfrente», retumbó en su cabeza—. Pues andas muy equivocado, no pienso hacerlo. No obstante, te daré dos opciones: arrojar la espada al suelo o morir. Tú eliges.

Asier contuvo la respiración. A su lado, Yon exhaló un último suspiro. Una pequeña corriente de aire proveniente del pasillo movió ligeramente la gabardina de Max, como si fuera una capa. Isaías vio ante sí la figura de un ángel caído, el ángel de la muerte, el arcángel san Miguel blandiendo su arma, dispuesto a ajusticiarlo por sus pecados, a arrojarlo al infierno. Ya no sonreía.

—Esto no ha acabado —dijo en tono amenazante sin apartar la mirada del inspector.

Bajó el brazo y dejó caer la espada. Al oír el golpe del acero contra el suelo, Asier volvió a tomar aire y abrió los ojos.

Kaliningrado
Lunes 7 de enero de 1991

Las profundas huellas de sus zapatos violentaban la nieve. Caminaba con parsimonia, necesitaba pensar en el más que probable giro de los acontecimientos. Cruzó el viejo puente de hierro para adentrarse en la calle Soviética. Debajo, el río Pregolya congelado, y en el margen derecho, la catedral cubierta de un manto blanco. Las numerosas prendas de piel lo protegían del frío intenso y de las miradas de los curiosos; su indumentaria solo dejaba entrever unos ojos luminosos como el fuego. Ignorando el letrero закрытый, cerrado, cruzó la puerta roja del escudo con la estrella de cinco puntas con el emblema de la hoz y el martillo en el centro.

Agradeció el calor del interior. Al pasar por la barra le hizo una seña a Vladímir. Alcanzó el diario local *Kaskad,* su periódico favorito, y se retiró a la mesa del rincón, su sitio. Depositó gorro, bufanda y guantes sobre la madera carcomida y se desabrochó el abrigo. La débil iluminación del establecimiento producía un efecto de contraluz sobre la mesa que dejaba su rostro en sombra y solo exponía las manos oscuras, que junto con el marcado acento, delataban su origen colonial: un extranjero en tierra extraña, en una tierra vedada durante largos años a los de su procedencia.

Vladímir no tardó más de un minuto en llevarle la botella empezada de vodka blanco, su botella, y dos vasos. Le obsequió con un amortiguado «*spasiba*».

Ignorando al resto de los presentes en el bar, comenzó a hojear el diario en la penumbra. Ni siquiera se fijó en ellos. ¿Para qué? Siempre eran los mismos, las mismas personas con diferentes atuendos; una constante, como aquel paisaje invernal, la nieve inundaba la ciudad, cubriéndola de una gruesa capa blanca. Sin embargo, ellos sí se fijaron en él, intentando escrutar en la oscuridad algún rasgo de aquel ya habitual, y extraño, personaje. Todos parecían absortos en sus ocupaciones, pero solo disimulaban: un hombre con mostacho, vestido de militar, se llevó a los labios un vaso de licor a la vez que lo observaba de reojo; un joven ajedrecista con cara de hambre se despistó y perdió un alfil mientras le dirigía cortas miradas; un viejo, encogido y con un mapa de manchas en la piel, simulaba dormitar sentado en un taburete; y el resto, de forma poco discreta, aunque ellos pensaban lo contrario, tampoco cesaba de seguir cada uno de sus movimientos.

Al cabo de cinco minutos oyó un «*zdrástvuitie*», camarada, y alguien se sentó frente a él. Ni lo miró. Supo quién era por el olor. Continuó agazapado en la oscuridad mientras el recién llegado, un hombre de barba rala, alto y robusto, con extremidades poderosas y espalda ancha, llenaba de vodka los dos vasos.

—Me temo que nuestras predicciones se cumplirán —susurró el hombre—. La URSS se desintegra.

La sombra ni se inmutó y pasó otra página del periódico.

—Lituania, Letonia, Ucrania... Todos quieren su parte del pastel.

—Todavía dependemos del Kremlin —dijo por fin. Acto seguido alargó una mano y se bebió el vodka de golpe.

—Sí —afirmó con reservas su acompañante—, también dependemos —pronunció las palabras con retintín— de los subsidios de Moscú.

La sombra apuntó con el dedo índice a la botella, justo en el centro de la etiqueta negra, en la uve de Moskovskaya. Varios pares de ojos siguieron su gesto.

—Tú eres de los que ven la botella medio vacía... Debemos ser pacientes, es nuestra fuerza, la impaciencia es la debilidad del fuerte.

—Se producirá un repliegue de tropas —prosiguió el otro sin dejarse influir, sin perder el rumbo.

—Entonces seremos un islote, una isla entre Europa y las nuevas repúblicas —replicó desde la oscuridad, resignándose a la evidencia. —Siempre pronunciaba la misma frase, aunque no se refería a él, a ellos, sino a Kaliningrado, la estratégica ciudad que los había acogido durante años y que ahora consideraban también suya. La habían escogido por su privilegiada situación geográfica, la facilidad de viajar a Polonia sin necesidad de visado y por su meteorología que invitaba a permanecer constantemente a cubierto—. El paro se disparará y la miseria elevará los índices de delincuencia, la gente se dedicará al contrabando de tabaco y ámbar. En fin, el caos absoluto.

—Ayer, sin ir más lejos, unos jóvenes profanaron la tumba de Immanuel Kant. ¿Te lo puedes creer? El descontento llega a nuestras casas.

La sombra asintió con la cabeza y volvió a hablar:

—El Señor nos creó a su imagen y semejanza, y también nos otorgó la libertad para decidir nuestras acciones. Eso permitió al hombre elegir el mal, ya lo decía nuestro querido filósofo: «Con la libertad llega no solo el bien sino también el mal». —Y tras una pausa reflexiva añadió—: Tenemos tres alternativas: abrirnos al exterior y confiar en la ayuda y las inversiones procedentes de Europa, cerrar las fronteras e intentar ser autosuficientes, o...

La otra posibilidad no quería ni mencionarla, era la última opción y esperaba no verse abocado a tomar semejante medida.

Al fondo del establecimiento, el hombre del mostacho se levantó y arrastrando los pies se dirigió al servicio sin reprimir un vistazo fugaz al rincón, una mirada inútil pues el acompañante de la sombra tapaba con su ancha espalda todos los ángulos de visión. El jugador de las piezas negras hizo lo propio, pero antes de incorporarse ejecutó un movimiento presuroso sobre el tablero y obsequió al rival con una pérdida de torre.

—La familia de uno de los desaparecidos no para de molestar y la Policía está investigando. O lo contienes o acabarán por encontrarnos. Quizá ha llegado el momento de pensar en volver a Donosti.

Pensar en volver. No hacía falta que se lo dijese, ya lo había asumido. Iba a echar de menos los astilleros, los paseos matutinos por la plaza Bismark, el té en Casa Lucía, el caviar negro, hasta el dolor en los huesos por el frío.

—Es lo mejor —insistió el acompañante mientras se atusaba la barba—. No digo ahora, no me malinterpretes, no os estoy echando, me refiero a planear el futuro.

La sombra suspiró y miró hacia la entrada. A través de la única ventana atisbó cómo la nieve volvía a caer con lentitud.

—Un futuro cada vez más cercano, lo sé. Y cuando llegue la hora, solo los elegidos sobrevivirán, y los que vuelvan ocuparán el lugar de los que se van. Se romperán Los Siete Sellos y la llegada del Apocalipsis se revelará. Que Dios nos pille confesados —concluyó, santiguándose.

Se irguió hacia delante y observó con melancolía el fondo transparente de la botella sin exponer el rostro a la luz. Nadie de los presentes, a excepción del hombre sentado frente a él, le había visto los rasgos. Y aquel hombre lo miraba por deferencia, había que ser condescendiente con la familia... o con lo que quedaba de ella. El pasado era obstinado y siempre recordaba.

A pocos metros de distancia, el jugador de las piezas blancas anunció jaque mate con ostensibles gestos de alegría.

MARZO

Jueves 1

Estaban desayunando en la terraza de una cafetería cerca del Kursaal y contemplaban la diversidad del paisaje: mar Cantábrico, playa de la Zurriola y monte Urgull. Aunque las sombrillas clavadas en la arena luchaban contra las molestas fugadas, el sol trepaba por el cielo azul cobalto y el día se anunciaba espléndido. Se acercaba la primavera, que en la cornisa cantábrica significaba cielos parcialmente despejados y temperaturas cercanas a los veinte grados.

El inspector apuró su café solo con hielo. Ese día había prescindido de su inseparable gabardina y se dejaba ver con una chaqueta de lana que ocultaba en parte una vistosa camisa de florecitas estilo hawaiano. Pretendía cambiar de hábitos, como levantarse temprano y disponer de tiempo libre por las tardes. La brisa llegaba hasta la mesa y le golpeaba el rostro. Ajeno a todo lo que no fuese su bebida, agitó el vaso y el hielo tintineó contra el cristal. Una antigua idea revoloteaba ahora más que nunca por su cabeza, pero el problema era el de siempre, ni tenía conocimientos náuticos, ni barco propio en el cual lanzarse a la aventura. Amigos, pocos, y con barco, menos, seguía siendo un marinero de asfalto con sueños de épocas pasadas donde la conquista del mar decidía la suerte de los imperios.

Tin, tin.

Aunque los actos por la muerte del agente Yon Asumendi habían concluido, todavía permanecían a media asta las banderas institucionales de la ciudad. Isaías Herensuge se hallaba a buen recaudo: entre rejas y con una vigilancia especial. En cuanto a Pedro Ramírez, seguía encerrado en Martutene a la espera de su traslado a la cárcel de Soto del Real; tal como el inspector predijo en su día, solo se le acusaba del homicidio de Belén Soto. El caso del Asesino de Químicas por fin cerrado, tanto que Erika ya disfrutaba de un par de días de asueto, junto con Lucía, en París. En cambio, Max continuaba atareado, los papeles se amontonaban sobre su mesa, debía rellenar múltiples informes y responder a ciertas preguntas que aún coleaban. Ni siquiera había tenido tiempo para Cristina. No había vuelto a verla desde que la dejó en la facultad. La noche anterior la había telefoneado un par de veces, pero no contestó.

Tin, tin.

Recostado en la silla, Joshua guardaba silencio. Desde que se había sentado frente al inspector, no había pronunciado palabra excepto para pedir la consumición al camarero. A ratos abandonaba su inmovilidad y tomaba pequeños sorbos de su tónica. En la terraza, un par de parejas charlaban animadamente. Cualquiera podía ver la gran diferencia de actitud entre unos y otros. Mientras unos no paraban de conversar y gesticular a la vez, aquel par de policías apenas se movía. El caso había sido largo y complicado, y problemático, pues los distintos pareceres habían hecho surgir conflictos entre los propios policías: la relación entre el inspector y el comisario se había vuelto espinosa, difícil de llevar, aunque Max esperaba no verse obligado a cambiar de ciudad otra vez; la herida abierta entre Joshua y Erika tampoco había acabado de cicatrizar y todo quedaba pendiente para la vuelta de las vacaciones; y por los pasillos de la comisaría se rumoreaba que los de Asuntos Internos investigaban lo sucedido con el famoso informe final que los tres mosqueteros se habían negado a firmar.

Tin, tin.

Joshua se agitó inquieto en la silla. La espera lo incomodaba, así que fue el primero en romper el silencio:

—Volvemos a los viejos tiempos. Tú y yo solos.

—¿Qué te pasa con Erika?

—Nada...

—La chavala tiene carácter, y eso en nuestra profesión es bueno. —Se mojó los labios con el agua del hielo—. Quién sabe, en un futuro quizá sea yo quien solicite trabajar con ella.

Joshua carraspeó, molesto por el comentario, y decidió no tensar más la situación.

—Aquí tienes lo que me pediste —dijo, acercándole una carpeta marrón.

—Antes háblame de lo que no sabemos.

El agente suspiró. El inspector seguía irascible y ni siquiera la detención de Isaías había calmado su ánimo.

—Ni rastro de la otra señora de la limpieza, es como si se la hubiese tragado la tierra. Y lo que es peor, no es la única desaparecida.

—¿Cómo?

—A principios de enero desapareció una estudiante de primero. Los padres, separados, pensaron que se había ido de casa. Los del Departamento de Desaparecidos no han relacionado los dos casos hasta ahora.

—Malditos incompetentes. Como si no bastara con los homicidios, Isaías además secuestraba personas y luego las hacía desaparecer. Dudo mucho que sigan con vida. A saber qué hacía ese lunático con sus cuerpos. ¿Y de los comités?, ¿sabemos algo?

—Ni rastro tampoco de la tercera persona que componía el PHPE. Y si los dos que conocemos están bajo tierra, no me extrañaría que el tercero también. Aunque con Isaías entre rejas, y teniendo en cuenta el tiempo que ha pasado, de poco nos servirá encontrarlo.

—Puede dar respuestas a numerosas incógnitas sin resolver, aún hay demasiados caminos que no conducen a ninguna parte.

—Suponiendo que esa tercera persona viva, sea vasco y una eminencia en los años setenta, el que más papeletas tiene es un anciano de Vitoria, un paleontólogo que participó en la identificación de los huesos de Lasa y Zabala... También hay un antropólogo y un cirujano, y creo recordar que cerraba la lista un físico que ganó hace unos años el premio Príncipe de Asturias por no sé qué ensayo de moléculas.

—¿Benefactores?, ¿potentados?

—Peor aún, es más difícil dar con los que se esconden en la sombra. Vascos, adinerados y que salgan en las noticias hay pocos. Según el buscador de Google —sacó un cuaderno—, los candidatos se reducen a tres familias. Los Zufiaur, dedicados al negocio de elevadores desde el fin de la Guerra Civil: crecieron con el *boom* inmobiliario de los años sesenta y en la actualidad cotizan en Bolsa, y según la prensa de la época su patriarca pudo haber sido extorsionado por ETA e incluso hubo algún familiar secuestrado. Los Zurutuza, el imperio lácteo vasco: se desconoce de dónde salió el dinero para levantar semejante monopolio. El dueño cuenta por ahí que de unas vacas y un caserío de sus padres, pero la historia es poco creíble; se rumorea que el Gobierno franquista expropió tierras y se las malvendió a los Zurutuza a cambio de favores. Y por último, los Sorondo, del clan Negar: vinculados a diversos medios de comunicación, todos destilando un claro tufillo a extrema derecha, y en guerra informativa permanente con los independentistas vascos.

—¿Y de los otros comités?

—Nada de nada. Solo humo. Aparte del PHPE, ni rastro de otros comités trabajando en la facultad durante los años setenta y ochenta.

—¿Y esto es...? —dijo Max abriendo la carpeta que Joshua había dejado a su alcance encima de la mesa.

—El informe con los resultados de la autopsia.

—¿Qué dice? —preguntó sin apartar la vista del mar.

Había solicitado una autopsia del cuerpo de Pablo Olaetxea. No creía en las coincidencias, y dado que había sido sustituido por Isaías Herensuge, su instinto le decía que su muerte no había sido casual.

—Bueno..., se ha utilizado la técnica de activación por flujo neutrónico, que se emplea para conocer el contenido de arsénico en el pelo de una persona. Y... sorpresa: el valor resultante se acerca a doce partes por millón.

—¿Y? No entiendo. ¿Eso es mucho o poco?

—¿No ves la televisión?

El inspector posó los ojos en Joshua, que a su vez lo miraba incrédulo.

—No tengo —contestó, y siguió jugueteando con el hielo.

Tin, tin.

—Ayer dijeron en todos los telediarios que siglo y medio después de la muerte de Napoleón unos científicos estadounidenses han demostrado que murió envenenado.

Joshua apoyó los brazos en la mesa y se inclinó hacia delante.

—Analizaron un pelo que uno de sus parientes conservaba como reliquia con la técnica de activación. ¿Sabes cuánto les dio? Nada menos que 10,38 partes por millón, cuando la cantidad normal de arsénico en el cabello humano es de 0,8.

—Entonces Olaetxea fue envenenado —comentó Max.

—Con doce, es más exacto decir atiborrado de arsénico que envenenado —corrigió Joshua.

—¿Cómo se le hace ingerir arsénico a alguien?

Tin, tin.

—Muy fácil —contestó Joshua, escondiendo su malestar.

Le molestaba mucho aquel ruidito pero no se atrevía a manifestarlo, aunque no aguantaría mucho más. Sangre irlandesa fluyendo por sus venas.

—El arsénico —continuó— suele provenir del compuesto químico trióxido de arsénico. Es ese polvo blanco que en las películas de la Edad Media habrás visto verter con malicia desde el anillo del malo a la copa de vino del bueno. —Joshua acompañaba su explicación moviendo las manos—. Seguro que tu amiga Leire te lo explica mejor. Es fácil suponer que Isaías se las ingenió para que Pablo ingiriese más de los 0,06 gramos de trióxido necesarios para matar a una persona. Debió de echarlo en alguna de sus comidas o bebidas, aunque yo me inclino más por una bebida que enmascarase su color y sobre todo el olor a ajo. Y lo hizo en grandes cantidades, me imagino que...

—Quiso asegurarse —atajó Max, completando la frase.

283

—*Voilà!* Tal como dijo Charles de Gaulle: «Lo que pensamos de la muerte solo tiene importancia por lo que la muerte nos hace pensar de la vida». En cuanto al cadáver hallado en Oiartzun, la dueña del caserío era la mujer de Pablo, y supongo que se trata de otra víctima de Isaías, o quizá de otros implicados, tal vez nunca lo averigüemos.

—Quizá descubrió que su marido fue envenenado.

—No lo creo, he hablado con su médico. Pablo padecía un cáncer de pulmón, y arrastraba problemas de corazón. Era un fumador empedernido y le dijo al médico que prefería morir a dejar de fumar. Así que cuando se produjo el colapso multiórganico que derivó en un ataque cardíaco, nadie asoció los vómitos, las náuseas... con los síntomas de un envenenamiento.

—¿Y que la leche de los Olaetxea la compraran los Zurutuza tiene algo que ver?

—Parece rocambolesco. Pienso que no, que Pablo fue asesinado por ser profesor universitario, no por venderles leche a los Zurutuza, y si estos últimos fuesen al final los benefactores del comité, creo que se trataría de una mera coincidencia.

Max asintió con la cabeza, sin embargo, ordenó a Joshua que investigase aquella suposición. No creía en casualidades.

Tin, tin.

Comenzó a levantarse una galerna que obligó a los pocos paseantes de la playa a cubrirse la cara con las manos, algunos con periódicos y revistas, y a alejarse del mar.

—Se acerca una fuerte tormenta —dijo Max.

—Cuando veo el mar tan bravo me viene a la mente el hundimiento del *Santísima Trinidad*.

—Por lo menos Nelson no logró remolcarlo como trofeo de guerra. El Escorial de los mares.

—Más bien los hombres de Nelson, acuérdate que perdió la vida en Trafalgar.

—La maldita batalla. Esos ingleses siempre esconden lo que les interesa y nos confunden... Quizá si la tormenta se hubiese producido antes, seríamos nosotros quienes reescribiésemos el pasado a nuestra conveniencia.

—Ah, el pasado... A veces me gustaría disponer de una máquina del tiempo y retroceder cuatrocientos años, cuando Pasajes era un astillero de la Armada Española, y se construían allí grandes navíos y galeones, como el *Capitana Real,* botado en el año 1660 en presencia de Felipe IV. ¿Te imaginas qué vista más grandiosa? Unas mil quinientas toneladas y casi cien cañones navegando por la bocana del puerto de Pasajes.

—No sabía que Pasajes fuese tan importante.

—Pues sí, desde el siglo dieciséis el puerto donostiarra y el de Pasaia formaron un entramado portuario muy importante en la caza de la ballena, un enclave fundamental del comercio marítimo. En el diecisiete tuvo gran potencial corsario, se dice que cayeron casi trecientos barcos enemigos. Y en el dieciocho, la Compañía Guipuzcoana de Caracas, gracias al monopolio y tráfico del cacao, poseía una flota de las más poderosas del mundo. De los astilleros pasaitarras salieron galeones construidos de acuerdo a modelos balleneros, capaces de cruzar el Atlántico antes que los demás. Grandes naos: *Santa Ana, Santa Teresa...* Grandes armadores: Martín Villafranca, Sebastián Urresti, Juan de Amezqueta... y grandes almirantes: Blas de Lezo, Agustín de Diustegui...

—Pensé que Blas de Lezo era natural de Lezo.

—Qué va, Patapalo nació en Pasajes. Los pasaitarras siempre hemos sido grandes marineros, y grandes constructores también... En 1590, de los once navíos de la Armada, ocho eran de San Sebastián.

—¿Y el *Santísima Trinidad?* ¿Dónde fue botado?

—En La Habana, que a finales del siglo dieciocho era un importante astillero. En Cuba también se botó el navío *Nuestra Señora de la Mercedes.*

—¿Crees que, al igual que ha ocurrido con el *Nuestra Señora,* algún día hallarán la tumba marina del *Santísima?*

—Hace unos años, un sonar detectó lo que podrían ser sus restos a unas ocho leguas de la costa gaditana. Para mí sería un sueño poder verlo... Pero, inspector, la cifra para recuperarlo se me antoja astronómica, así que mis ojos no lo verán. Me contento con mi maqueta.

Max volvió a asentir mientras contemplaba el mar agitado y a un puñado de surfistas que lo desafiaban obcecados en deslizarse por las paredes de las grandes olas. Se imaginó lo magnífico que habría sido contemplar los sesenta buques de guerra que participaron en la batalla de Trafalgar cabeceando sobre el océano Atlántico.

Tin, tin.

—Hemos indagado en el pasado de Isaías —dijo Joshua—. Lo cierto es que de momento hay pocos datos y muy confusos. Isaías Herensuge es una tapadera, no hay propiedad, tarjeta de crédito, cuenta de banco o similar bajo ese nombre, nada. Es un fantasma. Creemos que Isaías Herensuge es, en realidad, Isaías Mendiluze, natural de Mondragón, un brillante exalumno de la facultad, nada menos que un *cum laude*. Y todo indica que tras doctorarse cambió de apellido y empezó una vida nueva. La Interpol ha dado con su pista en Kaliningrado, un enclave ruso situado en el Báltico. Según dicen los de Asuntos Exteriores, sus abuelos son de origen ruso y es bastante probable que en Kaliningrado viviese, o aún viva, algún familiar lejano, uno de esos ricachones del petróleo que le arreglase los papeles y le facilitase la vida. Han encontrado su nombre vinculado a varios másteres y posgrados de biología molecular. Ese hombre es una eminencia en química y biología.

En el mástil de la Cruz Roja culebreaba la bandera amarilla, pero una socorrista estaba subiendo por la escalera con la roja en la mano. A lo lejos, una bandada de meaucas revoloteaba sobre el monte Urgull.

Tin, tin.

—Es posible —prosiguió Joshua— que huyera a Kaliningrado tras asesinar a finales de los años setenta a ese joven estudiante cuyos restos óseos descubrimos en una caja. A saber qué hizo con su novia.

Max asintió con un leve gruñido. ¿Qué pintaban los chavales en toda esa historia?, ¿fueron eliminados por error o por ser cachorros de ETA? Era obvio que la facultad aparecía en el centro de todas las líneas de investigación, y asociada a ella el comité de marras, pero no lograba atar los cabos sueltos.

—El resto de la historia es fácil —añadió Joshua—: al volver, cambió de apellido para despistar, falsificó el título de profesor y con su sobresaliente historial académico cubrió el puesto sin problemas.

—Más de treinta años en el exilio y sin embargo cambió de apellido a su vuelta. Alguien lo conocía.

—¿En quién piensas?, ¿el decano?

—Puede ser.

Joshua cerró los ojos y se llevó una mano a la cabeza.

—¿Otra vez los dolores de cabeza? —preguntó Max.

—Tranquilo, enseguida se me pasa.

—Deberías ir al médico.

—Un día de estos.

Max atisbó un velero y la idea recurrente regresó: estar a bordo con Cristina, alejarse durante unos días del bullicio de la ciudad, respirar aire puro, comer pescado, hacer el amor a la luz de la luna y contemplar la inmensa alfombra azul que se extendía a su alrededor. Se preguntó por qué no contestaba a sus llamadas. Otro día sin verla le parecía demasiado. Deseaba volver a sentir su cuerpo desnudo bajo las sábanas, palpar sus curvas voluptuosas, oír su risa de niña traviesa...

Tin, tin.

La galerna llegó a la terraza. Los clientes recogieron sus consumiciones, se levantaron y se refugiaron en el interior de la cafetería, a contemplar la furia de Poseidón protegidos tras los ventanales. Los dos policías hicieron lo propio, solo que ellos se encaminaron hacia la salida. Los dos viejos lobos de mar preferían cambiar de puerto.

La escena se repetía: el hálito al respirar, el olor a alcanfor, los azulejos blancos de la pared y un cuerpo inerte, destrozado en la mesa de acero como si le hubiese pasado una apisonadora por encima, sobre una mesa de autopsias.

—He estudiado a conciencia la tablilla –dijo Arkaitz–. Es de arcilla, escritura cuneiforme, con pictogramas, lo cual indica que tiene miles de años de antigüedad. No sé precisar la época, quizá anterior a la sumeria, la primera civilización del mundo y la que inventó la escritura. Seguro que algún millonario excéntrico estaría dispuesto a pagar una gran suma de dinero por que formara parte de su colección de arte.

—No me interesa –comentó Max. Tenía prisa.

—No se puede rehusar nada, todo tiene su precio –repuso Kepa limpiando el escalpelo.

A pesar de estar diseccionando un cadáver, no cesaba de inmiscuirse en la conversación entre su hermano y el inspector.

—La frase en latín fue grabada a posteriori y parece que se trata de una especie de aviso. La escritura cuneiforme me resulta muy difícil de descifrar, solo he podido identificar algunos pictogramas –dijo Arkaitz, apartado de la mesa y ajeno a la autopsia–. Nunca había visto nada semejante.

—Cuando dices nunca, ¿qué insinúas? –inquirió Max.

—Ni siquiera en libros. Has descubierto una pieza de una civilización desconocida que engloba el saber de varias tribus...

—¿Dónde la has encontrado? –preguntó Kepa.

Max suspiró e intentó calmarse. Unos minutos más ya no importaban.

—En la Facultad de Químicas, en una sala subterránea. No quise decírtelo hasta que la hubieses estudiado, para evitar condicionarte.

Arkaitz asintió.

—Pues insisto en que es un objeto único y antiquísimo. Si quieres una opinión más concreta, deberás acudir a un profesional, de hecho, tengo un amigo que trabaja en el Museo San Telmo...

—¿Qué indican las figuras? –preguntó Max, tosiendo.

—Eso, ¿qué revelan? –dijo Kepa mientras hacía una incisión en el cadáver a la altura del bazo.

—No he podido descifrarlas todas, necesito más tiempo, además tiene una esquina rota. Pero creo que es algún tipo de receta o la fórmula de un brebaje. Hay pictogramas que representan plantas, órganos de animales y tiempos de espera. Por ejemplo, el sol indica un día, la hoja con el lazo alrededor del tallo debe de ser algún tipo de flor, el líquido en fuego es jade...

—¿Jade? —repitió Kepa.

Extrajo el hígado del cuerpo y lo metió en una bolsa de plástico. El inspector lo observaba sin poder disimular una mueca de disgusto.

—¿La piedra verdosa? —especificó el gemelo.

—Se refiere al esperma de dragón —aclaró Arkaitz—. Las antiguas leyendas dicen que el jade bañado en la sangre de un dragón es garantía de inmortalidad.

Max negó con la cabeza, harto de historias de dragones, golems y demás engendros.

—¿Puedes dejármela una semana más? —preguntó Arkaitz.

—No hay problema —convino Max.

—¿Y el profesor ese es culpable? —preguntó Kepa.

Alcanzó unas tijeras y se dispuso a cortar una parte de carne blanda a la altura del estómago.

—Isaías Herensuge está en la cárcel acusado de varios homicidios.

—¿Herensuge? —repitió Arkaitz.

—Sí, ¿te dice algo? No hemos encontrado ni un indicio de que existiera.

—Pues existió —dijo Kepa, soltando las tijeras ensangrentadas sobre un cuenco.

—Inspector —dijo Arkaitz—, recuerde nuestra conversación sobre la mitología vasca.

—¿El Jentil?

—No —contestó Kepa—. El dragón.

—Herensuge viene de la palabra vasca *suge,* que significa culebra —explicó Arkaitz—. El Herensuge es una serpiente voladora, que en algunos relatos tiene siete cabezas y echa fuego por la boca.

—Un dragón —confirmó Kepa.

—Un dragón que habitaba en una cueva, en el interior de un monte —dijo Arkaitz—. Y de Herensuge, que se alimentaba de los habitantes de Arrasate, proviene el nombre castellano de Mondragón, de la combinación de *monte* y *dragón*.

Max se quedó en silencio, considerando la leyenda vasca. ¿Un dragón de siete cabezas? A Isaías debían de gustarle los juegos de palabras, y habiendo nacido en Mondragón no podía haber elegido mejor apellido para evitar sospechas que el de Herensuge. Negó para sí con la cabeza. Con Isaías en la cárcel, la búsqueda de explicaciones pasaba a ser competencia del fiscal, él ya había cumplido atrapando al culpable.

—Definitivamente era verdad —dijo Kepa—. El conductor no mentía. La analítica de sangre y el hígado inflamado así lo corroboran.

El inspector ya se dirigía a la puerta, deseoso de dejar de respirar el ambiente cargado del laboratorio forense y ocuparse de un asunto personal que según avanzaba la mañana le subía por la garganta y le impedía respirar con normalidad, cuando Arkaitz volvió a reclamar su atención.

—¿Y esto? —dijo el gemelo mostrándole un triángulo negruzco.

—¡Ah! —exclamó Max—. Se me había olvidado. ¿Qué es?

—Una punta de flecha o de lanza, de obsidiana, una roca volcánica. Tan antigua como la tablilla aunque no puedo afirmar que sea de la misma época. ¿También en la sala subterránea?

—También.

—Es solo una parte, falta la otra mitad, aunque está endiabladamente afilada.

—La otra parte también —murmuró Max para sí.

Volvió a pensar en Cristina. ¿Qué estaría haciendo?, ¿dónde estaba?

—Tiene algunos cortes a los lados, muy precisos... Pero no se hizo para cazar animales, en la punta hay restos de sangre humana, o al menos parecida...

—¿A qué te refieres? —preguntó Max, tosiendo de nuevo.

—La analítica muestra valores fuera de lo común...

–¿Cómo?

Max negaba con la cabeza, incrédulo.

–Leucocitos, hemoglobina, hierro, calcio... todo con valores anormales, muy elevados.

–¿Qué propones?

–Es una lástima –dijo para sí Kepa, ajeno a la conversación.

–No sé a quién pinchó esta punta –dijo Arkaitz–, pero me moriría por examinarlo.

Kepa meneaba la cabeza, enfadado por el resultado de la autopsia. Max aguardaba el resto de la explicación.

–Un alto grado de alcoholemia –dijo Kepa–. El autoestopista –señaló al cadáver– estaba borracho.

–También podría ser una medalla –prosiguió Arkaitz–, un símbolo de poder e incluso una llave.

Max volvió a suspirar. Llegaba tarde, estaba agotado y su cerebro no era capaz de procesar más datos.

–Se han descubierto llaves similares pertenecientes al período acadio. Lo cierto es que cuando alguien, por muy primitivo que sea, manipula un objeto, lo moldea a su antojo, por estética, o por necesidad.

–Ya –dijo Max, sopesando las últimas palabras.

–No habrá ni juicio por atropello ni donación de órganos –afirmó Kepa.

–En fin –dijo Arkaitz–, no te entretengo más. ¿La quieres?

El inspector se encogió de hombros, lo cual, para Arkaitz, equivalía a una afirmación. Le lanzó la punta de obsidiana y él la capturó al vuelo.

–Los familiares se van a enfadar –protestó Kepa.

Max conducía a toda velocidad en dirección al campus. Los sentimientos pueden crecer con la distancia en el caso de la amistad pero atenuarse cuando se trata de amor. Necesitaba tenerla cerca. Le extrañaba que Cristina no le hubiese devuelto las llamadas. El nudo que sentía en la garganta le apretaba cada vez más.

—Así son las mujeres —dijo en voz alta, pretendiendo convencerse, buscando una excusa a su extraño comportamiento. «Prométeme que siempre me querrás, que nunca me dejarás y que nunca me harás daño» retumbaba en su mente.

Encontró poco tráfico en la carretera, con lo cual llegó en solo unos minutos. Entró en el edificio con total libertad —la vigilancia había sido suprimida— y se encaminó al decanato. Cada zancada representaba una resta en el tiempo para verla de nuevo. Sin embargo, incrédulo, giró varias veces el pomo de la puerta del decanato pero no lograba abrirla. ¿Estaría tomando café? Volvió sobre sus pasos y fue a hablar con Luis, el conserje. Lo pilló tras el mostrador, hojeando con sus enormes gafas una revista de coches.

—*Egun on* —saludó Luis con su voz infantil. Y se quedó absorto, contemplando la extravagante camisa del inspector. Estuvo a punto de añadir un comentario jocoso pero la expresión helada de Max lo disuadió en el acto. Conocía su fama y cómo se las gastaba.

—Hola, ¿sabes dónde anda la señorita Cristina? La secretaria del difunto decano.

—¿Cris? Pues... no, y ahora que lo dice, hace un par de días que no la veo, sí, un par de días.

—¿Se ha podido tomar unas vacaciones?

—¿Cris?

Max asintió con la cabeza y se preguntó quién fue el iluminado que le concedió el puesto de conserje a semejante pánfilo.

—No, no creo. Aunque es posible. Con los asesinatos y el suicidio del decano todo marcha un poco revuelto. Me imagino que cuando el rector nombre un nuevo decano, y pase el tiempo, la facultad volverá a la normalidad.

—¿Tiene coche?

—¿Quién? ¿Cris?

Max volvió a asentir y suspiró. Aquel hombre y su loción barata le estaban haciendo perder su poca paciencia.

—Claro, un Ibiza rojo. Es inconfundible: lleva una pegatina grande de un lazo violeta en la luna delantera, de esos que llevan las feministas en la solapa del abrigo, y además tiene un fuerte golpe en una de las puertas traseras. Cómo conduce la tía, un día me llevó a casa y...

—¿Sigues interesado en los planos de la facultad? —le interrumpió Max con su habitual diplomacia. Solo pretendía darle un pequeño susto.

El rostro del hombre palideció de repente.

—Yo no... —balbuceó, y al ver la mirada de reproche del inspector dijo—: Fueron órdenes del decano. No es que quiera culpar a un muerto, pero es la verdad, me lo pidió cuando...

—Gracias —atajó Max, dejándolo con la palabra en la boca y el susto en el cuerpo.

Acto seguido salió al exterior y oteó el aparcamiento desde lo alto de las escaleras. Al fondo, a la izquierda, junto a una vieja camioneta, había un Ibiza rojo. Bajó las escaleras intentando contenerse, deseaba salir corriendo y llegar cuanto antes a la altura del coche. Ahora las zancadas sumaban, el tiempo para tenerla entre sus brazos se prolongaba y un oscuro presentimiento crecía en su interior. Notó el corazón palpitando con fuerza. Al llegar, todos sus temores se confirmaron. El coche tenía un golpe en la puerta trasera derecha y la pegatina contra la violencia de género estaba donde había dicho el conserje. Su instinto policial le hizo agacharse y mirar debajo del coche. Algo metálico brillaba cerca de una de las ruedas delanteras. Lo recogió, seguro de que solo tenía las huellas digitales de su dueña, y lo sopesó en la palma de la mano. En su mente resonaron cuatro palabras inquietantes: «Esto no ha acabado».

Daba cortos pasos frente a la puerta de la celda reflexionando sobre la ajetreada mañana. Primero el desayuno con Joshua, posteriormente la visita al laboratorio forense, después la facultad y ahora, por último, la comisaría. Entre medias, su estómago se había quejado por lo que hizo una parada estratégica en la hamburguesería del campus. Contempló la bolsa de colores chillones y se preguntó si había sido buena idea. Dedujo que eso era, en estos momentos, lo de menos: debía cruzar esa maldita puerta y encararse con su destino.

Tras la puerta había una estancia provista de una biblioteca, compuesta por hileras de libros alineados en baldas. En los laterales, un par de mesas de roble sobre las que reposaba una lámpara dorada, un cubilete también dorado repleto de bolígrafos y una pila de folios en blanco. En una columna colgaba un teléfono de pared, necesario para comunicarse con el exterior ya que allí abajo no había cobertura. A no ser por el habitáculo enrejado del centro nadie hubiese imaginado que se trataba de una celda. Construida hacía nueve meses, resultaba única en el territorio español, una réplica exacta de otra que había en Carolina del Norte. La idea partió del comisario, vio la celda en un simposio que el FBI impartió a altos cargos policiales españoles y no sin aprietos la había sacado adelante. Max desconocía cómo el comisario había convencido al alcalde para sufragar los gastos, pero a su juicio era lo mejor que Alex había hecho durante sus años de mandato.

Se adentró en la sala con la bolsa bajo el brazo y se acercó a las rejas. Los barrotes de acero componían un cubo cuyos lados medían casi cuatro metros. Su ilustre inquilino se levantó del catre.

—Vaya, pero si es el inspector. Bonita camisa, ¿dónde la has comprado?, ¿en el rastrillo? ¡Eh!, ¿qué llevas en esa bolsa tan cursi?, ¿comida?

Max sonrió forzadamente y fue a sentarse junto a una de las mesas. Le bastó una mirada para indicar al ertzaina encargado de la vigilancia que molestaba. Cuando este salió, depositó la bolsa sobre la mesa y rebuscó en su interior. Sacó una hamburguesa y una lata de coca-cola. Isaías lo observaba sin dejar de sonreír. Desde la detención, Max había evitado la visita, su sola presencia le producía escalofríos: aquel tipo despedía algo endemoniado. Abrió la lata y le dio un trago. Sabía fatal. Nada como un buen Manhattan.

—¿No piensas invitarme, inspector? —dijo Isaías con jovialidad, agarrado a los barrotes—. Como tus amigos no me dan de comer, pensé que habías venido a comer conmigo, una comida romántica, tú y yo solos...

—Vas a tener que responder a un par de preguntas.

Isaías soltó una carcajada.

—Yo no sé nada, solo soy un humilde siervo del Señor, un siervo que espera el maná de sus carceleros...

—Pues si quieres comer, responde a mis preguntas.

Isaías pareció plantearse la propuesta pero no dijo nada. A Max no le sobraba el tiempo, por lo que fue directo al grano.

—Sabemos que de joven estudiaste en la facultad, a finales de los años setenta, un alumno ejemplar, e intuyo que te usaron como cobaya en el proyecto PHPE, proyecto que adoptó dicho nombre de La Sala del Cocido, de esa frase en latín: *primis nosequé*...

—*Primis hostiis perlitatum est*. El latín no ocupa lugar, inspector.

—Necesitaban alguien con quien probar sus investigaciones y tú fuiste el elegido. ¿Qué te prometieron? ¿Dinero, poder...? ¿O que te ibas a convertir en un superhombre?

Isaías no respondió, pero seguía sonriendo de manera mecánica, igual que una marioneta.

—Te obligaron a tomar ese líquido azul fosforescente que había derramado por el suelo del laboratorio, pero el experimento salió mal y el proyecto se disolvió. ¿Qué sucedió? ¿Te volviste loco? —Eran suposiciones, pero al parecer había atinado, porque el aludido no respondió y simplemente miró a su alrededor—. Tuviste que huir tras asesinar a aquel joven estudiante. Me imagino que su novia siguió el mismo camino. Cambiaste de apellido y desapareciste del mapa. Unos años de peregrinaje aquí y allá, la estancia en Kaliningrado, hasta este año que regresas, envenenas a Pablo y ocupas su puesto de profesor... —Max movía su mano libre al compás de las explicaciones, la otra sostenía la lata de refresco—. Y matas sin motivo aparente, excepto a Alberto, porque descubrió la disolución... Pero lo que más me intriga es por qué has vuelto, para qué querías los ojos, cómo eludías los controles...

Había repasado los informes y en todos figuraba una hora de entrada y otra de salida de Isaías. La única explicación era la existencia de alguna puerta o pasadizo secreto, o que no trabajase solo. Esta última opción le ponía los pelos de punta.

—Eso son muchas preguntas —repuso Isaías.

—Cuanto antes empieces, antes acabamos.

A Herensuge le dio un ataque de risa repentino. No podía parar de reír. El inspector dio otro sorbo al refresco y esperó a que se calmase. Cuando lo hizo, Isaías se recostó en el catre y comenzó a dormitar. Max se levantó y se acercó a la jaula con la lata en la mano.

—¿Dónde está la empleada de la limpieza? ¿Qué has hecho con la secretaria? —preguntó, arrastrando las palabras con profundo dolor.

Isaías se incorporó de manera felina. Los ojos le brillaban cual ascuas, atrapados en un envoltorio de carne caduca.

—Vaya, vaya —contestó—, así que buscas a Cristina. ¿Por alguna razón en especial? Te gustan sus pechos grandes, ¿verdad?

Max no contestó e intentó mostrarse impasible.

—Nuestro querido inspector, el más duro de la Policía, se ha enamorado... Pobrecillo...

Max se llevó instintivamente la mano a la sobaquera.

—De acuerdo —dijo Isaías—. Tranquilo. Ya te avisé de que esto no había acabado. Para la señora de la limpieza es tarde, para Cristina aún hay tiempo, no mucho, pero aún hay. ¿Quieres saber dónde está? Debes darte prisa. Para que te hagas una idea, digamos que sigue mi misma dieta.

—Maldito bastardo.

—La comida —exigió Isaías, endureciendo el semblante—, y te proporcionaré una doble pista.

Max dio otro sorbo a la lata, casi vacía.

—Inspector, todavía no has entendido que no tienes otra opción. Y no te quejes, porque podría haberte pedido que me liberases.

—Eso no es ni tan siquiera una posibilidad.

—Por eso no te lo he pedido...

»Abraham estaba dispuesto a sacrificar a su hijo Isaac. ¿Y tú, inspector? ¿Qué estarías dispuesto a sacrificar por la vida de Cristina?

Max calló.

—Y ahora trae esa jodida comida antes de que cambie de opinión.

El inspector apenas lo pensó. Se imaginó a Cristina encerrada en un estrecho ataúd, sin alimento alguno, y con cada vez menos oxígeno. El tiempo era vital, por lo que obedeció y le tendió la bolsa con las hamburguesas. Isaías la capturó ávidamente, y según se sentaba en el catre comenzó a devorar una de ellas.

—¿Y bien? —preguntó Max.

De solo verlo comer la hamburguesa se le revolvía la bilis. No se acordaba de cuántas había comprado, pero cuatro por lo menos.

—Dame algo para escribir.

Max, conteniéndose, agarró bolígrafo y folio de la mesa. Se los lanzó entre las rejas a los pies de la cama. Isaías agarró la hoja y garabateó algo con el bolígrafo. No tardó más de cinco segundos. Luego, con media hamburguesa en la boca, le dio una patada al bolígrafo, que salió impulsado hacia la pared del fondo, dejó el folio cerca de los barrotes y se alejó hacia una esquina de la celda donde se acurrucó para terminar de engullir la última hamburguesa.

—Bien, nuestra pequeña reunión ha terminado —concluyó Isaías—. Y recuerda: una doble pista. Espero verte muy pronto por aquí, inspector. Será un buen síntoma para Cristina, ¿no crees?

Max no respondió. Se agachó, introdujo una mano en la jaula y capturó el folio. Mostraba unos números:

$$13{,}123410$$

—¿Qué cojones significa esto?

—Te toca averiguarlo, inspector. Las matemáticas son parte de la vida. Y todas las revelaciones son numéricas. Ya lo dijo el Señor.

Ambos se miraron a los ojos. No tenían nada más que decirse.

El inspector abandonó la sala con el folio en la mano y dando vueltas a los números. Cruzó el pasillo, arrojó la lata en la primera papelera que se encontró y subió al primer piso de la comisaría.

Esperar y esperar, como ocurría en la mayoría de las investigaciones policiales. Se hacían miles de preguntas y con las respuestas se llenaban cajones, archivos enteros de papeles. Después se hacían más preguntas. Se cotejaba todo, se tomaban innumerables notas, fotografías, más entrevistas... y se seguían multitud de pistas que no conducían a nada. Se esperaba, pasaba el tiempo, hasta que por fin un día cualquiera las cosas comenzaban a aclararse, como por arte de magia. Una pista nueva, un sospechoso hablaba, una palabra, una prenda, y todo se resolvía. Miles de horas de trabajo daban sus frutos. Pero Max no estaba dispuesto a esperar los frutos de una laboriosa y ardua investigación. Quería –exigía– respuestas de inmediato. Buscó a su hombre con la mirada y dio con él al fondo del primer piso, de espaldas a la puerta, escribiendo a máquina tras una mesa donde descansaban la chapa de policía y una funda vacía de pistola.

–¡Inspector! –lo saludó Asier–. Estoy elaborando el informe final de la noche aquella y quisiera agradecerle que...

–Calma –cortó Max con un gesto–, ya me lo has agradecido varias veces. ¿Tienes a mano la lista de entradas y salidas del último día?

–Sí, aquí está. –Le tendió unos papeles.

Max los examinó con celeridad mientras Asier tecleaba. En la última hoja figuraba el nombre de Cristina Suárez. Hora marcada: las 20.35. Un renglón más arriba y en un intervalo de un minuto figuraba otro nombre: Leire Aizpurúa.

–Asier, deja lo que estás haciendo y ponte a trabajar en esto.

Le mostró el folio con los números.

–Y avisa al especialista en descifrar códigos. Estos números los acaba de escribir tu *amigo,* el psicópata del sótano.

El agente Agirre dejó los dedos suspendidos sobre el teclado, como si fuese un pianista sin partitura y sin saber cómo seguir.

–Creo que indican dónde está Cristina Suárez, la secretaria del decano.

Según hablaba, el abatimiento lo invadía. Densos nubarrones se cernían sobre el destino de Cristina.

—Está en paradero desconocido desde la fatídica noche. Antes de matar a Alberto, la raptó y la escondió en algún lugar. No podemos perder ni un minuto. ¡Ah!, los números proporcionaban una doble pista, o algo así, la verdad es que no tengo ni idea de a qué se refería, pero díselo al especialista, pueden señalar las coordenadas de algún lugar, un número de teléfono, vete a saber.

El inspector salió de la comisaría apesadumbrado, aún le queda mucho camino por recorrer, y siempre que avanzaba descubría huellas del paso de Isaías, siempre le precedía, llevando las riendas, y a pesar de que ahora estaba encerrado, la situación no había variado sustancialmente.

Un tímido sol calentaba el patio del museo del Louvre. Erika paseaba de un lado a otro, casi trazando una línea recta, con el móvil pegado a la oreja. No le dio tiempo a cortar la llamada antes de que apareciera Lucía. Observó a su novia, que la esperaba junto a una cara de la pirámide de cristal, mirando a través de ella hacia los visitantes de abajo, divertida, con las manos a la espalda y una amplia sonrisa en el rostro. Cuando vio que había colgado, fue a su encuentro.

—Estás todo el día pegada al teléfono—dijo Lucía—. Me prometiste que eras para mí, exclusivamente, así que voy a tirar ese móvil al Sena.

Erika no había podido hablar con el inspector. Tras intentar contactar con él en el móvil, donde continuamente saltaba el aviso de fuera de cobertura, optó por dejarle un mensaje en el contestador de casa. Solo deseaba saludarlo, aunque en el fondo subyacía otra razón: avisarle, no sabía muy bien de qué pero avisarle.

—Si solo ha sido una llamada —objetó Erika mientras le daba la mano a Lucía.

A pesar de estar en la ciudad del amor, aún sentía las miradas de recelo de la gente, la mayoría turistas extranjeros con la mente abierta pero solo para monumentos y visitas a museos.

—¿Una? —Lucía se soltó de la mano—. Querrás decir una detrás de otra. Aún llevas en la cara el susto de la llamada anterior.

Raras veces la llamaba su *aita,* de hecho, nunca le había dado su número de móvil, pero siempre se las arreglaba para conseguirlo por más que ella lo cambiase. Su tono de voz no le había transmitido buenas sensaciones. No solía preocuparse por su vida, y menos por su vida de policía, pero en cuanto se enteró de que estaba de vacaciones en París —ni siquiera le preguntó con quién— y lejos del inspector, notó cómo su voz se tranquilizaba y comenzó a responder con palabras cortas y esquivas hasta lograr cortar la comunicación; al parecer ya había averiguado lo que quería.

—No te pongas celosa. ¿Ves?, ya apago el móvil... Ahora eres tú la que pone cara de susto, ¿has visto un fantasma?

Lucía negó con la cabeza y apartó la mirada de la pareja que se besaba con pasión sentada al borde de una fuente. Un chico con el pelo largo y una camiseta de Metallica junto a una mujer de melena rubia. A sus pies descansaban un par de mochilas.

—¿La conoces? —dijo Erika, experimentando una punzada de celos que hacía mucho tiempo que no sentía.

—No.

—Mientes, lo sé.

—Salió la poli sabelotodo.

—¿Y?

—Deja de mirarme con esa cara de inquisidor, no la soporto. Está bien... ¿Te acuerdas de cuando nos conocimos en el Koldo Mitxelena?

—Como para no acordarme: ibas hecha un desastre, aún no ejercía pero mi instinto policial te clasificó como una perturbada, por eso te seguí por las salas, creí que tenías intención de destrozar algún cuadro.

—Venga, ya será menos, eso no me lo habías contado.

Bajaron por las escaleras de la pirámide, la entrada principal del Louvre, y perdieron de vista a la pareja.

—La rubia fue mi novia anterior... Me dejó, me dijo que tenía dudas, que empezaba a sentir atracción por los tíos.

300

—Pues parece que no mentía.

—Ya... Y mira que pensé que me abandonaba por su nuevo trabajo, desde que comenzó se ausentaba de casa, volvía tarde, de noche y de puntillas, nunca me contaba nada, y a veces se quedaba ausente, mirando al techo y pensando en Dios sabe qué, y al final tuve la sensación de que yo molestaba en su nueva vida. Hasta pensé que trabajaba de espía, figúrate, qué idea más absurda. Y cuando me conociste la herida todavía estaba reciente. Estuvimos casi tres años juntas, pero ya es agua pasada.

—Entonces, yo soy un despecho. —Se paró en medio del Hall Napoleón, donde los numerosos visitantes pululaban, entraban y salían por las cinco galerías que albergaban las obras de arte—. No me gustaría ser un segundo plato.

—Vamos, no saques las cosas de quicio, estoy enamorada de ti hasta las trancas, y lo sabes. La rubia está más que olvidada.

—Insistes con lo de rubia, ¿tendrá un nombre, no? ¿Por qué no la nombras? Ni te atreves. No te veo yo tan segura de haberla olvidado.

—Vamos, Erika, no hagas una montaña de esto. Además, ya has visto cómo se besaba con ese chaval, es evidente que no mentía, y ahora me quedo más tranquila, aunque te repito que su recuerdo está más que enterrado.

—¿Pues sabes una cosa? Yo conozco al chico.

—¿A quién?, ¿a su acompañante?

—*Bai*.

El mundo era un pañuelo, y lleno de coincidencias, puesto que antes habían estado tomando algo en el café Richelieu. Poco le faltó para mandarle una foto por *whatsapp* a Joshua, aunque tal vez lo hiciera cuando visitasen la tumba de Napoleón en el palacio nacional de Les Invalides, a ver si así se relajaba un poquito.

—Venga ya, y ahora me vas a decir que te acostaste con él y luego te dejó por otro.

—Puede ser.

Se miraron a los ojos y tras unos segundos de incertidumbre se echaron a reír para, a continuación, darse un prologando beso, ignorando las miradas de los demás.

—Es un estudiante de la facultad —explicó Erika—. Creo recordar que se llama Alder. Es muy amigo de Leire, una becaria que nos ha ayudado mucho en el caso. De hecho, gracias a ella conozco a Gemma, la chica de la agencia de viajes que nos vendió los billetes.

—Joder, seguro que Gemma también les ha vendido los suyos y se alojan en nuestro hotel.

—No creo, no tienen pinta de hotel de cinco estrellas, ya has visto las mochilas... Por cierto, has mejorado de estatus saliendo conmigo... —le guiñó un ojo.

—Esta ciudad está llena de tortolitos de vacaciones.

—Claro, estamos en la ciudad del amor.

Se dirigieron a un panel de madera donde se anunciaban las exposiciones del día y los horarios.

—Mira, hay una sobre Dante —dijo Lucía.

—Mejor no, para criaturas infernales estoy yo... Hay una de marinas, paisajes... Turner, Constable y compañía. ¿Te apetece? La pintura de principios del diecinueve es una de mis favoritas.

—¿Barcos hundiéndose? Por qué no, me chifla todo lo trágico.

El inspector llegó a casa al atardecer. Después de abandonar la comisaría, había regresado a la facultad en busca de Leire. Tenía un par de llamadas perdidas de Erika pero decidió no devolvérselas, no quería amargarle las vacaciones con la desaparición de Cristina. Encontró a la becaria en el laboratorio de Procesos. La chica apenas se acordaba de haber coincidido con Cristina en la puerta, aquella noche tenía mucha prisa porque había quedado con Gemma para ir al cine y había salido a la carrera. Mientras buscaba algo de comer en el frigorífico, parte del diálogo retumbaba todavía en la cabeza del inspector, como queriendo revelarle una pista.

—*Entonces, no recuerdas ningún detalle* —insistió Max.

—*Ya te he dicho que no.*

El inspector observó que Leire no tenía buen aspecto, los asesinatos de Belén y Alberto le habían afectado considerablemente, y que el asesino fuera su jefe no había ayudado mucho a levantarle el ánimo.

—¿Tratas con Cristina?

Max se negaba a usar el pasado cuando preguntaba por ella.

—Muy poco. Hablamos alguna que otra vez, pero solo por motivos de trabajo, cuando yo iba al decanato a rellenar algún papel. Supongo que para ella solo soy una becaria.

—¿Me puedes contar algo de Isaías? —preguntó con delicadeza.

—¿Qué quieres que te cuente?

—Lo que sea. Gustos, aficiones, costumbres...

Leire suspiró. Le costaba muchísimo hablar y más sobre lo que le estaba pidiendo el inspector.

—La verdad es que no lo conocía mucho. Mi jefe siempre fue Pablo. Solo llevaba unos meses trabajando con Isaías, conmigo siempre se portó correctamente... —Después de meditar unos segundos añadió—: Es creyente, católico.

—¿Por qué lo dices?

—Solía llevar una vieja Biblia bajo el brazo.

—Entiendo. —Recordaba bien las referencias bíblicas de Isaías durante la conversación en la comisaría—. ¿Y qué más? Cualquier cosa que te venga a la cabeza, algo que te llamase la atención en los últimos días, alguna reacción fuera de lo normal.

—A veces se comportaba de manera extraña. Lo achaqué a los nervios por la proximidad de la publicación de su libro.

—Entonces escribía un libro —apostilló Max, dándole tiempo a tomar aire.

—Sí, uno sobre la relación de las matemáticas con la química. Números y más números. Se lo explicaría, pero no es fácil de entender.

—¿Números? —13,123410, pensó—. Inténtalo.

—Pretendía explicar el diferente comportamiento de las moléculas mediante ecuaciones matemáticas. Trabajaba en una nueva forma de materia, el santo grial, lo llamaba. Me dijo que seguía el modelo que describía la estructura molecular del ADN, ácido desoxirribonucleico, en forma de doble hélice, y en el cual las matemáticas ayudaban a describir la acción de los enzimas sobre las moléculas del ADN.

—Ya —dijo Max.

En efecto, no había entendido casi nada de la explicación pero sabía que debía ser paciente, no atosigarla, si quería que siguiera hablando. Leyó en sus ojos que iba a costarle mucho recomponer su vida. Como a todos.

—¿Y en esas ecuaciones aparece el número 13,123410?

—No —contestó Leire tras pensar unos segundos—. Todos los elementos químicos conocidos, y que aparecen en la tabla periódica, están ordenados por su número atómico, un número entero. Lo más parecido a ese número decimal es la masa atómica, pero no existe ningún elemento químico con esa cifra.

—Isaías insinuó que si descubría qué significaba dicho número encontraría a Cristina. ¿Tal vez si tuvieses acceso al trabajo de Isaías podrías averiguar algo?

—Tal vez.

—Bien, mandaré a un agente a registrar su despacho, y también su casa. Te haré llegar todo lo que encuentre, apuntes, folios, cualquier documento relacionado con su trabajo y su libro.

—Será mucho, y llevará tiempo. Su trabajo le absorbía. Debía de trabajar en el laboratorio por la noche, porque al día siguiente siempre lo encontraba desordenado... Pensé que era Alberto... Lo que no me explico es cómo entraba en la facultad por la noche y eludía a sus hombres.

—Yo tampoco me lo explico.

Empezaba a sopesar explicaciones paranormales, fuera de cualquier lógica. ¿Golem? ¿Jentil? O quizá todo encajase con la presencia de un individuo maquiavélico, sinuoso, carente de escrúpulos, actuando en la sombra. Un Rasputín, un Tigelino, alguien sumamente pérfido y astuto.

—¿Qué sabemos del líquido azul? —preguntó Max, huyendo de sus divagaciones.

Leire observaba embobada el blanco y redondo reloj de pared del laboratorio.

—Siempre ha estado ahí, conmigo. Cuando deje la facultad me lo llevaré, me relaja oír su tictac.

El inspector guardó silencio.

—*Todavía es pronto. La muestra recogida por tu agente* —se refería a Joshua— *es pequeña, y seguramente está contaminada por otros elementos químicos. Es lo que pasa con el suelo de los laboratorios, por mucho que se limpie, siempre quedan restos.*

—*Ya, esperaremos entonces. ¿Algo más?*

—*Quizá te parezca una estupidez, pero según pasaban los días aprecié que Isaías..., no sé explicarlo..., como si estuviese sufriendo un cambio, una trasformación.* —Max asintió, aún recordaba la enorme diferencia entre la fotografía y la apariencia en vivo de Isaías—. *Se le caía el pelo y...* —Dejó de hablar. Estaba al borde del llanto.

—*No te apures, no te molesto más. Muchas gracias por todo y, ya sabes, llámame, sea la hora que sea, si averiguas algo sobre el número decimal.*

Tras dejar a Leire coincidió con Xabier en el vestíbulo de la facultad. Parecía que el viejo tenía prisa, y en la breve conversación que mantuvieron fue tan enigmático como otras veces.

—*¿Cristina Suárez? Ni idea. ¿Por qué la busca?*

Max miró a los ojos del bibliotecario. Le pareció que no mentía.

—*Si la ves, dile que la estoy buscando, y si recuerdas algo, ya sabes dónde encontrarme...*

El hombre ya se perdía por la puerta de salida cuando se dio la vuelta.

—*¿Sabe?, en la China milenaria existía la creencia popular de inmolar humanos en las construcciones para evitar que se desmoronasen.*

Max arrugó el ceño. No era el momento de contar historias.

—*En la Gran Muralla se utilizó tierra apisonada, piedras, granito y ladrillos, dependiendo de la época, pero según la leyenda no se sostiene en pie gracias a eso.*

—*¿Qué me quieres decir? No tengo tiempo para adivinanzas.*

—*La juventud, siempre con prisa... Huesos humanos, eso es lo que cuenta la leyenda. Prisioneros de guerra, ladrones, gente de mal vivir y trabajadores muertos durante su construcción formaban parte de la Gran*

Muralla. Pero los huesos por sí solos no servían, había que empaparlos con sangre fresca. Solo así la muralla aguantaría el paso de los siglos.

—Sigo sin entender adónde quieres llegar. —Empezaba a perder la paciencia.

—Que por muchos huesos que reúnas, solo por medio de la sangre caliente conseguirás sostener las murallas que rodean tu vida.

El viejo se perdió por la puerta dejándolo con la boca abierta y la mirada perdida.

Huesos, sangre y murallas, maldijo Max. Hastiado y sin ganas de comer, cerró el frigorífico. Se desplomó sobre el sofá sin quitarse los zapatos. Se sentía agotado, exhausto, tanto física como emocionalmente. Sacó del bolsillo trasero del pantalón su parte del fragmento de obsidiana descubierto en la cripta de la facultad. El yang. La parte de una punta de flecha o lanza, según Arkaitz. Comenzó a acariciarlo con las manos, le relajaba su tacto. ¿Dónde estaría su otra parte, el yin? A los cinco minutos se quedó dormido. No se trataba de una simple tristeza que uno superaba encerrándose en una habitación con la música muy alta. Y conforme transcurrió la tarde la situación no mejoró en absoluto. Se ahogaba con cada llamada. La primera fue de Asier, quien lo despertó para comunicarle que en el nuevo registro de la casa de Isaías no habían descubierto ninguna pista que pudiese conducirlos al paradero de Cristina, si bien incautaron numerosa información sobre el libro en el que trabajaba; siguiendo sus órdenes, se la habían hecho llegar a Leire. Tampoco en el registro del coche y de la casa de Cristina se había descubierto pista alguna. Agua. Posteriormente, Asier repitió llamada para decirle que los expertos no sabían ni por dónde empezar con el papel con los números. Habían probado en el ordenador la secuencia de números, sin resultado, no se correspondían con ninguna dirección ni número de teléfono ni apartado de Correos y hasta los habían cotejado con las fichas policiales en busca de algún antecedente, pero nada de nada. Desechaban la idea de que se tratara de un número decimal, puesto que eran varios números separados por una coma, y creían que la clave se hallaba en el número 13, que reflejaba una referencia; los otros eran correlativos del 1 al 4, y después el 1 y el 0, aunque bien podía tratarse del 10. Estos números indicaban algo respecto al 13, pero ¿a qué se refería el 13? Tenían ante sí un jeroglífico sin solución aparente. Agua. El siguiente en unirse al grupo de las *buenas* noticias fue Joshua, quien le comunicó que tampoco en la facultad habían hallado pista alguna sobre la desaparición de la secretaria. Más agua. Para colmo, hasta el comisario, que después del fracaso con Pedro como principal culpable había conseguido aguantar en el cargo, le apremiaba con el informe final, pretendiendo rematar el caso antes de que alguien preguntase por su labor al frente. Y por último, la llamada que lo dejó tocado y hundido. Una voz melosa le comunicó que su tío de Valdemoro había muerto. La dichosa enfermedad había podido con él. La voz pertenecía a una asistenta social, que apenas puso énfasis en la noticia, como si estuviese leyendo el periódico. Ni una pizca de sentimiento. Tal vez era porque Max figuraba como sobrino, y aquel lazo le hacía perder notoriedad familiar. Pero ella no sabía que era huérfano desde los trece años, cuando sus padres fallecieron en la colisión del 83 en Barajas, y que el hermano menor de su padre ocupó el hueco paterno y lo crio como a un hijo. Y él, agradecido, siguió sus pasos en el Cuerpo Nacional de Policía: la estancia en la academia de Ávila, las oposiciones, los ascensos, su promoción a inspector. Quería emularle, que se sintiese orgulloso de él. Sin embargo, con cada etapa que superaba en el cuerpo se alejaba más y más de su tío, hasta que al final los casos y los años hicieron el resto, y su relación pasó a sustentarse en un par de llamadas al año y en alguna visita esporádica de Max, como la del octubre pasado. La asistenta social tampoco sabía que su tío, con grandes amigos en la Marina, le inculcó su pasión por el mar. Tampoco que nunca se olvidó de él, que desde que padecía aquella extraña enfermedad de nombre impronunciable que lo tenía postrado en una cama con el lado derecho paralizado la mitad del día, y que necesitaba una enfermera y un fisioterapeuta para intentar recobrar lo perdido con el virus, «las células quemadas», dijo el médico, Max ingresaba puntualmente en la cuenta bancaria de su tío una parte de su sueldo y muchas de las pagas extras y gratificaciones personales. Mes a mes, año tras año. A Max le dieron ganas de meter la mano por el auricular y agarrar por el pelo a la asistenta social. Un poco más de respeto, le pediría.

Se movía por el *loft* como un alma en pena. Aguantaba con los ojos húmedos, reteniendo las lágrimas que se obcecaban en arrastrarse por el rostro herido de dolor. En una mano apretaba el mechero cromado que le regaló su tío, con la doble M, sus iniciales, grabadas en un lateral, y al reverso una fecha, el día que se licenció en el Cuerpo Nacional de Policía. En la otra aferraba el cuello de una botella de whisky. Acumulaba tanta rabia e impotencia que por un instante pensó en pegar fuego al *loft*. Era sencillo, tenía alcohol y un mechero. Pero ¿qué resolvería? Nada. Las llamas no abrasarían sus pensamientos. Su tío muerto y Cristina desaparecida, quizá muerta también. Maldecía las enfermedades raras, la sensación de angustia que lo embargaba, el temor a quedarse solo y morir en una silla de ruedas con la única compañía de una bombona de oxígeno. Echaba de menos a su tío, ¿cómo se había podido alejar tanto de él?, y echaba de menos a Cristina, su boca carnosa, sus ojos avellana... ¿Qué había pasado para que todo se desmoronase en un día?

El teléfono volvió a sonar. ¿Es que a todo el mundo le había dado por llamarlo hoy? El contestador automático se activó al instante. Oyó a Erika, alias Aramis, decir que salía del museo del Louvre, que volvía a tener cobertura por si quería llamarla, que ella lo había llamado varias veces, incluso había dejado un par de mensajes, y que solo quería saber cómo iba todo.

—De puta madre —respondió dando una patada al aire.

Cuando la luna llena colgaba de un cielo encapotado de tonalidades grises, Max se recostó de nuevo en el sofá. La botella vacía de whisky rodó por el suelo junto a las balas Magnum que había sacado del revólver y pretendido, sin éxito, volver a cargarlas en el tambor. Ni siquiera tuvo la opción de jugar a la ruleta rusa. Se acurrucó en posición fetal e intentó dormir. No había derramado ni una sola lágrima aunque su corazón sí lloraba. La imagen de su tío asfixiándose, intentando alcanzar la máscara de oxígeno, revoloteaba por su mente. Y era incapaz de no pensar en el sufrimiento que podría estar padeciendo Cristina en su cautiverio mientras él seguía en casa sin saber qué hacer. No disponía ni de una maldita pista, huella o idea que le indicase el camino. Guipúzcoa era la provincia más pequeña de España pero no iba a ser fácil: se hallaba cautiva en algún punto de los mil novecientos kilómetros cuadrados de tierra, tal vez cercano a los sesenta y seis kilómetros de costa. Disponía de poco tiempo para encontrarla con vida y no sabía por dónde comenzar a buscarla. Solo tenía una certeza: si alguien le hacía daño, pagaría por ello.

Vencido por la fatiga, alrededor de medianoche cayó en brazos de Morfeo.

Miércoles 29 de febrero
(un día antes)

Unas *amonas* ataviadas de negro riguroso, incluido el pañuelo de la cabeza, se dirigían a la salida del cementerio de Polloe por la calle Virgen del Carmen, cuchicheando sobre las virtudes de sus difuntos maridos. Miraron con recelo a la extraña pareja, un hombre mayor y una mujer joven, que conversaba al lado del panteón que honraba la memoria de los supervivientes del 31 de agosto de 1813 y que figuraban en el acta de Zubieta.

—Te gusta quedar en los cementerios —dijo la joven.

—Si no se los molesta, los muertos solo escuchan y callan... Por cierto, no permito que me tuteen a no ser que yo lo diga.

La joven se echó hacia atrás la melena y sonrió con descaro.

—Sí, señor.

El hombre negó con la cabeza al tiempo que encendía un cigarrillo. Los jóvenes no tenían respeto por nada ni por nadie, y aquella rubia, su agente más joven, no era una excepción. Quizá con el paso del tiempo cambiase de actitud, cuando degustase los sinsabores de la vida; por el momento, todo para ella era aventura y gratas experiencias.

—Has hecho un buen trabajo. Aunque todavía no has terminado: necesito una última cosa. —Le tendió dos billetes de avión.

—¿Cuándo?

—Hoy, por la tarde, a París. Pero no te hagas ilusiones, en turista y con una reserva en un hostal para un par de días.

—¿A quién le toca ahora?

—A ella... y a su novia.

310

Sonrió con malicia. Sabía que ella conocía a la novia. Sería toda una sorpresa. Tal vez así la próxima vez se mostraría más respetuosa.

—¿Y la otra?

—Dijiste que el inspector está enamorado.

—Hasta los tuétanos, no me hizo falta seguirlo más tiempo.

—Entonces no es de tu incumbencia.

—Pero ¿no le pasará nada malo?

—No está en nuestras manos evitarlo, aunque no le pasará nada que él no provoque, al menos eso creo. ¿Y tú? —preguntó, intentando cambiar de conversación.

—¿Yo qué?

El hombre suspiró, aquella joven le exasperaba. Parece que se divertía con él, para ella todo era un gran juego.

—Ya me has entendido, no te habrás enamorado del chico...

Ella rio con ganas, y al hombre le dio miedo lo pérfida que podría llegar a ser en un futuro.

—No, señor, pero recuerde que me prometió no hacerle daño.

Asintió mientras daba una profunda calada. Nunca cumplía sus promesas, pero ella no tenía por qué saberlo. Sin embargo apreciaba a los estudiantes, y haría todo lo posible para que el chico no viese ni oyese nada que lo incriminase. Observó melancólico la cruz de piedra ennegrecida del panteón y no pudo evitar recordar la lápida de su querida Ana.

—Cuando acabes, quiero que cambies de aspecto, pelo corto y teñido de negro.

—¿Y un rubio platino?

—No.

—¿Ni siquiera un castaño? ¿O pelirrojo? El negro es muy aburrido.

—No.

—¿Media melena?

—No, y no empieces con tus juegos y tus miraditas de niña tonta, tengo edad para ser tu abuelo.

—Me gustan las arrugas y los hombres de pelo blanco...

—Déjalo.

—Qué pena, me gusta el rubio, llevo años con el mismo look, me da un aire a Mata Hari. He oído que estuvo en Donosti.

—Era morena, tendrías que haber estudiado más. Y sí, en sus años gloriosos conspiró en el antiguo Casino, donde ahora está el ayuntamiento, cuando a la ciudad acudían personalidades y ricachones de todo el mundo. Aunque te recuerdo que al final no acabó nada bien, deberías buscarte otra heroína. Ahora déjame solo, el tiempo apremia, tú tienes que convencer a alguien para que se suba a un avión esta misma tarde y yo tengo que hacer una visita.

La joven se dio la vuelta con los billetes en la mano y caminó hacia la salida sin mirar atrás, segura de sí misma y de su destino.

El hombre tiró la colilla y la aplastó con la suela del zapato.

Se despertó con un fuerte dolor de cabeza. Sentía la boca reseca y un hambre atroz. La oscuridad era total y apenas tenía sitio para moverse. Tumbada en posición fetal, intentó girarse y no pudo. Palpó alrededor y no halló ninguna salida por la que escapar. Olía a rancio, a ropa vieja, y respiraba con dificultad. Pero estaba viva, eso era lo importante. Lo último que recordaba es que al salir de la facultad alguien la atacó por la espalda cuando sacaba las llaves del coche del bolso. Recordaba la mano sobre su cara y aquel extraño olor a alcohol, tan propio de los laboratorios, que la adormeció. Justo tuvo tiempo de dar una patada a las llaves, ya en el suelo, antes de perder el conocimiento. Estaba segura de que su agresor no se percató y tal vez alguien las encontrase bajo su coche y avisase a la Policía.

Percibió movimiento y ruido de fondo. El sonido de un motor y una canción lejana. Enseguida elaboró una hipótesis: secuestrada por su exmarido, viajaba en el maletero de un coche y ahora transitaban por alguna carretera solitaria en busca de una casa abandonada donde sería golpeada, violada y por último descuartizada. Su autoritaria madre siempre le decía que era

312

muy exagerada, que no se pusiese tan dramática, pero hoy no creía que fuese el caso. Por fin su ex, a quien siempre consideró un cobarde, había dado el gran paso. ¿Qué macabro juego tenía preparado? ¿Su preferido, el del lápiz? Todo su cuerpo empezó a tiritar. Tenía las manos libres. Ni siquiera se había molestado en atarla y eso la alteró aún más. Comenzó a golpear el maletero con los puños al tiempo que pedía auxilio. Se acordó del inspector. Desde el divorcio no se había acostado con nadie, su ex le había quitado todas las ganas, pero con Max se sentía preparada para volver a empezar. El terror a ser vejada físicamente y ultrajada sexualmente por un hombre había quedado atrás, enterrado a kilómetros tras años de pesadillas y sudores de angustia. Y tenía la certeza de que Max la buscaría. Se lo había prometido. Movería cielo, mar y tierra, daría la vuelta al mundo como Elcano, para encontrarla.

Gritó y aporreó con mayor furia. Apreció cómo la música aumentaba de volumen. Reconoció enseguida la canción: The Rolling Stones y su *Sympathy for the Devil*.

—Genial —dijo Cristina—, ya sabe que me he despertado.

Viernes 2

Hacía frío. Tiritaba. El túnel era amplio. Olía a inmundicia, a orines y comida descompuesta. Comenzó a caminar y se percató de que el agua le llegaba casi hasta las rodillas. Notó un ligero mordisco en el pie izquierdo. Vio cómo un par de ratas bajaban por la pared y se sumergían en el agua. No le hizo falta ver más y empezó a andar deprisa. Las paredes del túnel estaban cubiertas de grafitis del suelo al techo, pintura sobre pintura, saturando la vista de trazos y color: la capilla Sixtina del arte callejero. Se detuvo frente a uno y lo observó. Mostraba a un pequeño diablo de mandíbulas salientes, cuchillo en mano, persiguiendo a una mujer de gran parecido con Cristina. La escena era contemplada por otro pequeño diablo, que sonreía. El autor había estampado su firma en la parte inferior derecha del mural y no reflejaba un compendio de letras sino solo un número: 13. Se fijó en el siguiente grafiti. Ahora los diablillos se escondían detrás de un tipo con gafas sentado en un taburete de huesos y con la vista puesta en una disolución azul. Quien atacaba, con una espada corta, era esta vez el diablillo sonriente, mientras que el otro, adelantando el labio protuberante, contemplaba impasible la escena. El autor era el mismo: 13.

Un grito estremecedor recorrió el túnel. El miedo nubló su mente y se apoderó de su alma. Volvió a ponerse en movimiento. Giraba la cabeza a izquierda y derecha fijándose en los múltiples dibujos de aerosol que se disponían a su paso. Todos seguían dos pautas: los dos diablillos como protagonistas principales y el sello 13. El grito volvió a producirse. Se acercaba. Comenzó a correr. Se dio de bruces con una puerta hecha con huesos humanos. No tenía escapatoria. Desesperado, se clavó las uñas en las palmas de las manos. La sangre salpicó los huesos. La puerta se abrió justo en el momento en que el grito lo alcanzaba. Notó el suelo abrirse a sus pies y se precipitó al vacío, hacia un insondable agujero negro. Cerró los ojos y gritó. No paró hasta percibir que había cesado de caer. Abrió los ojos y vio que se encontraba en una sala sin suelo, solo humo, y levitaba entre paredes blancas que desprendían una intensa luminosidad. Hacía calor. Sudaba. Olía a incienso. Enfrente vio una cruz descomunal compuesta de múltiples ojos cerrados. Una voz telúrica gritó: «¡Trece!». La cruz se agitó y los miles de ojos se abrieron buscando un único objetivo: él.

Max se despertó sobresaltado, empapado en sudor y diciendo «trece» de manera obsesiva. Consultó el reloj, marcaba las 04.27. La luz de la luna entraba por los grandes ventanales de la antigua fábrica iluminando el *loft* de forma fantasmagórica. La pesadilla no había sido infructuosa, le había proporcionado la pieza final, ahora lo veía con claridad. Las piezas encajaban una tras otra en su cabeza hasta configurar el puzle definitivo. «Las revelaciones son numéricas», había dicho Isaías como de pasada. Maldito psicópata. Se levantó, encendió la luz y buscó entre los libros de su exigua biblioteca aquel de la cruz en la cubierta. Ese sí lo tenía. Lo abrió y encontró lo que buscaba en las páginas finales, en el capítulo 13. Apenas leyó lo que ponía, ya se hacía una idea. Para corroborarla fue hacia el escritorio. Sin darse cuenta dio un puntapié al fragmento de obsidiana olvidado en el suelo, el yang, que fue a parar bajo el sofá. Comenzó a hurgar entre los papeles guardados en una caja de cartón: informes, fichas, documentación relativa a la facultad. Añoró el día en que Cristina se los proporcionó, la recordó con jersey y falda, y una pequeña punzada de dolor transitó por su corazón. Consiguió evadirse de sus recuerdos y concentrarse en su objetivo. Encontró el papel al cabo de cinco minutos. Le había echado un vistazo hacía un par de días, justo la noche de la detención. En él figuraba el nombre Isaías Mendiluze subrayado en azul. Pero eso ya lo sabía, así que prosiguió y cuatro filas después descubrió el otro nombre. La otra persona. El Maquiavelo de turno. Golem, Jentil o como quisieran llamarlo. Una abrumadora pesadumbre recorrió todo su cuerpo, había pasado por alto aquella posibilidad y temió que su error pudiera costarle la vida a Cristina. Buscó por el suelo las balas Magnum del S&W.

El teléfono sonó y un martilleo constante se instaló en el interior de su cabeza. Intentó aguantar, ignorar el sonido, pero al quinto tono supo que quienquiera que fuese no cejaría en su empeño. Encendió la luz de la mesilla y descolgó el auricular. Con el único ojo que era capaz de abrir distinguió cuatro números luminosos en el despertador digital: 04.56. Al otro lado de la línea, oyó una voz lejana que le pareció cansada.

—Leire, ¿eres tú? Despierta...

La voz le sonó familiar pero no logró ponerle cara.

—Leire... ¿Estás ahí?

—Sí —fue lo único que consiguió balbucear.

—Oye, soy el inspector Medina.

No pudo reprimir una mueca de sorpresa. ¿Qué quería a esas horas? Había entendido que era ella la que podía llamarlo a cualquier hora, no que él también pudiera hacerlo. ¿Es que ese hombre no descansaba nunca?

—Oye —dijo Leire—, ¿sabes qué hora es? ¿No puedes esperar a mañana?

—¡No! —bramó Max—. Me dirijo en estos momentos a la comisaría y antes de llegar necesito saber qué has descubierto en los apuntes de Isaías, sobre su libro y el número decimal.

—Nada. Bueno, sí, pero solo son suposiciones, apenas he tenido tiempo de investigar...

—Ya me vale, ¿qué supones?

—Bueno..., Isaías me tenía un poco engañada, en realidad buscaba una vinculación del genoma humano con las matemáticas.

Trabajaba en una ecuación en la secuencia del ADN que carga los genes dentro de las células.

—¿Y?

—Si se conoce la estructura matemática de una proteína es posible corregir las mutaciones que puedan darse y retornar al estado inicial de la proteína. Es un campo más de la biología que de la química, y algunas nociones se me escapan, pero la capacidad de corregir un error celular sería un gran descubrimiento.

—Sí, me lo imagino...

—No —interrumpió Leire, ya despierta—, no te lo imaginas. Tiene importantes implicaciones en el diseño de fármacos, nuevas vacunas, antibióticos... Estamos hablando de la curación de enfermedades de origen celular, como el cáncer, o de enfermedades raras provocadas por virus desconocidos.

Tarde para mi tío, pensó Max.

—Además, al parecer descubrió una nueva forma de materia, el santo grial, en palabras suyas.

—¿Y eso es posible hoy en día?

—Claro, sin ir más lejos, el Nobel de Química del año pasado fue a parar a Schechtman por su descubrimiento de los cuasicristales, otra nueva forma de materia. Solo que la de Isaías deriva del carbono...

—Lo cual es muy importante, ¿verdad?

—El carbono es el rey de la química orgánica, está presente en todos los seres vivos y tiene unas características únicas. Dependiendo del enlace covalente da lugar a sustancias tan dispares como el grafito o el diamante. Un nuevo alótropo del carbono, con identidad propia, que combine la dureza del diamante y las propiedades del grafito, sería un prodigio de la naturaleza, una sustancia con capacidades inigualables.

—De acuerdo, me lo imagino y me lo creo, pero ¿qué tiene que ver esa sustancia con nuestro número decimal?

—¿Recuerdas la tabla periódica y sus números atómicos? El carbono tiene masa atómica de 10,811, y el nitrógeno de 14,0067. Esa nueva sustancia se sitúa entre ambos, ¿lo entiendes?

—Ya —dijo Max mientras rumiaba—. Entonces, Isaías se refería a esa sustancia desconocida cuando me dio el número.

—Creo que sí.

—¿Y esa sustancia tiene nombre?

—No, en la tabla periódica de Isaías lleva iniciales, al igual que todos los elementos químicos.

—¿Y cuáles son? —preguntó impaciente Max.

—«Dr». No sé si te dice algo.

—«Dr»... Sí, me dice demasiado.

—¿La disolución azul?

—La pista doble.

—¿Cómo?

—Una cosa más y te dejo dormir: ¿te acuerdas de si Isaías fue a la cena?

—¿Qué cena?

—La del palacio de Miramar.

—¡Ah! Sí, estuvimos hablando con él en el jardín...

—¿Estás segura de que era él?

—Claro, recuerdo que llevaba una *txapela* y...

—Gracias, tu ayuda ha sido muy valiosa.

—Vale —apostilló Leire—, pero no entiendo para qué quieres... ¿Oye?

Pero ya nadie la oía. Max había colgado.

Giró con brusquedad el volante para tomar una curva a la derecha mientras escuchaba la respuesta con el móvil pegado a la oreja. Ni tenía manos libres ni pensaba tenerlo.

—¡Ya sé que es un hospital! —replicó a gritos, encolerizado—. ¡No me diga que no puede! Solo le pido que mire el historial médico en el ordenador que tiene delante... Sí, el número que antes ha anotado es mi identificación de placa... En efecto... Acabado en siete... Eso es, Medina.

Se cambió el móvil de mano y bajó la ventanilla. El aire helado de la noche le abofeteó la cara y calmó en parte su malhumor, su inquietud y su ansiedad por oír lo que temía.

—Mire, hija, en la quinta planta tienen a una víctima, ¿quiere otra más?... Sí, lo que le he dicho antes de obstrucción a la autoridad va en serio... ¿Oiga?... No es ninguna amenaza...

Max negó con la cabeza. Si aquella enfermera de pacotilla le obligaba a personarse en el hospital a por el dichoso informe, no iba a ser precisamente una visita de cortesía. Le hervía la sangre de rabia, aunque también de angustia por Cristina, cada segundo podía ser vital.

—Cierto, luego puede comprobarlo... No me hable de datos confidenciales, soy del Departamento de Homicidios... Sí, me hago cargo, ya sé qué hora es y que eso es urgencias, pero esto también es una urgencia... Sí... No... De acuerdo. El apellido es Mendiluze, con zeta. —Se lo deletreó.

La luz taciturna de las farolas rebotaba en el techo metálico del coupé mientras, solo en la inmensidad del asfalto desierto, serpenteaba de un carril a otro, ignorando las rayas continuas, las señales de tráfico, los semáforos, dirigiéndose con la precisión de un bisturí en manos de un experto cirujano hacia su destino.

—Sí, espero.

Dejó el coche en doble fila e irrumpió en la comisaría al trote, con el móvil aún pegado a la oreja y un libro bajo el brazo. Los agentes del turno de noche lo miraron sorprendidos pero ninguno se atrevió a articular palabra. Bajó al sótano, donde se topó con otro agente haciendo guardia. Le sorprendió que se mantuviese despierto y en su sitio, con el subfusil MP5 al hombro. Le tomó el número de placa antes de apartarse para dejarle pasar.

—¿Tumor cerebral?... Sí... Ajá... —Escuchó unos minutos en silencio el informe clínico y cortó la comunicación con una lacónica despedida—. Putos virus —maldijo, pensando otra vez en su tío.

Suspiró y entró en la sala intentando mantener la cabeza erguida. No había ningún ertzaina en el interior y dedujo que estaría durmiendo en los vestuarios. Un problema menos. Y para su asombro, Isaías estaba de pie en el centro de la celda mirando al vacío.

—¡Inspector! Te estaba esperando, aunque te has retrasado un poco. Esperaba más de ti... pensaba que hallarías antes la respuesta.

Max no respondió. Tuvo la sensación de que la situación se repetía.

—Tienes un aspecto lamentable —continuó Isaías—. Parece que apenas has dormido y... ¡Caramba! Pero si has traído un libro y todo... ¡Qué aplicado eres!

Max abrió el libro en silencio. Buscó el capítulo 13 del Apocalipsis y, apesadumbrado, leyó en voz alta:

—«[1]Y vi surgir del mar una Bestia que tenía diez cuernos y siete cabezas, y en sus cuernos diez diademas, y en sus cabezas títulos blasfemos. [2]La Bestia que vi se parecía a un leopardo, con las patas como de oso, y las fauces como fauces de león; y el Dragón le dio su poder y su trono y gran poderío. [3]Una de sus cabezas parecía herida de muerte, pero su llaga mortal se le curó, entonces la Tierra entera siguió maravillada a la Bestia. [4]Y se postraron ante el Dragón, porque había dado el poderío a la Bestia, y se postraron ante la Bestia diciendo: ¿quién como la Bestia? ¿Y quién puede luchar contra ella?»

Alzó la mirada y se encontró con la de Isaías.

—Lees muy bien, inspector. Seguro que eras el primero de tu clase.

—Por tanto —dijo Max— era esto lo que querías decirme con los números. Herensuge, Siete cabezas, Dragón, Bestia... pero ¿no te refieres a ti?, ¿verdad? He buscado en las listas de los antiguos cursos y, qué casualidad, ¿a qué no adivinas quién formaba parte del alumnado en los años setenta?... ¡Sí! No me mires con esa cara de pasmado.

Alterado y tan afligido, le resultaba muy difícil contenerse. Deseaba sacar el revólver y vaciar el cargador sobre aquel presuntuoso asesino.

—Tú no eras el único Mendiluze de la clase. Porque tú no eres hijo único. Había alguien más. Alguien a quien llamas la Bestia. Tu hermano. Tu hermano gemelo.

Durante unos segundos, la estancia quedó en absoluto silencio, en un eterno y opresivo silencio. Solo se oía la fuerte respiración del encarcelado, su resuello. Ambos contendientes se miraron a los ojos en actitud desafiante. Por la cabeza de Max pasaron imágenes de todo lo sucedido, ensamblando las piezas sueltas del caso: las idas y venidas de ambos hermanos, los asesinatos, el proyecto, la disolución. Los dos diablillos.

Isaías fue el primero en hablar:

—Al final he de reconocer que te he infravalorado, me estás sorprendiendo gratamente. Pero continúa, inspector, por favor —exhortó con ironía—, soy todo oídos.

—Por eso también lo de la doble pista, ¿no?, el Dragón, el santo grial, esa sustancia en la que trabajas, y la referencia a Jesús y la Bestia en el libro de las Revelaciones, y por otro lado, la antítesis entre ambos, igual que el grafito y el diamante, tan iguales físicamente y tan distintos en su comportamiento.

—Bravo, inspector —lo felicitó Isaías—. Prosigue.

Y Max obedeció:

—Siempre lo hemos tenido delante y no hemos sabido verlo. El Dragón, la pócima azul creada por el proyecto PHPE en los años setenta, nunca fue probada en ti sino en tu hermano, que padecía un tumor cerebral y el Dragón lo curó, de algún modo lo restableció, solo que una noche mató a dos jóvenes estudiantes, los del proyecto se asustaron y pusieron fin a todas sus investigaciones, los Mendiluze desaparecieron, huyeron a Kaliningrado, y no dieron señales de vida hasta este año.

Paró para tomar aire. Había soltado toda la explicación sin interrupciones ni pausas y le había salido desde lo más profundo de su corazón. No podía quitarse de la cabeza a Cristina: acababa de confirmar todos sus temores. Había fallado, no era un digno sucesor de Hércules, Sigurd o san Jorge, ni siquiera de un epitafio como el de Beowulf.

—¿Por qué volvisteis? —preguntó Max fuera de sí.

La prepotencia del engendro enjaulado avivaba su odio. No dejaba de pensar en que si los hermanos no hubiesen vuelto, Cristina no estaría ahora en peligro.

Sin embargo, desde que Max había dicho «tumor cerebral», la mente de Isaías estaba en el pasado, donde se mostraban imágenes lejanas y resonaban palabras que nunca olvidaría...

Viernes 22 de diciembre de 1978

Se quitó los guantes de lana, los guardó en el abrigo largo de invierno y continuó avanzando por el angosto pasillo. Olía a humedad, y una corriente de aire frío azotaba su abundante cabellera. El guía caminaba muy deprisa y le costaba seguirlo. Se preguntaba si había sido una buena idea, pero la verdad es que no tenía opción.

—A partir de aquí sigues tú solo, yo ya he cumplido —dijo el guía.

En su semblante vio miedo, miedo de seguir, de involucrarse más de lo debido.

—No irás a dejarme ahora con...

—Yo ya he cumplido —repitió.

Isaías asintió con cierta angustia, pero bastante favor le había hecho ya y además resultaba indudable que no pensaba acompañarlo.

—Gracias por todo.

—Prosigue recto, no hay pérdida. Te encontrarás con una pequeña puerta, tras la cual te esperan. *Agur.*

El hombre se dio media vuelta y al cabo de unos segundos desapareció de su vista.

Se había quedado solo en el túnel, bajo la facultad, también solitaria por las vacaciones de Navidad.

Agachó la cabeza y reanudó la marcha. El silencio era espeso. Avanzaba inmerso en su burbuja, alejado del exterior desde hacía unos días. Ni siquiera se habría enterado del asesinato de

Argala el día anterior en Anglet si no hubiera sido porque el guía estaba leyendo el diario *Egin* cuando él apareció en la biblioteca. Le caía bien el Flaco, más conocido en Mondragón por el sobrenombre de Iñaki y gran amigo de la familia desde que se refugió en Oñate, y que por estas fechas solía bajar del País Vasco francés para disfrazarse de *Olentzero,* subirse a un carromato tirado por dos bueyes y lanzar caramelos a los más pequeños con una amplia sonrisa bajo la barba postiza. Así era la vida, unos venían y otros se iban, y para lo que unos algo estaba bien, para otros estaba mal. Y como si hubiese tenido un presentimiento, llevaba consigo el libro de las Revelaciones. No era creyente, y no sabía por qué se le había ocurrido tan absurda idea, pero lo cierto es que le tranquilizaba llevar el libro sagrado del Apocalipsis, quizá porque lo que buscaba allí abajo era un acto de fe. El túnel se estrechó y en un par de minutos se topó con la mencionada puerta. Parecía diseñada para gnomos y unos extraños símbolos resaltaban en el centro. La empujó y cedió con facilidad. Entró conteniendo la respiración y comprobó que, en efecto, lo estaban esperando.

Varias antorchas encendidas iluminaban la sala. De la piedra negruzca de las paredes asomaban múltiples calaveras, y debajo de algunas había unos cuencos de los que emergían quijadas. En el centro, una mesa redonda de madera y tres personas —dos hombres y una mujer— sentadas de cara a la puerta, con la espalda apoyada en sillas de alto respaldo.

—Bienvenido a nuestra humilde morada —dijo un tipo de gafas, pelo escaso y un llamativo lunar en medio de la frente, justo unos milímetros por encima del entrecejo. Estaba situado entre el otro hombre y la mujer.

Isaías permaneció en silencio. No sabía qué decir. Se atusó el pelo.

—Espero que nuestro insigne bibliotecario le haya conducido hasta aquí sin ningún contratiempo —fueron las siguientes palabras del tipo del lunar.

La mujer se revolvió inquieta en la silla. Resultaba evidente quién era el mandamás, el gorila de espalda plateada.

—También espero que le haya explicado con claridad lo que le ofrecemos, Bueno, en realidad lo que le ofrecemos a su querido hermano.

Asintió. El bibliotecario, su eventual guía, lo había dejado claro. Era una posibilidad de salvar a su hermano gemelo, afectado de un tumor cerebral maligno que los médicos habían diagnosticado como incurable, y que se había detectado lo suficientemente tarde como para no poder extirparlo. La receta médica había sido que se marchase a casa y viviera lo mejor que pudiese los pocos meses de vida que le restaban. Entonces había aparecido el bibliotecario, amigo de su hermano, acompañado de una mujer, y le había hablado de un comité, de sus investigaciones y de una disolución mágica de poderes curativos capaz de sanar lo insanable. Por eso estaba ahora en aquella extraña sala rodeado de tres desconocidos, mientras su hermano, muy debilitado, permanecía en casa, postrado en la cama.

—Bueno, joven —prosiguió el que parecía el jefe—, ha tenido usted suerte, desde antes de ayer tenemos el beneplácito de nuestros benefactores... Por fin han decidido pasar a la acción. Conocemos su delicada situación familiar y lamentamos que su hermano no haya podido venir. Sin embargo, usted ha aparecido en el lugar adecuado y en el momento adecuado, como caído del cielo. Sabemos que es un estudiante aventajado, que cursa el último año con unas notas sobresalientes —el otro hombre asintió—, pero no hemos indagado más, no nos interesa, será mejor para todos que nuestros nombres permanezcan en el más absoluto anonimato. Solo queremos que su hermano pruebe una pócima, que se medique con ella. No le prometemos nada, pero si no nos hemos equivocado, y rara vez lo hacemos, esto lo sanará. A cambio, él deberá someterse a todos los estudios y pruebas que nosotros consideremos oportunos... y, llegado el caso, actuar en nuestra defensa y, por supuesto, en la de nuestros benefactores.

Dio su conformidad con un débil «sí». Advirtió que los rostros rígidos de los ilustres ocupantes de la sala se relajaban. Al parecer habían hallado lo que buscaban, un conejillo de Indias con quien probar sus experimentos. Sin embargo, a él le daba lo mismo, estaba allí por su hermano y esperaba que aquello le salvase la vida.

—Tome —dijo el tipo del lunar.

Le tendió un tubo de ensayo que Isaías no supo de dónde había salido, con un líquido azul en su interior.

—Déselo a su hermano, y no...

—Pero Arturo, las autoridades... —le interrumpió el otro hombre.

No le dio tiempo a decir nada más. El tal Arturo le cortó alzando la mano. A continuación, sensiblemente enfadado, espetó:

—Es que no escuchas... Nada de nombres. Y si quieres intervenir, pide antes permiso.

El hombre agachó la cabeza y asintió igual que un perro castigado por hurgar entre la basura. Isaías observó con más detalle al increpado y creyó reconocerlo por su singular perilla. Se parecía bastante a un joven profesor de la facultad, lo había visto alguna vez por los pasillos de la cuarta planta. Enseguida le vino a la mente su nombre, Martín, pero el apellido no lo tenía tan claro, recordaba que empezaba por «Al», Alzola, Alda o algo similar.

—La disolución es miscible, se puede mezclar con cualquier líquido, pero pierde fuerza, así que te aconsejo que la tome tal cual.

Isaías se acercó a la mesa con precaución, como si ardiera, y alcanzó el tubo de ensayo. De refilón vio que la mujer trataba de ocultar el rostro entre las manos. Según retrocedía, cayó en la cuenta de quién era. Se la había presentado el bibliotecario días atrás, cuando fue a su casa a ofrecerles el remedio salvador.

—¿Crees? —le preguntó Arturo con los ojos fijos en el libro de las Revelaciones.

Negó al tiempo que se encaminaba hacia la puerta. Lanzó una ojeada furtiva a la mujer. Sí, se trataba de ella. El bibliotecario dijo que era su novia, y se la presentó como «mi querida Ana».

—¿Cuándo nos volveremos a ver? —se aventuró a preguntar, antes de salir.

—Volverán...

Viernes 2

Isaías regresó al presente. Abrió los ojos.

—¿Qué me preguntabas?

—¿Por qué volvisteis?, ¿por qué abandonasteis Kaliningrado?

—El pasado es obstinado y nunca deja de recordar, no se puede huir de él —contestó Isaías mirando al inspector—. La situación en Kaliningrado se volvió inestable y peligrosa. La inclusión de Polonia y Lituania en la Unión Europea significó la separación económica de Kaliningrado con el resto de Rusia. ¡Hasta visado nos pedían para salir! «La Hong Kong de Rusia», dijo el necio de Putin. Ya veremos qué pasa con Ucrania..., en Crimea y Kiev se está fraguando una revuelta social. Aguantamos años, bien sabe Dios que aguantamos, pero al final no nos quedó otro remedio que volver para investigar con el Dragón y su fórmula. Mi hermano llevaba años manifestando síntomas degenerativos muy preocupantes. La facultad es un sitio perfecto, conocido, tiene esa estupenda sala subterránea de escondite y un laboratorio moderno y equipado para trabajar por la noche.

—Y Pablo Olaetxea y su mujer sobraban en la ecuación.

—De su mujer no sé nada. En cuanto al pobre Pablo, era un pequeño obstáculo del que tuve que encargarme. Necesitábamos un hueco entre el profesorado de la facultad.

—O sea, que tu hermano es una especie de mister Hyde y tú un doctor Jekyll. —Isaías sonrió—. Eras tú el que entraba de día, pero el que salía era tu hermano, para volver a entrar y cambiarse por ti cuando llegase la noche, así eludíais el control. Y si

326

en algún momento coincidíais, tu hermano se recluía en la cueva, en la Sala del Cocido. Él asesinaba, tú lo encubrías. No sé cómo no me di cuenta antes, con lo de la doble pista dando vueltas en mi cabeza y tu imagen escribiendo los números, pero al fin caí: tú eres diestro y los asesinatos eran obra de un zurdo.

—Zurdo, sí, aunque a la fuerza, por obra y gracia del Dragón. Deberías leer la Biblia, el libro de Los Siete Sellos es muy revelador, el plan del Señor para resolver los males que han acechado a la humanidad desde su origen, el Apocalipsis antes de su segunda venida.

Max negó con la cabeza y su gesto no pasó desapercibido para Isaías.

—No niegues, inspector, verás las señales: «Y apareció en el cielo un enorme dragón de color rojo encendido que tenía siete cabezas y diez cuernos, y una diadema en cada cabeza».

—No me vengas con patrañas, ni me líes con tu verborrea cristiana... Háblame más del Dragón. ¿Qué contiene?, ¿cómo actúa en el organismo?, ¿qué facultades te otorga?, ¿qué le sucede a tu hermano? —soltó Max de un tirón, emulando al comisario.

—Cuando se rompan los sellos, suenen las trompetas y se viertan las siete copas, los no creyentes serán los primeros en ser juzgados por sus pecados.

—El Dragón —insistió Max, deseoso en llevar la conversación por derroteros más terrenales.

—Al principio no había nada. Hasta que surgió la luz. Día y noche. Ese fue el primer día. Después Dios creó el mar y el cielo. Fue el segundo día. Hizo la Tierra, los montes, los ríos y los valles. El tercero. El cuarto puso el sol en el cielo, y el quinto creó a los animales. El sexto creó al hombre para dominar a los animales y el séptimo descansó. Yo digo que el séptimo día creó al Dragón para que los humanos no olvidasen sus orígenes.

—Entonces, no me vas a contar nada.

—¿Conoces la teoría de los anunnakis?

—No —mintió Max. La conocía en parte por Arkaitz, pero deseaba saber adónde quería llegar Isaías.

—Según la mitología mesopotámica, son unos seres que vinieron del espacio miles de años antes de Cristo. Venerados como dioses por la civilización sumeria, exigían sacrificios humanos y bebían sangre. Esos extraterrestres, seres gigantes, de tres metros de alto, piel blanca y grandes barbas, aceleraron la evolución genética del Neanderthal al Homo Sapiens, el eslabón perdido entre el mono y el hombre, una mezcla de homínido con ADN anunnaki, es decir, fueron nuestros creadores. Obviamente, esta teoría refuta la existencia de Dios y el origen de las especies de Darwin. Chismes y embustes de ufólogos y seudocientíficos. Basan su teoría en que el ser humano dispone en la actualidad de una doble hélice de ADN cuando en la Antigüedad disponíamos de doce hélices. Afirman que en el hombre el noventa por ciento del ADN es basura, ADN no codificante, que no genera proteínas y por tanto no se utiliza, y que solo el diez por ciento del ADN está envuelto en la cadena de doble hélice en espiral y tiene alguna función. Esto último es cierto, pero se debe a la involución de la especie, no a que los anunnakis nos crearan con semejante fallo en el ADN, que nos modificaran genéticamente para ser sus esclavos y extraer oro, necesario para la supervivencia de su planeta. Tampoco construyeron las pirámides de Egipto, ni las líneas de Nazca ni nada que se le parezca. La verdad suprema, la única, es que fuimos creados por Dios Todopoderoso, a su imagen y semejanza. Seres magníficos de doce hebras, que no proceden del mono ni de los anunnakis. Sin embargo, evolucionamos por medio de la selección natural y a lo largo de los siglos de evolución fuimos desconectando, apagando, ese ADN no codificante, hasta que lo convertimos en ADN basura. Perdimos la facultad para cazar con las manos, para correr como las gacelas, para ver como los murciélagos en la oscuridad: la visión humana solo detecta la luz en un rango espectral entre 400 y 700 nanómetros... Y lo mismo pasa con el oído, el espectro audible humano solo engloba un diez por ciento de las frecuencias sonoras. ¿Nunca te has preguntado por qué en la prehistoria la mayoría de los humanos eran zurdos y ahora somos diestros?

—Pues la verdad es que no —dijo Max sin evitar cierta ironía en su respuesta. Y recordó las palabras de Arkaitz sobre la zurdera, la supervivencia y el Diablo.

Isaías ignoró las palabras del inspector. Se inclinó hacia delante y se agarró a los barrotes de la celda. Era evidente que disfrutaba con la explicación, y más que carcelero y preso parecían alumno y profesor.

—El Dragón nos devuelve a nuestros orígenes más primitivos, nos modifica los genes y conecta el ADN basura, lo enciende, lo hace útil; actúa sobre las células, produce una apoptosis en el organismo, una muerte ordenada y programada de las células malignas, repara y activa el ADN, cada célula corrige y modifica los daños en las moléculas que codifican el genoma humano, transforma todo el ADN en codificante de proteínas, de tal manera que nos hace más fuertes y sanos, hipertrofia los sentidos. La pócima nos otorga los antiguos poderes que nos concedió nuestro Creador. —Isaías apretó las manos en los barrotes para luego soltarse y volver al centro de la celda—. Tranquilo, inspector, para mí es pronto para poderes, de momento...

Su risa le heló la sangre.

—¿Y qué pinta el comité PHPE en todo el tinglado del ADN? —preguntó el inspector meneando la cabeza.

—Arturo y compañía poseían parte del trabajo desarrollado hasta entonces. Por cierto, adoptaron el nombre PHPE de los antiguos moradores de la Sala del Cocido, quizá una escisión de los sumerios. Descubrieron en una tablilla rota una parte de la fórmula del Dragón. La primera versión. El problema radica en que, al no conocer la receta exacta, la modificación no es perfecta. Si el humano y el chimpancé comparten el noventa y nueve por ciento del ADN, imagínate qué supone cualquier desvío en la alteración del mismo.

—Entonces, todo este maldito caso, su inicio, se reduce a eso, al simple hallazgo de una tablilla de arcilla.

—De ahí —prosiguió Isaías, ignorando de nuevo al inspector— que dispongamos de un sucedáneo de la fórmula, y de ahí derivan los problemas secundarios. El Dragón curó a mi hermano, pero el precio fue alto. Es una maldita droga. Los componentes del Dragón se adhieren y activan las células nerviosas, de tal forma que al instante de consumirlo, sobre todo las primeras veces, te provoca una especie de paranoia, viajas a una realidad paralela, te vuelves agresivo, afloran los instintos asesinos, la necesidad primitiva de cazar para subsistir. Por eso mi hermano mató a aquel joven estudiante etarra. También está el pequeño problema del ansia...

—¿El ansia? —repitió Max—. ¿Qué significa?

Isaías miró fijamente al inspector.

—Otro efecto del Dragón, el intervalo de tiempo en que se ansía la pócima. Es un tipo de adicción que, sin afectar a la dopamina, de hecho el consumo del Dragón no proporciona placer de ningún tipo, estimula el circuito de gratificación y hace que el cerebro aprenda y solicite más. Parecido al síndrome de abstinencia en un drogadicto pero mucho más fuerte. —Desvió la mirada—. La regresión al estado más primitivo del ser humano también produce una degeneración de la piel y de los huesos, que aumenta con el tiempo y con la ingestión de la pócima. Mientras no demos con la receta correcta, los problemas no harán más que agravarse. Con la pócima completa los antiguos crearon a los dracos, y los usaban a su conveniencia. Eran criaturas invencibles, solo una piedra volcánica tenía el poder de derrumbarlos... Debemos averiguar cuál es ese componente que aparecía en la tablilla, en el trozo que falta. —Y mirando al techo, añadió—: Creo que la clave no son los reactivos empleados en la polimerización sino la temperatura. Te sorprendería saber las propiedades que adquiere una mezcla si se le proporciona el calor necesario.

La mente del inspector daba vueltas a varias ideas. Preguntas, incógnitas, soluciones se enmarañaban en sus neuronas. «Prototipo de Humano Perfecto», dijo Xabier. Malditos chalados, ¿qué se pensaban? Empezó a reflexionar sobre la construcción de la facultad en aquellos terrenos, si se levantó allí deliberadamente, por la existencia de la cueva, de su particular averno.

—Por eso necesitabas un laboratorio donde investigar. Y por eso tu hermano, la Sombra, acudía a la *herriko* taberna del puerto. A recoger tu pedido. Tú eres a quien Gorka llamaba el Químico.

—¿Químico? ¿Así me llamaba? Gorka es un fenómeno, el mejor consiguiendo imposibles. Un drogadicto con ideales de libertad, cierto, pero es el mejor. Y mi hermano lo respeta, de lo contrario ya estaría muerto.

—Drogas, medicamentos... Todo valía y todo era poco para probar en la receta. ¿Los ojos también?

Pensó una vez más en Cristina, no podía quitársela de la cabeza, y se preguntó qué papel desempeñaba en esta maraña de funestos acontecimientos.

—Investigué en la fórmula desde el primer momento. Mi hermano se curó, sí, pero los efectos secundarios fueron terribles desde el principio. Aún oigo esos espantosos gritos por las noches. Sabía que faltaba un componente y dediqué todo mi tiempo y mis conocimientos a descubrirlo. Tantos años investigando en Kaliningrado y fue precisamente aquí, a nuestro regreso, experimentando con las distintas partes de una *betizu,* cuando descubrí que los ojos de vaca son útiles contra la adicción, aplacan la sed, postergan el ansia. Cuando experimenté con ojos humanos la sorpresa fue mayor: la membrana esclerótica de los ojos es rica en fibra de colágeno, una proteína esencial para las articulaciones, los huesos... y para regenerar el tejido cartilaginoso y la piel. Al principio pensé que había descubierto el componente que falta por añadir a la pócima para convertirte en un verdadero draco. Con los ojos del estudiante de instituto me llevé una gran desilusión, no funcionaba, aunque estoy contento, porque con la adición de ojos humanos a la pócima conseguí paliar los efectos degenerativos. Si se ingiere el Dragón tal como el comité PHPE lo concibió, a la larga los problemas serían irreversibles, los tejidos conectivos fallarían, como si nos faltase adhesivo para retener los líquidos que alberga el cuerpo, y moriríamos, nos convertiríamos en un charco. Una lástima. Si lo tomas, mueres, y si no, también.

—Entonces, ¿matáis por los ojos?

—Los ojos son el espejo del alma. Es cuestión de supervivencia. Matar o morir. Ya lo dice la Biblia, ojo por ojo y diente por diente. Según Jeremías 52:1: «Después sacó los ojos a Sedequías, y el rey de Babilonia lo ató con grillos de bronce y lo llevó a Babilonia y lo puso en prisión hasta el día de su muerte». Y en Marcos 9:47-48: «Si lo que ves con tu ojo te hace desobedecer a Dios, mejor sácatelo. Es mejor que entres al reino de Dios con un solo ojo, que tener los dos ojos y ser echado al infierno, donde hay gusanos que nunca mueren, y donde el fuego nunca se apaga». Los antiguos lo tenían más fácil, pero nosotros no podemos ir por ahí pidiendo los ojos a la gente para meterlos en una disolución...

Max no pudo reprimir una mueca de desagrado.

—Y una vez preparada, probaste la nueva pócima...

—En efecto, inspector. Para eso están los hermanos. No quería correr ningún riesgo. El organismo de mi hermano está alterado por la primera versión del Dragón. Comencé a tener problemas de alopecia, por eso uso *txapela* y absurdos gorros, pero nada comparable con otro tipo de mutaciones: la mano izquierda de mi hermano se transformó en una..., bueno, ya lo entenderás, nada que no se pueda esconder en un par de guantes... y un par de ojos. —Comenzó a reírse como un loco—. Deberías probarlo, inspector. Los sentidos se multiplican por diez, te sientes poderoso, capaz de todo...

—Y cuando demostrasteis en parte la efectividad de la nueva receta, del nuevo Dragón, Alberto cometió el terrible error de robarla —afirmó Max.

—El Señor es sabio, sabe a quién dar el poder y a quién arrebatárselo, quién lo merece y quién no es digno de su don.

Max intuía que la conversación tocaba a su fin, y no iba a obtener ninguna pista sobre el paradero de Cristina.

—¿Y los desaparecidos? —preguntó con pesar. Temía escuchar algo que no quería.

—La novia del etarra fue la primera, nos la llevamos a Kaliningrado de salvoconducto. Esperábamos una represalia del

PHPE. Eran personas muy influyentes, no sabíamos quién podría estar detrás de ellos y no íbamos a quedarnos para averiguarlo. Por fortuna, no nos siguieron hasta Kaliningrado y a la semana nos desembarazamos de la chica. Tuve que encargarme personalmente, mi hermano siempre ha sido tímido con las mujeres. –Isaías suspiró, como si recordar fuese agotador–. Tanto experimento y nunca descubrí nada, no supe enlazar la fuente de colágeno humano con el retardo del ansia y de los efectos degenerativos hasta que volvimos. Fueron muchos los que saciaron la sed de la Sombra...

Max no deseaba seguir escuchando. Había rebasado el cupo de horrores que era capaz de soportar. Se preguntó cuán larga era la lista de desaparecidos en Kaliningrado.

–Una vez aquí, con la investigación más avanzada, comenzamos a aprovechar todas las partes del cuerpo humano para obtener colágeno puro, no solo los ojos. ¿Por qué crees que la cueva se llama la Sala del Cocido? Los antiguos lo descubrieron pronto: el cuerpo humano es una fuente inagotable de colágeno; las uñas, el pelo, los tendones, todo se puede aprovechar, y cuanto más vivo y joven, más nutritivo. La producción de colágeno disminuye con la edad. Una carne muerta no tiene las mismas propiedades, la sangre se coagula, la piel se arruga, los órganos internos se pudren. Las mujeres son el mejor bocado, tiernas y ricas en estrógenos. La primera fue la estudiante que nunca buscasteis, y luego vino Lorena. ¿Te he dicho que la conocía? Nos cruzábamos muchas veces por la noche, ella entraba a limpiar y yo me iba a casa. Lo uno llevó a lo otro. Muy jugosa. –Isaías se relamió–. Pero no nos pongamos sentimentales. ¿Ahora ya lo tienes todo más claro?

–Creo que sí. El Dragón proviene de una antigua civilización. Es capaz de reparar células y de que funcione ese ADN basura. Nos devuelve a nuestros orígenes más primitivos, nos devuelve aquello con lo que fuimos creados y que llevamos en nuestros genes pero no usamos. Sin embargo, es tan fuerte que requiere grandes dosis de colágeno para sobrevivir, y si es humano, mejor. Y no se os ha ocurrido otra cosa que los ojos y los secuestros. Y por si fuese poco, la receta es inexacta, falta añadir el componente que aparecía en el trozo roto de la tablilla, con lo cual provoca alteraciones indeseables en el genoma, efectos secundarios..., a tu hermano en la mano izquierda y a ti en el pelo.

—Bravo, inspector, hubieras sido un estudiante ejemplar.

—No obstante, hay una cosa que sigo sin entender... ¿Qué pides?

—Salir de aquí. Ahora sí.

—Ya te dije que eso es imposible.

—¿Estás seguro? ¿Recuerdas el sacrificio de Isaac? Ya me he cansado de jugar contigo, y ya he logrado entretenerte el tiempo suficiente para que mi hermano escape.

—Te pudrirás en la cárcel —afirmó Max—, y atraparé al bastardo de tu hermano.

El rostro de Isaías se crispó. Los ojos enrojecidos, las pupilas dilatadas. La boca torcida dejaba entrever unos pronunciados incisivos. Se acercó al inspector, sin prisa, saboreando el momento, hasta situarse a medio metro. Max era consciente de que los barrotes que se interponían entre ellos le permitían seguir con vida.

—Mi querido inspector, has leído del capítulo 13 del Apocalipsis los versículos del 1 al 4, pero te olvidas del décimo. El más importante. Recuerda: 13,123410.

Max abrió la Biblia y leyó para sí: «[10]El que ha de ir a la cárcel, a la cárcel ha de ir; el que ha de morir a espada, a espada ha de morir».

—Yo ya estoy en la cárcel —continuó Isaías—, pero mi hermano no. Y alguien ha de morir a espada, ¿entiendes? ¿Adivinas quién es la siguiente en la lista? Aparte de un salvoconducto, mi hermano necesita colágeno humano, y fresco. Claro, no me mires así, ¡qué pensabas! Aunque la calidad respecto al bovino no es ni comparable, el método para obtenerlo es parecido.

Isaías disfrutaba viendo el terror en los ojos de Max. Con la saliva cayéndole de la boca, añadió:

—Su sacrificio está en tus manos, solo yo puedo pararlo.

—No puedo sacarte de aquí —dijo Max mientras procesaba los hechos del caso.

Con más de doscientas personas que podrían testificar que Isaías había asistido a la cena en el Miramar la noche en que su hermano asesinó a una de las empleadas de la limpieza y raptó a la otra, la presunción de inocencia cobraría cuerpo fácilmente. Solo sería necesario que Asier y él mismo cambiasen su testimonio de la última noche. Incluso en caso de duda, bastaría con dejarle hablar, los discursos sobre el Apocalipsis y los anunnakis lo llevarían directamente a un psiquiátrico. Lo difícil sería liberarlo rápido. La justicia era lenta, muy lenta, y más con el juez Castillo de por medio.

—¿No puedes o no quieres?

—No —dijo Max sin dejar de cavilar.

No si seguía los procedimientos establecidos, y entonces Cristina moriría. Aunque quizá Isaías mentía y ya era demasiado tarde. Según Arkaitz, sin alimento, pero con agua, una persona podía sobrevivir hasta noventa días, el cuerpo humano creaba mecanismos para defenderse del ayuno y mantener las reservas que paliaban la falta de alimento; pero sin agua, la muerte se producía en menos de una semana.

—¿Crees que podrás con mi hermano? ¿Tan rápido te has olvidado de la doble pista? ¿Sabes de dónde proviene la palabra diamante? De una palabra griega que significa invencible...

En realidad, Max nunca seguía los procedimientos. Y hasta que no lo intentase no sabría si estaba a tiempo.

—Los antiguos —continuó Isaías— aseguraban que solo una flecha elaborada con cierto material volcánico clavada en pleno corazón podía derribar a un draco. La llave, así la llamaban ellos. Pues bien, te aseguro que con llave y todo, mi hermano sí es la Bestia, una Bestia invencible.

Jueves 1 (doce horas antes)

Un frenazo brusco la sacó del letargo. ¿Cuánto hacía que dormía? Notaba la boca reseca y las piernas agarrotadas. Abrió los ojos. La oscuridad era angustiosa. Le dolía la mano de apretar el regalo de Max. La punta de lanza, el yin. El modo de acordarse de él. Oyó que se abría la puerta delantera. Notó que subía la suspensión del coche. Al parecer, su ex había engordado. Le llegaron unos pasos amortiguados. Se acercaba. ¿Qué podía hacer? Apretó la punta y se preparó para atacar. Recordó las palizas, la sumisión, los lloros a escondidas. Ni un golpe más, se prometió. No podía correr hacia la cocina en busca de un cuchillo, pero iba a luchar por su vida. Vaya que sí. Aquel maldito cobarde ya la había humillado bastante. Recordó la amenaza de William Munny: «... No se os ocurra maltratar a ninguna otra puta, porque volveré y os mataré a todos, hijos de perra», y apretó con más fuerza la punta de lanza. Oyó cómo una llave peleaba con la cerradura hasta que finalmente consiguió encajarla. El maletero se abrió y la luz invadió el habitáculo. Se tapó la cara con las manos para protegerse del sol.

Al cabo de unos segundos logró abrir un ojo y mirar entre los dedos. Al principio vio una silueta grande y oscura. Después comenzó a adoptar forma un rostro borroso. No era el de su ex. Creyó que era Isaías, el catedrático de Procesos, hasta que su ojo se fue adaptando a la luz y concluyó que tampoco se trataba de él. Era una especie de caricatura del profesor, solo que no resultaba una caricatura amable: ojos de fuego, rasgos endemoniados, y en la mano izquierda una especie de cuchillas que se le antojaron muy largas y afiladas.

La Sombra expuesta a la luz, mostrándose ante ella.

La miraba con inusitada expectación, de arriba abajo, estudiando su cuerpo, y lo más preocupante es que no parecía tener prisa alguna. Le enseñó los dientes, su particular forma de sonreír, la única manera que conocía.

Cristina supo que había llegado su hora. Jamás volvería a deleitarse contemplando la bravura del mar en el Peine del Viento, nunca más vería un wéstern acurrucada en su sofá, y ya no tendría un futuro con Max. Perdería todos los pequeños e intensos detalles de la vida. Y esta certeza cobró fuerza cuando comprobó que las cuchillas eran parte de aquel ser. Tenía garras por uñas: de su mano escamosa y moteada de amarillo salían cinco garras negras, curvadas y puntiagudas. Y justo cuando levantaba aquella anomalía de la naturaleza, Cristina estiró con violencia el brazo derecho y cerró los ojos. Sorprendida, notó cómo la punta penetraba en el cuerpo de su secuestrador. La Sombra se desplomó. Cristina saltó fuera del maletero y cayó de rodillas al suelo. Intentó levantarse pero no pudo. Las piernas, entumecidas por el largo viaje, no respondían. Y la Sombra se incorporaba. Le propinó un puntapié en pleno rostro pero ni se inmutó. Arrastrándose por el suelo de gravilla, intentó alejarse. Un calambre le recorrió la pierna izquierda y el pelo, que le caía sobre la cara, apenas le dejaba ver. Pero se obligó a continuar, sin percibir las piedrecillas que rasgaban sus medias y torturaban sus rodillas. Avanzó unos metros cuando sintió que algo se aferraba a uno de sus tobillos y tiraba de ella. Retrocedió lo poco que había progresado. Se acordó de la punta, aún la tenía en la mano derecha, chorreando un líquido negruzco y espeso, la sangre de aquella cosa. Rasgó el aire con la punta hasta que se topó con lo que la impedía avanzar. Un trozo de garra saltó por los aires. La Sombra soltó a su presa, pero no se quejó, ni siquiera gimió. El terror de Cristina a lo que tenía ante sí hizo que sus piernas despertasen. Se puso por fin de pie y comenzó a correr. Ante sus ojos se disponía un espeso bosque. Sin mirar atrás, por miedo a ver que su agresor se levantaba, penetró en la maleza y no cesó de correr hasta que se tropezó con una raíz.

Viernes 2

Cuando Max salió de la comisaría, los rayos de sol de un timorato amanecer le golpearon y tuvo que protegerse los ojos con las manos. El suelo mojado y la humedad del ambiente le indicaron que una fina llovizna había caído por la noche sobre la ciudad. Pensaba en Cristina. Una semana sin agua. Subió al coche y arrancó. Apretó con fuerza el volante.

—Mierda.

Aceleró sin poner ninguna marcha y sin quitar el freno de mano. El coupé rugió, deseoso de quemar rueda.

—Mierda, mierda y más mierda.

Golpeó con rabia el volante. Una y otra vez.

—La puta madre que lo parió. —Apagó el motor y bajó del coche.

Es por su bien, pensó, un policía debe tomar decisiones difíciles a lo largo de su carrera, muchas de ellas en contra de la ley, pero todas por el bien de los inocentes, para salvar vidas... Para salvar vidas, repitió su subconsciente.

Abrió el maletero y dejó el revólver, se conocía lo suficiente y lo mejor era evitar riesgos. Sacó la manta plateada que empleaban con los sospechosos para evitar a la prensa y regresó a la comisaría pensando en cómo iba a eludir las cámaras de seguridad.

Al abrir un párpado notó otra vez esa sensación de volver a la vida, como si hubiera estado atravesando un túnel oscuro hasta dar con la luz. Había pasado la noche en el bosque y por fortuna aquella cosa no la había encontrado. Seguramente ni se había molestado en perseguirla. De solo pensarlo, un relámpago de temor circuló por su cuerpo y sintió cómo la piel se le erizaba. Se palpó la coronilla. En los dedos había sangre reseca, tierra y briznas de hierba. Se puso en pie con mucho esfuerzo. Caminó en dirección contraria. La luz matinal traspasaba el techo de hojas e iluminaba sus pasos, y un viento que soplaba a ráfagas entre los árboles le azotaba el cuerpo magullado. Aunque en la huida había perdido los zapatos, no sentía bajo las plantas de los pies el suelo rugoso y áspero del bosque. Al cabo de una hora de andar cansino y monótono, cojeando, se topó con una carretera de sentido único. Un cartel en alemán le confirmó lo que ya intuía: había recorrido una larga distancia encerrada en el maletero. Pasó un coche a gran velocidad y dudó de si la habría visto. Cuando el segundo coche tampoco paró, decidió qué hacer: se plantó en mitad de la carretera. Cerró los ojos. Un Mercedes negro se detuvo a un metro escaso de sus piernas.

—Debo de tener un aspecto horroroso —murmuró Cristina tras abrir los ojos y ver la cara asustada del conductor.

Epílogo

Lunes 2 de abril de 2012

Hacía rato que el limpiaparabrisas del coche estaba parado. Sin embargo, el inspector vislumbró la figura enjuta y negra que lo aguardaba a lo lejos en aquel emergente atardecer.

—¿No quieres ir? —le preguntó su acompañante, alzando la voz para hacerse oír entre el ruido de las gotas que a causa del viento golpeaban con fuerza la trasera rota del coupé.

—Debo ir.

La besó en los labios y salió del coche. Se anudó el cinturón de la gabardina mientras andaba con parsimonia bajo el aguacero hasta alcanzar la posición del hombre, que luchaba contra el viento e intentaba refugiarse bajo un enorme paraguas negro; indiferente, con la cabeza gacha, fumando mientras contemplaba en silencio la fotografía de una lápida.

—Mi querida Ana decía que la vida es un pozo de crueldad y que nosotros aumentamos su profundidad.

Max calló. El viento empezó a amainar. Estaba a cierta distancia del bibliotecario, pero no lo suficiente como para que su monumental paraguas no lo protegiese de la lluvia.

—Al final no me ha gustado la novela, inspector. Es curioso, un bibliófilo en busca de un manual de invocación satánica: *Las nueve puertas del reino de las sombras*. A veces la literatura nos muestra la realidad.

—Por lo que veo, el mundo está lleno de sombras —dijo el inspector, mirando hacia atrás, a la figura situada unos metros detrás de ellos. Con paraguas y abrigo también negros, sombrero borsalino y una pose que Max conocía muy bien: vigía pistola a la espalda atento a cualquier lance.

—De sombras y de peligros. Usted también ha venido acompañado, ¿verdad? Espero que Cristina se encuentre ya restablecida de su infortunio.

Max miró esta vez en dirección al coupé. Sí, por fortuna estaba bien, y aunque *infortunio* no era la palabra más adecuada para lo que había padecido, optó por no contradecirlo. Aún no habían dado con el hermano de Isaías, la Interpol había perdido su rastro en Pirna, una pequeña ciudad alemana próxima a Dresde, y todo apuntaba que se dirigía a Kaliningrado.

—Ha llegado lejos, inspector, más de lo que pensaba.

—¿Quién es usted en realidad?

—Por favor, inspector, no pierda las buenas costumbres, tutéeme si es tan amable.

—Déjese de juegos, yo no juego en su misma liga, es usted un farsante, un embustero.

—Tan obcecado como su tío... ¿Le dije que lo conocí?

Max intentó ocultar en vano una mueca de sorpresa.

—Por más que le insistí, nunca quiso probar el Dragón. Lo hubiese salvado. Un buen policía, hizo una excelente labor en lo de Argala, aquello activó el proyecto. Sentí su muerte, solo y olvidado, pero, en fin, ese el destino que nos espera a todos...

—Hay otros destinos —replicó Max, pensando en los homicidios de la facultad pero sin atreverse a decirlo—. Una persona como usted los conoce bien. ¿Infiltrado en ETA o de ETA? ¿Amigo de los nacionales?, ¿del Gobierno?, ¿los GAL? ¿Para quién trabaja?

Negó con la cabeza. ¿Cómo era posible que su tío se hubiera relacionado con un personaje como Xabier? ¿Agente doble? ¿Espía a sueldo? Sabía que su tío tuvo tratos con los GAL, e incluso que dio cobijo durante unos días en su piso de Madrid al famoso Lobo, aquel vasco infiltrado en ETA que tanto daño hizo a la organización; a día de hoy aún se desconocía su identidad y paradero, pero se mantenía el precio por su cabeza.

—¿Trabajar? —Xabier dio una calada lenta—. ¿Para qué trabajar para otros si se puede hacer para uno mismo? El principio del pragmatismo, al menos del mío.

Max escrutó la fotografía de la lápida: «Su querida Ana». Aquella mujer debió de ser voluntariosa, fiel pero autoritaria como para vivir a la sombra de su marido.

—Estamos en el tercer milenio cristiano —afirmó Xabier—, el año 5772 según el calendario hebreo, el 1433 según el calendario musulmán o el año 4710 en el calendario tradicional chino. El Año del Dragón de Agua, desde el 23 de enero. ¿Curioso?, ¿verdad? Una vez más la realidad supera a la ficción.

—El Dragón y su maldito proyecto PHPE.

—¿Maldito? No sabe lo que dice. Esos chiquillos enamorados eran unos terroristas en potencia, legales a punto de crear un comando y desaparecer.

—Así que liberó a su creación, su particular Golem, la Sombra, en el período del ansia, y se los cargó... con el beneplácito del Régimen.

—Eliminar a los cachorros para que no te muerdan. Simplemente imitamos al reino animal, los osos se vuelven caníbales para eliminar a sus rivales de caza. Esa es la pura verdad.

—Su verdad. Hay otras verdades. Mucha gente se hizo rica a costa del proyecto, ¿cierto? —dijo Max, pensando en la mansión del difunto decano y en su contenido, repleto de obras de arte.

El bibliotecario se observó con indolencia el barro de los zapatos. Luego se estiró. Aquella humedad le iba fatal para los dolores de espalda.

—Dígale a su sabueso irlandés que no husmee más en la familia Zurutuza.

—¿La mujer del caserío de Oiartzun? ¿Un daño colateral? ¿Fue usted, o no se mancha las manos de sangre y mandó a uno de sus agentes a recogerle la mierda?

—No se pase.

—¡Que no me pase!¿Cuántas personas inocentes han muerto por culpa de su creación?

—La mujer fue una absurda coincidencia. Cuando enviudó y tomó las riendas de la finca, enseguida se percató de que faltaban vacas, de que el número de reses que iban y venían del matadero estaba falseado, de que algunas desaparecían por el camino y de que en la cuenta bancaria de su marido había unos extraños y considerables ingresos de dinero.

—¿El colágeno bovino?

—Por supuesto, no solo Isaías trabaja en la pócima y sus efectos. Pero no estamos tan locos como para matar gente, al menos, no de manera indiscriminada. Aunque usted no lo crea, no somos una organización criminal. La Brigada es algo más que eso. Conocía a Pablo desde que empezó de profesor en la universidad, y enseguida supe de sus penurias económicas, el caserío era un pozo sin fondo, necesitaba liquidez y yo vacas. Él nunca supo quiénes éramos, no hacía preguntas, no como su mujer.

—Y decidió quitarla de en medio. No fue Isaías. La ruleta había empezado a girar y la mujer solo representaba otro número. Pero... ¿en qué están implicados los Zurutuza?

—No cruce esa línea, ni se imagina lo cerca que está usted de esa familia. Recuerde que un corsario sin patente de corso se convierte en un pirata. ¿O querrá meterse en problemas mayores? He oído que al juez Castillo finalmente no le han concedido el traslado a la Audiencia Nacional. Me parece que alguien está empecinado en que permanezca aquí, a su lado. ¿No sabrá quién es el responsable, ¿verdad? Qué pena, no será agradable tener que explicarle a su *amigo* el juez por qué el principal sospechoso de los asesinatos en la facultad ha escapado de forma misteriosa, y habiendo sido usted el último en verlo tras los barrotes. ¿Cómo lo llama la prensa?: ¿el caso del Asesino de Químicas? Estarán deseosos de saber cómo escapó, y estoy seguro de que atienden y publican cualquier pista con tal de avivar el caso. Ya conoce a los periodistas, siempre deseosos de noticias.

—Usted sabe dónde está, ¿me equivoco?

—Inspector, me ayudó a descubrir a Isaías. Treinta y cuatro años son muchos y nunca me imaginé que se escondiese tras un puesto de profesor. Y le reconozco que la Sombra es incontrolable, pero de ahí a que se los entregue en bandeja, media un abismo. Yo los involucré y yo debo arreglarlo. Acostumbro a no dejar asuntos pendientes, si se dejan en el pasado retornan con fuerza y se vuelven contra uno. La puerta de los hermanos Mendiluze se quedó abierta y ahora me toca cerrarla. No se preocupe más. Por una vez haga caso al consejo de una persona mayor: deje a los muertos descansar en paz. —Arrojó la colilla a un charco de agua—. Lo he llamado para entregarle esto. —Le tendió un sobre de color vainilla.

—¿Qué es?

—Le devuelvo el favor. Dentro hay unas fotografías y una dirección.

—¿Y qué significa? —preguntó Max a la vez que asía el sobre.

—Digamos que de su familia no solo conocí a su tío. —La lluvia cobró intensidad, en consonancia con la terrible revelación—. Y no todos los Medina son tan tercos como él para negarse a probar el Dragón. Algunos muertos son vivos sin vida y otros vivos son muertos en vida. Suerte, inspector, la va a necesitar.

Xabier se giró y se dirigió a la figura que aguardaba alejada unos metros. Coincidieron a medio camino, y por la forma de andar Max dedujo que tras el enigmático personaje se escondía una mujer joven, a pesar de que con la vestimenta oscura intentaba aparentar lo contrario. Las uñas pintadas de negro corroboraron su impresión y se preguntó si buscaba esconder su cuerpo o provocar. Era un detalle demasiado evidente como para pasarlo por alto, y no creía que ella lo hubiera hecho. Entre la lluvia y el sombrero apenas pudo distinguir el pelo corto y moreno y el rostro desdibujado, lo bastante borroso como para no reconocerla en un pase de sospechosos. Tampoco le fue posible captar el intercambio de palabras, el ruido de la lluvia las acallaba. Parecían discutir, hasta que ella se cansó y empezó a alejarse. Su andar se volvió más femenino, entre chulesco y retador. Xabier la alcanzó y la tomó de un brazo. Ella hizo un ademán de soltarse, muy débil, demasiado fingido, hasta que se dejó conducir por el hombre. La extraña pareja desapareció por

345

una de las entradas del cementerio de Polloe igual que dos espectros del pasado.

Max contempló cómo la colilla que había arrojado Xabier al charco de agua pugnaba por no hundirse. Un *Santísima Trinidad* en miniatura.

—Todos luchamos por no hundirnos.

Abrió el sobre. La primera fotografía mostraba una casa rodeada de vegetación, y a juzgar por el espesor y la altura de las plantas debía de estar situada fuera de Europa. Era una especie de hacienda en medio de la selva amazónica. La segunda mostraba la silueta de un hombre, de perfil y alejado del objetivo, caminando en dirección a la casa. Iba en mangas de camisa, llevaba pantalón corto y un sombrero de paja, presumiblemente para protegerse del fuerte sol. En la tercera, el mismo hombre pero sin sombrero, estaba sentado en el umbral de la casa. Su rostro, nítido, sonreía a la cámara a pesar de tener el brazo izquierdo amputado por el codo.

Max no necesitó ver más fotografías. Habían pasado muchos años, casi treinta, pero apenas había cambiado. Aún era pronto para que los estragos de la vejez hiciesen mella en su piel. Y es que había sido padre muy joven.

La lluvia empapó la fotografía, el sobre y el resto del contenido, pero Max no movió ni un músculo. Estaba paralizado contemplando aquella cara, tan parecida a la suya, salpicada por gotas de agua y que se difuminaba en un borroso fantasma. Cuando notó una mano sobre el hombro tampoco reaccionó. Si alguien hubiese querido acabar con su vida, ese habría sido el momento oportuno. Además, desde que días atrás dejó el revólver en el coupé para evitar males mayores, no lo había vuelto a tocar; en aquel momento la responsabilidad de sus actos le pesaba como nunca.

—¿Estás bien? —dijo Cristina a su lado, también indiferente a la lluvia.

Max asintió.

—¿Quién era ese hombre?

—No te lo puedes ni imaginar.

Esta vez fue Cristina quien asintió. Y leyó la preocupación en sus ojos. Al igual que le sucedía con su ex, Max no podía ocultarle nada.

—Recuerda la expedición de Elcano —dijo, intentando animarlo.

El inspector no respondió, así que Cristina optó por ir de frente, como a él le gustaba.

—¿Qué quería de ti?, ¿qué te ha dicho?

—Que hay muertos vivos entre los muertos, y que pueden resucitar si se los molesta.

Cristina abrazó a Max mientras la lluvia seguía cayendo, y sus cuerpos entrelazados se confundieron con el resto de las estatuas que poblaban aquel lugar donde los muertos pugnaban por no ser olvidados.

Barcelona-San Sebastián, febrero de 2016

Agradecimientos

Muchas personas intervienen en la creación de un libro. Algunas son evidentes, otras no tanto, y unas pocas ni siquiera saben que contribuyeron a hacer realidad el que sostenemos en las manos.

A Adriana, mi mujer, por su incondicional apoyo en los momentos más difíciles.

A mi hija Carlota, por las horas que no he podido pasar con ella.

A Rubén, Eva y Unai, ahora entenderán que la distancia mereció la pena.

A Núria Ostáriz, mi agente, por su trabajo infatigable y porque sus ideas y comentarios han sido muy valiosos para mejorar la novela.

A Mathilde Sommeregger, mi editora, por creer en mí y ser comprensiva y atenta con mis ideas.

A mis amigos de ajedrez, si han llegado hasta aquí sabrán por qué.

A mis compañeros de universidad, porque juntos recorrimos los pasillos oscuros de la facultad.

A aquellos que sabían que escribía, por mantener el secreto.

Y por último a ti, por llegar hasta el final de estas páginas.

RICARDO ALÍA

EL VUELO DE LA SERPIENTE

Te presentamos las primeras páginas del segundo
título de la **Trilogía del Zodíaco**

En tu librería a partir
de septiembre de 2016

RICARDO ALÍA

EL VUELO DE LA SERPIENTE

Prólogo

San Sebastián
Viernes 16 de abril de 2010

Los faros de una furgoneta iluminaron la carretera sombría y desierta. La hora intempestiva y el insistente *txirimiri* intimidaban a los animales de la noche. Los edificios afrancesados del barrio de Amara permanecían atrapados en la oscuridad. El vehículo se detuvo junto a un contenedor de basura situado en el margen contrario al río. Dos individuos se bajaron de la parte delantera. Ambos llevaban un pasamontañas de lana que les ocultaba el rostro. El conductor abrió las dos puertas traseras de la furgoneta mientras su acompañante buscaba entre la oscuridad algún rastro de vida humana. No vio a nadie en las aceras, iluminadas débilmente por el resplandor amarillento de las farolas; en las ventanas de los edificios cercanos apenas atisbó las luces de algún noctámbulo o amante de la noche. No había riesgo. Y si alguien los viera, tampoco supondría mayores inconvenientes, miraría hacia otro lado o saldría corriendo, sin querer meterse en problemas, convencido de que eran unos jóvenes de la *kale borroka* a punto de quemar un contenedor. Quizá la única pega fuera que alguien se fijara en las pegatinas de las puertas de la furgoneta de reparto. Aquello los incriminaba directamente y llevaría a la Policía hasta su madriguera.

El conductor sacó un bastón de madera del interior de la furgoneta y se dirigió al contenedor. Lo abrió y situó el bastón en un extremo, en diagonal, de tal manera que aguantase abierta la tapa del contenedor. El camión de la basura había pasado hacía unas horas, y solo un puñado de bolsas descansaba en el fondo del contenedor. Al volver a la furgoneta su voz rompió el silencio de la noche.

—Venga, ayúdame.

—Tranquilo, la noche es perfecta —replicó el acompañante. Levantó la cabeza hacia un cielo donde la polución apenas dejaba ver las estrellas. Abrió la boca y agradeció la lluvia helada en la lengua. Le dieron ganas de aullar.

—*Goazen,* yo no estoy tranquilo.

—Tú siempre tan miedoso. —Lo miró con acritud—. Deja de preocuparte...

Hasta que el conductor no agachó la cabeza, el acompañante no le ayudó a tirar del cuerpo envuelto en una sábana oscura que descansaba estirado en el amplio maletero de la furgoneta.

—Qué poco pesa —dijo el conductor, recobrando la compostura.

—¿Te extraña? Con la mierda que cocinas.

—Si quieres puedes ser tú el cocinero, y venir más a menudo a ayudar...

El conductor sujetaba el cuerpo por las piernas mientras su acompañante lo hacía por los hombros. Subieron a la acera acarreando el cuerpo y se aproximaron al contenedor. Las gotas de lluvia crepitaban sobre la sábana y parecía que el cuerpo del interior recobraba la vida.

—A la de tres —anunció el acompañante al llegar junto al contenedor—. Una. —Zarandearon la sábana como si fuese una hamaca—. Dos. —El conductor tensó los músculos de sus antebrazos—. Tres.

El cuerpo desnudo cayó en el interior del contenedor como si fuese un saco de patatas, con un golpe sordo y amortiguado por las bolsas de basura. El conductor comenzó a recoger la sábana. El acompañante asomó la cabeza dentro del contenedor. Se topó con un olor nauseabundo. Maldijo a los del servicio de limpieza del ayuntamiento antes de reparar en la posición del cuerpo. Había caído bocarriba. Con la cabeza ladeada hacia el exterior. Se tropezó con los ojos inertes de la chica. Retiró la cabeza a la vez que una mueca de placer se perfilaba bajo el pasamontañas. El conductor quitó el bastón y rompió la magia del momento.

—Ahuequemos el ala —dijo el conductor mientras guardaba el bastón y la sábana en el interior de la furgoneta. Después cerró las puertas y se subió al vehículo. Tamborileó impaciente con los dedos en el volante.

El acompañante miró de nuevo al cielo con los brazos abiertos y abrazó a la lluvia. Se desprendió del pasamontañas. Le relajaba sentir el roce del agua en la piel.

El conductor bajó la ventanilla.

—Venga, *mesedez,* se nos hace tarde.

El acompañante le hizo una seña con la mano. Era su furgoneta y le apetecía conducir a la vuelta. El conductor pasó al asiento del copiloto de mala gana. El acompañante se puso en movimiento con parsimonia, y lo hizo por el camino más largo, dirigiéndose hacia la parte trasera de la furgoneta. Comprobó que las dos puertas estuviesen bien cerradas antes de subirse. En el tiempo que le llevó rodear la furgoneta no paró de canturrear *Sorgina Pirulina*.

San Sebastián
Lunes 27 de mayo de 2013

Erika Zurutuza siempre pensaba que no se toparía con un cadáver, por más que la llamada al número de emergencias no ofreciera ninguna duda. Siempre poseía la esperanza de que fuera un error, algún gracioso con ganas de molestar o un cuerpo desconocido inconsciente que, en la confusión del momento, propiciaba una llamada de socorro. Sin embargo, todas las llamadas se filtraban, pasaban por diferentes oídos, así que cuando llegaban a la central de la Ertzaintza y acababan en un agente, sabía que la probabilidad de encontrar un cuerpo era elevada.

Cuando llegó al caserío y vio la unidad de la Policía Científica, y a lo lejos a varios agentes ataviados con buzos asépticos, escarpines en los zapatos, guantes de látex y mascarillas de papel, supo que la probabilidad se había convertido en certeza. Se bajó del coche y saludó a la pareja de agentes de la Ertzaintza que se apostaban en la entrada. Su figura escuálida se adentró en el jardín siguiendo el camino de gravilla. Le agradaba el olor del campo húmedo por la mañana, el verdor de los bosques y la ligera niebla que se levantaba a los lejos y ocultaba parte del horizonte. Se topó con varias esculturas a ambos lados del camino, pero solo una le hizo sonreír. Evocó el rostro de Lucía asomando entre el hueco de aquella escultura de piedra. Visitaron el museo Chillida-Leku al mes de salir juntas, aprovechando un pase especial, y pasaron una tarde inolvidable. Después comenzaron a salir de manera formal, y ambas se prometieron fidelidad mientras durase su relación. Exhaló un hondo suspiro y negó con la cabeza mientras caminaba hacia la cinta policial que delimitaba la enorme escultura que se divisaba a lo lejos. Le daba pena el cierre del museo, ocurrido tres años atrás, debido a la crisis económica que tanto había afectado al País Vasco. Ninguna institución vasca, ni la Diputación de Guipúzcoa, ni la incompetente consejera de Cultura, ni siquiera el alcalde de San Sebastián, habían hecho nada por impedir el cierre. Si se llevase mejor con su *aita,* tal vez le hubiese solicitado una donación anónima para poder reabrir el museo.

Al llegar a la escultura, siguió con la mirada las dos grandes planchas de acero que se mostraban como dos manos abiertas hacia el cielo plomizo de la mañana. No tardaría en volver a llover. Los tres agentes ataviados con buzos no paraban de sacar fotos y tomar muestras mientras otro agente, pecoso y rubio, sin buzo y con traje oscuro, permanecía apartado detrás de la cinta policial observando el quehacer de sus compañeros. El agente O'Neill la miró con indiferencia. El irlandés era orgulloso y cabezón, y no olvidaba sus diferencias personales del pasado.

—¿Vienes sola? —le preguntó Joshua.

—*Bai* —afirmó Erika.

—¿Y el inspector?

—Tenía que dejar a Cristina en el médico. Dijo que luego vendría.

—Seguro que se pierde… Bueno, tú misma —dijo Joshua, mostrándole con las manos la escultura.

Erika se apretó la coleta y se agachó para pasar por debajo de la cinta policial. En dos pasos se situó frente al hueco interior de la escultura. El cuerpo desnudo de un hombre joven se apoyaba en una de las planchas sobre su lado derecho. Con la cabeza ladeada y el pelo largo —mojado y echado hacia atrás—, miraba a Erika con los ojos abiertos. Si no fuese porque la barba era de pocos días y no estaba lo suficientemente poblada, habría pensado en un Cristo. Alrededor no había ropa ni ningún objeto personal, parecía como si una nave espacial hubiese depositado el cuerpo desde el cielo.

—Si te fijas bien, presenta un agujero de bala en la sien derecha —dijo Joshua.

—¿Quién será el psicópata capaz de semejante atrocidad? —preguntó Erika.

—Citando a Napoleón: «El mundo sufre mucho, no por la violencia de las personas sino por el silencio de los demás».

—No empieces con tus generales.

—Tranquila, hoy no tengo ganas de pelear contigo…

—Mejor.

—No hemos encontrado ni una maldita pista, la lluvia de anoche se llevó todo rastro, pero ¿te has fijado en el tatuaje?

Erika descubrió el tatuaje de una gárgola en el brazo izquierdo.

—¿Te suena? —insistió Joshua.

Erika miró con más atención el rostro del joven.

—Mierda —dijo. Y tanto que le sonaba.

La llamada le hizo abandonar la lectura del libro decimonónico que aguantaba entre las manos. Las llamadas a primera hora de la mañana, y al teléfono personal, le ponían nervioso. Casi nadie tenía el número fijo de su casa, y los pocos que lo sabían nunca lo empleaban para comunicar buenas noticias. Observó con pesar la formidable biblioteca que se mostraba ante sus ojos. Solo para mí, se dijo. Nadie a quien legar su saber. Alcanzó el teléfono inalámbrico de la mesilla sin levantarse del sillón. La leña de la chimenea crepitaba en su combustión por la estancia repleta de libros.

—Han encontrado al desaparecido —dijo una voz familiar por el auricular. Destilaba gravedad, pero a la vez una tranquilidad que daban los años consumidos y las múltiples llamadas realizadas.

—¿Y por qué me lo comunicas por teléfono? Hace mucho tiempo que no me visitas, ¿tienes miedo de que nos vean juntos?

A punto estuvo de añadir «Xabier», pero recordó las reglas. Nada de nombres por teléfono.

—La línea es segura, ¿no?, y estoy de viaje, no volveré hasta dentro de un par de días —mintió. En realidad había vuelto ese mismo día—. Ya sabes, siempre hay asuntos de los que uno debe encargarse en persona.

—¿Vive?

El silencio de la línea fue sumamente elocuente.

—Entiendo. ¿Nos salpicará?

—Puede.

—Pero nosotros no tuvimos nada que ver, ¿cierto?

—Cierto, pero eso explíqueselo a su hija.

—Ni la menciones.

—Hable con ella, hágale saber que no pise ese charco, si no nos salpicará a todos, ella incluida.

—No me hace caso.

—Pues ahora deberá hacerlo.

Eneko calló y, tras un silencio prolongado, oprimió el botón de colgar. Se removió inquieto en el sillón. Todo le parecía irreal. Tanto libro a su disposición, tanto conocimiento descrito en palabras, tanta historia a su alcance, y de nada le serviría si aquel sujeto enfermizo decidía actuar contra su hija. Echó de menos los tiempos antiguos donde al portador de malas noticas se le lapidaba.

Cuando el inspector Medina aparcó el viejo Ford Mustang GT Cobra a la entrada de la verja de madera, supo que una vez más llegaba tarde. Hasta la berlina de Erika se encontraba entre los coches del aparcamiento. Por el camino de gravilla se fijó en el robusto caserío de piedra que se alzaba a su derecha y retrocedió un año, cuando encontraron el cadáver de la mujer en aquel caserío perdido de Oiartzun. El caso del Asesino de Químicas aún coleaba en su mente. A lo lejos vislumbró las dos figuras de los agentes en quienes más confiaba. Un *txirimiri* molesto le empapaba el cabello, corto y moreno, y caía a goterones sobre los hombros de su gabardina, con lo que apretó el paso mientras gruñía un elocuente «estúpido calabobos». Antes de llegar hasta donde se encontraban el par de agentes, tuvo tiempo de encender uno de sus puros finos y darle un par de caladas.

—*Kaixo,* Max —le saludó Joshua con una amplia sonrisa—. ¿Problemas para encontrarlo?

—¿Qué coño es este lugar? —respondió Max.

—Un museo, inspector —dijo Erika.

—¿Un puto museo en medio del bosque? —inquirió Max.

—En efecto —confirmó Joshua—. Aunque sería más apropiado decir que era un museo. Estuvo abierto al público durante diez años, hasta 2010.

Continúa en tu librería

TRILOGÍA DEL ZODÍACO

2

EL VUELO DE LA SERPIENTE

(Septiembre 2016)

San Sebastián, 2013, Año de la Serpiente, signo que simboliza la astucia y el misterio. Un estudiante de Químicas, personaje al que ya conocemos de *El signo del dragón,* aparece asesinado sobre una escultura de Chillida en el Museo Chillida-Leku. El inspector de la Ertzaintza Max Medina y la subinspectora Erika López se enfrentan a un depravado asesino. El tatuaje de una serpiente en el cuerpo de la víctima es la única pista.

TRILOGÍA DEL ZODÍACO

3

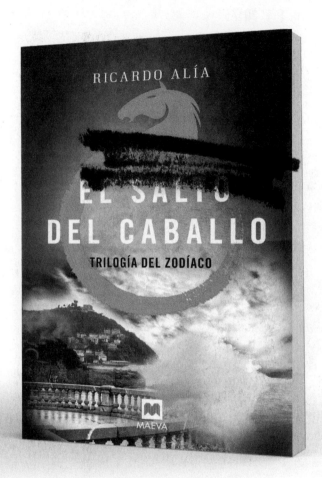

EL SALTO DEL CABALLO

(Enero 2017)

San Sebastián, 2014, Año del Caballo, signo que representa la victoria y la fidelidad. Oliver Lezeta, destacado doctor en Física y reconocido experto en terapia genética, es el protagonista de la tercera entrega de la trilogía. Su hermano Íñigo acaba de morir en un incendio, pero el asesino ha dejado un extraño mensaje en el lugar de los hechos.